DIOSES Y FANTASMAS

DIOSES Y FANTASMAS LIBRO 1

CYNTHIA D. WITHERSPOON
T.H. MORRIS

Traducido por
MARINA MIÑANO MORENO

PRÓLOGO
EVA MCRAYNE

24 de junio

ELLIOT LANCASTER ESTÁ TRATANDO *de matarme.*

Ya conoces a Elliott. Ya he escrito sobre él antes; primero, cuando éramos amigos, luego, cuando se convirtió en mi enemigo. Pero, para documentarme, volveré a escribir sobre él. Nos hicimos amigos en la universidad, la Universidad de Georgia; Literatura Inglesa 101 para ser exactos. Empezó a aparecer en cualquier lugar del campus en el que yo estuviera. Me sentí halagada en ese momento; me había mantenido bastante oculta, excepto como animadora, lo que estaba obligada a hacer por mi beca.

Halagada e ingenua. No vi las señales de advertencia de su locura. Cómo sus repentinas apariciones eran más propias del acoso que de la amistad. Una cosa llevó a la otra y, tras la graduación, acepté el trabajo como su copresentadora en el programa de televisión «Mensajes de la tumba».

Las cosas se descontrolaron rápidamente. Elliott se volvió celoso y, luego, totalmente odioso. Empezó a enviarme a lugares donde tenía que luchar por mi vida contra seres con los que no tenía que tratar. Todo por el bien del programa. Las cosas llegaron a un punto crítico el año pasado, cuando me traicionó.

Sí. Traicionada. Como en una vieja novela o programa de televisión. Verás, me convertí en la sibila hace cuatro años. Para simplificar, puedo hablar con los muertos a través de los espejos. Se me concedió la inmortalidad gracias a Apolo.

El Apolo. El Apolo olímpico. El destino quiso que también fuera mi padre biológico. Un hecho que aprendí hace dos meses y con el que todavía estoy lidiando.

¿Por qué estoy repitiendo todo esto en mi propio diario? ¿Por qué, ya que escribí sobre los acontecimientos tal y como sucedieron? Tal vez es para mantener las cosas claras en mi propia mente. O tal vez, es para entender mejor los motivos de Elliott.

Me ha hecho cosas horribles a lo largo de los años. Tenemos una historia que no entiendo. Una historia plagada de palabras de odio y violencia.

En este momento estoy en un avión. Elliott y, por extensión, Theia Productions, me han enviado a Roma, Carolina del Norte, para rodar Mensajes de la tumba en una vieja casa que lleva abandonada más de una década. Incluso hay cadáveres enterrados en el sótano, lo cual es perturbador, lo sé, pero aumenta el factor espeluznante. Es el lugar perfecto para un reality show paranormal.

Un poco demasiado perfecto.

No debería estar tan ansiosa por todo esto. Sé lo que estoy haciendo. Sé a lo que he sobrevivido. La última vez que Elliott me atacó directamente, morí físicamente. Hermes, el dios, no el bolso, me dio a elegir. Pasar al éter o volver a los vivos.

Estoy en un avión volando a Carolina del Norte, así que ya sabes la decisión que tomé. Si puedo sobrevivir a que me empujen por una ventana de cuatro pisos, entonces puedo sobrevivir a cualquier cosa.

Eso espero, aunque Cyrus, mi mentor para todo este asunto de sibilas, no está contento con este viaje. Apolo insiste en que me quede en un lugar llamado finca Grannison-Morris. Es una especie de complejo enorme, lleno de seres etéreos. Esa es una de las principales razones por las que Cyrus no está contento. Juró que es amigo del propietario de la finca, pero no le gustan los estudiantes que viven allí.

Mi guardián no quiere explicarme por qué. Que yo sepa, nunca los ha conocido. Por otra parte, hay mucho sobre Cyrus que no conozco. Él es literalmente antiguo, un inmortal que ha servido a Apolo desde los días en que Sócrates y Platón vagaban por la tierra.

Estoy escribiendo tanto porque estoy nerviosa. Tiendo a divagar cuando estoy ansiosa. Si hay gente en esta finca, entonces los estoy poniendo en peligro al estar allí. No sé si soy lo suficientemente fuerte para protegerlos. Tal vez Cyrus tenía razón. Tal vez deberíamos haber tomado una habitación en el hotel local.

Ya es demasiado tarde. El propietario de Grannison-Morris nos está esperando. Sería descortés rechazar su invitación mientras volamos hacia nuestro destino.

Una semana. Ese es mi horario de filmación. Puedo sobrevivir una semana.

Eso espero.

UNO

JONAH ROWE

EN ESTE MOMENTO, Jonah no pudo evitar sentir que le habían dado una paliza.

Era verano, que era siempre cuando la finca de los Grannison-Morris estaba más vacía, y los únicos residentes que quedaban eran las ocho o nueve personas a las que todos los demás habían apodado cariñosamente como la "tripulación esquelética".

Sólo que esta vez no fue así.

Todo el mundo tenía un lugar al que ir durante la mitad del verano o durante toda la temporada. En ésta, Liz y su familia viajaron a Las Vegas. Sus padres la premiaron por haber aparecido en la lista del decano por segunda vez consecutiva, así como un promedio de notas de 4,0 consecutivo. Liz aceptó felizmente el regalo, y tampoco le dolió que Bobby y Vera fueran también con su familia. Spader estaba fuera haciendo... algo. Nadie quería saberlo. Douglas se había visto obligado a pasar el verano con una familia que ni siquiera le gustaba. Incluso Malcolm, el más reservado de todos, estaba ocupado durante el verano. Había dado algunos conocimientos de carpintería que habían sido tan valiosos que lo habían invitado a dar un par de cursos de verano de carpintería.

Así que todo el mundo tenía algo que hacer.

Todo el mundo, es decir, excepto Jonah, Terrence y Reena.

Después del calvario que habían vivido, todos pensaban que los tres debían permitirse el lujo de aburrirse. Liz, por su parte, pensó que era una cortesía que les permitiera a los tres descansar y no tener que "gastar energía mental".

Malcolm aportó su granito de arena justo antes de su partida. —No es posible recargar las pilas mientras te diviertes y te desvives—, había dicho. —A veces, sentarse y tomar perspectiva es lo más ventajoso.

Así que aquí estaban los tres, en la sala de estar de la finca, aburridos como una ostra. Esto no era relajarse. Esto no era recargar la batería. Esto era...

—Mentira—, dijo Terrence en voz alta. —Esto es una mierda total. ¿Por qué tenemos que estar atrapados aquí de esta manera? Esto parece una mierda de mesa para niños.

Reena puso los ojos en blanco. —Sabes que no es así, Terrence. No nos dejaron de lado. Todos sintieron que nos hacían un favor y un honor al dejarnos descansar.

—No ayudas nada, Reena—, murmuró Jonah. —Ni siquiera finjas que quieres estar aquí con nosotros. Todos sabemos que ahora mismo preferirías estar encerrada en alguna habitación de hotel con Kendall.

Reena tomó aire y cerró los ojos. —No es posible en este momento—, refunfuñó. —Gracias a Jonathan. Él sintió que necesitaba poner en orden mis emociones. Dejémoslo así.

—No sería tan malo si no fuéramos los únicos en toda la finca—, se quejó Terrence. —Espero que eso haya sido suerte. Seguramente no fue hecho a posta.

—¿Sería un asunto tan grande si ese fuera el caso?

Jonathan estaba allí. Su mentor y entrenador siempre tenía el mismo aspecto, con camisa abotonada, abrigo largo marrón y un medallón del infinito al cuello. Esta imagen era tan habitual para Jonah hoy en día que apenas se fijaba en ella. Desde luego, no lo notaba ahora mismo, ya que se había fijado en lo que Jonathan acababa de decir.

—¿Qué has dicho, Jonathan? — Preguntó. —¿Nos has aislado a propósito? —

—No era aislamiento—, dijo Jonathan, —creo sinceramente que los tres necesitáis reponer el ánimo. Pero nunca tuve la intención de que os sentárais aquí perezosamente sin hacer nada. Tengo una tarea sencilla para todos vosotros. Debería ser muy fácil.

Jonah miró a Terrence y a Reena. ¿Qué demonios sería *esto*?

—¿Qué es eso, Jonathan?

Jonathan se guardó las manos en los bolsillos. —¿Habéis oído hablar de Eva McRayne?

—No—, dijeron a la vez Jonah y Reena.

—¡Claro que sí! —, exclamó Terrence, que se levantó de su asiento. —¡Es increíble! ¡La pieza central de *Mensajes de la tumba!*

—¿*Tumba* qué? —, preguntó Jonah.

Terrence miró a Jonah con incredulidad. —¿En serio, Jonah? —, respiró. —¿Nunca has oído hablar de la sibila?

Ahora Jonah estaba realmente desconcertado. —Espera. ¿Sibila? ¿Qué tiene ella que ver con Eva?

—Son la misma cosa, Jonah—, aclaró Terrence. —Eva McRayne es la sibila. *Mensajes de la tumba* es su programa. Es la mejor. Inteligente, intensa y muy sexy...

—Vaya—, interrumpió Jonah, —¿*Mensajes de la tumba* es un programa de televisión? Me conocéis lo suficiente como para saber que lo único que veo en la tele es *Sobrenatural.* Todo lo demás es Netflix. ¿De qué, por favor, trata este programa?

Ahora Terrence parecía un poco avergonzado. Jonathan volvió a hablar.

—Es mejor que me haga cargo ahora, Terrence—, dijo. —Eva McRayne es un conducto espiritual de gran talento que se comunica con...

Ahora fue Jonah el que se levantó de su asiento. Su medidor pasó de cero a octanaje en un nanosegundo.

—Perdóname, Jonathan, pero ¿te has vuelto loco? ¿Después de todo lo que pasó con Landry en los últimos meses?

Los ojos de Jonathan se entrecerraron. —Cuida tu tono, Jonah—, dijo con tranquila autoridad. —Esta es una situación totalmente diferente. La señorita McRayne no es una charlatana. Tiene un don espiritual—.

—Eso dices—, dijo Reena, igual de enfadada que Jonah. —Si es auténtica, ¿de dónde ha sacado exactamente ese don?.

—¡Eso es lo mejor! —, dijo Terrence. —Es el programa que te dije que empecé a ver una vez que me registré en *ScarYous Tales*. No es nada etéreo, es decir, ¡nada que tenga que ver con nosotros! Como dijo Jonathan, ¡no es una charlatana! Ella dijo que viene de Apolo.

Las palabras de Terrence dejaron a su paso un silencio de estupefacción. Jonah se pasó la lengua por los dientes, como hacía siempre que escuchaba auténticas tonterías.

—Por favor, Terrence—, suplicó, —no me digas que te refieres a Apolo Apolo.

—El mismo, Jonah—, dijo Jonathan. —Apolo, el dios. Patrón de Delfos, simbolizado por la lira, sanador, deidad profética...

—Conozco las historias, Jonathan—, interrumpió Jonah. —He hecho informes de libros sobre mitología. Mitología. Como en la mentira. Si ella se cree que está alineada con Apolo, entonces supongo que se llama a sí misma sibila por la sibila que nadie creyó nunca...

—Era Cassandra, en realidad—, corrigió Reena.

—Y esa mujer era una profetisa. Eva es una médium—. Añadió Terrence. —Amigo, tienes que ver...

—Sea quien sea—, escupió Jonah. —Lo que digo es que ella está mintiendo. Y si sale en la televisión...

—Jonah, para—, dijo Terrence. —Y ya que estás, cálmate

un poco, ¿vale? Se supone que nos estamos desestresando, ¿recuerdas eso?

Con dificultad, Jonah desistió. Sí, Terrence tenía razón, pero eso fue antes de que Jonathan mencionara este nuevo infierno.

Reena, que parecía haber conseguido tapar sus propios pensamientos, dirigió su atención a Jonathan.

—Señor, está claro que nos hemos desviado de la cuestión—, dijo con la voz más nivelada que pudo reunir. —Su pregunta inicial era si habíamos oído hablar de esta mujer o no. ¿Por qué importa eso?

Jonathan movió suavemente su peso de un pie a otro.

—Ella viene a Roma—, respondió. —Hoy.

—¿Y qué? — Jonah levantó una ceja. —¿Qué tiene eso que ver con nosotros?

—El dios patrón de la señorita McRayne es un amigo mío—. Jonathan explicó. —A la luz de los recientes acontecimientos, se puso en contacto conmigo para ofrecerle refugio mientras se rodaba un nuevo episodio de *Mensajes de la tumba* aquí en Roma. Cuando otro guía protector apoyó la sugerencia, acepté.

Jonah negó con la cabeza. —No es posible que hayas dicho que sí, Jonathan.

—Efectivamente, dije que sí—, respondió Jonathan.

Jonah levantó las manos. ¿Cuál era el problema de Jonathan? Después de todo lo que había pasado con Landry y *ScarYous Tales of the Paranormal*, ¿por qué les sometía a esta mierda de *Mensajes de la tumba*? ¿Y esta mujer McRayne se iba a quedar en la finca? Por el amor de Dios, ¡probablemente podría comprar una planta de hotel! ¿Por qué demonios tenía que alojarla Jonathan?

"Rebobina", dijo Reena. —¿Dijiste que alguien más sugirió esto? ¿Quién?

—Akraia—, respondió Jonathan. —Es otra guía protectora. Al parecer, se enteró de que la productora de

Mensajes de la tumba estaba interesada en Roma como un posible lugar de rodaje, así que se puso en contacto conmigo después de que yo hablara con Apolo. Esto forma parte de mi esfera de protección; por lo tanto, tengo derecho a saber todo lo que ocurre por aquí.

—¿Eh? —, dijo Terrence, que parecía intrigado. —Esa guía Akraia debe haber estado cerca de Elliot Lancaster si se enteró de eso...

—¿Quién? —, dijeron simultáneamente Reena y Jonah.

—Elliot Lancaster—, repitió Terrence como si debiera ser obvio. —Su padre dirige la empresa que hace *Mensajes de la tumba*. Era presentador del programa, pero ahora es el asesor de producción del día a día, o algo así. Creo que redujo sus responsabilidades por esa mujer, Helakos.

—¿De qué estás hablando, Terrence? —, preguntó Jonah.

Terrence suspiró. —He leído que Elliott supuestamente anda con una heredera multimillonaria que se ha mudado recientemente a Beverly Hills llamada Juno Helakos—, dijo. —Pasan mucho tiempo juntos; a ella la han apodado asaltacunas. Eva tiene un nuevo compañero en el programa. Es un tipo ciego llamado Leyton. Bueno, era su nuevo compañero. Pero el idiota se fue a *ScarYous*.

Jonah miró a Terrence con atención. Se dio cuenta de que Reena, y sorprendentemente, Jonathan, también lo hacían. Reena fue la que rompió el silencio.

—Dices que lees todo esto—, dijo lentamente, —¿quieres decir... como en... los chismes de la prensa rosa?

—Ay por Dios—, dijo Jonah, que ahora cuestionaba la cordura de su mejor amigo. —Esto se pone cada vez mejor.

—¡Yo leo los chismes de los famosos! —, dijo Terrence, sin reparos. —¡¿Y qué?! No es que esté viviendo esas vidas locas, ¡sólo leo sobre ellas!.

—No es tanto eso, Terrence—, dijo Jonah, —es que uno pensaría que...

—Mira—, interrumpió Terrence con un rastro de calidez

en su voz, —soy muy consciente de lo que pasó. ¿Crees que es posible que lo olvide? Turk Landry puede irse al infierno por lo que hizo y sigue haciendo. Pero *Mensajes de la tumba* es buena televisión. Me encanta y no me avergüenzo de ello. Es una parte de toda la televisión que veo. Soy un conserje, ¿recuerdas? Así que cualquier liberación que obtenga de adolescentes desagradables, fregaderos obstruidos y retretes de mierda es una bendición. La televisión y los cotilleos de los famosos proporcionan esas liberaciones. Perdón por las palabrotas, Jonathan—, añadió apresuradamente.

Jonathan agitó una mano, pero miró a Reena, que parecía pensativa. —¿Qué pasa por tu mente, Reena? —, preguntó.

—Es simplemente... raro—, murmuró. —¿Juno Helakos? Su apellido es griego, y Eva McRayne afirma estar bendecida por un dios griego. El nombre Juno es de la antigua Roma, y nosotros vivimos en Roma, Carolina del Norte. Es sólo que son un montón de coincidencias, y sólo se agitaron en mi cerebro, eso es todo.

Jonah la miró. Reena hizo algunas conexiones locas. Él no se había dado cuenta de esas cosas, y probablemente debería haberlo hecho. Las emociones nublaban su raciocinio en ese momento.

—Podría ser un alias—, sugirió Terrence. —Mucha gente rica los tiene.

—Es cierto—, dijo Jonathan, —pero la señorita Helakos no es el problema aquí. El vuelo de la señorita McRayne aterrizará en un aeropuerto privado de Raleigh dentro de dos horas, y quiero que los tres os reunáis allí con ella y su gente. Tenéis mi autorización para utilizar *los astralimes*, y Akraia se ha encargado de que un coche os recoja a todos y os lleve de vuelta a Roma. Personalmente, habría preferido que todos pudierais utilizar los *astralimes* para volver, pero con las restricciones de la Curaduría de Phasmastis sobre el uso de los viajes etéreos por parte de los Décimos, es mejor que volváis en el coche. Los viajes por carretera despejan la mente. Id a vestiros.

—Espera. Espera un maldito minuto—. Jonah levantó las manos cuando se enfrentó a Jonathan. —Antes has dicho a la luz de los últimos acontecimientos. ¿Qué diablos significa eso?

—¿No te has enterado? — Terrence parecía sorprendido. —Jonah, ha salido en todas las noticias.

—Netflix, ¿recuerdas?

—Eva intentó suicidarse después de que sus padres fueran asesinados—. Terrence se movió sobre sus pies. —O, al menos, eso es lo que dicen las noticias. Sobrevivió y todavía se estaba curando. De hecho, no creí que volviera al programa en un tiempo.

Terrence sonrió cuando se giró para mirar a Jonathan. —Este es su primer programa de vuelta, ¿no? Entonces debe estar de vuelta al cien por cien.

Terrence subió las escaleras con tanta euforia que uno hubiera pensado que necesitaba ir al baño. Debía estar enamorado de esa Eva McRayne. Dios mío. Reena subió las escaleras más despacio; probablemente estaba sumida en sus pensamientos sobre más coincidencias aleatorias, así como sobre estas nuevas personas que estaban a punto de ser presentadas en la finca. Jonah los dejó subir y, luego, se volvió hacia Jonathan.

—¿Un conducto espiritual suicida? —Jonah entrecerró los ojos. —¿En serio?

—La chica no es suicida—. Jonathan juntó las manos frente a él. —Ella estaba en medio de una pelea con el llamado Lancaster. Fue él quien le hizo daño.

—No me digas que tú también ves esta mierda.

—No—. Jonathan le dedicó una sonrisa tensa. —Tengo recursos mucho más fiables que la televisión.

—Todavía tengo fuertes sentimientos sobre esto, Jonathan—, dijo en un agudo susurro.

—Me sorprendería que no lo hicieras, Jonah—, dijo Jonathan con calma. —Yo también.

La respuesta de Jonathan dejó perplejo a Jonah. —Entonces, ¿por qué has dado luz verde a esto? —, preguntó. —Seguro que no crees en esa mierda de dioses y monstruos griegos, ¿verdad?.

Jonathan contempló la pregunta de Jonah durante un minuto antes de responder. —Los reinos de la vida son infinitos, Jonah—, dijo al fin. —Sabemos que la vida nunca se acaba; ¿qué otros secretos guarda la vida? Con la inmensidad de la vida, ¿quién soy yo para refutar las posibilidades? ¿Es Eva McRayne el artículo genuino? No lo sé, nunca la he conocido. Pero está lejos de ser imposible. Pero lo que *sí* sé es que yo soy un guía protector de todo lo que hay en esta región que contemplo. La señorita McRayne es un elemento nuevo. No sé si su presencia es una bendición o una amenaza. Los acontecimientos se desarrollarán aquí mismo, donde puedo hacer algo ante cualquiera de las dos eventualidades.

––––––

Jonah, Terrence y Reena esperaban a Eva McRayne y a su equipo en la pista de aterrizaje privada de Raleigh. Reena se limitó a cambiarse la ropa de relax, lo que significaba que su nuevo atuendo no tenía pintura salpicada, y se acomodó el pelo en una cola de caballo más apretada. Terrence iba vestido con Dockers, mocasines y un polo negro ajustado. Jonah no cambió nada. No consideraba la situación lo suficientemente importante como para cambiarse. Además, no le importaba que McRayne o sus compañeros lo juzgaran por su aspecto. Tampoco es que fueran a ser amigos. Aunque le había echado un vistazo a la página web *de Mensajes de la tumba* para no estar completamente a oscuras.

Tenía la página web y más. Terrence no bromeaba cuando mencionó que McRayne había estado en todas las noticias. Un artículo tras otro detallaba los espantosos asesinatos de una tal Janet y Martin McRayne, seguidos de más propaganda sobre el intento de suicidio de la mujer. Se consideró una recuperación milagrosa basada en su supuesta inmortalidad.

Sí. Sí.

—¿Por qué vendría aquí? — Quiso saber. —La RDU está a un salto, un salto y un salto de distancia.

—Jonathan dijo que querían estar de incógnito—, le recordó Reena. —Los famosos, la gente influyente, todos quieren los aeropuertos más pequeños para poder evitar a los paparazzi y a los psicópatas y todo eso. Un avión comercial no permite la privacidad de nadie, pero en lugares remotos como éste... Los famosos pueden llamar con antelación y los responsables del aeropuerto pueden organizar el transporte—. Señaló la limusina que había estado allí antes de que ellos aparecieran. —La gente aterriza, sube y deja atrás la carretera sin que casi nadie se entere.

Jonah lo pensó. Tiene sentido. Suficiente.

Terrence no prestó atención a ninguna de sus palabras. Rebotó sobre sus talones como un niño y observó el cielo como si pudiera desear que la llegada fuera antes. Jonah revisó el atuendo de Terrence una vez más y tuvo que admitir que era bastante elegante. A pesar de ello, no creía que fuera a impresionar a una celebridad. Pero no iba a desprestigiar a su amigo. Jonah tenía el presentimiento de que eso ocurriría muy pronto.

—Es la hora del espectáculo—, anunció Reena, y Jonah alzó la vista hacia el cielo.

Un avión privado descendió, hizo un aterrizaje suave y se dirigió a un punto no muy lejos de la limusina. Jonah esperaba ver algunas palabras elegantes estampadas en el avión, pero McRayne, o quienquiera que se encargara del transporte, lo hizo correctamente. Aun así, no le sentó bien. No es que todo el mundo tuviera aviones que los llevaran a todas partes y limusinas que los llevaran en cuanto aterrizaran. ¿Por qué necesitaba McRayne tanto secretismo? ¿No era gritar desde la montaña más alta parte del protocolo de los famosos?

—Quita el amortiguador, Reena—, dijo Jonah mientras se abrían las puertas del avión. —Haznos un favor y marca a esta gente ahora mismo.

—Esa no es la forma en que hago las cosas, Jonah—, dijo Reena en tono contundente. —Ya lo sabes. No hay ventajas. Todos tenemos que estar en igualdad de condiciones. Esa es siempre la mejor manera de causar una primera impresión.

Jonah negó con la cabeza. —Reena, ¿te das cuenta de que estás diciendo esto sobre una mujer suicida que se baja de un avión privado?

Los ocupantes del avión bajaron rápidamente los escalones. El primero parecía un poco alegre, pero al mismo tiempo parecía forzado.

—Es el tío de la cámara—, reveló Terrence. —No se le ve mucho, obviamente, pero el sitio web de Theia Productions canta sus alabanzas. Creo que se llama Joey.

Después de Joey, un hombre de aspecto muy duro hizo un rápido escaneo de la pista de aterrizaje como si un ataque fuera inminente. Ese sólo podía ser el guardaespaldas de Eva. Maldita sea, ¿el tipo era un exmiembro de las fuerzas especiales o algo así? Probablemente sería mejor mantenerse de su lado.

Por último, Jonah obtuvo su primer vistazo oficial de Eva McRayne. Fue extraño. Parecía una contradicción. Por un lado, encajaba perfectamente en el perfil de una celebridad insípida y mimada: pelo rubio miel con todos los mechones en su sitio, figura atlética y ese aire indefinible de alguien que no tiene ningún problema con el dinero. Pero, por otro lado, había algo diferente.

Había un aire sobrenatural en ella. No era algo que él pudiera ver. Era algo que percibía. Sus rasgos parecían un poco atormentados, pero si acababa de perder a sus padres, no era de extrañar. Y sus ojos... espera, ¿eran dorados? Terrence no había mencionado eso. Los ojos tenían un efecto interesante, y Jonah se sorprendió a sí mismo pensando que tal vez sí que había algo en esta dama.

¿En qué demonios estaba pensando? Eran falsos, claro. Es cierto que él nunca había visto unas lentillas doradas, pero probablemente ella se las había hecho especialmente para acentuar toda su imagen de "sibila". El hecho de haber perdido a sus padres era terrible. Pero la mujer probablemente podría comprar su salida de su dolor. Al fin y al cabo, tenía el avión y la limusina.

La mujer se detuvo a mitad de la escalera y lo miró fijamente. En ese momento, el pensamiento más extraño golpeó a Jonah como un ladrillo. No, no fue un pensamiento.

Un recuerdo.

Tres semanas antes, se había unido a Reena y Terrence en un viaje por carretera a la costa. De camino a casa, se habían detenido en un pequeño festival del condado a las afueras de Raleigh. Fue una oportunidad para estirar las piernas después de un día de viaje y, de alguna manera, acabaron en un pequeño puesto en el que una mujer afirmaba poder decirte el futuro por veinte dólares

Sí, claro. Jonah se había mostrado escéptico, pero aceptó cuando Terrence casi lo arrastró. La mujer le dijo a Terrence que seguiría explorando su amor por la cocina y que, con el tiempo, haría de ello su carrera.

No era una sorpresa. El hermano informal de Jonah era un maestro con la comida. Incluso se había puesto su camiseta favorita para hacer barbacoas, por lo que olía un poco a humo y salsa dulce. En cuanto al futuro de Reena, la mujer adivinó que se centraría más en su arte y en su familia. De nuevo, no era una sorpresa. Incluso después de días de viaje, Reena aún tenía pintura de su último proyecto enterrada bajo las uñas.

Pero Jonah no sería tan fácil de leer. La mujer no tenía ninguna pista que utilizar mientras se sentaba frente a ella. Le pasó sus veinte dólares y ella le cogió la mano para estudiar la palma.

—Oh—, jadeó ella. —Tu vida está a punto de cambiar.

—¿Sí? ¿Cómo es eso?

—Veo... veo a una mujer. Ya la has conocido antes, aunque todavía no te das cuenta. Ella es tu alma gemela. La que has estado esperando que vuelva a ti.

Jonah resopló. Estaba claro que hablaba de Vera Halliday. Había estado enamorado de esa mujer desde que la conoció, pero no había ocurrido nada sustancial entre ellos.

Así que, de nuevo, ningún avance sorprendente. Tuvo la intención de hacer que Terrence le devolviera el billete de veinte que acababa de desperdiciar.

—¿Señora? Ya lo sé. Estoy trabajando en ello.

—No—. Ella negó con la cabeza. —No, no es así. Ya veo...

La mujer hizo una pausa y, luego, frunció el ceño. —Hay algo sobre el oro. ¿Pelo dorado? ¿Ojos de oro? No podría decirlo. Pero serás transferido a otro mundo. Uno financieramente rico. Tendrás muchas luchas, pero las recompensas superarán con creces las dificultades.

Jonah tuvo que morderse la lengua para no reírse a carcajadas.

—Creo que acaba de describir un programa de telerrealidad, señora. O la trama de los de Beverly Hills. Soy un excontable que trabaja a tiempo parcial en una biblioteca. La única razón por la que no estoy mendigando es porque tengo alojamiento y comida gratis. Así que, a no ser que esté contando las denominaciones de las fichas de póquer falsas que uso con mi amiga gótica, puede que tenga algunos cables cruzados.

—Te ríes porque no ves lo que yo veo.

—Me río porque conozco la verdad de mi situación.

—Tu situación actual, sí. Estoy hablando del futuro. El futuro cercano.

—De acuerdo, bien. Dígame qué buscar para que pueda

identificar a mi salvadora.

—Oro—. Eso lo sé con certeza. Ella es... ¿entretenimiento? ¿En el entretenimiento? Sí. Ya lo veo. Una actriz, tal vez.

Jonah asintió. —De acuerdo. Una estrella de cine insípida y vacía es mi alma gemela. De acuerdo.

—Hablo en serio...

—Yo también. Terrence, devuélveme mis veinte dólares.

—Escucha—, la mujer apretó su mano. —Busca el oro. Busca la fama. Esta es una oportunidad única en la vida y, si la pierden, ambos sufrirán.

—Tomo nota, señora—, murmuró Jonah. —Gracias por el entretenimiento.

Se levantó de la mesa. —Terrence, me devolverás mis veinte, y quiero dos *cheesesteaks* grandes. ¿Entendido?

—Bien. Búrlate de mí. Pero ya verás. Recordarás mis palabras cuando llegue el momento.

Jonah lideró el camino fuera de la cabina sin decir nada más. Terrence murmuró en voz baja mientras sacaba un billete de veinte y se lo pasaba a Jonah.

—Me vas a devolver eso si sus palabras terminan siendo ciertas.

—No lo harán.

—¿Cómo lo sabes?

—No me gustan las rubias.

—¡Vamos, J! — Reena pasó su brazo por el de él. —Nunca se sabe lo que va a pasar.

—Reena, todas las rubias que he conocido, sin contar a Liz, han sido unas zorras. Todas. Y. Cada. Una. De. Ellas—. Jonah resopló. —Priscilla fue una zorra y la gota que colmó el vaso. Así que, si hay una rubia en mi futuro, más vale que se tiña y se lleve el secreto a la tumba.

—No eres divertido—. Reena se rió. —Ni siquiera has mencionado que estamos en medio de la nada. ¿Qué celebridad va a venir a Roma?

—Nadie—, dijo Jonah. —La última celebridad fue Turk

Landry, y era un asno. Y, oh sí, rubio.

—Tío, ese era el peor tinte rubio de la historia—, dijo Terrence.

—Aun así—, murmuró Jonah, —era rubio.

Y, sin embargo, aquí estaba, al lado de una pista de aterrizaje, viendo cómo una celebridad rubia se quitaba las gafas de sol de la cabeza para ocultar sus ojos dorados.

No. De ninguna manera esa psíquica tenía razón. Jonah se sacudió el recuerdo de la mente. En un abrir y cerrar de ojos, McRayne, su matón y Joey estaban cara a cara con ellos. Joey y Terrence se chocaron los cinco como si ya fueran amigos íntimos, pero estaba claro que la atención de Terrence estaba en Eva. El guardaespaldas estrechó la mano de Reena y, a menos que Jonah estuviera muy equivocado, se estaban midiendo mutuamente. ¿Qué pasaba con eso? ¿Acaso este hombre suponía que Reena era los músculos de este trío y gravitaba hacia un espíritu afín?

Por alguna razón, ese pensamiento ofendió a Jonah. Al fin y al cabo, no era él quien necesitaba al guardaespaldas. Era la mujer que estaba frente a él en ese momento, estrechando su mano sin celo ni emoción.

—Es un placer conocerte, Eva—, le dio la bienvenida Jonah con voz practicada. —Mi nombre es...

—Sé tu nombre, vaquero—, dijo Eva con voz tajante. —Jonah Rowe. Antiguo contable. Actual... ¿a qué te dedicas? Y ese es Terrence Aldercy, junto a Reena Katoa. A pesar de lo que puedas creer, no soy estúpida. ¿De verdad crees que me quedaría con gente sin saber quiénes son?

Jonah apartó la mano y entrecerró los ojos. Aquella era una marca más en la lista de criterios de una famosa mocosa y mimada.

—Si sabes quién soy, entonces sabes que no debes llamarme vaquero—, respondió. —Y yo en tu lugar no hablaría. Te he buscado. Eres de Charleston, Superestrella. Eres tan sureña como el resto de nosotros.

Eva palideció ante la mención de Charleston, pero puso los ojos en blanco al hablar.

—Así que has visto el programa. Has leído un par de páginas web. Crees que sabes todo lo que hay que saber sobre mí. ¿Campestre y fanático? Cyrus, gran trabajo arreglando nuestros arreglos de vida. De verdad.

—Espera, ¿qué? —, dijo Jonah, pillado por sorpresa, —Lo has entendido mal, Terrence es el que....

Pero Eva no estaba interesada. Con una burla, le dio la espalda a Jonah y subió a la limusina. Joey, el tipo de las fuerzas especiales, a quien Jonah oyó decir que se llamaba Cyrus o algo así, y Terrence ya se dirigían hacia allí.

Terrence no había notado nada más allá de que Eva ya sabía su nombre, así que la conversación con él estaba descartada. Sin embargo, Jonah todavía tenía a Reena de su parte. Se dio cuenta de que ella aún no había entrado en la limusina. La miró fijamente, sacudiendo la cabeza.

—Estoy totalmente de acuerdo—, le dijo refunfuñando. —Ella es un poco...—

—No, Jonah—, dijo Reena, —McRayne está asustada. Aterrada. Algo no está bien.

Jonah parpadeó. —Pensé que tenías el amortiguador puesto—, dijo.

—Oh, lo sé—, confirmó Reena. —Lo sé porque no soy estúpida. No he necesitado la lectura de mi esencia para saberlo.

Jonah no estaba convencido. —¿Cómo va a tener miedo de algo con Cyrus la figura de acción siguiéndola como una sombra?

—Maldita sea si lo sé—, dijo Reena encogiéndose de hombros. —Acabo de conocer a esta gente.

Bajó a la limusina. Jonah se acercó a la puerta y suspiró.

—Maldita sea, Jonathan—, dijo en voz baja. —Desestresarme, mis narices".

DOS

EVA MCRAYNE

Estaba temblando.

No pude evitarlo. No estaba acostumbrada a esta sensación de puro miedo. Y no me gustaba. Me sentía débil. Indefensa. El deseo absoluto de luchar o huir era tan frecuente que casi salté de la limusina cuando los dos últimos se unieron a mí. Pero yo era mejor que eso. Era más fuerte que eso.

No voy a mentir. Había pasado todo el vuelo de California a Carolina del Norte aturdida. Claro que podría haberme dormido. Pero la sensación de las manos de Elliot en mi garganta permanecía ahí en mi cabeza. El sonido del viento al pasar por mis oídos no desaparecía, sin importar la canción que escuchara mientras intentaba ahogarlo todo.

Lo intenté. Lo intenté y fracasé. Sabía que me perseguía. Sabía que el traidor no se detendría hasta que uno de nosotros estuviera en la tumba. Y aunque Cyrus juró que no tenía nada de qué preocuparme, yo seguía preocupada.

—¿Estás seguro de que no vamos a poner a esta gente en peligro?

Me había arrancado los auriculares de los oídos al plantear la pregunta a Cyrus por quincuagésima vez. Esa era mi principal preocupación. Si un asesino en serie enloquecido iba tras mi cabeza, después de asesinar a mi madre y al hombre que se había hecho pasar por mi padre, ¿qué iba a impedirle abrirse paso a cuchilladas en una casa llena de desconocidos?

—Eva—, suspiró Cyrus y me acarició la mano como si tuviera cinco años. Un movimiento que él sabía que yo odiaba rotundamente. —Van a estar bien. Los estudiantes de Jonathan son todos etéreos. Nacieron con habilidades y han estado entrenando para luchar.

«Además, Cy dijo que el lugar iba a estar desierto».

Levanté una ceja hacia mi mejor amigo y camarógrafo, Joey Lawson, que me devolvió la sonrisa.

—Sí. Estaba escuchando. Y si estás tan preocupada, ¿por qué no pagar un hotel?

—Un hotel no puede proporcionar el mismo nivel de seguridad que la finca, según Lord Apolo—, respondió Cyrus por mí mientras rellenaba mi copa de vino. —Sólo ten cuidado, querida niña. No te acerques a nadie. Elliot no tendrá ningún recurso cuando vea que no hay nadie a quien amenazar.

Sí. Como si eso fuera a detenerlo. Me tomé el vaso como si fuera agua. Era justo después del mediodía, hora del este. Estaríamos allí en poco tiempo. Y necesitaba todo el alcohol que pudiera conseguir antes de aterrizar.

No me malinterpreten. No había intentado emborracharme antes de conocer al viejo amigo de Apolo que había tenido la amabilidad de alojarnos mientras rodábamos en Roma, Carolina del Norte. Pero mis nervios estaban destrozados. Estaba muy asustada.

Y no había absolutamente nada que pudiera hacer al respecto.

—Puede que quieras ir con cuidado con ese vino, nena—. Joey jugueteó con su teléfono mientras Cyrus me conectaba de nuevo. —Aterrizamos en menos de diez minutos.

—Déjala, Joey. Ha sufrido demasiado últimamente. Y esta reciente amenaza no está ayudando en nada.

Había fruncido el ceño ante Cyrus. Normalmente, podía

pasar por alto que me mimara. No sé por qué me molestaba tanto hoy. Sin embargo, antes de que pudiera responder, una voz llegó por el altavoz.

—Señorita McRayne, nos estamos acercando a la pista de aterrizaje. Prepárese para aterrizar en cinco minutos.

Hasta aquí llegó la botella de tinto. Me abroché el cinturón y me aparté los rizos de la cara con fastidio. Quizá Cyrus tenía razón. Tal vez necesitaba relajarme un poco.

Miré por la ventana mientras descendíamos. Esta vez había solicitado un aeródromo privado. Hoy no me apetecían ni las multitudes ni los paparazzi. Y, dado mi estado de ánimo desde que me levanté para cruzar el país a las cuatro de la mañana, el personaje de zorra que estaba perfeccionando estaba en pleno apogeo.

Esperé a que el auxiliar se acercara y nos dijera que podíamos bajar del avión. Observé cómo Joey saltaba por el pasillo y Cyrus le seguía. Finalmente, me puse de pie y me estiré.

Me tomé mi tiempo. Enderezando mi camisa. Quitando las arrugas inexistentes de mi par de Calvin de 500 dólares. Quería tener el aspecto de la estrella de televisión que Jonathan conocía.

Eso facilitaría las cosas. La gente tiende a sentirse intimidada por el dinero. Por la fama. Podría mantenerlos alejados de mí como hice con mis clientes.

Me colgué el bolso del hombro y bajé del avión. Me aseguré de bajarme las gafas de sol para evitar que el sol me cegara. Ya había tres personas hablando con Cyrus y Joey en la base de la escalera. Una mujer que parecía una maldita fuerza a tener en cuenta. Un hombre negro fornido vestido de punta en blanco. Y un tipo alto de pelo oscuro que parecía querer estar en cualquier otro sitio menos aquí.

No podía culparlo. Yo tampoco lo quería aquí.

Me dirigía hacia abajo cuando el hombre se quitó las gafas de sol y me quedé helada al ver su cara. Se parecía a alguien que había conocido antes. Un hombre que había conocido durante una noche en una playa de Carolina del Sur y que había pasado los seis meses siguientes intentando sacarlo de mi cabeza.

No. No había forma de que estuviera aquí. No después de todos estos años.

Tenía que moverme. Si no lo hacía, el avión se iba a ir mientras yo seguía todavía aturdida en las escaleras.

No podía dejar de mirarlo mientras bajaba. No podía apartar los ojos de su rostro mientras acortaba la distancia entre nosotros. Olí su colonia y me sentí débil cuando me detuve frente a él.

Dioses, ayudadme. Tenía a Cyrus y mi mente lo estaba traicionando ahora al imaginar lo que este hombre podría hacerme.

Me obligué a hablarle mal cuando intentó presentarse. Y cuando me contestó mal, tuve que alejarme. Porque la fuerza de su tono era lo más caliente que había experimentado.

Tal vez fuera el vino. Tal vez necesitaba más.

Me doblé en la limusina y agradecí a los dioses mis pocos momentos a solas. Tenía que hacerlo. Tenía que alejarlos. A todos ellos. Me estaba volviendo loca. Esa era la única explicación para que quisiera que un desconocido me enviara a recoger al maldito aeropuerto.

Pero por Apolo, lo hice. No había nada en este mundo que deseara más que el hombre que había intentado presentarse como Jonah Rowe.

Tenía que sacudirme de esto. Volví a pensar en mis deberes. Mi trabajo como sibila y como representante del consejo olímpico.

Zeus, Hécate, Medusa... todos creían en mí. Me prometí a mí misma que Elliot no me alejaría del espectáculo que había ayudado a crear. Me sentí más segura después de patearle el trasero, pero tener a Hera en su esquina definitivamente le ayudó. A pesar de eso, Elliot no me haría desaparecer.

No importa lo que pudiera hacer ahora. O lo que había hecho.

Así que apreté mi teléfono en la mano y seguí mirando por la ventana. Aunque se suponía que Elliot estaba al otro lado del país, yo sabía que no era así. Hera le había dado poderes. Le había concedido habilidades que ni siquiera Cyrus podía explicarme. Seguí esperando que apareciera. Que saliera de la oscuridad para terminar lo que había empezado.

Me tragué las lágrimas antes de que pudieran empezar a correr por mis mejillas. Estaba en Carolina del Norte, demasiado cerca de Charleston y de los recuerdos que tanto intentaba olvidar.

La postal «*Saludos desde Charleston*». Mis padres llamándome a través del espejo. La inevitable pelea con Elliot que me había dejado en el hospital durante semanas. El hecho de que Apolo fuera mi padre y no el hombre que había conocido durante toda mi infancia.

No. No podía pensar en eso aquí. No ahora. Aunque esos pensamientos habían funcionado bien para alejar mi mente del hombre que estaba sentado en diagonal a mí.

Me incliné hacia delante hasta que mi cabeza tocó el cristal. Salíamos del aeródromo y nos dirigíamos a la mansión que Cyrus juró que nos mantendría a salvo mientras filmábamos el episodio.

Una semana y estaría de vuelta al otro lado del país. De vuelta a California, donde podría vigilar a Elliot para asegurarme de que no le hiciera daño a nadie más.

No es que haya hecho nada bueno. Me mordí el labio mientras el conductor salía a la carretera. No había podido proteger a nadie. En realidad, no. Ni a Ash, el nativo americano que se convirtió en la primera víctima de Elliot. Ni a los otros que sacrificó en nombre de Hera para otorgarse poderes. Incluso mi propia madre y mi padre... no, mi padre no, sólo el hombre que me crio.

Tuve que acostumbrarme a eso, pero maldita sea, fue duro.

Cuando llamas a un hombre tu padre durante veinticuatro años, la etiqueta se queda.

No. Tenía que parar. Tenía un trabajo que hacer. Terminarlo, y luego empezar con el siguiente.

Sentí el zumbido de mi teléfono en mi mano. Miré la pantalla y vi que Cyrus me había enviado un mensaje a pesar de estar sentado a mi lado.

Suspiré, bajé el teléfono y abrí la pantalla con un solo movimiento del pulgar.

Respira. Estoy aquí.

Negué con la cabeza mientras él estiraba la mano para apretar la mía. Cyrus era conocido como un guardián. Mi guía, mentor y guardián contra todo lo que me amenazaba.

Estoy bien. Respondí tan rápido como pude. *Lo prometo.*

Me lanzó una mirada que me decía que no me creía. Tenía razón al hacerlo. No estaba bien. No estaba segura de si volvería a estarlo.

Pero tenía que actuar bien. Sonreír para la cámara. Mantener el espectáculo. Quizás era mejor actriz de lo que pensaba.

Mantuve la vista en la carretera que pasaba de largo, pero desvié mi atención hacia lo que ocurría a mi alrededor. Las tres personas que vinieron a recibirnos al aeródromo eran representantes de la finca Grannison-Morris. No bromeaba cuando dije que los había investigado. Tenía que asegurarme de que no eran agentes bajo el control de Hera. No había encontrado nada sospechoso sobre ellos. Sólo listados en las páginas blancas y los sitios de redes sociales estándar. No había nada que me alarmara. Ningún interés real en lo paranormal o en el panteón griego. Parecían estables. Aburridos.

Eso era todo lo que quería saber. No me atrevía a acercarme a ninguno de ellos con la amenaza que supondría Elliot si descubría que me había hecho amigo de ellos.

—¿Eva? Tierra llamando a Eva—. Joey se inclinó para

chasquear sus dedos frente a mi nariz. —¿Sigues con nosotros?

—Un poco—. Le dediqué una pequeña sonrisa. Joey había estado conmigo desde el principio. También estaba en la lista de Elliot, ya que estaba bajo mi protección. —¿Qué pasa?

—Reena estaba preguntando por nuestra ubicación. Desde que te llevaste los archivos y te negaste a darme una copia, aún no he leído nada al respecto. ¿Te importaría iluminarnos?

—Oh—. Dejé caer mi teléfono de nuevo en mi regazo. —No es nada espectacular. La mansión Covington no está lejos de la finca Grannison-Morris.

—¿El qué? —Jonah sonaba aburrido. Pero eso no impidió que mi corazón volviera a dar un vuelco al oír su acento. —Nunca he oído hablar de ella.

—La mansión Covington. No me sorprende que nunca hayas oído hablar de ella. No es algo de lo que te enterarías viendo un atracón de Netflix.

—Te ha pillado ahí, Jonah—. El hombre llamado Terrence se rio. —Deberías verlo. No se moverá durante días a menos que lo obligues.

Jonah me lanzó una mirada sombría y murmuró: —Así que alguien leyó mi página en Facebook.

Sonreí con la mayor dulzura posible.

—Para simplificar, es una gran casa situada en una gran colina maldecida por el propietario original. Para los que estén realmente interesados, la mansión fue construida enteramente en granito en 1823 por el fundador de Covington Textile Mills, George S. Covington. Toda su familia murió cuando una fiebre arrasó la zona, excepto él. Así que construyó la casa en su memoria. Incluso llegó a instalar una tumba bajo el salón y los hizo enterrar allí. Pero al hacerlo, también puso cosas para invitar a los espíritus a entrar. Estudió el espiritismo. Celebró sesiones de espiritismo. En el momento de su muerte, maldijo a cualquiera que se atreviera a cambiar algo de su amado monumento. Las familias se mudaban y volvían a salir a la semana. Al final la tapiaron.

—Hasta ahora—. Joey se puso en marcha, frotándose las manos. —Entonces, ¿vamos a revisar una mansión abandonada y maldita que tiene cuerpos enterrados bajo el suelo? Impresionante hallazgo, Evie.

No tuve el valor de decirle que era un hallazgo de Elliot, no mío, pero le guiñé un ojo y empecé a responder antes de que Cyrus se uniera.

—Si este hombre invitó a los espíritus a entrar, entonces podría ser un portal—. Entrecerró los ojos hacia mi dirección. —No sé si me siento cómodo con esto, Eva. Tal vez haya otro montón de escombros embrujados para que juegues.

Me encogí de hombros. "Todos los lugares a los que voy son un portal, Cyrus. Siempre que tenga un espejo, nadie morirá. Es una entrada y salida. No me preocupa tanto.

—Oh, no, no lo haces—. Soltó Jonah . —Lo primero, no decimos morir. Eso es ficción. Y no te atrevas a pensar.... ni siquiera lo consideres. ¿Y si un espíritu se adhiere a ti? ¿Tienes alguna idea...?

Cyrus dirigió su propia mirada oscura hacia el hombre mientras Reena le dirigía una mirada idéntica. Ella habló antes de que Cyrus pudiera hacerlo.

—Jonah, para. Están aquí por invitación de Jonathan. Como tal, debemos respetarlos—. La mujer agitó su cola de caballo. —Mire, señorita McRayne, no sé qué fuerzas la han traído a nuestra casa, ni quiero saber a qué se enfrenta. Pero no espere que nos involucremos. Respetaremos su privacidad mientras usted respete la nuestra.

—De acuerdo.

Asentí con la cabeza, sintiendo un extraño parentesco con esta mujer. Había un aura de fortaleza en ella con la que podía identificarme. Así era yo antes del fiasco de Charleston. También me esforcé por ignorar la punzada de inquietud que sentí cuando Jonah dijo que la muerte era ficción. Cyrus lo llamó algo parecido. ¿Un cambio? ¿Una transformación? Sí. Eso sonaba bien.

—Espero que dejemos de molestaros dentro de unos días.

—Gracias a Dios—. Jonah murmuró mientras la limusina giraba por un camino de entrada. —Cuanto antes te vayas, mejor.

—Espera, Reena. No me iré sin decir que no ayudaré si puedo—. Terrence levantó la mano cuando el coche se detuvo. —No estamos haciendo nada. Y puede que nos venga bien salir de casa antes de que nos convirtamos en espíritus por aburrimiento.

¿Convertirse en espíritu? Eso fue un desperdicio de aliento. ¿Por qué no podía decir simplemente morir?

—Qué mala elección de palabras, querido—. Guardé mi teléfono en mi bolsa de mensajería antes de alcanzar el pomo de la puerta. —Pero preferiría que dejaras esto a los profesionales.

Salí del coche para ver que Jonah había salido también y me había adelantado hasta el otro lado. Por un momento pensé que iba a agarrarme, empujarme contra el coche y besarme hasta que se me debilitaran las rodillas. En cambio, me clavó un dedo en el hombro mientras me siseaba.

—No sé quién te crees que eres, Superestrella, y me importa un bledo. ¿Pero aquí? ¿En esta finca? Nosotros somos los profesionales. Somos los que salvamos tu culo de algo. Así que, puedes dejar esa actitud a un lado.

Le agarré la mano y se la retorcí por la muñeca antes de que Cyrus decidiera intervenir. Ignoré la descarga de electricidad que pareció atravesarme. —No tienes ni idea de con qué estoy tratando. Y si tú y tu gente sois inteligentes, me dejaréis en paz para que lo haga.

—Oh, lo siento—. Jonah reprendió mientras se liberaba de mí. —Déjame adivinar. Tu mayor problema es de qué color va a ser tu esmalte de uñas, ¿verdad? Es decir, si no decides dar un salto desde un edificio de cuatro pisos...

—Para.

Jonah se giró y yo resoplé cuando un hombre mayor se adelantó. Parecía tan distinguido como el enorme edificio que tenía detrás. Este debía ser el Jonathan del que me había hablado Cyrus.

—Jonah, entra y espéranos—. Jonathan me ofreció su mano. —Señorita. McRayne, perdone la descortesía de Jonah. Por favor, llámeme, Jonathan.

—Entonces debe llamarme Eva—. Le estreché la mano, sorprendida porque la ansiedad que me había invadido antes desapareció en su presencia. —Señor, debo hablar con usted lo antes posible.

—Entra. El conductor se encargará de tus cosas—. El hombre se puso a mi lado mientras atravesábamos una pasarela de piedra para entrar en el interior. —Bienvenidos a la finca Grannison-Morris. Mientras estén aquí, pueden tener libre acceso a los terrenos y a la casa. Espero que encuentres este lugar como una especie de santuario.

—Ya lo hago—. Miré para ver a Cyrus inclinando la cabeza hacia el desconocido. Tendría que acordarme de preguntarle más tarde. —He oído que ya conoces a Cyrus. ¿Y el chupatintas con la boca abierta? Ese es Joey—.

—Sí, estoy bastante familiarizado con el gran Cyrus de Creta—. El hombre asintió con una sonrisa que Cyrus imitó. —He oído hablar mucho de su servicio a Apolo. Estoy deseando hablar con usted después de la cena. Estoy seguro de que será una experiencia muy ilustrativa.

—¿Cena? ¡Genial! Me muero de hambre—. Joey levantó la bolsa de su cámara para que colgara de su hombro. —Ha sido un vuelo muy largo, y la centinela sibila se ha negado a parar a por comida rápida para que yo pudiera comer en el avión.

Fruncí el ceño al ver que Joey desaparecía con Terrence por el pasillo. Estaba segura de que se dirigían a la cocina. Reena se quedó detrás de Jonathan mientras Jonah nos despedía con un gesto de la mano y atravesaba un par de impresionantes puertas dobles.

—Jonah, tu presencia sigue siendo necesaria.

Jonathan habló en voz baja, pero al parecer el hombre le oyó. Volvió a asomar la cabeza por las puertas, puso los ojos en blanco y volvió a entrar en el vestíbulo.

—¿Quieres descansar antes de que hablemos? — Jonathan se quitó una pelusa imaginaria de la manga. —¿O podemos ofrecerte algo?

—Vino, si tienes. Es demasiado tarde para el café—. Posé mi bolsa en una mesa que estaba junto a la pared. —Será mejor que lo saquemos todo a la luz. Cuanto antes, mejor.

————

Jonathan era un maestro de la hospitalidad. Nos instaló en una gran sala familiar con bebidas y un plato de verduras cortadas para calmar el hambre de Joey. Él y Terrence atacaron el plato con un fervor que resultaba embarazoso. Me tomé un minuto para echar un vistazo a la sala mientras todos los demás tomaban asiento.

—Juraría que ya he visto este lugar antes.

Tomé un sorbo de mi vino y lo dejé sobre la mesa de centro de madera. Jonah se burló mientras ocupaba la silla más alejada de mí.

—¿Dónde? ¿En un sueño? ¿Una premonición?

—Un cómic—. Levanté la ceja en su dirección. —Con un pequeño cartel en la puerta que anuncia que es una escuela para superdotados.

Terrence se rio. Joey sonrió con satisfacción. Cyrus se limitó a suspirar mientras se colocaba detrás de mí.

—Es una descripción exacta de la finca Grannison-Morris, Eva—. Jonathan entró en la habitación y tomó asiento frente a nosotros. —Pero lo que más me interesa es tu propia historia. Háblame de ti.

Odiaba esta parte. Odiaba tener que contar la historia repetidamente. Pero lo hacía cada vez que me lo pedían. Era parte de mi papel. Así que empecé desde el único lugar que podía. El principio. Expliqué a los presentes cómo me había engañado, o eso creía, mi predecesor para que pronunciara el juramento de Apolo. Les hablé del espejo y de la historia que había detrás. Cómo la primera sibila se hizo inmortal como castigo por romper un trato con Apolo. Cómo Perséfone se apiadó de la chica y le concedió la capacidad de hablar con los muertos. Apolo concedió a esa misma chica el espejo para romper su inmortalidad si lo deseaba. Pero sólo si lo transmitía a otra mujer que ocupara su lugar.

Pero eso era todo lo que conseguirían. No era de su incumbencia que Apolo fuera mi verdadero padre. Sólo los dioses y Cyrus sabían la verdad. Planeaba mantenerlo así.

Les conté lo básico. Pero lo que necesitaba contarles, lo que tenía que contarles, era mucho más importante. Respiré hondo, ignoré las miradas escépticas de nuestros nuevos compañeros de piso y continué.

—Mira, represento una amenaza muy seria para ti y los tuyos al estar aquí, Jonathan. Sé que Apolo te ha dicho que Elliot Lancaster, productor de *Mensajes de la tumba,* se ha convertido en algo... horrible. El nombre oficial de lo que se ha convertido es..."

—*Zoomorfo*—. Terrence se inclinó hacia delante. —¿Así que el episodio de Montana no era una representación teatral para el programa? ¿Realmente es un monstruo psicótico?

—Todo lo que se ve en el programa es real, me temo—. Tomé un trago de mi bebida mientras Cyrus me apretaba el hombro para hacerme saber que seguía ahí. Jonah apoyó la cabeza en su mano y tenía una mirada tan incrédula que resultaba dolorosa. —Y sí. Se ha convertido en un *zoomorfo*. Un monstruo transformado por Hera. Es un asesino. El problema es que aún no he descubierto cómo detenerlo. No sin que Hera lo rescate cada vez que puede.

Terrence negó con la cabeza. —Me pregunto si la mujer Helakos lo sabe.

No sabía qué decir a eso, así que lo dejé pasar. No sabía nada de los tratos de Elliot con la mujer multimillonaria de los tabloides. Palidecía en comparación con todo lo demás.

Sin embargo, ahora que Terrence lo mencionaba, era un poco sorprendente que Elliott no se la hubiera ofrecido a Hera para que la matara también. Quizá le gustaba demasiado su compañía como para matarla. Tal vez ella era un medio físico para lograr un fin. ¿Quién sabe?

Jonah rompió a reír, lo que puso fin al breve silencio que reinaba en la sala. Empezó a aplaudir antes de ponerse en pie.

—Cuentas un buen cuento, Superestrella, pero seguro que no crees que nos lo vamos a tragar. Creo que has estado demasiado tiempo bajo el fuerte sol de California.

Me levanté para mirarle con los brazos cruzados sobre el pecho. —Puedes pensarlo, Rowe. Ojalá fuera falso. Mi vida sería mucho menos trágica si lo fuera. He tenido que luchar por, y luego luchar contra, un hombre que me importó una vez. Un hombre que está condenado a verme sufrir en sus manos.

—¿Pelear? Sí—. Jonah se rio. —No veo que eso ocurra. Podrías estropearte el pelo en el proceso.

—Jonathan, ¿puedo demostrar algo a tu acusador?— Me giré para mirar a mi anfitrión. —Se trata de un arma, pero no la usaré. Todavía.

Jonathan hizo un gesto de aprobación mientras los demás se tensaban a mi alrededor. Reena se inclinó hacia delante en su asiento. Incluso Terrence, que estaba muy contento, parecía dispuesto a atacar. Respiré hondo y deseé que apareciera mi arma. Cyrus me había enseñado a invocarla cuando Zeus me la había dado, pero nunca me explicó el mecanismo. La verdad es que no se me ocurrió preguntar. Anótalo como otra cosa de la que tengo que hablar con mi guardián.

Mi mano derecha brilló justo antes de que mi espada corta apareciera de la nada. La hoja era de oro blanco. ¿La empuñadura? También de oro. La balanceé entre mis manos antes de colocarla en la mesa junto a mi copa de vino. A la luz del sol de la tarde, el símbolo del fénix saliendo del sol brillaba, al igual que los remolinos de oro amarillo que cruzaban el blanco de la hoja.

—El nombre oficial de mi arma es la espada ceremonial de la sibila. Según Zeus, fue fabricada por el propio Hefesto. El arma fue un regalo, pero ha sido útil más veces de las que me gustaría admitir.

Los cuatro desconocidos se inclinaron sobre la espada, estudiándola cada uno con expresiones veladas. Finalmente, Terrence habló.

—Es hermosa, pero...— Se rascó el puente de la nariz. —¿Quién es Hefesto?

—El fabricante de armas de los dioses—. Cyrus finalmente habló. —Que también es un hijo de Hera.

—Sigues intentando convencernos de que todo esto de la mitología griega es real, ¿no? — Jonah se desplomó en su silla. —No creo que un elegante truco de luces vaya a hacer tu caso por ti.

Cogí la espada, ignorando el repentino dolor en mi pecho cuando desapareció. Algunas personas eran creyentes. Otros no lo eran. Me daba igual lo que pensara el tal Jonah.

Eso era mentira. Por alguna razón, a pesar de mis temores, sentía la necesidad de impresionarlo.

—Mirad, estoy segura de que todos habéis oído hablar de mi supuesto intento de suicidio. No fue un suicidio. Elliot consiguió la ayuda de Kampe a través de Hera. Casi me mata. No dudará en hacer lo mismo con cualquiera de vosotros.

—La cena—. Terrence se frotó las manos, un poco ansioso por cambiar de tema. —Hablemos de eso. ¿Qué puedo prepararte, Eva? Puedo preparar cualquier cosa que quieras.

Sacudí la cabeza para cortarle, pero su mirada de decepción era tan fuerte que me sentí fatal. —Déjame dejarlo para otro momento, Terrence. Me encantaría probar tu cocina.

Mañana. Por ahora, sólo quiero ver mi habitación y dormir antes de tener que ir al sitio ese mañana.

Cyrus me ofreció su brazo, pero lo rechacé. —No. Estaré bien. Seguro que tienes mucho que discutir con Jonathan. Voy a deshacer la maleta y a dormir un poco.

—Me reuniré contigo tan pronto como pueda—. Cyrus dejó caer su brazo. —Hay algunos asuntos que deseo cubrir con los Undécimo.

Fruncí el ceño, sabiendo que Cyrus había llamado a la finca Grannison-Morris el hogar de los Undécimo, pero no le pedí que se explayara. Cuando Cyrus empezó a hablar de diferentes planos de existencia y de poderes «etéreos», se me pusieron los ojos en blanco. Al igual que sabía que lo harían ahora si me quedaba en esta conversación.

—¿Me lo cuentas luego? — Esperé a que asintiera antes de que Terrence se levantara de su asiento en el sofá.

—Déjame mostrarte tu habitación, Eva—.

—De acuerdo—. Me giré para seguirle, tratando de ocultar la sonrisa que este hombre me provocaba. Estaba tan emocionado como un cachorro mientras me explicaba cómo moverse por la enorme casa. Finalmente, se detuvo ante una puerta de madera.

—Esto es todo. Es tuyo durante una semana—. Sonrió mientras se metía las manos en los bolsillos. —Y no le hagas caso a Jonah. Todos hemos tenido unos meses difíciles. Él está muy preocupado por esto, pero lo superará.

—¿Sí? Yo también—. Empecé a abrir la puerta pero me detuve antes de hacerlo. —Terrence, no vi ningún espejo en las habitaciones a las que entramos antes. ¿Hay alguno en mi habitación?

—No—. Se hinchó, bastante orgulloso de sí mismo. —Los derribé todos en el momento en que Jonathan nos dijo que llegabas. Sé lo peligrosos que son para ti.

Me incliné hacia delante y apreté su mano. —Gracias, Terrence. Eso significa mucho para mí.

Me colé por la puerta antes de que el chico pudiera caerse. Sabía lo emocionados que se ponían los fans, y él era obviamente un fan.

Le eché un vistazo a la habitación mientras cerraba la puerta. La pila de equipaje se apilaba ordenadamente en el rincón de la derecha, junto al armario. Tenía mucho trabajo que hacer antes de mañana. Íbamos a ver la propiedad de Covington. Joey incluso había programado una entrevista con el propietario. Pero ahora no podía ocuparme de ello. Me derrumbé en la cama con un suspiro.

Me froté las manos en la cara mientras consideraba lo importante que era esto. Llevaba mucho tiempo alejada de *Mensajes de la tumba*. Primero, con la muerte de mis padres. Luego, mientras me curaba del ataque de Elliot. Y, por último, el campamento de entrenamiento de la diosa mágica en un campo de entrenamiento olímpico llamado Academia.

Si pude sobrevivir a Charleston, Hécate y Medusa, entonces podría sobrevivir a cualquier cosa. Podría pasar una semana sin caerme encima de Jonah.

Al menos, esperaba poder hacerlo.

TRES

JONAH ROWE

JONAH YA HABÍA TENIDO SUFICIENTE. La superestrella McRayne podía irse a la cama, así que se excusó.

Jonathan y Cyrus parecían que iban a hablar durante horas, así que su salida no tuvo problemas. Reena estaba en modo pragmático. Ella podía ser la voz de la razón aquí. No tenía sentido conversar con Terrence porque estaba demasiado enamorado para ser de mucha utilidad en este momento. Parecía que Jonah estaba solo en esto.

¿Cómo se atrevía McRayne a ser condescendiente? ¿Cómo se atrevía a decir «Déjalo en manos de los profesionales»?

La finca era su zona. Esto no era un maldito estudio de Hollywood donde la fantasía se convertía en realidad por cortesía de las luces, el maquillaje y los relojes. ¿Qué demonios sabía ella sobre la lucha?

Como escritor, tenía que reconocer su mérito. Su historia era magnífica. Su productor era ahora un *zoomorfo* esclavo de Hera y quería matarla.

Era definitivamente original. Pero Terrence ya había dicho que ese tal Lancaster estaba en Beverly Hills, gorroneando a una heredera multimillonaria. ¿Qué hombre en su sano juicio pensaría en asesinar cuando tenía eso?

Eva había bajado el nivel de la historia. ¿Su pequeño juego de manos con la espada? Lindo. El sello de un auténtico ilusionista de Hollywood. Pero cuando se llega a la raíz del asunto... Eva McRayne era realmente una superestrella.

Una perra superestrella.

Jonah había tomado una dotación espiritual antes de utilizar los astralimes para llegar a Raleigh. No sabía hasta qué punto tendría que estar atento con los famosos alrededor, pero Joey era genial, y Cyrus parecía demasiado reservado como para ser un gilipollas. ¿Pero Eva?

Lo que sea.

Una semana, Jonah, pensó para sí mismo. *Has tolerado a Essa, Langton y Bane durante meses. Puedes lidiar con la diva medium durante una semana.*

Podía hacerlo. Había pasado por cosas peores. Siete días. Siete pequeños atardeceres, y la Superestrella se iría, y la vida volvería a ser tranquila. Con ese pensamiento de satisfacción, se quedó dormido.

Estaba de pie en el césped más exuberante que había visto nunca. Era como la hierba de la Superbowl, e incluso mejor que los terrenos de la finca, y eso era decir algo.

Pero el césped no era nada comparado con la casa.

Era enorme y estaba hecha al estilo de Frank Lloyd Wright. Ese era el único estilo que conocía y disfrutaba, así que lo reconoció cuando lo vio. Un peso repentino en su bolsillo le llamó la atención, y se llevó la mano allí.

Eran llaves.

Jonah las miró fijamente. No habían estado allí antes. ¿O sí? Así que esta casa era...

—Tuya, cariño—, dijo una voz áspera.

Jonah dio un respingo. Había una mujer en el porche cuya sonrisa era desarmante. Tenía una figura perfecta. En una escala del uno al diez, era de doscientos cincuenta. Su atuendo era sencillo, pero intimidante. Un top blanco como la nieve que dejaba poco a la imaginación, y una falda tan corta que debería haber sido delito. ¿Cómo es posible que Jonah no se hubiera fijado en ella antes?

—Um...— murmuró Jonah, —¿quién eres?

—Soy quien tú quieras que sea—. La mujer bajó los escalones, riéndose mientras lo hacía. —Soy tuya, como esta casa.

Entonces todo volvió a Jonah. ¿Había olvidado las cosas tan rápido? Había escrito una serie de cinco libros *steampunk* que había dado en el clavo. Los libros fueron un éxito rotundo. Era como si no pudiera hacer nada mal. Nadie podía explicar cómo sus libros habían sido un éxito arrollador. Había negociado un contrato de venta de libros por una cantidad de dinero tan alta que podía causar vértigo. Acababa de cerrar la semana pasada una hermosa casa nueva, que había bautizado como Haya en honor al nombre de soltera de su abuela. Todo eso le resultaba familiar. Pero no conocía a la mujer. Estaba en blanco.

—Ahora lo recuerdo todo—, dijo Jonah lentamente. —Sólo que no te conozco.

Aunque la mujer bajó los escalones, no había llegado más lejos. —Piensa en mí como tu regalo de inauguración—, ronroneó. —Y no estoy sola. Mis hermanas también están aquí para ti.

Señaló el porche y dos mujeres salieron por la puerta principal. Sus figuras eran tan perfectas, y sus trajes tan escandalosos como los de ella. Jonah no sabía qué pensar. Era todo un espectáculo.

—¿A qué esperas, Jonah? —, dijo la mujer de voz áspera en voz baja. —No es que no te merezcas lo que vas a recibir.

Algo en esa afirmación no le gustó a Jonah, pero lo dejó pasar. La seducción podía ser algo incómodo, al fin y al cabo.

Jonah estaba tentado. Ningún hombre cuerdo no lo estaría. Sus libros eran exitosos ahora. Podía recordar cada premio, cada firma, cada convención, todo ello. Él era el verdadero negocio. ¡Por fin! ¿Por qué no iba a disfrutar de su éxito?

Este éxito se sentía muy bien. Perfecto.

Tal vez un poco demasiado perfecto.

¿Pero no era así a veces? ¿Grandes éxitos que parecían demasiado buenos para ser verdad? ¿Demasiado perfectos?

—¿Por qué lo dudas, querido? —, dijo la mujer de voz áspera. —¡Tus novelas de misterio son simplemente las mejores! Ahora ven aquí y disfrutemos.

—¿Misterio? — Jonah frunció el ceño. —Yo hago *steampunk*.

—Eso es lo que quería decir—, dijo apresuradamente la mujer de voz áspera. —Pero no importa, ¿verdad? Un libro es un libro, no importa el género.

—No nos preocupemos por los libros en este momento—, dijo una de las mujeres en el porche. —Pensemos en toda la diversión que vamos a tener los cuatro.

Pero ahora Jonah estaba un poco nervioso. Se empeñaban en meterle en aquella extraña casa. Parecía ir un poco más allá de la seducción.

Espera. ¿Una casa extraña? ¿De dónde había salido eso? ¡Era su casa! ¿No es así?

—¿Cómo habéis entrado exactamente en mi casa?—, les preguntó.

La mujer de voz áspera puso los ojos en blanco. —¡Las llaves, por supuesto! Las dejaste para nosotras.

La primera bandera roja se iluminó en la cabeza de Jonah. —¿Cómo iba a dejarlas para vosotras si era una sorpresa de inauguración? —, preguntó. —¡Y las llaves están aquí! ¡Siempre las he tenido… no, aparecieron en mi bolsillo!

La mujer de voz áspera les lanzó una mirada a sus hermanas en el porche. La segunda bandera roja se encendió en la cabeza de Jonah.

—¿Por qué haces todas estas preguntas? —, preguntó, pero su voz parecía un poco diferente. Un poco más fría. —¿No puedes venir a este lugar y acostarte con nosotras? —

—¿Acostarme con vosotras? —, repitió Jonah. —¿Estamos en los años ochenta?

—Es una forma de hablar, Rowe—, dijo la mujer de voz áspera, cuyo tono seductor era ahora inexistente. —Ahora, si hces el favor...

—No—. Estas mujeres eran la definición de libro de texto de hermosa. No había duda de eso. Pero todo esto no encajaba con Jonah. Era una sensación visceral. Incluso dudó de sus éxitos como escritor. Era demasiado perfecto. —No sé qué es esto, pero no quiero formar parte de ello. Gracias, pero no gracias.

La mujer de voz áspera parecía aturdida. Sus hermanas parecían haber recibido un puñetazo en las tripas. A Jonah no le importaba si había herido sus sentimientos. Les dio la espalda, pero antes de que pudiera dar un paso, una fuerte mano le agarró el hombro.

—¿Te atreves a resistirte a nosotras, mortal?

En el tiempo que tardó Jonah en darse la vuelta, todo el paisaje cambió. Los frondosos terrenos fueron sustituidos por rocas, piedras y zarzas. El Frank Lloyd Wright había desaparecido, siendo sustituido por una cueva llena de huesos que sobresalía del suelo como una boca abierta. Sólo quedaban la mujer de voz áspera y sus hermanas, pero ellas, para sorpresa de Jonah, no se inmutaban ante estos cambios tan bruscos. Estaban casi iridiscentes de rabia.

—¿Qué...?

Entonces las hermanas cambiaron. El pelo lustroso se convirtió en mechones irregulares. Los ojos se volvieron de color rojo sangre, con puntos negros como pupilas. Su piel se volvió profundamente hundida y cetrina, y sus torneadas figuras se convirtieron en posturas demacradas, enjutas y encorvadas.

—¡SANTO CIE...!

Jonah no tuvo la oportunidad de terminar. Una de las

horribles apariciones se abalanzó sobre él y le arrancó el improperio.

—¡Nos perteneces! —, gritó, su voz ahora era una rima arcaica. —¡Nunca dejarás nuestra guarida!

—¡Porque tú lo digas, perra! —, gruñó Jonah. Debido a su lucha contra ella, el agarre de la criatura en su garganta no era tan fuerte como ella probablemente deseaba. Tenía que pensar en algo. El principio de lucha o huida se había puesto en marcha, pero Jonah sabía que, si simplemente intentaba huir, no llegaría muy lejos. Tenía que luchar para tener la oportunidad de huir.

Por alguna razón, las llaves seguían en su poder, aunque la casa nunca existió. No lo cuestionó. Simplemente pasó el metal por la cara de la aparición, rompiendo un ojo en el proceso. Con un aullido, la mujer lo soltó y se aferró a la herida. Una segundoa gruñó de rabia y le dio a Jonah un fuerte empujón, que lo hizo caer en un zarzal.

Jonah sintió cada aguijón y cada herida que las zarzas le hacían en las piernas, pero hizo todo lo posible por ignorarlas. Sabía que, si no ponía espacio entre él y esas perras demoníacas, sentiría algo peor que los cortes de las zarzas.

La que lo había empujado lo agarró del cuello y lo levantó como si no pesara nada. Cuando estuvo a la altura de los ojos, el rostro enrojecido y flácido, volvió a transformarse en la magnífica fachada de la mujer de voz áspera. El rostro contrastaba enormemente con el cuerpo demacrado y enjuto.

—Habría sido más agradable para ti si hubieras dicho que sí—, le dijo con una voz que volvía a ser sensual.

—Pero no hay diferencia. Ahora, tú mueres.

Las palabras hicieron que un recuerdo pasara por la mente de Jonah. Fue como una descarga eléctrica en su cerebro.

—La muerte no es real—, refunfuñó.

Conjuró toda la concentración que pudo y deseó que sus bastones aparecieran en sus manos. Era una corazonada, pero si este lugar no tenía sentido, las acciones también podían ser descabelladas.

Milagrosamente, aparecieron justo en sus manos, e incluso se carcajeó con la corriente azul de su dotación espiritual. El falso semblante de la mujer-espectro se desvaneció al presenciar el fenómeno. Jonah aprovechó la oportunidad para romperle la mandíbula. Ella gritó y lo soltó.

Jonah no tenía ni idea de lo que estaba pasando. Pero sabía que todos los recuerdos que tenía antes eran mentira. No era un autor con una casa lujosa y mujeres adulando a sus pies. Él era el Aura Azul.

El confundido como el infierno Aura Azul, pero al menos sabía quién era.

—¡Atrás! —, rugió. —¡Te romperé los huesos! Ya parecen bastante frágiles.

Extrañamente, ni siquiera registraron su amenaza. Incluso la que ahora sólo tenía un ojo lo miró con alarma.

—¿Qué es esto? —, dijo la de la izquierda. —¿Qué clase de mortal eres, Jonah Rowe?

—¡No importa! —, dijo la que había tenido el disfraz de Voz de fumadora empedernida. —¡Mátalo!

Jonah sabía que el tiempo de lucha había terminado. Ahora era el momento de huir. No sabía a dónde ir, pero tenía que ser a cualquier otro lugar que no fuera donde él estaba. Girando sobre sus talones, huyó...

Y se sentó como un rayo en su cama, forcejeando de un lado a otro. Casi rodó de la cama cuando se dio cuenta.

Había sido un sueño. Un sueño. Un sueño.

Al repetirlo en su mente, su ritmo cardíaco volvió a la normalidad. Su respiración se hizo más lenta. Se acomodó en su propia piel y volvió a ser él mismo.

Ese había sido uno de los sueños más vívidos que había tenido. ¿Qué provocó ese sueño? No había visto nada raro en Netflix, no había tomado comida picante antes de acostarse, no había hecho nada que justificara semejante locura.

Tuvo que ser al azar. Era un sueño aleatorio y enfermizo que ahora había terminado.

«Sí», dijo en voz alta. «Se acabó. Contrólate, Jonah».

El sonido de su propia voz le tranquilizó mucho. Todo estaba bien. Diablos, ese sueño había llegado a tener las características de una novela.

Con una risita, se dirigió a enderezar la sábana que se había retorcido por completo cuando se había golpeado.

«Ay, maldición». Tenía molestias debajo de sus rodillas. Se quitó la sábana para inspeccionar, y se quedó helado.

En la mitad inferior de sus piernas había múltiples cortes y heridas. No los sintió hasta que sus piernas rozaron la cubierta, lo que debió agravarlos. Los cortes estaban en los mismos lugares en los que había sentido dolor cuando le habían empujado a aquel zarzal en el sueño.

Un estremecimiento de horror se apoderó de él y cogió las dos porras de la mesita de noche. La corriente azul bailó arriba y abajo de los bastones, pero él no le dio importancia mientras salía furioso de su habitación con un destino en el primer plano de su mente.

Llegó a la puerta de Eva e irrumpió sin preámbulos. Ella lanzó una exclamación antes de blandir su espada contra él. Él bloqueó instintivamente su arma, lanzando sus bastones en forma de X. Así que, después de todo, no había estado dormida.

Los dos se quedaron respirando con dificultad, con la espada en la mano.

—¿Qué demonios nos has traído, McRayne? — Susurró Jonah.

—¿Qué demonios estás haciendo en mi habitación, Rowe? — Eva se sacudió el pelo de la cara, claramente confundida. —¿Y qué haces con estos palos azules brillantes?

Jonah no tenía ni tiempo ni paciencia para una conversación. —¡Contesta la maldita pregunta!

—¿De qué estás hablando? — Eva respondió de vuelta.

—¡Perra, será mejor que empieces a hablar!

—¡¿Perra?!

—¡Para el carro!

Jonathan y Cyrus irrumpieron en la escena. Debían haber escuchado el desarrollo de las cosas.

—¿Qué está pasando aquí? — Exigió Cyrus. —¡Jonah, baja los bastones!"

—¡Diablos, no! —, dijo Jonah. —¡La superestrella me habría partido la cabeza en dos!

—¡Tú fuiste el que entró aquí con tus palos azules! —, gritó Eva.

—Bajad. Las. Armas.

Jonathan habló con una autoridad tan absoluta que Jonah y Eva obedecieron muy a su pesar. Incluso Cyrus lo miró de reojo.

—Ahora bien—, dijo Jonathan en su tono habitual. —Ve a la sala de estar, ahora mismo. Llamaré a Bast para que despierte a Joey, Terrence y Reena. Y podréis explicar estos comportamientos.

CUATRO
EVA MCRAYNE

—¿Por qué demonios estoy metida en un lío?— Siseé a Cyrus mientras seguíamos a Jonathan y al maldito Rowe por el pasillo. —Yo no he hecho nada.

—No estás metida en un lío—. Cyrus puso su mano en la parte baja de mi espalda. —Por Dios, Eva. No vas a ser reprendida. Pero necesitamos saber qué está pasando aquí.

—¿Sí? Pues sí que lo parece—. Resoplé. —¿En qué estaba pensando, irrumpiendo así? Realmente lo habría hecho pedazos si no hubiera estado armado.

No quería decirle a Cyrus lo que Rowe había dicho sobre que yo traería problemas a su puerta. Eso ya lo sabía. Diablos, les había advertido a todos sobre la oscuridad que parecía seguirme. ¿Pero el Sr. Listillo quería escuchar? No.

Observé cómo el objeto de mi irritación caía en la silla frente al sofá. Por muy guapo que fuera, Jonah me había dado un susto de muerte. Había estado deshaciendo las maletas, pero en cuanto oí que se abría la puerta, sólo pude pensar en que Elliot me estaba ahogando.

Jonah Rowe realmente tuvo suerte.

Un gato estaba tan quieto junto a la escalera que pensé que era una estatua. Cuando todos volvieron a reunirse en la sala de estar, Terrence nos miró a todos con expresión de asombro.

—Jonah, ¿de verdad entraste armado en la habitación de Eva? — Pareció mirarme un poco más de lo necesario antes de volverse hacia su amigo. —¿En qué estabas pensando?

Antes de que se diga una palabra más—, Jonathan extendió la mano y le hizo una seña a Jonah: —Tus bastones.

Jonah los entregó, sin quitarme los ojos de encima cuando Cyrus también habló.

—Eva, tu espada.

Dos podrían jugar a este juego. Miré fijamente a Rowe mientras colocaba mi arma sobre la mesa de centro. *Que me parta un rayo si me ve abandonar el arma.*

—Bueno, ahora. Ya está hecho—. Jonathan tomó un lugar entre los muebles donde nos sentamos Jonah y yo. —Ahora, Jonah. Explícate.

—Con mucho gusto.

Jonah se lanzó a contar el sueño que había tenido con tres mujeres que lo deseaban. Puse los ojos en blanco hasta que concluyó levantándose el chándal. Sus piernas estaban cubiertas de mellas y cortes de la rodilla para abajo. Observé cómo estudiaba a sus amigos como si esperara que hablaran, pero se dirigió al público equivocado. Joey me rodeó el brazo con su mano cuando ambos reconocimos el horror que le había ocurrido a Jonah.

Una persona es más vulnerable a los ataques cuando está dormida. Elliot me había atacado a través de mis sueños antes de que me enviaran a la Academia. Si no hubiera sido por la tutela de Hécate, ahora sería una loca demente.

Intenté borrar el miedo de mi rostro y reflejar la confusión que veía en las otras caras que me rodeaban, pero era difícil. Sabía que Elliot había conseguido la ayuda de Pasithea, la esposa del dios del sueño, para acceder al paisaje onírico. Pero era sorprendente la rapidez con la que había atacado a Jonah. No quería admitir que había tenido razón.

Todo esto era culpa mía.

A decir verdad, los únicos ocupantes de la habitación que no mostraron ninguna emoción fueron Jonathan y Cyrus. Me sobresalté cuando escuché la admiración en la voz de mi guardián en lugar de la ira que esperaba.

—Felicidades, Jonah Rowe—. Cyrus rompió la tensión que llenaba la sala. —Te encontraste con las sirenas, y todavía estás aquí para contarlo.

—Mira, Cyrus—, Jonah se inclinó hacia adelante sobre sus codos al comenzar a hablar. —No me creo esta mierda, pero a pesar de eso, te seguiré la corriente. Sé de la existencia de las sirenas porque leí sobre ellas cuando era niño. Atraían a los hombres a su ruina en el mar. Por si no te has dado cuenta, esto no es el mar. Y, además, las sirenas tentaban a los hombres cantando. Te aseguro que no había melodías.

—Es cierto—, coincidió Cyrus. —Pero los tiempos progresan. Es un 'mundo nuevo y valiente', como dice la gente. ¿Crees que los dioses y los monstruos no se adaptan también? ¿No crees que las tentaciones de las sirenas no pueden ser igual de efectivas en tierra? ¿Y quién dijo que siempre tenían que cantarle a un hombre para que comprometiera su moral?

Jonah se apartó de Cyrus como si lo ignorara, pero yo no. Miré fijamente a Rowe mientras me daba cuenta de la única cosa que habría sabido si hubiera prestado atención a la conferencia de Cyrus sobre los del Undécimo en el vuelo a Raleigh. Esa gente era fuerte. Mucho más fuertes de lo que yo les había atribuido.

Sentí que mi expresión se suavizaba, así que cerré los ojos e hice avanzar a la perra que había en mí. No podía acercarme a él. Ni siquiera podía jugar con el pico de emoción que surgía cada vez que lo veía. No podía empezar a admirarle. Sería mortal para todos ellos si lo hiciera.

Tenía que recordar eso más que nada.

—Sin embargo, algo más interesante—, continuó Cyrus,

—es la capacidad de Jonah para resistirse a ellas. Hombres mayores y más sabios han sido víctimas de las seducciones de las sirenas. Llenan su mente de falsas experiencias, a veces sin dejar rastro de los verdaderos recuerdos. ¿Cómo lo has conseguido?.

—Eso habría que atribuirlo a la etérea de Jonah—. Jonathan sonrió a su alumno con orgullo.

—'¿Etérea? — Abrí los ojos con un bufido. —Suena como algo de un anuncio de perfume barato.

Sí. La perra había vuelto. Supe que mis palabras habían dado en el blanco cuando Jonah se enderezó en su asiento.

—Pues mira, Superestrella—, había recuperado también su forma bastarda, —para los que tenemos un coeficiente intelectual más alto que Kanye y las Kardashian, la etérea es algo que nos mantiene físicamente con vida.

Bien. Eso me dolió. Entrecerré los ojos cuando Jonathan irrumpió.

—Ahora, Jonah.

Jonathan se adelantó como si estuviéramos a punto de irnos a las manos. Podría haber ocurrido si Jonah volviera a poner mi inteligencia a la altura de una maldita Kardashian. El líder de este pequeño grupo de desarrapados se aclaró la garganta mientras continuaba.

—Creo que este sería un momento oportuno para poner en práctica algunas de las técnicas de control de la ira que Félix te enseñó estos últimos meses. Eva tuvo la amabilidad de explicar el funcionamiento interno de sus habilidades como sibila. ¿Podrías compartir la información sobre el Undécimo Porcentaje con ella y con Joey?

La boca de Jonah se torció. Se movió en su asiento como si explicar sus habilidades fuera lo último que quisiera hacer.

—Si no estás a la altura de la tarea—, habló Jonathan con una evidente molestia, —con gusto le pediré a Reena o a Terrence que lo hagan.

—No, lo tengo—, interrumpió Jonah. —Estoy bien.

Ahora, Joey, Superestrella, somos lo que vosotros llamáis humanos etéreos...

Continuó a partir de ahí. Nos habló de que tienen acceso a la porción extra de sus cerebros. Nos habló de las interacciones con el mundo espiritual y de su influencia en él. Nos contó que la «muerte» era sólo una etiqueta que usábamos los del «Décimo Porcentaje», y que esa transición era en realidad alguien que pasaba al espíritu, que pasaba de una vida física a una espiritual. Sentí que Joey me agarraba con fuerza del brazo mientras Jonah nos explicaba cómo creían que algunos espíritus se quedaban en el plano terrestre y en el plano astral, mientras que otros decidían cruzar al otro lado. Fue en ese momento cuando Joey me interrumpió.

—¿Otro lado? — Repitió. —¿Quieres decir algo como el inframundo? Sólo estoy tratando de seguir el hilo.

—No, hijo—, dijo Jonathan. —El otro lado no es un lugar al que cualquiera de nosotros pueda acceder. La gente no regresa de allí una vez que va. El inframundo es un asunto completamente distinto. Jonah, por favor, continúa.

Jonah se aclaró la garganta y siguió. Yo estaba con Joey. Intenté comprender cómo es que los del undécimo por ciento no podían ver los espíritus de otros del undécimo por ciento, ni tampoco los espíritus de las personas a las que estaban emocionalmente unidas. Concluyó diciendo que algunos espíritus disfrutaban rebotando entre el plano terrestre y el plano astral.

Cuando terminó, no pude evitarlo. Sus explicaciones se parecían demasiado a lo que yo había vivido en mi época como sibila. Pero no se lo hice saber. En su lugar, empecé a lanzar a los desconocidos miradas tan escépticas como las que me habían lanzado a mí cuando les expliqué mis propias habilidades.

—Así que déjame entender esto—. Me apoyé en el sofá para que Joey se viera obligado a aflojar su agarre. Se esforzaba por mostrar que no estaba nervioso, pero en el proceso, estaba dejando moretones en mi brazo. —¿Vosotros sois como superhéroes glorificados, o algo así?

Jonah apretó los dientes, pero Terrence intervino antes de que pudiera responder.

—Eso fue increíble, Jonah—, dijo. —Pero ahora te ayudaré, tío. Jonathan, ¿está bien?

Jonathan abrió las manos en un gesto de bienvenida. Parecía un padre orgulloso que acababa de lanzar con éxito a un hijo al mundo. Reena, en cambio, parecía escéptica.

—¿Estás seguro, Terrence? — Preguntó Reena. —Lo resumiré, no hay problema.

—No, estoy bien.

Estaba claro que no quería verse privado de su oportunidad de impresionarme. Escondí mi sonrisa detrás de mi mano. Algunos fans eran molestos. Otros eran adorables en su adoración al héroe. Terrence entraba en esta última categoría.

—Eva, Joey, nuestro acceso al mundo etéreo nos permite utilizar poderes cuando tenemos dotes espirituales—, comenzó. —Hemos estado dotados todo el día, y cuando tocamos cosas hechas de acero etéreo, brillan con el color de nuestra aura. Toma.

Por una razón que sólo él conocía, Terrence ya tenía las armas preparadas. Le pasó a Reena una daga y sacó sus propios nudillos de acero del bolsillo. Las armas se volvieron amarillas para Reena, y de color naranja quemado para Terrence. Me senté de nuevo cuando vi que las armas empezaban a brillar. Era hermoso, peligroso y emocionante al mismo tiempo.

—Como podéis ver, nuestros colores—, anunció Terrence. —Los colores del aura de los Décimos cambian de un momento a otro, pero para los Undécimos, el color es siempre la raíz de nuestra personalidad. Yo soy naranja quemado, Reena es amarilla y Jonah es el aura azul.

Levanté una ceja hacia Jonah a pesar de que estaba

hablando con Terrence. —¿El aura azul? ¿Es algo importante, o algo así?

—Supuestamente, es algo muy grande, Superestrella—. Jonah interrumpió a Terrence antes de que pudiera abrir la boca —Me han dicho que sólo soy la octava aura azul de la historia. Llevo unos cuantos años en esto y todavía no lo tengo todo claro. Tengo dones encima de dones que ni siquiera he pedido.

Lo miré fijamente mientras un extraño sentimiento de parentesco y respeto me invadía. Junté las manos y, luego, froté los pulgares entre sí mientras susurraba mi respuesta. —Me identifico.

No. No lo haré. No podría. Apreté los dientes, desenganché los dedos y comencé a golpearlos contra mi rodilla.

—Mira, no importa. Háblame de esos poderes que parecéis poseer.

—Todos los miembros del Undécimo tienen poderes que provienen del mundo etéreo—, explicó Jonathan. —Pero todos tienen áreas de especialización. Firmas, por así decirlo. Los colores del aura que ves aquí son tres de los muchos que hay, aunque Jonah es el único que es azul. Terrence tiene habilidades basadas en la fuerza. Reena puede alterar su velocidad, crear puntos fríos y leer la esencia. Jonah tiene... muchos dones. El don más destacado es el equilibrio, que es una de las cosas de las que trata el aura azul. Es ese poder de equilibrio el que lo salvó de las Sirenas. Reguló su mente, le dio destellos de su verdadero ser, y lo alejó de la debilidad.

—Eso puede ser cierto, pero es sólo una parte, Jonathan—. Cyrus seguía de pie detrás de mí. Todavía se aferraba a mi hombro como para mantenerme erguida durante este lío de conversación. —Para superar las tentaciones de las sirenas, uno debe tener un vínculo con su verdadera naturaleza. Una poderosa atadura. Algo que las atraiga, por así decirlo. ¿Así que Jonah tiene habilidades que incluyen el equilibrio?

Excelente. Pero definitivamente había algo que le impedía sucumbir. ¿Qué fue?

Jonah tragó saliva. Tragó visiblemente. Era como si Cyrus le hubiera preguntado los secretos del universo y esperara una respuesta.

—Era algo que mi Nana solía decir—, respondió. —Las mujeres del sueño, o de lo que fuera, estaban demasiado ansiosas y dispuestas a que fuera con ellas. Parecía ser su único pensamiento. Nana solía decir: «Cuidado con las mujeres que están calientes en los pantalones y vacías en la cabeza». Ella solía decir eso todo el tiempo. Eso es lo que tenía en mi cabeza cuando intentaban con todas sus fuerzas que me uniera a ellas.

Mentiroso.

Me mordí el labio para mantener la boca cerrada. Era cierto que dependía de Cyrus para que me dijera lo que necesitaba saber sobre los monstruos con los que trataba, pero era muy bueno leyendo a la gente. Jonah ocultaba algo. Podía sentirlo.

Tal vez tenía una novia. La constatación hizo que se me hundiera el estómago. No podía explicar por qué me molestaba. Tuve que recordarme que tenía a Cyrus. Que era feliz.

No, no lo hacía. Me estaba mintiendo a mí misma.

—Sabia mujer, tu Nana—, le dijo Cyrus a Jonah. —La influencia de la familia, sobre todo la positiva, es sin duda un vínculo poderoso. Incluso a través de los planos de la existencia, tu Nana salvó tu vida.

Me froté las manos sobre los ojos mientras un dolor agudo me llenaba el corazón. La influencia familiar y las ataduras no habían sido suficientes para mantenerme atada a mis padres. Respiré profundamente y empecé a contar hasta que la culpa disminuyó. Habían pasado meses desde los asesinatos y, lo admito, había progresado. Pero maldita sea si no me mataba cuando me los recordaban.

Joey se levantó de su lugar junto a mí. Se inclinó hacia delante para agarrar a Terrence por el hombro.

—¡Esto es intenso, hombre!

—¿Cómo crees que me siento? —, respondió Terrence. —¡He estado expuesto a cosas etéreas toda mi vida!

Los nuevos compañeros íntimos entablaron una conversación propia, así que los ignoré. Apreté la mano de Cyrus cuando me apretó el hombro. Pero, en lugar de la sensación de seguridad a la que estaba acostumbrada cuando estaba cerca de él, no sentí nada.

Sólo quería que me dejaran en paz. Quería alejarme de Jonah y de los sentimientos que parecía provocar en mí.

Lástima que Jonathan eligiera ese mismo momento para hacer su anuncio.

—Jonah, Eva—, dijo, —no se os puede obligar a creer. Pero la creencia no es necesaria en este momento, porque los dos habéis visto pruebas de la existencia de las respectivas realidades de cada uno. Jonah, los mitos griegos no son mitos. Eva, hay mucho más en este mundo que dioses y monstruos. Todos los matices de la adivinación, magia, 'magick', o cualquier semántica que elijas emplear, son todos etéreos. No importa el reino o la esfera de influencia. Las personas que ves en los espejos siguen estando muy vivas. Simplemente, ya no son seres físicos. Nos guste o no, nuestros caminos se han unido y tenemos que adaptarnos.

Estudié a Jonah mientras miraba los cortes de sus piernas. Cuando se encontró con mi mirada, vi que su expresión pasaba de la contemplación al miedo.

—Superestrella—, respiró, —tus ojos son verdes. ¿Cómo diablos has hecho eso?

Sentí que la sangre se me escapaba de la cara ante sus palabras. La única forma de que mis ojos volvieran a su tono natural era que hubiera perdido mis habilidades como sibila. Había sucedido dos veces desde que hice el juramento de Apolo. Ambas veces se debieron a mis heridas causadas por la espada de Atenea. ¿Así qué decir que las palabras de Jonah me asustaron mucho?

Era la subestimación del año.

—No, no lo son—. Me quejé. —No puede ser. Dame un espejo.

Me detuve al darme cuenta de a lo que estaba a punto de exponerme. «¡Espera, no! No... no hagas eso».

—Está bien—, dijo Jonathan apresuradamente. —Puedo protegerte. En mi presencia, los espíritus y las espiritistas se mantendrán a raya. Sin embargo, por favor, no intentes ninguna acrobacia con el espejo por tu cuenta.

Joey pulsó un botón de su móvil y me lo pasó. Lo cogí y fruncí el ceño.

—¿Por qué tienes una aplicación de espejo en tu teléfono? — Sabía que estaba desviando la atención, pero no podía evitarlo. No quería ver lo que los demás veían. No quería enfrentarme a las preguntas que pasaban por mi mente. —Quiero decir, sabía que eras vanidoso, Joey, pero...

—Sólo mira—. Jonah empujó el teléfono hacia arriba hasta que me vi obligada a mirarme. No había susurros de los muertos. No había rostros parpadeando en el teléfono de Joey. Sólo estaba yo tal y como había sido. Con ojos verdes y todo.

Hice lo único que se me ocurrió. Parpadeé. Con fuerza. Y, luego, otra vez hasta que mis ojos volvieron a ser del color dorado al que me había acostumbrado. No podía dejar de mirar mi maldito reflejo mientras me daba cuenta de lo que esto podía significar.

La herida causada por la espada de Atenea no se había curado con el brebaje que los aprendices de Hécate me habían administrado en Washington. No importaba lo rápido que se hubieran curado mis otras heridas, la que había causado el mayor daño seguía filtrando veneno en mi sangre a pesar de la marca de los dioses ahora tatuada en la piel de mi costado izquierdo.

Al cabo de unos minutos, mis ojos seguían siendo

decididamente dorados. Pero no podía respirar. Y no podía revelarle mi preocupación a Cyrus. Me habría envuelto en papel de burbujas y enviado de vuelta a California antes del amanecer.

Tenía que salir de aquí.

Me levanté del sofá para dirigirme a la puerta cuando mi preocupación por la puñalada que había sufrido me hizo recordar las amenazas de Elliot. Cómo juró destruir a cualquiera que intentara ayudarme. Sin importar quién o qué fuera.

Ya había demostrado su capacidad. Al fin y al cabo, Jonah había resultado herido gracias a su breve interacción conmigo. No debería haberme importado, dado que estuvo a punto de derribar la puerta de mi habitación para expresar su descontento por mi presencia. Pero así era. Un poco demasiado.

Los monstruos bajo el control de Hera se estaban acercando, y no había nada que pudiera hacer para evitarlo.

—Eva, para.

Cyrus me alcanzó antes de que pudiera salir de la habitación. Me agarró del brazo y me obligó a mirarlo.

—Vamos arriba. Necesitas calmarte a la luz de estos recientes acontecimientos.

—No—. Cerré los ojos, temiendo que, cuando los abriera, hubieran vuelto a ser verdes. —Cyrus, necesito un poco de aire.

—Necesitas...

—Por favor—, susurré mientras mi corazón empezaba a romperse. Me había engañado creyendo que podía superar mis miedos. Me había convencido de que era más fuerte que nunca. Pero estaba equivocada. Muy equivocada.

Sentí que mis ojos ardían por las lágrimas que querían caer, pero las contuve. —No me iré lejos, lo prometo. Incluso me quedaré en el porche.

—Eva, necesitas más tiempo para sanar. El poder de la

espada de Atenea aún te afecta, a pesar de las atenciones de los embajadores de Hécate—. Cyrus entrecerró los ojos hacia mí. —Seguramente será mejor que te quedes lo suficientemente cerca como para que pueda alcanzarte si es necesario.

Asentí con la cabeza. —Estaré bien. Sólo necesito tiempo para pensar. Y puedo llamarte si lo necesito. Estoy segura de que me oirás si te llamo a gritos.

Cyrus aún parecía escéptico, pero no discutió mientras yo giraba sobre mis talones para salir de la habitación. Intenté recordar lo que Terrence había dicho sobre cómo maniobrar en este enorme lugar. Pronto encontré la puerta principal.

El aire húmedo me golpeó en cuanto salí al porche. Respiré con bendito alivio mientras mis confusos pensamientos empezaban a aclararse. Era obvio que Jonah me consideraba una idiota. Alguien peligroso. Reena parecía mucho más reservada, lo cual era bueno. Lo más probable es que fuera lo único que la había salvado cuando las sirenas atacaron. ¿Terrence? Me recordaba a Joey. Feliz. Emocionado de ser considerado especial.

Y posiblemente vulnerable. Me estremecí. ¿Podría estar a la altura de Elliott?

Antes de transformarme en la sibila, me habría reído de esa gente que se llamaba a sí misma el undécimo por ciento. Quiero decir, vamos. Misterioso mentor. Gran casa en medio de la nada. Todos tienen poderes especiales. Un cómic moderno hecho realidad.

Pero eso era antes. Apoyé los codos en la barandilla del porche y enterré la cara entre las manos. Ahora, mi vida no era más que monstruos. Monstruos, fantasmas y venganza. Era horrible. Mis pérdidas eran grandes.

Sin embargo, a pesar de todo lo que había pasado, no podía imaginar que mi vida fuera menos de lo que era ahora.

Esta fue la razón principal por la que me asusté tanto cuando vi que mis ojos habían cambiado. Estaba en serios problemas con sólo Cyrus y mis habilidades como sibila para protegerme. Pero había otro factor que pesaba en mi mente.

—Evangelina.

Levanté la cabeza para mirar a una mujer que no había visto en más de un año. Más tiempo, ya que ver la urna de su madre no contaba como verla realmente.

—Mírate. Siempre has sido un puto desastre—. Se burló con su característico acento de Charleston. —Siempre huyendo. Siempre tratando de encontrar un hombre detrás del cual esconderte. ¿No te he enseñado algo mejor que eso? No hay nadie que pueda ayudarte a ti, Evangelina. Nunca la hubo.

La miré fijamente con una mezcla de miedo y odio. Tenía mis razones. Razones que intentaban salir a la superficie cuanto más la miraba.

—Se supone que no deberías estar aquí—. Me las arreglé. —Se supone que no debo verte. Apolo lo prohibió...

Janet estalló en una risa cruel. —Apolo no tiene poder sobre alguien como yo, pequeña.

—Sí, él...

Janet agitó la mano y, en unos instantes, ya no estaba en el porche. Reaparecí en un bosque. Un bosque. Había árboles a mi alrededor. Me levanté para quitarme de encima cuando alguien me agarró por detrás y me lanzó contra el árbol más cercano. Grité cuando mi cabeza se rompió contra la madera. Me puse en cuclillas y recé a Apolo para que el dolor que me recorría el abdomen disminuyera y mi visión volviera a la normalidad. Cuando me levanté para enfrentarme a mi atacante, recordé algo que Cyrus me había enseñado el primer día de mi entrenamiento. No hace mucho, Medusa lo reiteró.

Sé siempre consciente de tu entorno.

Había once en total. Cada uno de ellos saliendo de los árboles para rodearme.

—¿Quiénes sois? — Hablé, sorprendida de escuchar el acero que subyacía en mis palabras. —¿Qué papel tenéis en la lucha de Hera conmigo?

—Oh, querida Sibila—. El hombre de las sombras se rio mientras acortaba la distancia entre nosotros. —¡Me alegras tanto! Tal vez soy un simple espíritu que desea la atención de la mismísima hija de Apolo. Tal vez tenga un mensaje para ti.

—No seas ridículo—. Sentí incomodidad ante estas palabras. La frase hija de Apolo me engendraba tal malestar ahora. Pero mi ira resurgió al ver desaparecer la imagen de mi madre. —Espera. ¿A dónde se fue?

Los ojos del hombre brillaron con un verde familiar antes de golpearme de nuevo. Me dio un puñetazo tan fuerte que caí de espaldas. Al cabo de unos instantes, me agarró, y los demás se separaron mientras me golpeaba contra otro árbol.

—Tan bonito. Tan fuerte—. Siseó mientras se apretaba contra mí. Liberó una mano lo suficiente como para hacer girar un mechón de mi pelo alrededor de un dedo sombreado. —Hay cosas por las que merece la pena ir al infierno, sibila.

—¿Sí? Entonces, por supuesto, déjame ayudarte a llegar allí.

No podía mover los brazos gracias al agarre que este hombre tenía sobre mí, pero, si había aprendido algo durante mi época como sibila, era que había más de un método de escape. Golpeé mi rodilla hacia arriba, conectando con su centro. La criatura aulló mientras mi espada brillaba a la vista. Se tambaleó hacia atrás, y entonces fue mi turno.

Levanté la espada para golpear la empuñadura contra su garganta. Cuando cayó de rodillas, bajé la hoja con un solo movimiento. Desapareció en un instante.

Levanté la espada y la sostuve justo delante de mi cara mientras dirigía mi atención a los que aún me rodeaban.

—¿Quién os ha enviado? — grité, ignorando la sangre que corría por mi mejilla a causa del golpe que había recibido. —¿A quién servís si no es a Hera?

Los seres oscuros que me rodeaban se lanzaron hacia delante como una sola unidad. Habría maldecido en voz alta si hubiera tenido tiempo. Debería haber llamado a Cyrus, pero no quise hacerlo. Quería perderme en la batalla. Quería olvidar la imagen de mi madre. El odio en sus ojos.

Así que luché.

Bloqueé sus manos mientras me agarraban. Los que conseguían golpear se encontraban con mi espada más rápidamente. Pensé que lo estaba haciendo bien hasta que sentí un dolor agudo que me atravesaba el costado. Fue tan intenso que solté la espada al caer. Rodé sobre mi espalda mientras la criatura pasaba por encima de mis piernas para arrastrarse sobre mí.

«¡Maldita sea!»

Gruñí mientras la cosa me arañaba los ojos. Giré la cabeza para ver que los demás seres me seguían para rodearme en un reino de sombras.

Dejé de intentar quitarme a las criaturas de encima mientras levantaba los brazos para bloquearme la cara. Las ideas pasaban por mi mente mientras recibía golpe tras golpe. Pensé en la sugerencia de mi guardián de quedarme dentro. Sabía que, en el momento en que volviera a la tierra, me reventarían por no haberle hecho caso.

¿Pero lo peor?

No podía imaginarme cómo iba a salir de esta.

Realmente estaba metida en problemas.

CINCO

JONAH ROWE

JONAH ESTABA ENOJADO.

Pero era una cosa de varias capas.

Así que, se había encontrado con las sirenas. Las sirenas. Siempre le habían parecido espeluznantes cuando leía sobre ellas de niño, pero siempre lo consideraba mitología.

Pues bien, esa misma mitología acababa de entrar en su conciencia y le había jodido las emociones. Incluso tenía cortes y raspaduras en la parte inferior de las piernas por la experiencia.

¿Por qué esas perras psicópatas tenían que entrar en su mente y hacer eso? Cualquiera que lo conociera sabía de sus problemas de escritura. Así que el hecho de que se metieran en su mente y fabricaran una ilusión de su éxito le enfurecía enormemente. Después de lo que había pasado con el 49er y los Haunts, estaba harto de que la gente se metiera en su cabeza.

Había conseguido luchar contra ellos y ganar. Seguía a salvo porque algo le «ataba a la verdad», como decía Cyrus. Había sido un pensamiento rápido por su parte lanzar esa cita que su Nana solía decir. Esa parte era cierta.

Pero no fueron los pensamientos de Nana los que le

salvaron. Sin embargo, la verdad permanecería en su cabeza. Que le condenaran si discutía eso con Cyrus y Eva cerca.

Eva...

Jonah suspiró. Había estado seguro de que su desprecio por ella seguiría siendo absoluto. No la veía mucho mejor que a Turk Landry. Tampoco ayudaba el hecho de que lo primero que ella pidiera al llegar a la finca fuera una copa. Pero su desprecio se había visto sacudido por las explicaciones de Jonathan y Cyrus.

Ahora estaba convencido de que todo lo de «perra» era una fachada. Al principio no lo sabía, pero cuando ella dijo que podía identificarse con lo que él sentía como el aura azul, un destello de su verdadero ser brilló. Volvió a ocurrir cuando miró el teléfono de Joey y vio que sus ojos eran verdes de nuevo. Eso la asustó mucho. Tanto que su máscara volvió a resbalar. Eva tenía esa máscara de perra para ocultar el miedo.

El tal Elliott, el asesino, tenía a Eva tan asustada que tenía que cabrear a la gente para ocultarlo.

¿En qué les había metido?

Terrence se levantó y extendió la mano.

—Me debes veinte dólares.

—¿Qué? ¿Para qué?

—Ya sabes para qué. Esa psíquica tenía razón en el dinero. Mi dinero. Entrégamelo.

—Diablos, no—, se burló Jonah. —Dijo que me enamoraría de ella. Que sería rico y tendría un paracaídas de oro. La superestrella no parece que vaya a darnos limosnas.

—¡Vamos, J! ¡Acabas de conocerla! — Terrence comenzó a marcar sus argumentos con cada uno de sus dedos. —¿Rubia? Comprobado. ¿Ojos dorados? Comprobado. ¿Oro? El olimpo cuenta, así que comprobado. ¿Increíblemente rica? También comprobado. ¿Y he mencionado lo de famosa? Triple comprobación.

—Te veo y sumo—. Jonah tachó sus propios dedos. —¿Rubia? Coincidencia. Los ojos dorados son un poco verdes ahora. Olimpo. Eh. Rica y famosa, pero en la televisión, no en el cine.

—Bien. Te sumo—. Terrence parecía estar divirtiéndose demasiado con esto. —¿Rubia? Natural. ¿Ojos dorados? El verde vino y se fue, así que eso no cuenta. ¿Olimpo? Es real, amigo. La famosa de la televisión sigue siendo famosa. La mujer nunca dijo estrella de cine, sólo de entretenimiento. Fuiste tú el que tiró por el cine. ¿Y cómo vas a explicar por qué no dejas de robarle miradas? Ya te estás pillando por ella, y lo sabes.

—¿Pillando? Estoy en guardia—. Jonah se encogió de hombros. —Esta señora es un imán para los problemas. Además, tiene miedo y no quiere que lo sepamos. No estoy robando miradas. Estoy observando.

—Ajá. Vale—, asintió Terrence. —Entonces no te importará que yo intente ir a por ella. ¿Sabes cuántas revistas tengo guardadas sólo porque ella hace sesiones de pin-up? Esa chica es muy sexy.

—Ve a por ella, hermano—, dijo Jonah. —Con suerte, ella quedará cautivada. Cyrus no lo aprobará, para que lo sepas.

Terrence enarcó una ceja. —Esa no era la respuesta que esperaba.

—Sé lo que estás tratando de hacer aquí. No va a suceder. Además, tengo a Vera...

—Que se escapa cada vez que puede y apenas te da la hora—. Terrence resopló. —¡Reena! Dile a J que me devuelva el dinero

Reena abandonó su conversación con Joey y se acercó a ellos.

—¿Qué dinero?

—Los veinte dólares de la vidente. J no cree que Eva sea la mujer de la que hablaba y no atiende a razones.

Reena se rió. —Sí, J. Has perdido esta vez. Con bastante contundencia.

—Ok. Mira, no hay absolutamente nada. Nada.

—¿Sí? Lo creeré cuando los cerdos vuelen—. Reena sonrió. —Vosotros dos seguís jugando al juego del «te odio» para ocultar el hecho de que sólo queréis arrancaros la ropa el uno al otro.

—¡Reena!

—Es cierto—. Se encogió de hombros. —Conozco esa mirada en la cara de una mujer. Le cayó un rayo cuando te vio. Y ahora no sabe qué hacer al respecto.

—¿Le cayó un rayo? — Jonah frunció el ceño. —Ha sido una chica mala... ¡una Karen desde que nos conocimos! Para ser tan inteligente, te has pasado un poco.

—Es una fachada, J—, Reena puso los ojos en blanco. —Te he dicho que está asustada. En ese mismo sentido, tú has sido un gilipollas con ella. ¿Por qué? ¿Intentas negar lo que sientes o algo así?

—Diablos, no—, murmuró Jonah. —Vi que era gilipollas, y me puse a su altura. Fue así de simple.

—De acuerdo—. Reena asintió. —Entonces, si se acercara y te besara ahora mismo, ¿la apartarías? ¿O te pondrías a ello?

—Eso nunca va a suceder.

—Eso no es una respuesta.

—Pero es la respuesta que tienes—, dijo Jonah. —Ella tiene al hombre viejo ese, de todos modos.

—Creo que eso es sólo para guardar las apariencias—. Reena se golpeó los dedos contra la barbilla. —¿Notas cómo apenas interactúan entre ellos? Eso no me grita que sea un romance al rojo vivo.

—¿Por qué estamos teniendo esta discusión?

—¿Porque es divertido torturarte?

—Divertido.

—Voy a hablar con ella. A ver si puedo hacer eso de lo que hemos hablado—. Terrence le dio una palmada en el hombro a Jonah. —Ya que no te importa y todo eso.

—No me importa—, dijo Jonah con entusiasmo. —Es que... tiene al viejo. Prepárate

—¿A dónde ha ido?

—Salió a tomar el aire—. Jonah respondió. —Al porche delantero. Probablemente.

—Bien. Eso significa que está sola—. Terrence sonrió. —Deséame suerte.

Terrence empezó a alejarse, pero dio diez pasos antes de llegar a la puerta levantó las manos y se volvió furioso hacia ellos.

—¿Qué? Pensé que ibas a ir a por ella.

—¡Y yo que pensaba que ibas a intentar detenerme! ¿Qué demonios, J?

—¿Por qué iba a detenerte? — Preguntó Jonah en tono inocente. —Me interesa ver si te rechaza, o si te dice que no con cariño. Porque no va a funcionar.

—¿Y por qué , exactamente? — Terrence cruzó los brazos sobre el pecho. —¿Por el viejo? Si ella es el tipo de celebridad insípida, entonces el viejo no importa.

—Ella sólo... parece que necesita a un tipo de Hollywood—, dijo Jonah. —No, ya sabes, alguien como nosotros, los campesinos. Por el amor de Dios, si la invitas a una barbacoa, probablemente la rechazará y dirá que sólo come cartón alimentado con pasto y de granja.

—¡Deja de torturarme, J! De acuerdo. Está bien. Iré a hablar con ella por ti.

—¿Por mí?

—Sí. Ya le dije que no eras realmente un imbécil y que hemos pasado por muchas cosas últimamente. Cuando la acompañé a su habitación—. Terrence sonrió. —Me agradeció mi perspicacia de quitar todos los espejos para que no tuviera que preocuparse de que un espíritu intentara pasar. Porque yo, a diferencia de ti, reconozco algo bueno cuando lo veo.

Jonah se encogió de hombros, sintiendo un alivio que no entendía. —Esto ha sido divertido. Estaré en la sala de pesas. Si vas a por ella o lo que sea, puedes venir y decirme qué tal te fue.

—Lo haré...

Terrence volvió a entrar un momento después con el ceño fruncido. Cruzó hacia ellos.

—Eso fue rápido.

—Eva no está fuera—. Terrence negó con la cabeza. —Al menos, no en el porche. No la viste pasar, ¿verdad?

—No la he visto, hermano—, dijo Jonah. —Estoy seguro de que no estará en el gimnasio.

—Habría pasado por delante de nosotros—. Reena se tiró de la cola de caballo y se la volvió a levantar. —Tal vez fue a dar un paseo por los terrenos.

—Maldita sea—, suspiró Terrence. —Acabo de armarme de valor. Lo intentaré de nuevo esta noche. Quizá pueda acompañarla a su habitación.

—Quizá te invite a entrar—. Reena sonrió.

—Diviértete, tío—, le dijo Jonah, extrañamente aliviado de nuevo. —Y cuando estés decepcionado, ven a buscarme. Podemos jugar, ¿de acuerdo?

—No te molesta en absoluto, ¿verdad?

—¿Te haría sentir mejor si lo hicieras? — preguntó Jonah.

—¡Sí, porque entonces sabría que tengo razón y me devolverías mis veinte dólares!

—¡Terrence! — Reena se rió. —¿Así que todo tu plan ha sido conseguir veinte dólares? ¿Qué habrías hecho si ella hubiera dicho que sí?

—Ya sabes lo que yo haría, Re. Terrence sacó su teléfono y les mostró una captura de pantalla de Eva. Era claramente una sesión de fotos , pero ella iba vestida con nada más que una diminuta falda mientras caminaba por una playa. —Me encargaría de las cosas.

Jonah tomó aire, pero negó con la cabeza. —Eso es de acosador, tío.

—Sólo es de acosador si realmente intentara contactar con ella. ¿Quién iba a saber que aparecería aquí? — Terrence guardó su teléfono. —Quiero decir, aparte de esa vidente.

—Será mejor que bloquees tu teléfono—, dijo Jonah. —Si lo ve, te encerrará en la prisión en la que todos querían meter a Kevin Spacey.

—Nunca lo verá—. Terrence se encogió de hombros. —Igual que Charlize Theron nunca verá sus fotos en mi teléfono. O...

—¿Tienes más de uno?

—Soy un hombre, Re. Por supuesto que sí. Y nos estamos saliendo del tema. ¿Cómo vamos a juntar a Jonah con Eva para que pueda recuperar mi dinero?

—Amigo, si los veinte significan tanto para ti, te pagaré—, dijo Jonah. "No serás mi chulo dorado.

—No soy dorado, soy de oro—. La sonrisa de Terrence se amplió. —Creo que tienes miedo.

—¿Miedo de qué?

—Miedo de que pueda pasar algo que te haga feliz. Te pones nervioso cuando la mierda se pone demasiado buena, J.

—Estoy bien, hermano—, insistió Jonah. —No hay nervios. Aunque me gustaría saber por qué está tan asustada.

—Creo que tiene que ver con Elliott.

—De todos modos, ¿cuál es su historia? — Jonah negó con la cabeza. —No entiendo cómo alguien que es inmortal puede tener miedo de algo.

—Elliott es sólo un idiota, amigo. Es bastante conocido por ello—. Terrence negó con la cabeza. —Es el director creativo y copresentador del programa, así que determina sus ubicaciones. Pero siempre está metiendo a Eva en situaciones en las que acaba herida o traumatizada.

—¿Traumatizada?

—Sí. Como en su primera temporada. Uno de los clientes murió de un ataque al corazón delante de ella. ¿El final de temporada? La tuvo como cebo para un espíritu violador que resultó ser un empleado de carne y hueso del hotel en el que estaban. Sabes que esa mierda tenía que dejar huella.

Jonah frunció el ceño. —¿Y el jefe del programa... está de

acuerdo con esta mierda? ¿Para qué clase de gente trabaja? ¿Buenos muchachos?

—Sí. Elliot es el hijo del director general y fundador de Theia. Todo su personal ha estado allí desde siempre, por lo que se aviene a todo tipo de cosas. Mientras *Mensajes de la tumba* siga trayendo el dinero a lo grande, nadie se atreve a intervenir.

—Así que cuanto más éxito tiene Eva, más peligro corre—, dijo Jonah. —Genial.

—Exactamente—. Terrence miró hacia la puerta principal. —Forbes informó que ahora se lleva a casa casi trescientos mil por episodio. Eso es antes de su porcentaje de ingresos por publicidad. Y cada temporada tiene veintidós episodios, así que puedes hacer las cuentas.

—No me extraña que sea rica de cojones—, dijo Jonah. —Espero que invierta la mayor parte de ese dinero.

—Lo que no invierte, lo dona a la caridad. Es esa influencia liberal de Hollywood.

—¿En serio estás hablando como si eso fuera algo malo?

—No, en absoluto. Sólo digo que hay más en ella que su apariencia, eso es todo.

—Ajá—, dijo Jonah. —Creían lo mismo de Miley Cyrus. Luego lanzó *Bangers*, y todo se fue a la mierda.

—No puedes poner a esas dos en la misma categoría—. Terrence negó con la cabeza. —Eva pasa desapercibida, por eso a los paparazzi les encanta tenderle una emboscada. Su único escándalo ha sido ese supuesto intento de suicidio que todos sabemos que era falso.

—¿Qué pasó exactamente?

—Nadie, excepto Eva y Cyrus, lo sabe realmente. Ella estaba en Charleston para el funeral de sus padres en otoño. Los periódicos informaron que saltó de un edificio de cuatro pisos, pero hay lagunas en esa historia.

—¿Lagunas? — Reena decidió reincorporarse a su conversación. —¿Cómo qué? —

—Tenía una fea puñalada en el costado justo donde está la marca de la sibila—. Terrence se inclinó como si les estuviera dando un buen chisme. —Y encontraron pruebas de que había estado metida en una pelea física antes de eso. Cara rota, golpes de puño, cosas así.

—Bueno, ella es inmortal, supuestamente—. Dijo Jonah. —En la mitología griega, lo único que podía herir a un inmortal era la espada de Atenea. Suponiendo, por supuesto, que eso sea real. Así que, a menos que Elliott la apuñalara con eso, le sería difícil probar su historia.

—¿Qué sabes de la espada de Atenea?

Los tres se volvieron para ver a Cyrus de pie cerca. Estudió a Jonah con una expresión fría.

—He leído mitología—. Jonah se encogió de hombros. —Eso fue algo que se me quedó grabado.

—¿Qué pasó en esa habitación de hotel, Cyrus? — Reena frunció el ceño. ¿En serio?

—Eva es una persona muy... frágil—. Respondió. —Sería mejor para todos los involucrados si nuestros mundos no se mezclaran.

—Amigo, no fuimos nosotros los que nos mezclamos—, le recordó Jonah a Cyrus. —Ese fue tu chico Apolo. Así que, si estás molesto por eso, por favor no lo pagues con nosotros.

—Además de todo eso—, dijo Terrence con el ceño fruncido, —¿qué es lo que pasa, tío? Si no te conociera mejor, diría que nos estás diciendo que Eva sólo puede tener amigos a los que tú le das permiso. Por favor, dime que estoy suponiendo mal.

—Es mi deber asegurarme de que Eva esté protegida—. Cyrus les dedicó una sonrisa tensa. "—Cualquiera que intente hacerse amigo de la sibila debe ser investigado y debe ser capaz de mantenerse en pie.

—¿Tú eres el que hace la investigación? — preguntó Reena. —Parece que ese es un trabajo para Apolo, ¿no crees? Me parece raro que tú tengas la última palabra en eso.

—Entonces permíteme aclararlo—. Cyrus sonó molesto. —Eva no tiene amigos. Es demasiado peligroso para ella y para ellos. Pido que cada uno de vosotros mantenga la distancia de ella mientras estemos aquí. El sueño de Jonah con las sirenas es prueba suficiente de lo peligroso que es estar bajo el mismo techo que ella.

—No va a pasar, hermano—, dijo Jonah. —Jonathan os ha traído a nuestra zona. No habrá reticencias por nuestra parte. Si Apolo lo declaró, lo que sea, pero... y sin faltarte al respeto, hermano, pero... tu palabra no es suficiente. ¿Eva no tiene amigos porque tú lo dices? Ajá. Lo siento.

—Ya veremos.

—¿Qué diablos significa eso?

—Exactamente lo que he dicho—. Cyrus metió las manos en los bolsillos de su traje. —Si Apolo lo considera así, entonces seguiremos su directriz. Sin embargo, esa directriz terminará pronto. Si tienes que ayudar a Eva a filmar su programa, que así sea. Pero no esperes nada más que eso.

Los ojos de Jonah se entrecerraron. Algo en la forma en que Cyrus dijo eso no le gustó. —No hay expectativas de ninguna manera, hombre. Sólo digo que Eva es una mujer adulta, con su propia mente y sus propias opiniones y puntos de vista. Lo digo con todo el respeto, aquí nadie tiene que hablar contigo primero. Si fueras su publicista, sí. Pero tú eres el guardaespaldas. No es nada personal. Sólo un conjunto diferente de reglas.

—Guardaespaldas, sí. Supongo que sí.

—Hablando de eso—, Terrence habló. —¿Dónde estabas cuando Elliot empujó a Eva por la ventana?

—Estás asumiendo que Lancaster estuvo involucrado.

—Eva dijo...

—Eva dice muchas cosas en un intento de mantener su imagen pública intacta, Terrence.

—Oh—, dijo Reena con un tono de complicidad. —Es así.

—¿Cómo qué, querida Reena?

—No me llames 'querida'—, dijo Reena, —y es como la situación en la que prefieres que la narración esté controlada lo máximo posible. ¿Por qué, Cyrus? ¿Por qué crees que Eva necesita ser controlada al milímetro?

—Como he dicho, mi protegida es un individuo extremadamente frágil—, sus ojos se oscurecieron cuando se volvió hacia Reena. —Y dados los peligros a los que se enfrenta a diario, es imperativo que se utilice todo el control posible para garantizar su seguridad. Los del Undécimo se enfrentan a peligros, sí, pero no hasta este extremo. Preferiría que no pusieras ideas en contra en la mente de la sibila. Mi trabajo ya es bastante difícil.

—Ahí vas de nuevo, amigo—, dijo Jonah. —Lo que prefieres. Lo que quieres. Lo que deseas. En realidad no podemos poner pensamientos en la cabeza de Eva. Pero parece que quieres ser el único que pone pensamientos allí. Si me equivoco, dímelo. Parece que estás actuando como una mezcla entre su padre y su marido.

—No tienes derecho a hablarme así—, le espetó Cyrus a Jonah. —No conoces nuestro mundo...

—Cálla—. Reena levantó la mano. —La esencia de Eva acaba de cambiar.

—¿Qué?

Todos vieron cómo la espada de Eva se desvanecía de la mesa de café. Cuando Jonah empezó a rodearlo, Cyrus le tendió un brazo.

—No creas, aura azul, que puedes interferir.

—Y no creas, cretense, que puedes controlarme—, replicó Jonah. —Puede que no conozca tu mundo, pero sí conozco estos terrenos. Ahora, si me disculpan. Jonathan, devuélveme mis bastones, averiguaremos qué pasa.

—Jonah—, Cyrus intentó vaciar la tensión de su voz, —Eva no es tu responsabilidad.

—Ahórratelo, tío—. Jonah estaba tan agradecido de tener

sus bastones de vuelta que los hizo girar en sus manos un par de veces. —¿No quieres mi ayuda? Mala suerte.

Giró sobre sus talones y se apresuró a salir antes de que nadie pudiera decir nada sobre pensar o planear. Estaba en el porche en un minuto, con Cyrus justo detrás de él.

En ese momento, claro como una campana, oyeron el grito de Eva. Sus cabezas se dispararon en esa dirección.

—¡El bosque!

Jonah estuvo a punto de derribar a Cyrus cuando los dos partieron hacia el bosque. No sabía qué esperar cuando llegaran a Eva.

Y una vez que lo hicieron, todavía no lo sabía.

—¿Qué demonios?

Eva estaba rodeada de gente de las sombras. Pero la composición de sus cuerpos era un poco más densa, como el hollín. A Jonah le hicieron pensar en otros seres sombríos, parecidos al hollín.

—¡Sombras! — Cyrus gritó. —¡Detengan esto de inmediato!

—¡No creo que haya funcionado, amigo!

Jonah lo llamó. Pensó en las sirenas jugando con su cabeza de nuevo, y la combinación encendió a Jonah con tal rabia que todo pensamiento de preocupación se estampó.

Dejó las porras y empezó a concentrarse.

—Jonah, ¿qué estás haciendo? ¡Eva nos necesita!

—Quita a Eva de en medio—, ordenó Jonah.

—Necesito cortar una línea a través de las bestias

—¡No toques ni una! —, espetó Jonah mientras el suelo empezaba a temblar. —¡Quizás quieras coger a Eva ahora!

Cyrus desapareció entre las sombras. Los seres de las sombras se dieron cuenta de que el suelo temblaba bajo sus pies y, alarmados, dejaron de atacar a Eva. Cyrus entró en escena justo al lado de Eva y la apartó. Los seres de las sombras ni siquiera se dieron cuenta.

La concentración de Jonah dio sus frutos cuando la puerta

de la jaula mental se cerró en su mente. En el momento en que lo hizo, la familiar jaula azul espectral surgió del suelo y atrapó a todas las bestias de las sombras en su interior. Una de ellas tocó una barra y aulló de agonía.

—¿Qué es esto? —, gritó uno de ellos. —¡Ningún mortal griego es capaz de tales cosas!

—No soy griego, soy sureño—, gruñó Jonah. —Y no eres bienvenido en esta tierra.

Cerró los puños y la jaula se cerró sobre las cosas. La jaula azul los aniquiló en minutos.

Jonah bajó las manos. Cyrus y Eva lo miraron sorprendidos.

—¿Qué ha sido eso? —, preguntó Eva.

Jonah respiró lentamente para calmarse. —Tiene un nombre elegante, pero yo lo llamo jaula mental.

—¿Por qué te has enfadado tanto? —, preguntó Cyrus.

Jonah sintió que volvía a estar centrado. —Me recordaron algo más.

Los ojos de Cyrus se entrecerraron, pero dejó de lado el asunto mientras volvía a prestarle atención a Eva.

—Maldita sea—, dijo. —¿Qué estás haciendo aquí?

Jonah puso los ojos en blanco y le tendió una mano a Eva. —Por lo visto, las superestrellas hacen lo que les da la gana. He oído que se niegan a escuchar nada. Especialmente cuando es por su propio bien.

Eva cogió la mano de Jonah y, luego, lo empujó hacia abajo y hacia un lado. Jonah estaba dispuesto a llamarla de todo menos por su nombre, pero entonces se dio cuenta de que había una forma sombría en su espada. La cosa dio un último respingo mientras se desvanecía en la noche.

—Te has dejado una, vaquero—, murmuró. —Puedes agradecérmelo después.

Eva empujó a Jonah con la suficiente fuerza como para que éste rodara sobre su espalda. Jonah volvió a poner los ojos en blanco cuando Cyrus se agachó para poner a Eva en pie.

Archivó su respuesta sarcástica. Ahora no era el momento de hacerlo, ya que Eva había recibido una tremenda paliza. Los ojos de Cyrus se entrecerraron mientras dirigía toda su atención a Eva.

—Tus heridas son tu propia culpa, Eva—, espetó. —Te dije que te quedaras en el porche.

Antes de que Eva pudiera responder, Cyrus continuó.

—Tú, más que nadie, conoces los peligros a los que te enfrentas en este momento y, sin embargo, ¿te apresuras a salir sin pensar? Si no hubiera sido porque todavía estábamos en la sala de estar, nunca nos habríamos dado cuenta de que necesitabas ayuda.

Eva se cruzó de brazos y asintió. —Tienes razón. Lo siento, Cyrus.

—Cuando volvamos a la casa, quiero que vayas directamente a tu habitación y te quedes allí. Cyrus le agarró el brazo justo por encima del codo y Jonah podría haber jurado que vio una mueca de dolor en sus facciones. —Vamos.

—¡Oye, amigo! — exclamó Jonah. —¡Si agarras a Eva así, la magullarás más que a las sombras! ¿Quieres calmarte un poco?

—¿Qué te dije acerca de interferir, Rowe? — Cyrus fulminó con la mirada a Jonah mientras empezaban a caminar. —Ya que estás tan preocupado...

—Está bien—, interrumpió Eva mientras miraba al frente. —Estoy bien. Lo juro. Gracias por vuestra ayuda. A los dos.

—Si no hubieras abandonado el porche, no habría habido necesidad de ayuda.

—Tienes razón, Cyrus. Debería haberte escuchado. Lo siento.

—Eva, no tienes que disculparte por caminar seis malditos metros—, escupió Jonah. —Cyrus, no es una interferencia, es una pregunta. La página web dice que el padre de Eva se llamaba Martin, no Cyrus. Jonathan no dejaría que una mujer fuera maltratada de esa manera. Tampoco el resto de nosotros.

Ahora, afloja tu agarre. La sangre se está drenando del brazo de Eva.

Eva no dijo nada cuando Cyrus soltó un sonido que era una mezcla entre un suspiro y un gruñido. Aflojó el agarre, pero Jonah pudo ver que estaba enfadado.

¿Qué demonios estaba pasando entre ellos dos? ¿De verdad?

Una vez que llegaron al porche, Cyrus dirigió a Eva hacia las escaleras, pero se detuvo cuando Reena los llamó.

—Tú. Ve a la cocina. Te revisaremos.

—No puedo—, Eva se aclaró la garganta mientras lo intentaba de nuevo. —Estoy bien. Sólo fue una refriega.

—No lo volveré a decir—, dijo Reena, severa. —Siéntate y deja que te inspeccionen.

Eva entró en la cocina con la cabeza gacha y los brazos cruzados. En cuanto estuvo fuera del alcance del oído, Cyrus se volvió hacia Jonah.

—No tienes ni idea de cómo es nuestro mundo, Rowe—, lo fulminó con la mirada. —La amabilidad es una debilidad que se explota. Cuestionas mis métodos desde la ignorancia.

—Bondad... no me vengas con esa mierda—, dijo Jonah, —Eva está en peligro por la violencia, ¿así que respondes con violencia? Si crees que ese es un enfoque válido, el único ignorante es tu culo. Tu mundo no es diferente al del resto. Esa mierda fue un abuso al límite. No hay otra explicación.

Cyrus inhaló y respondió.

—Eva está a mi cargo. Es mi responsabilidad. No es una estudiante de la finca. Ni Jonathan ni tú tenéis ninguna influencia en lo que sucede entre nosotros. Quiero dejar ese punto perfectamente claro.

Jonah no se echó atrás. —Eva está a cargo de Apolo, contigo como su mano elegida. No, no es una estudiante aquí, pero tampoco es tu estudiante. Si estás en los dominios de Jonathan, bajo su techo, entonces él sí tiene influencia, lo acepte tu ego o no. Si sigues actuando como una amenaza tan grande como esas cosas de la sombra, o como una aún mayor, quiero dejarte perfectamente claro que serás tratado en consecuencia. ¿Me entiendes, amigo?

—Perfectamente. Ahora, si me disculpáis, necesito comprobar la carga de Apolo.

Cyrus se dirigió hacia la cocina, y Jonah lo observó hasta que Terrence se acercó a él.

—¿Qué demonios podría atacar a Eva aquí? — Exigió. —Estamos protegidos por todos los recursos imaginables.

—Cosas de aspecto sombrío, hombre—. Jonah se encogió de hombros. —Algo o alguien está mezclando nuestras cosas griegas y etéreas. Atravesó algunas defensas por ahí.

—¿Y qué pasó?

—¿Qué quieres decir?—

—Parecías cabreado, hermano. Estoy dispuesto a apostar a que no han sido esas cosas de la sombra, a no ser que hayan destruido una de tus porras o algo así.

Jonah apretó los dientes. —Parece que Cyrus el musculoso es un poco de la vieja escuela.

—¿De la vieja escuela? ¿Como en la mentalidad?

—Sí, respondió Jonah, —así como en la forma en que trata a las mujeres. Eva fue atacada ahí fuera, y luego la regañó por abandonar el porche. ¿Ves ese moratón en su brazo? Eso no vino de esas cosas de sombra. Se debe a que la agarró con frustración.

—Espera. ¿Cyrus le hizo eso? — Terrence parecía confundido. —Estoy seguro de que fue un error.

—¿Un error? Yo lo vi hacerlo.

—Vamos, J. Si Eva estuviera siendo maltratada, alguien se habría dado cuenta y habría hablado. Es más, lo habría dejado. La mujer tiene casas por todo el mundo. No es que ella dependa de él o algo así.

Jonah respiró hondo para dejar entrar las palabras de Terrence. —De acuerdo, bien. No estoy del todo convencido, pero te escucho.

—Eres muy protector con una mujer que no te gusta—. La cara de Terrence era astuta.

—Podría ser Jessica Hale que, por mucho que la odie, me abalanzaría si creyera que la están maltratando—, dijo Jonah.

—Sí, te escucho.

Terrence y Jonah se dirigieron a la cocina, pero se detuvieron justo en la puerta. Eva suspiró cuando Reena le untó un bálsamo en el brazo por encima del codo.

—Mantengo que esto es completamente innecesario.

—Y yo sostengo que hay que cuidarse—, refunfuñó Reena.

—¿Y de aquí a que te cures?

—¿Entonces he aprendido la lección sobre enfrentarme a una turba de once gilipollas yo sola?

Jonah casi se rió. Si creía que podía despreciar los intentos de Reena por ayudarla, se merecía otra cosa. Al parecer, Cyrus no podía retener sus amonestaciones ni siquiera frente a esta gran audiencia.

—Te lo dije—, le dijo a Eva. —¿Cómo pudiste ser tan descuidada?

Cyrus se paseó frente a la silla mientras Eva se tomaba, al menos a los ojos de Jonah, más tiempo del necesario para responderle. Después de la bronca que había recibido en el bosque, estuvo a punto de decirle a Cyrus que lo dejara. ¿Cuántas veces iba a insistir ese viejo bastardo en que esto era culpa de ella?

—Cyrus, estoy bien—. Hizo un gesto de dolor cuando Reena le puso una especie de crema en la herida del costado. —De hecho, ni siquiera estoy segura de por qué os tomáis la molestia de vendarme. Mis heridas desaparecerán antes de mañana.

—Esta conversación me va a volver loco—, anunció Jonah. —¿Qué eran esas cosas? Parecían Haunts con forma de personas. ¿Dijiste que había once de esas cosas? Yo sólo vi cinco.

—Once . Eva confirmó mientras sacudía el brazo en el

que Reena había estado trabajando. —Eliminé a cinco de ellos antes de que me emboscaran por detrás. Seis, si cuentas al que maté para salvarte el culo. ¿Y qué es exactamente un Haunt?

Jonah la miró fijamente. Aniquiló a cinco por sí misma, ¿eh? Deseó haber visto eso.

—Bien—, dijo Eva. Aparentemente, no quería que Jonah le dijera lo que era un Haunt. —¿Dónde está Jonathan? Si voy a contar esto, también puedo hacerlo con todos aquí.

Jonah observó cómo Reena empaquetaba la bolsa de las medicinas que utilizaba con casi tanta aptitud como Liz. Todos atravesaron la cocina para llegar a la sala de estar. Eva cogió una botella entera de vino. Dios mío, ¿dónde había metido todo ese licor? Pero Joey se aclaró la garganta, la cogió y le sirvió un vaso. Jonah negó con la cabeza. Más allá de remediar los efectos de un embrujo, no tenía ningún uso para el licor. Esperaba que ella no esperara que esa porquería le despejara la mente.

—Estoy aquí, Eva—. Jonathan apareció por la puerta. Saludó con la cabeza a Jonah y a Cyrus mientras se sentaba en el brazo del sofá donde Eva estaba sentada. —Lo has hecho bien, Jonah.

Jonah se encogió de hombros. Le preocupaban más esas cosas de Haunt que los elogios.

—Mira, va a ser doloroso hablar de esto—. Eva comenzó con una respiración entrecortada. —Vi a mi madre.

—¿Tu madre? — Terrence se inclinó hacia delante con los codos apoyados en las rodillas. —¿Viste a tu madre en forma de espíritu?

—Sí—, murmuró Eva cuando Cyrus se puso a su lado. —No debería haberla visto. Apolo me lo prohibió. Los dos tenemos una... una historia horrible.

—Exactamente—. Cyrus se puso rígido frente a ella. —Apolo lo prohibió. Inténtalo de nuevo, Eva.

Eva se frotó la mano por la cara. —Si no fuera Janet...

—No lo fue. Decidiste ignorar una sugerencia perfectamente racional de quedarte donde pudiera ayudarte.

La cara de Eva se quedó completamente en blanco. Se estaba apagando. Jonah reconocería ese tipo de mirada en cualquier lugar.

—¿Por qué no dejas que Eva nos cuente lo que ha pasado en lugar de interrumpirla cada cinco segundos?

—Porque Eva es conocida por mentir en ocasiones. Especialmente cuando sabe que ha ido en contra de las órdenes establecidas para su propia protección.

—Eva—, Jonathan enarcó una ceja hacia Cyrus antes de centrarse en ella. —Por favor, cuéntanos qué ha pasado.

—Caí en una trampa—. Respondió con una voz plana. —El incidente en el bosque fue culpa mía. Me disculpo por poner a Jonah y a Cyrus en peligro. ¿Me disculpáis?

—Todavía no. Hay más, creo—. Jonathan miró a los habitantes de la sala y, luego, a Eva. —Háblanos de esta trampa.

—¿Qué hay que decir? — Eva se quedó mirando un punto de la pared detrás de la cabeza de Cyrus. —Me golpearon contra un árbol. Su líder me dijo que había cosas por las que valía la pena ir al infierno. Dijo que yo era una amenaza para la armonía o algo así. Entonces, empecé una buena pelea a la antigua.

—Fue entonces cuando aparecimos—. Jonah tuvo que describir a esas bestias. —Jonathan, esas cosas parecían Haunts con forma humana.

—Esos no eran Haunts, Jonah—. Cyrus habló, pero no le quitó los ojos a Eva. —Se llaman sombras. Poderosas criaturas bendecidas por la propia Hera. Se creía que eran soldados que habían caído en el campo de batalla. Sólo los mejores eran sacados del inframundo para servir a la reina de los cielos.

—¿Así que ahora tiene un ejército propio? —, suspiró Eva. —Genial.

Pero Jonah la ignoró. No estaba dispuesto a rendirse tan fácilmente. —¿Por qué parecían Haunts?

—Son productos del mismo material astral—, explicó Jonathan. —Hera está mezclando nuestros mundos para crear nuevos monstruos.

Jonah agachó la cabeza. Así que esta mujer-diosa-loquesea, estaba tomando prestado de sus dos mundos para hacer soldados de la sombra. Genial.

Y, entonces, Jonathan tuvo que seguir y e ir más allá.

—Jonah—, dijo con los ojos puestos en Eva, —quiero que te quedes con la señorita McRayne durante toda su estancia aquí en la finca Grannison-Morris.

—¿Qué? — Jonah parpadeó. —Pero Eva ya tiene un guardaespaldas. Además, ¿por qué yo? ¿Por qué no Terrence? Él es su gran admirador.

—Las emociones no servirán de nada cuando te encuentres con una amenaza—. Jonathan levantó una mano cuando todos comenzaron a protestar. —Cyrus, entiendo tu posición. Sin embargo, creo que la amenaza a la que se enfrenta tu sibila es mucho más peligrosa que cualquier cosa con la que nos hayamos encontrado antes.

—Acepto tu oferta—. Cyrus asintió, pero Jonah lo vio apretar los dientes antes de continuar... —Cualquier ayuda será muy apreciada.

Jonah enarcó una ceja. ¿De verdad? ¿Le parecía bien?

—Pero ahora—, Cyrus tomó el brazo de Eva por encima del vendaje con el que Reena había cubierto su codo y la ayudó a ponerse de pie, —creo que es hora de que Eva se retire. Ha sido una noche bastante agitada.

Se despidió de todos ellos mientras Cyrus la dirigía hacia la puerta. Se detuvo en el umbral y se volvió para mirar a Jonah.

—Gracias, Jonah. Realmente aprecio tu ayuda allí. Siento haberte metido en un lío.

La apreciación tomó a Jonah por sorpresa, pero se

recuperó bien. —Ni lo menciones, Superestrella. Gracias por matar a ese que estaba detrás de mí.

Cyrus la guio hacia fuera. Jonah se dejó caer mientras Terrence golpeaba a Joey en el hombro sin fuerza alguna.

—Déjame mostrarte tu habitación, Joey—, dijo. —Está a un par de puertas de la mía.

—Claro, tío—, dijo Joey, —¿Cuántas habitaciones tenéis?

—Oh, señor—. Reena se levantó y se desató el pelo. —El número de personas aquí es de un solo dígito, y todavía hay amor fraternal. Me voy a pintar.

Se dirigió a su estudio de arte, lo que dejó a Jonah solo con Jonathan.

—¿Quién pensó que tanta mierda… perdón, tantas emociones podrían caber en un día? — Preguntó Jonah. —Pero estoy más que feliz de dejarlo atrás. Buenas noches, Jonathan.

—No tan rápido, Jonah—. Jonathan no quitó los ojos de la puerta que Eva y Cyrus usaron para salir. —¿Recuerdas que te dije que deseaba que te quedaras con la señora McRayne?

—Claro, Jonathan, lo acabas de decir hace cinco minutos.

—Quiero que eso comience ahora.

Jonah miró fijamente a su mentor. —Eh, ¿qué?

La expresión de Jonathan no cambió. —Ya has oído, hijo.

—¿A la una de la madrugada?

—El tiempo no importa, Jonah. Tú lo sabes.

—¡Pero Jonathan! — ¿Por qué demonios estaba Jonathan haciendo esto? —¡Ella está en una habitación con Cyrus!

—Exactamente—, dijo Jonathan. —Su juicio no es lo que debería ser en una coyuntura como esta. Y no necesita la distracción que sin duda le está causando el guardián en este momento. Los dos tenéis una experiencia mutua con los mundos del otro. Deberíamos atacar mientras el hierro está caliente. Además, Cyrus puede ayudarme a evaluar las nuevas defensas.

¡Oh, vamos, hombre! — Jonah entendió un poco lo que

Jonathan quería decir, pero el momento era una basura.

—Sólo dale la noche, Jonathan. Me pondré en contacto con Eva por la mañana. Si voy allí ahora, no se sabe lo que podría estar interrumpiendo...

—Tu presencia puede muy bien interrumpir algo—, dijo Jonathan. —Una mujer inocente experimentando una horrible paliza.

Eso detuvo a Jonah en su camino. Jonathan tenía que ir allí, ¿no?

—¿Sabes algo, Jonathan?

—No es seguro, pero reconozco las señales. Y no permitiré que nuestra invitada sea dañada bajo este techo.

—Muy bien, Jonathan—, dijo. —Bien.

———

Jonah odiaba arruinar momentos. Por otra parte, después de lo que había presenciado en el bosque, no estaba seguro de qué tipo de momento iba a interrumpir.

Volvió a la puerta de Eva, sin intención violenta esta vez, y llamó.

Oyó movimientos, pasos y, luego, la puerta se abrió. Era Cyrus.

—¿Qué?

Jonah se puso rígido al oír el tono de voz de Cyrus. ¿Quería hacerse el gilipollas? Bien. Jonah podía devolvérselo.

—Jonathan quiere que me quede con la Superestrella.

Cyrus le miró. —¿Ahora?

—Sí—, dijo Jonah. —Ahora mismo.

Cyrus negó con la cabeza. —Ya está dormida. Tal vez sería mejor que esperaras hasta...—

Entonces escuchó la voz de Eva. —¿No puede esperar hasta el amanecer? Estoy a favor de la niñera extra. ¿Pero a la una de la mañana?

Jonah se encogió de hombros. Eran las mismas preguntas

que le había hecho al propio Jonathan. ¿Por qué no podían entenderlo?

—A Jonathan no le importa la hora—, les dijo. —Cuando le hice esas mismas preguntas, dijo que Eva y yo tenemos ahora una experiencia mutua y que es mejor exponerla cuanto antes. Además, le gustaría que le ayudaras a reforzar las defensas, Cyrus. No quería que esas sombras volvieran a estar cerca de aquí.

La agravación de Cyrus aún era evidente en su rostro, pero cedió. —Muy bien—, dijo.—Me iré. Pero si Eva me necesita...

—Cyrus, te juro—, dijo Jonah, —que si Eva te necesita, me encargaré personalmente de que lo sepas. ¿Trato?

Cyrus tomó aire por las fosas nasales. —De acuerdo. Nos vemos en la mañana. Bueno, más tarde en la mañana, Eva.

Finalmente, se marchó. Jonah entró en la habitación para asimilarlo. Vio a Eva sentada con el edredón sobre las piernas. Se frotó los ojos para quitarse el sueño; un movimiento que hizo que el tirante de su camiseta cayera de su hombro. Jonah tomó aire mientras su mente volaba en la dirección exactamente opuesta a la que quería. La imagen que Terrence le había mostrado antes pasó por delante de sus ojos y sacudió la cabeza para despejarla.

Tranquilízate. Jesús, se amonestó a sí mismo. *Es sólo un poco de piel.*

Jonah le lanzó una mirada incómoda a Eva mientras apartaba esos pensamientos innecesarios de su mente. Eva le devolvió la mirada.

—Entonces, ¿cuál es el arreglo para dormir? — Preguntó con una ceja levantada. —Porque no comparto mi cama con nadie.

—Lo dudo—, resopló Jonah. —Apuesto a que Cyrus se enfadaría al oírte decir eso.

—No tenemos ese tipo de relación—, le espetó Eva. —Y no soy una puta. Así que no, no comparto mi cama.

—Cálmate, Superestrella—, Jonah dejó caer el saco de

dormir a los pies de la cama. No pudo evitar notar que ahora había mucho menos veneno en su voz. —Tengo equipo para dormir aquí. Todo está bien.

Eva negó con la cabeza y se puso de lado. —Mantengo que no tenemos que compartir dormitorio. Podríamos haber quedado a las siete y media.

—Mis sentimientos son mútuos—, murmuró Jonah. Era la verdad. No tenía sentido endulzarla. —Pero cuando Jonathan dice algo, se hace.

Eva se burló. —¿Siempre haces lo que te dicen?

—Claro que no—, dijo Jonah, —pero me parece bien hacer esta tarea.

Puso sus bastones al alcance de la mano y su brillo azul se desvaneció. Se estiró en la colchoneta que había traído y colocó las manos detrás de la cabeza. Jonathan se lo debía.

A lo grande.

Al principio, no quería estar cerca de esta mujer. Pero, entonces, ella mostró un rastro de carácter. Bueno, era más que un rastro. Eva tenía un toque de chica dura. Pero entonces Jonathan tuvo que arruinar el paseo y pegarlos así. ¿No sabía él que lo último que necesitaban ahora era que los empujaran a la garganta del otro?

Esta iba a ser una semana larga. ¿Cuántas veces iba a pasar eso por su cabeza?

—Esto es maravilloso. Simplemente maravilloso—, dijo Eva. —Ahora no voy a poder dormir.

Jonah sacudió la cabeza. Maleducada, pero todavía mocosa.

—Eres una mujer adulta, Eva—, murmuró. —Te prometo que podrás dormir sin tu novio durante algunas noches.

—Te lo dije. No es así.

—Entonces, ¿cómo es?

—No tenemos sexo, si eso es lo que quieres decir—, resopló. —Cyrus suele quedarse el tiempo suficiente como para asegurarse de que estoy dormida y, luego, se va a hacer sus cosas.

—Su propia cosa—, Jonah dejó que eso se quedara ahí por un momento. —Te vi en el bosque. No parecía tan indiferente entonces, y tú sólo estabas caminando por el terreno.

—Eso es porque desobedecí una orden. Cyrus solía ser un general en el ejército de Creta, por lo que no se lleva bien con la gente que lo desafía.

—¿Incluso tú?

—Sobre todo yo—, Eva se apartó un mechón de pelo de los ojos. —Es lo que hay.

—Eso es una mierda, Eva—. Puede que la lengua de Jonah estuviera demasiado suelta en ese momento, pero realmente no le importaba. —Tú eres la sibila, ¿no? Eres la chica de oro de Apolo. Si esto fuera *Niño rico*, Cyrus estaría al mismo nivel que Cadbury. Y no verías a Cadbury comportarse como lo hizo Cyrus. Él está ahí para protegerte, no para regañarte y exigirte directrices. Tiene que aprender su lugar porque parece que lo ha olvidado. Apuesto a que no sería tan liberal con su autoridad si Apolo estuviera cerca.

—¿Qué has dicho?

—Has oído...

—¿Acabas de hacer una referencia a *Niño rico*?— Se sentó con una carcajada. —¿En serio?

—Maldita sea—, dijo Jonah, resoplando. —Los dibujos animados eran anteriores a mi época, pero Nana los tenía en cintas VHS. Leí el cómic y me encantó la película. No me da vergüenza, Superestrella. Cero.

Eva soltó una risita; un acto que Jonah estaba seguro de que no hacía a menudo.

—Tengo algo que confesar—, suavizó su expresión cuando él se sentó para mirarla. —Nunca he visto esa película.

—¿Nunca?

—No. Nunca vi películas o la televisión cuando era niña, y

si ahora me detengo lo suficiente como para ver algo, generalmente es AMC.

—Bueno, los críticos la odiaron, pero parecían tener algo contra Macaulay Culkin después de su aparición en *Solo en casa*—, dijo Jonah. —Además, ¿qué saben ellos, de todos modos? Si alguna vez tienes tiempo libre, mírala. Buena diversión de los noventa.

—¿Qué más te gusta?

—¿Por qué lo preguntas?

—Sólo por curiosidad—, Eva negó con la cabeza. —No tienes que contestar si no quieres, y está bien. No se me da bien esto de socializar y estoy bastante segura de que no quieres socializar conmigo después de cómo me he comportado hoy. Realmente lo siento. Puedo ser una verdadera perra a veces.

—Bueno, lo fuiste, no lo niego—, dijo Jonah, —pero tampoco he sido exactamente un dechado de virtudes. Me encantan las películas de acción sin sentido. Arnold Schwarzenegger. Stallone. Van Damme. Incluso Steven Segal. Terrible actor, increíble luchador. Me gusta la WWE. Misterios. Todo lo de Marvel, algo de DC. Y los viejos *westerns* y los viejos programas de juegos que veía con Nana.

—Ya veo.

—¿Ver qué?

—Por qué te gustan las películas sin sentido—, le dedicó una pequeña sonrisa. —A veces, es bueno apagar el cerebro por un tiempo. No pensar en nada.

—Absolutamente—, dijo Jonah. —También me gustan las cosas de aventura. Una de mis películas favoritas, sin duda, es *Indiana Jones*.

—Nunca la he visto.

Jonah sintió que sus ojos se desorbitaban. ¿Acababa de decir eso? —¿Nunca has visto *En busca del arca perdida*"? Esto es un escándalo.

Eva se rió. —¡Hablo en serio! Si una película salió después de 1955, no la he visto.

—¿Qué? ¿Por qué?

—No lo sé. Sólo me gustan los clásicos. Todo es tan bonito y vintage, y todo el mundo tiene tanta clase. Ese elemento falta en las películas modernas.

—También les falta diversidad.

—¿Perdón?

Jonah suspiró. —Eva, te prometo que no estoy a punto de subirme a una tribuna ni nada por el estilo, pero hay toneladas de películas de la era clásica que no me interesan mucho.

—¿Por qué no?

—No soy el mayor fan de las películas clásicas y de época porque es la excusa perfecta para que esos ejecutivos estirados hagan blanco a todo el mundo. Hay excepciones, como *El padrino*, o básicamente cualquier cosa con Brando o Sinatra, *Serpico*, *Sonrisas y Lágrimas*, y por supuesto esas películas del oeste que veía con Nana. Pero odio el blanqueamiento. Y Hollywood era bueno para eso.

—Todavía sirven para eso—. Señaló Eva. —Y el encasillamiento es algo muy real. Es una mierda, pero lo hacen porque la belleza da dinero. Y como el estándar de belleza no ha cambiado realmente en más de cien años, Hollywood sigue impulsando la misma narrativa. Blanca, atractiva, delgada. Cualquiera que sea diferente es, de nuevo, encasillado o puesto en papeles administrativos.

—Claro—, murmuró Jonah. —Tenía un amigo, un tipo negro, que soñaba con hacer películas. Propuso algunas ideas, con actores de color, pero todas fueron rechazadas. Le dijeron que no tenían «atractivo universal». Cualquiera que tenga un cerebro funcional sabe lo que eso significa. Abandonó el cine y se dedicó al mundo de la tecnología. Muy triste.

—¿Cómo se llama?

—¿Importa?

"Por supuesto que importa. Dame su información y moveré algunos hilos. Si el cine es realmente su sueño, entonces puedo ayudar con eso.

Jonah se sorprendió ligeramente. —Asa Russ James. Ha hecho una o dos películas independientes, pero eso es todo. Pero puedes encontrar su nombre.

—No será tan difícil. Los círculos de Hollywood son pequeños, pero tenemos grandes investigadores.

La palabra investigadores despertó algo en la memoria de Jonah. La última celebridad que había venido a Roma había utilizado investigadores para explotar a la gente. Hizo su siguiente pregunta antes de pensar en ella.

—¿Has conocido a Turk Landry?

—Sí—, resopló Eva. —¿Cómo podría no hacerlo? Él es la competencia. No mucho, claro, pero nos movemos en los mismos círculos.

—No pareces muy feliz.

—No lo soporto. Mi última interacción con él fue en el estreno de *Shadowed Histories*, ese *spin-off* de una temporada de su programa que duró literalmente cinco episodios. Quería que hiciéramos un especial de Halloween juntos. Cuando le dije que no, me dio a elegir entre hacer el especial o acostarme con él. De lo contrario, encontraría trapos sucios sobre mí y los difundiría en los medios de comunicación.

—¿Y qué pasó?

—Lo tiré a la fuente de cabeza.

Maldita sea, Jonah deseaba haber visto eso. Empezó a decir esas mismas palabras cuando Eva frunció el ceño. Estaba mirando el lugar detrás de él.

—¿Qué? — Jonah miró detrás de él y se dio cuenta de que una espesa niebla blanca flotaba en el aire. Rodó y se puso en pie segundos antes de que apareciera un hombre. —¿Qué demonios?

—Elliot—. Eva susurró.

Jonah le echó un buen vistazo al hombre. Elliott parecía un holograma blanco-azulado. Parecía un espíritu. Pero no estaba en espíritu. Entonces, ¿de qué se trataba?

Bajó la mirada hacia su silueta y mostró una de las miradas más frías que Jonah había visto jamás.

—Oh, hombre—, comentó Elliot, —tengo que admitir que esto es genial.

—¿Cómo diablos estás aquí? — Jonah tenía que saberlo. —¡Hay defensas!

—Relájate—, dijo Elliot con voz aburrida. —Vuestros respectivos amos han reunido sus recursos y, por desgracia, han sido eficaces. No puedo entrar en los terrenos de la finca Grannison-Morris en este momento. Pero no importa. Las sombras fueron capaces de entrar, y yo podré hacerlo pronto. ¿Cómo estoy aquí, te preguntarás? La verdad es que no lo estoy. Estoy a kilómetros de distancia, en tu plano astral.

Jonah negó con la cabeza. No podía ser cierto. No era posible.

—¡¿Estás hablando de la proyección astral?!— Graznó. —¡Pero tú eres un Décimo Porcentual!

—Esos pequeños detalles no suelen importar cuando tu jefa es Hera—, dijo Elliott poniendo los ojos en blanco. —Hera es capaz de superar cualquier restricción que puedan tener tus planos de existencia. Ella es todopoderosa.

—Maldición—, silbó Jonah. —Realmente eres un lameculos, ¿no?

—Cállate, Undécimo—, espetó Elliott. —Todavía no he podido entrar en tu terreno, pero sí en este. Pero es suficiente. Eva, ve a la casa Covington ahora mismo.

—Ahora mismo no me preocupa la casa—. Eva miró al recién llegado con un odio evidente. —Lo que no entiendo es por qué es tan condenadamente importante para ti. Tan importante como para traerme un puto mensaje en mitad de la noche.

—Porque estoy deseoso de bailar sobre tu maldita tumba—, espetó Elliott —Cuanto antes te vayas, antes podré hacerlo.

—Mira, si pones algún tipo de trampa allí, entonces no voy a ir.

—Sí que vas a ir. Vas a ser una buena sibila, o mis víctimas nunca conocerán la paz.

A Jonah casi se le caen las porras. Este tipo Elliott no podía tener el poder. Era un Décimo.

Eva debió captar su expresión, porque puso toda su atención en él. —¿Qué quiere decir, Jonah?

Jonah no pudo hablar durante varios segundos por estar aturdido.

—De alguna manera tiene los poderes de un segador de espíritus—, respondió con voz hueca. —Va a usurpar espíritus para hacerse más fuerte.

Jonah vio cómo el horror, el miedo y la pena envolvían a Eva. Al instante, se puso furioso con este tipo. Otro maldito matón.

—Eres un gran hombre cuando estás transmitiendo desde otro lugar—, gruñó. —Estás jugando con cosas que no entiendes. Deja que esos espíritus se vayan.

—Te lo advierto, Undécimo Porcentual—, dijo Elliott. —Esto no se trata de ti. Se trata de Eva. ¿Qué te importa a ti, de todos modos? La has conocido un día, y por lo que he oído, tu encuentro no fue bonito.

—Sí, bueno, qué importa que haga un día, ¿eh? — replicó Jonah. —No le harás daño a Eva. No en mi territorio.

—No te hagas amigo de ella—, advirtió Elliott. —Hazte ese favor. No te acerques a esa perra malvada. Te traicionará, como me traicionó a mí.

Jonah resopló. —Empujar a alguien, y luego pintarte a ti mismo como la víctima. Clásico. Sólo veo una perra aquí, y esa eres tú.

Los ojos de Elliot se endurecieron. —Bien, Undécimo...

—Jonah Rowe es mi nombre—, interrumpió Jonah, acalorado.

—Bien, Jonah—, dijo Elliott. —Iba a dejarte a un lado.

Esto era simplemente un medio para conseguir un fin. Pero ahora, tú también estás en el juego. Morirás, al igual que la sibila.

Jonah apretó los dientes. —La muerte no es real.

—Oh, claro—, rió Elliott. —Casi se me olvida vuestrobonito truco. Pero la muerte será real. Para ti y tu nuevo amigo.

—Buena suerte con eso—. Eva levantó la barbilla mientras miraba la imagen. —Todavía no has conseguido matarme.

Elliott apartó los ojos de Jonah y los dirigió lentamente a Eva.

—Sabes, incluso ahora, sigo adorando tus ojos verdes. No puedo esperar a ver ese miedo en ellos de nuevo como lo hice en Charleston.

Jonah dirigió su atención a Eva. Sus ojos volvían a ser verdes. Volvió a mirar la proyección de Elliot con repugnancia, pero éste mantuvo su atención en Eva.

—Irás a la casa Covington tan pronto como termine aquí—, le dijo, —O esos cabrones que maté, incluyendo a Martin y a la puta de tu madre, nunca conocerán la paz.

Jonah lanzó una porra contra la proyección de Elliot. Se hizo añicos, pero sabía que Elliot estaba en algún lugar del plano astral, completamente ileso.

Se dirigió a Eva, que había caído de rodillas con la cara enterrada entre las manos. Jonah no sabía qué hacer más que rodear su hombro con un brazo. Unos minutos antes, habría guardado las distancias, pero el momento de la incomodidad ya había pasado.

Por un momento fugaz, la mente de Jonah cambió. Eva no necesitaba a Cyrus. No necesitaba estar atada a un antiguo y abusivo guardián. Él no la había protegido de las sombras, y seguro que no estaba allí cuando apareció Elliot. No. Ella no necesitaba a Cyrus.

Ella le necesitaba a él. El deseo de abrazarla se hizo tan

fuerte que apretó el brazo que tenía alrededor de ella antes de darse cuenta de lo que estaba haciendo.

¿Qué demonios fue eso?

—Está bien, Eva—, murmuró cuando obligó a sus pensamientos a volver al momento presente. —Él no estaba realmente aquí.

Eva parecía escandalizada, herida y rota. Entonces, Jonah recordó aquellas últimas palabras.

—¿Por qué dijo esas cosas sobre tu madre? —, le preguntó. —¿Qué víctimas?

Eva levantó la cara de las manos y le dirigió a Jonah una mirada que decía claramente que le aterraba responder a su pregunta. Pero no tuvo que hacerlo porque en ese preciso momento la puerta se abrió de golpe, y sus amigos entraron de golpe.

—¿Qué demonios estás haciendo? — Cyrus exigió. —Suéltala. Ahora.

—Será mejor que aflojes ese tono de tu voz", espetó Jonah antes de volverse hacia Eva. —¿Qué víctimas?

—Elliot sacrificó doce personas a Hera el año pasado. Fue su pago por el poder que posee ahora.

—Maldita sea—, gruñó Jonah un poco en su garganta. —¡Estoy cansado de esta mierda! No pueden ser las dos de la mañana y...

Todos se miraron entre sí.

—Jonah—, dijo Jonathan, —tú y Eva habéis estado en esta habitación durante un día y medio.

—¡Qué! Pero...

Entonces, Jonah recordó. El tiempo en el plano terrestre y en el plano astral eran diferentes. Los pequeños juegos mentales astrales de Elliot les hacían perder el tiempo.

—Todos hemos perdido un día y medio—, dijo Reena. —Pensamos que habíamos dormido unas horas, pero ahora es miércoles. Las tres de la tarde.

—No—, Eva se levantó de golpe, con los ojos muy abiertos. —Nos perdimos la entrevista de la casa Covington...

—No importa eso, Eva—. Cyrus comenzó, pero Jonah le cortó.

—Reprograma—, ordenó a nadie en particular. —Para hoy. Pon a quien tengas que hablar por teléfono y dile que estaremos allí en cuarenta y cinco minutos.

—¿Por qué? —, preguntó Reena.

—Elliot está reteniendo espíritus del otro lado—, anunció Jonah a todos. —Quiere que se haga lo de la casa Covington, o los usurpará como si fuera un segador de espíritus.

SEIS

EVA MCRAYNE

SE ME CAÍA el cepillo mientras me preparaba para ir a la casa de los Covington. La maldita cosa seguía resbalando de mi mano antes de que pudiera detenerla. Me decía a mí misma que no había forma de que Elliot siguiera lastimando a esos espíritus después de su muerte.

Sí. También sabía que me estaba mintiendo a mí misma.

Dejé caer el maldito cepillo por décima vez cuando Cyrus abrió la puerta del baño. La cerró tras de sí, y tragué saliva.

—No pasó nada entre nosotros, Cyrus.

—Estuviste en esa habitación con Jonah durante más de un día y medio—. Él hirvió. —No te creo ni por un segundo.

—Jonah no me soporta. Me aseguré de eso.

—¿No te soporta, pero no tiene problema en ponerte las manos encima?

—Puso su brazo alrededor de mi hombro. No considero que eso...

Cyrus me dio un puñetazo en el brazo, y yo siseé entre dientes mientras me agarraba a él.

—Ese chico no debe tocarte, ¿entiendes? — Él se quebró. —Nos encargaremos de esa nueva actitud que has desarrollado desde que llegaste aquí.

—¿Qué nueva actitud?

—Escapar por tu cuenta, sin escucharme, acercándote demasiado a los extraños. Esto es por tu propio bien, Eva. No tienes ni idea de lo que es capaz esta gente.

Sabía lo que eso significaba. Sentí que la ansiedad se me revolvía en el estómago.

—De acuerdo.

—¿De acuerdo?

Asentí con la cabeza y contuve las lágrimas de mis ojos ante la idea de no volver a ver a Jonah. Era un pensamiento estúpido, de todos modos. Una vez que saliéramos de Carolina del Norte, se alegraría tanto de deshacerse de mí como todos los demás.

—Termina de prepararte. Tienes cinco minutos.

Cyrus no cerró la puerta de un portazo, pero oí la fuerza de su movimiento al cerrarla. Respiré, cerré los ojos y me obligué a ignorar las palpitaciones de mi brazo.

No pude evitar pensar en mi conversación con Jonah de anoche. Podría haberle dicho la verdad. Podría haberle dicho que dejaba que Cyrus hiciera lo que quisiera por el poder que tenía sobre mí. Él era el único que podía dañarme físicamente. Matarme. Sólo eso era suficiente para mantenerme a raya.

Volví a respirar y me dirigí al armario. Me quité la blusa de manga corta que llevaba y la sustituí por una de manga larga. Hoy hacía un calor infernal, pero no quería que mi nuevo moratón apareciera en cámara. Acababa de recogerme el pelo en una coleta alta cuando oí que llamaban a la puerta de mi habitación.

El corazón me dio un vuelco cuando vi a Jonah al otro lado. No iba vestido de forma elegante; sólo unos vaqueros y una camiseta, pero eso no importaba. Jonah tenía una cara que hacía que todo se viera bien.

—¿Lista para irnos?

—Sí. Sólo déjame coger mi bolsa.

Volví a pasarme la bandolera por el cuello y liberé mi pelo

de ella. Cuando me acerqué de nuevo a la puerta, le hice un gesto para que saliera al pasillo.

—¿Ya está Cyrus ahí abajo?

—Sí—, respondió Jonah. —Está ahí abajo.

Miré a Jonah y le dirigí una pequeña sonrisa. —Sólo está haciendo su trabajo, Jonah.

—Entiendo que tiene un trabajo que hacer—, refunfuñó Jonah. —Pero la forma en la que lo hace no es buena, Eva. No lo es.

—Está bien.

—¿Lo está? — Jonah extendió la mano y me agarró el brazo justo donde Cyrus me había golpeado. Hice un chillido bajo y Jonah levantó una ceja. —¿Qué pasa?

—Nada. Esta mañana me golpeé el brazo con la jamba de la puerta. Todavía me duele.

Me odié a mí misma por mentir, pero me odié aún más por cubrirle el culo a Cyrus.

—De todos modos, Cyrus ha sido literalmente así desde siempre. Aprendió a ser comandante cuando estaba bien matar a tus propios hombres si te desobedecían. Ese enfoque de tipo duro simplemente se pegó.

—Vaya cosa—, dijo Jonah, impasible. —Que algo sea común no significa que esté bien. Él trabaja para ti, Eva. Debería adorar el suelo sobre el que escupes.

—No... funciona así con nosotros.

—¿Por qué? — Jonah se detuvo en el pasillo. Yo también me detuve, aunque sabía que el tiempo corría. —¿Por qué no lo pones en su sitio?

—No es...

—¿Por qué?

—Puede matarme, ¿de acuerdo? — Dejé salir las palabras antes de poder detenerlas. Me pellizqué el puente de la nariz por un segundo, nivelé mi voz y continué. —Hay una cláusula en toda la relación sibila-guardián que dice que él puede hacerme daño o matarme. Mi inmortalidad es muda si él me ataca. Es una enmienda de protección que permite acabar con la sibila si alguna vez es poseída.

Jonah me miró fijamente. —Eva, contéstame con sinceridad. ¿Se siente superior a ti? ¿Te lo recuerda y lo balancea sobre tu cabeza, como la espada de Damocles?

—¿El qué?

—No importa—, Jonah agitó una mano impaciente. —¿Nunca te deja olvidar eso?

—Lo ha mencionado una o dos veces—. Me froté el brazo inconscientemente. —Vamos a ponernos en marcha.

—Déjame ver tu brazo primero. Podrías haberlo empeorado.

—Yo...

Jonah me lanzó una mirada que me decía que no debía discutir con él. Suspiré.

—No puedo remangarme y no voy a hacer topless en la escalera. ¿Podemos irnos?

—Ven aquí—Jonah abrió una puerta por la que acabábamos de pasar. —Puedes mostrármelo aquí.

—Es sólo un moretón.

—Eh, sí—, cerró la puerta. —Continúa. No miraré nada más que tu brazo.

—Lo sé. Confío en ti.

Me desabroché la camisa y me la quité de los hombros.

—¿Ves? Está bien.

—¿Es su agarre de anoche, o de esta mañana?

—Ninguno. Yo...

—Eva, si nadie te ha dicho esto antes, tienes que saber que eres una mentirosa terrible —. Jonah pasó la punta de su dedo alrededor de la mancha roja que se oscurecía. —¿Ves esto? Son hematomas por impacto. Los luchadores los tienen mucho.

—Se supone que no debes hacer eso.

Susurré, y Jonah levantó la vista. Si me hubiera adelantado un poco, podría haberle besado. No me atreví.

—¿Hacer qué?

—Preocuparte.

—¿Por qué no? — Preguntó Jonah. —¿Acaso Cyrus también frunce el ceño?

—Sí.

Me volví a poner la camisa y estaba abrochándola cuando oí que Cyrus volvía a subir las escaleras. Me olvidé por completo de su límite de cinco minutos.

Mierda, mierda, mierda.

Me escabullí junto a Jonah cuando oí los pasos de Cyrus pasar por la puerta. Me lanzó una mirada de confusión.

—Qué demonios...

—Tengo que bajar—, me volví hacia él. —En cuanto oiga a Cyrus cerrar la puerta de mi habitación, tengo que salir corriendo.

No debería haberlo hecho, pero me aparté de la puerta y besé a Jonah rápidamente en la mejilla. No fue nada. Apenas una caricia, pero sentí que algo se agitaba en mí que no podía ubicar.

—Gracias por preocuparte.

Jonah se llevó una mano a la mejilla. Me miró, sorprendido por el gesto, pero no la limpió. Eso me hizo sentir mejor.

Bueno, hasta que me rodeó para abrir la puerta. Jonah salió al pasillo donde estaba Cyrus.

—Ven aquí, Jonah—. Cyrus hizo una señal con dos dedos. —Tenemos que hablar.

—No—, dijo simplemente Jonah. —Métete en tus asuntos y haz tu trabajo, calabacita.

—¿Perdón?

Jonah bajó las escaleras sin decir nada más. Oí el intercambio en el pasillo y me froté la frente mientras seguía a Jonah escaleras abajo. Los ojos de Cyrus eran como puñales sobre mi espalda. Sabía que me iba a meter en un montón de problemas, pero también sabía que no haría nada hasta que estuviéramos solos.

Salió corriendo detrás de mí y se dirigió al todoterreno que habíamos alquilado. Joey ya estaba relajado en el asiento trasero escuchando música. Supongo que eran los *Grandes éxitos de Broadway*. Me sorprendió ver a Jonah dirigiéndose al otro lado.

—¿Vas a acompañarnos, aura azul? — Cyrus sonaba frío. Su tono era severo. —¿Por qué?

—Jonathan dijo que me quedara con Eva mientras durara esto, ¿recuerdas? — Jonah se subió al asiento. —Como te dije antes, si estás molesto por esto, ve a quejarte a él. O tal vez puedas entrar al coche y podamos llegar a Covington a tiempo.

Cyrus me miró, y me aparté de él para subir al asiento del copiloto. Me abroché el cinturón y me aclaré la garganta.

—¿Cómo hemos perdido el tiempo?

—¿Perdón?

—¿Cómo hemos perdido el tiempo? — Me desplacé para ver cómo Jonah se ponía el cinturón de seguridad. —No entiendo cómo es posible.

Jonah suspiró. Me di cuenta de que realmente no quería responder a esta pregunta. —Cuando... cuando hay una convergencia de cosas sobrenaturales y terrenales, a veces las cosas normales, como el tiempo, quedan atrapadas en el fuego cruzado. Elliot se entrometió con lo etéreo y no es un Undécimo. Es como una mala medicina, con la pérdida de tiempo como efecto secundario. Esto es algo que los matones no entienden, ¿sabes? Sus acciones tienen consecuencias inesperadas y un karma inesperado.

—Ok. ¿Fue así para todos en la finca o sólo para nosotros?

—Todos nosotros—, respondió Cyrus entre dientes apretados. —Un minuto, estaba hablando con Jonathan y al siguiente, era de día. Se dio cuenta de que algo iba mal, y todos subimos a ver cómo estaban todos.

¿Todos? ¿O vino a asegurarse de que no estaba haciendo algo que no estaba permitido hacer?

Me reprendí a mí misma por ese pensamiento. No

importaba. Nada de esto importaba. En unos días, estaría muerta o en un avión de vuelta a California.

—¿Ese tipo de cosas suceden a menudo en la finca? — Me centré de nuevo en Jonah. —¿O todo esto es por culpa de Elliot?

—No muy a menudo—, respondió Jonah. —La pérdida de tiempo es un resultado directo de la intromisión. La gente ha intentado manipular el tiempo, pero las consecuencias siempre han sido desastrosas. Así que no. No es algo común.

—Tu novia hace eso, ¿no? — Cyrus intervino mientras miraba por el espejo retrovisor. —Jonathan estuvo hablando de ella anoche. ¿El tema del tiempo?

No podía explicar la sensación de hundimiento que tenía en mis entrañas. Por supuesto que Jonah tendría a alguien. Alguien que no estaba necesariamente en la finca. Alguien que no había mencionado porque la única conversación decente que habíamos tenido duró quizá veinte minutos.

—¿Cómo se llama? ¿Vera? — Cyrus miró hacia mí. —Es una actriz de verdad. Quizás Eva pueda ayudarla a empezar en Broadway.

—En primer lugar, Cyrus, Vera no es mi novia—, sonó Jonah ligeramente molesto. —En realidad está fuera de la ciudad con otro tipo mientras hablamos. En cuanto a las actrices propiamente dichas, ¿qué sabrás tú de ellas? Los pergaminos que Jonathan encontró describían a tu esposa como una mujer que lo intentaba y fracasaba cada vez que se presentaba a las audiciones de las compañías de actores. ¿Cómo se llamaba? ¿Delphine? ¿La primera sibila?

—Era una actriz maravillosa—, respondió Cyrus con orgullo en su voz. Un orgullo que nunca había oído dirigido a mí. —Delphine se adelantó a su tiempo en muchos aspectos. Es una pena que se suicidara como una sibila, pero fue por una razón honorable.

—¿Qué razón? — Le miré ahora. —Nunca me lo habías contado.

—Porque no necesitas saberlo.

—Me gustaría saberlo.

—No temas, Eva. Algún día tendrás tus propias razones, como Delphine tuvo las suyas—. Cyrus volvió a observar el camino. —En cualquier caso, estoy seguro de que Vera entrará en razón tarde o temprano, Jonah. Quizás antes, ya que Eva va a hablar bien de su obra. ¿Verdad, Eva?

—Sí, claro—, me aclaré la garganta por el nudo que se había formado allí. —No soy de los que están en Broadway, pero puedo hablar con algunas personas.

—Adelantada a su tiempo—, negó Jonah con la cabeza. —La gente decía lo mismo de Yoko Ono. Y Eva, ya que Cyrus ha decidido convertirse en el guardián de la información, te lo diré. Jonathan nos dijo que Delphine decidió dejar su papel después de sobrevivir a sus dos hijos.

—Esos dos chicos eran mis hijos, y prefiero mantener esa información en privado.

Una vez más, Cyrus hablaba con los dientes apretados. Quería sentir pena por él, la historia era trágica, pero no podía hacerlo. Aun así, dije las palabras que se esperaba que dijera.

—Siento que los hayas perdido, Cyrus.

—Es el verdadero ciclo de la vida. Todo el mundo pasa al espíritu cuando llega su hora.

Cyrus volvió a mirar a Jonah, y supe lo que estaba insinuando en silencio. Sentí una repentina oleada de miedo tan fuerte que me detuve antes de volver a mirar a Jonah.

—¿Estás seguro de que quieres hacer esto conmigo? Realmente no quiero ponerte a ti ni a nadie en peligro. Ya has visto a Elliot. Viste lo malditamente decidido que está.

—No tengo miedo—. Jonah captó la mirada de Cyrus, y pareció completamente molesto por ella. —Puede tener habilidades y conocimientos, pero sigue comiendo y durmiendo como cualquier otro animal. Y al igual que todos los demás animales, puede ser sacrificado. Puede que piense que está a salvo tras la supuesta inmortalidad, pero eso significa una gran mierda por aquí. ¿Está decidido? Yo también lo estoy.

Estudié a Jonah durante un momento más antes de asentir.

—Después de lo que pasó en el bosque, sé que puedes apañártelas. No estaba cuestionando tus habilidades. Sólo quería darte la opción de retirarte. No es justo que te metas en mi lío de esta manera.

—De todos modos, ¿qué fue lo que pasó entre tú y Elliot?

—Fuimos amigos una vez, en la universidad. Me ofreció el puesto en *Mensajes de la tumba* y las cosas se fueron al infierno después de eso.

—¿Por qué?

—¿Celos? ¿No le he demostrado mi lealtad? — Me encogí de hombros. —¿Quién sabe? Todo el mundo tiene sus motivos. Elliot no es diferente.

—Elliot se enfadó por mi culpa. No lo niegues, Eva—. Cyrus hizo saltar el intermitente cuando llegamos al centro de Roma. —No le gustaba que tu atención estuviera dividida. Ahora entiendo por qué. Tiendes a centrarte demasiado en una cosa cuando hay mil cosas en segundo plano que son igual de importantes.

—Oh—, dijo Jonah. Debió haber notado el golpe bajo que Cyrus me había lanzado. —Así que Eva parece un ser humano. La miopía y la visión de túnel no son regalos, Cy. Son desventajas.

—Esa es precisamente mi opinión. Gracias por recalcarlo—. Cyrus asintió. —Tu visión de túnel es una debilidad, Eva. Te incapacitan, como dijo Jonah.

—Gracias por el recordatorio—, logré mantener mi voz neutral. —Trabajaré en ello.

—Deberías. En una pelea, esas desventajas podrían ser mortales. Por ejemplo, con las sombras. Pudieron tenderte una emboscada por la espalda, ya que estabas muy concentrada en lo que tenías delante. Si hubieras estado más atenta a tu entorno, no habrías necesitado nuestra ayuda.

—O si me hubiera quedado en el porche, ¿no?

Me adelanté y lo dije. Sabía que eso era lo siguiente. No tenía sentido decirle a mi guardián la verdad. No me creería si lo hiciera. Cyrus asintió.

—Exactamente. Llevamos cuatro años juntos, y todavía no entiendes la importancia de lo que te digo.

—Sólo estoy dando pasos en falso—, dijo Jonah, —pero eso puede ser porque, desde mi perspectiva, parece que tú eres el único que puede hablar y no le das a Eva la oportunidad de decir una palabra. Las relaciones se basan en el cien por cien de ambas partes. Parece que los únicos caminos aquí son el de Cyrus y el de Cyrus.

—Ouch—, observó Joey.

—Cállate, Lawson—, espetó Cyrus, lo que hizo que Jonah levantara las manos.

—¡Por el amor de Dios! — Exclamó. —¿A él también le das órdenes? ¿Hubo una actualización que no conocí y que te convirtió en el dios, en lugar de Apolo?

—Yo no le doy órdenes a Joseph—. Cyrus se quebró. —No soy responsable de Joseph ni de su seguridad.

—Es que no te entiendo, tío—, negó Jonah con la cabeza. —No lo entiendo. Sabes que trabajas para Eva, ¿verdad? No al revés.

—Eva ha estado expuesta a nuestro mundo durante cuatro años. No sabe nada de él. Hago lo que debo para formarla en él.

—¡Entonces entrénala! — Jonah escupió. —¡Y deja de intentar ser el gran Papá malo! ¡Porque esa mierda es vieja!

Cyrus suspiró. —Jonah, ¿has estado alguna vez en el ejército? ¿Has tenido algún entrenamiento formal aparte de lo que hacen tus amigos en la finca? Si lo has tenido, entonces sabes que mis métodos no son extraños. Puede que no te gusten, pero son eficaces.

Jonah negó con la cabeza. —Me imaginé que irías por ese camino. Bueno, hablando como alguien que ha sido voluntario con veteranos del ejército, soy muy consciente de sus métodos. También soy consciente de que intentar verter comportamientos y métodos que funcionaban en la vida militar tiene muy poco éxito en el mundo civil. Tú fuiste general, ¿verdad? Genial. Respeto. Pero ahora no eres un general, amigo. Eso fue hace años. Es hora de dejar de aferrarse a la vieja gloria y ponerse al día, ¿no crees?

—¿Por qué debería abandonar los métodos que han funcionado durante siglos?

—¿Porque la mayoría de esos métodos fueron prohibidos aquí en los Estados Unidos hace décadas?

—No soy ciudadano estadounidense—. Cyrus se encogió de hombros. —Mis leyes provienen del Olimpo y no he infringido ninguna de ellas. A diferencia de ti. Dime, ¿con qué frecuencia fumas hierba, Jonah? Creo que esa sustancia es ilegal en Carolina del Norte.

—Cada vez que me duele el entrenamiento—, respondió Jonah. —Y la última vez que lo comprobé, el cannabis no dejaba moratones en los brazos de las mujeres.

Hice una mueca ante el comentario de Jonah. Miré por la ventana en lugar de mirar a Cyrus. Tardó un momento en hablar.

—Hay momentos en los que la fuerza es necesaria para enfatizar un argumento. ¿No ves esto también en tu mundo, Jonah? ¿No peleas con seres etéreos, hombres y mujeres, y les dejas moretones?

—Si magullo el brazo de Reena, es para alejarla de un Reaper o un Haunt o algo así—, le dijo Jonah al guardián. —Pero anoche magullaste a Eva después de que todos los enemigos hubieran caído. ¿Ves la diferencia, calabaza?

—Estaba enfatizando mi argumento. Nada más. Nada menos. Eso no es abuso. Eso es ser un comandante. Alguien que se hace cargo y actúa para corregir los errores de sus compañeros.

—Sí—, asintió Jonah. —Y todos los padres abusivos dicen

que sólo hacían lo que podían. Discúlpame si no me conmueven tus tonterías.

—No me importa si te conmueve o no—. Cyrus giró en la calle que nos llevaba fuera de Roma. —Eres libre de cuestionar mis métodos mientras estemos en la finca. Pero cuando llegue el sábado, no pensarás nada más en ellos. Volverás a tu actriz y a tu hierba y te olvidarás de nosotros.

—La actriz no es mía, no te lo voy a repetir. Y apuesto a que te encantaría estar lejos de Roma. ¿De vuelta a donde puedas intentar imponer el control? Bueno, no te vas a librar de nosotros tan fácilmente. Joey y Eva son amigos ahora. Eso los pone en nuestra zona. Así que tu última esperanza desesperada de librarte de nosotros ha fracasado.

—Ya te he explicado que Eva no tiene amigos—. Cyrus suspiró. —Es demasiado peligroso y ella está demasiado ocupada.

—No me importaría ser amiga de los Undécimos—, hablé ya que Cyrus estaba decidido a no dejarme hablar por mí misma. —Me gustaría mucho, de hecho.

—Por favor, deja de avergonzarte, Eva. Joseph es el único al que aún no has echado y la única razón por la que sigue aquí es por su contrato—. Cyrus resopló. —Si aceptas la «oferta de amistad» de Jonah, sólo acabará mal para ti, y yo no quiero lidiar con las consecuencias.

—Ahora eres vidente—. Jonah puso los ojos en blanco. —Dios mío, amigo, no eres más que el hombre del Renacimiento. A Eva, Terrence, Reena y a mí nos gustaría mucho ser amigos. Como no lo oís a menudo, os lo diré a los dos: no necesitáis el permiso de Cyrus. Si no os sentís cómodos pasando por encima de él, lo haré yo mismo con mucho gusto. ¿Con quién tenemos que hablar?

—Ahora mira lo que te digo, impertinente...

—¡Mira, viejo! — Jonah señaló. —Ahí está la casa. Eva, hablaremos más tarde. Terrence está haciendo albóndigas esta noche. Podemos hablar todos durante la cena.

Llegamos a la fachada de la mansión Covington en un momento. Estaba segura de que había sido un espectáculo en su época de esplendor. Pero después de años de abandono, la vieja casa parecía triste. Las ventanas que no habían sido destrozadas estaban tapiadas. El exterior de granito era una mezcla moteada de gris, negro y moho. Se alzaban tres pisos, rematados por una veleta oxidada y doblada por el viento.

—¿Qué tiene este lugar? — murmuré para mis adentros mientras salía del coche. Necesitaba concentrarme en algo que no fuera la discusión que acababa de escuchar en el coche. —¿Por qué Elliot está tan empeñado en que venga aquí?

—¿Qué? — Joey se quitó los auriculares mientras se ponía a mi lado. Silbó al contemplar la misma vista que yo. —Clásico, Evie. Este episodio va a ser clásico.

—Bien—. Me sacudí el escalofrío que me recorría la columna vertebral. —Tal vez te ganemos otro premio, Joey.

Sonrió y movió las cejas hacia mí antes de apresurarse a sacar su equipo de la parte trasera. Cyrus y Jonah se acercaron para flanquearme a ambos lados.

—Este es el brillo y el glamour de lo que hago, Jonah—. Señalé hacia la casa. —Lugares exóticos, rostros hermosos...

Dejé que mi voz se apagara cuando me di cuenta de que Jonah se había puesto pálido. Seguía llevando las gafas de sol, pero por su expresión me di cuenta de que estaba nervioso. Cyrus también se había dado cuenta.

—¿Asustado, Rowe?

Cyrus lo miró por encima de mi cabeza. Dados los sucesos ocurridos desde que habíamos aterrizado en Roma, no me sorprendió que se hubiera puesto tenso a mi lado. Por su parte, Jonah negó con la cabeza.

—Difícilmente. ¿Dónde está el dueño con el que te ibas a encontrar aquí?

—No lo sé—. Me encogí de hombros. —Sólo llevamos un día de retraso. Tal vez se cansó de esperar.

—Genial, superestrella.

Me reí. —Me lo imaginaba. Vamos. Quiero ir a ver este lugar.

Giré sobre mis talones y subí los escalones. El lugar estaba rodeado por un gran porche delantero, pero tuve que ir con cuidado al cruzarlo. Las tablas estaban verdes por la podredumbre. Empecé a avisar a los demás cuando oí un crujido detrás de mí.

—Maldita sea—. Jonah gruñó mientras sacaba la pierna del agujero que había hecho. —No podrías investigar un lugar como el Hyatt, ¿verdad?

—No—. Me volví hacia la ornamentada puerta principal para ver que estaba abierta. —Espera, ¿qué?

—¿Qué pasa? — Joey se había unido a nosotros, cambiando su cámara al hombro. —¿Por qué estamos todos en el porche?

—La puerta se acaba de abrir—. Fruncí el ceño mientras miraba dentro. —Tal vez Frederickson ya esté aquí.

—¿Frederickson? — Jonah estaba quitándose el polvo de la pierna de su pantalón. —¿El dueño?

Asentí con la cabeza. —Robert Frederickson. Compró la casa en una subasta en 2012 como paraíso fiscal. Se puso en contacto con Theia Productions para hacer un programa con la esperanza de que la exposición le ayudara a deshacerse de ella.

—Quédate aquí—. Cyrus pasó junto a mí y cruzó el umbral. —Podría ser una trampa.

—O simplemente una casa vieja y vacía llena de telas de araña y muebles rotos—. Me ofrecí y luego me encogí de hombros cuando todos se volvieron para mirarme. —Valía la pena intentarlo.

Cyrus me ignoró mientras desaparecía en el interior. Joey sentó su cámara y se arrodilló junto a ella para juguetear con los botones. Lo que nos dejó a mí y a Jonah sin otra cosa que hacer que esperar.

—No tienes que defenderme, arándano.

¿Arándano? ¿De dónde demonios has sacado eso?

—Parece que te queda mejor que vaquero". Probé la barandilla del porche antes de apoyarme en ella. —Y hablo en serio. Sé que Cyrus puede ser un poco un choque cultural, pero estoy acostumbrada a él.

—Yo no—. Jonah sacudió la cabeza. —Superestrella, ni siquiera estoy tratando de ser difícil. Ni siquiera estoy tratando de complicar las cosas. Por favor, créelo. Sé que Cyrus tiene un trabajo que hacer, y no es fácil. Pero la falta de respeto que te muestra me molesta. Te trata como a un niño enfurruñado al que hay que regañar. No está bien. No me llevo bien con los machos alfa.

—A mí tampoco me gusta, pero...

—Sé que has dicho que podría hacerte daño, pero la única forma de saberlo es si lo ha hecho en el pasado.

No sabía qué decir a eso. Jonah extendió su mano.

—Déjame ver tu teléfono.

—¿Por qué?

—Voy a programar mi número en él. Si vamos a ser amigos, tenemos que estar en contacto, ¿no?

—Entonces hablabas en serio, en el coche—, saqué mi teléfono del bolsillo trasero y se lo pasé. —¿Estás seguro? Cyrus tenía razón cuando dijo que tiendo a joder las cosas con la gente. No quiero hacer eso contigo.

—Eva, si alguien parece capaz de joder las cosas, es el propio Cyrus—. Jonah cogió el teléfono y el lápiz óptico de Eva. —El tío es un grano en el culo de la vida, y probablemente lo sabe.

Me reí ante eso, y Jonah me dedicó una pequeña sonrisa mientras me devolvía el teléfono.

—¿Qué es lo gracioso? Lo digo en serio.

—No, es que nunca había conseguido el número de teléfono de un chico—. Me reí y, luego, repetí el gesto de su mano. —Mi turno.

Jonah me pasó su teléfono. —¿Nunca? Bueno, tiene que haber una primera vez para todo, ¿no?

—No, nunca. La gente del trabajo no cuenta. Y nunca he tenido una cita, así que ahí está eso.

—¿Antes de Cyrus?

Tecleé mi número y lo guardé antes de devolverle el teléfono.

—No creo que Cyrus cuente. No tenemos citas. Pasamos tiempo juntos cuando entrenamos.

—Dios Santo, ¿para qué te entrena? — Preguntó Jonah. —¿Cómo fruncir el ceño y juzgar a todo el mundo?

Me reí de nuevo. No pude evitarlo.

—No—, negué con la cabeza. —No. Está trabajando conmigo en mi estilo de lucha. Soy demasiado lenta. No es lo suficientemente poderoso como para noquear a un enemigo por completo.

Torcí la cara en el ceño característico de Cyrus mientras imitaba su voz.

—Tienes que ser más rápida, Eva. Hazlo de nuevo.

—Parece que se centra demasiado en arreglar los defectos percibidos, en lugar de afinar los puntos fuertes—, dijo Jonah. —Tal vez no eres lenta en absoluto. Tal vez eso es lo único en lo que has sido entrenada para centrarte.

—No puedo decírtelo. Nunca he entrenado con nadie más.

—¿De verdad? ¿Quién te enseñó a luchar? ¿Cyrus?

—No. Atenea. Pero eso fue... diferente.

—Tendrás que contarme esa historia algún día—, dijo Jonah. —Tal vez con la lasaña de Terrence y los panes de ajo caseros.

—Eso suena encantador—. Sonreí. —¿Supongo que Terrence es el cocinero? Es literalmente lo primero que nos dijo al llegar a la finca.

—Sí. Terrence cocina, Reena pinta.

—¿Y tú?

—¿Y yo qué?

—¿Cuál es tu afición?

—Escritor —, dijo Jonah. —No es gran cosa. Y el

gimnasio. Odiaba el ejercicio antes de conocer a Terrence, Reena y nuestro amigo Bobby. Pero me convirtieron en un adicto al gimnasio.

—¿Compartirás tu trabajo conmigo?

—Claro. Podemos entrenar antes de la cena.

—No, no tu entrenamiento—, sonreí un poco. —Tu escritura. Apuesto a que eres mejor de lo que te crees.

—¿No quieres entrenar conmigo, Superestrella?

—Puedo, pero no soy buena en el gimnasio. No he ido a un espacio de entrenamiento real desde que dejé Georgia.

—Interesante—, observó Jonah. —¿Tienes experiencia en ballet y gimnasia, pero odias el atletismo?

—¿Cómo lo sabes? — Pregunté. —Eso no está en mi página web.

—Postura de lucha—, le dijo Jonah. —Lo supe cuando luchabas contra las sombras.

Me sonrojé un poco mientras mi corazón empezaba a latir con fuerza. La gente tendía a no fijarse en mí. Estaban demasiado enamorados del personaje que tenía que ser en Hollywood.

—¿Te diste cuenta?

—Lo hice. He estado rodeado de todo tipo de luchadores. Soy capaz de captar sus antecedentes bastante rápido.

—¿Cuál es tu historial de lucha?

—Seguro que sientes curiosidad por mí.

—Te dije que quería que fuéramos amigos y tengo tus datos—. Le hice un gesto con mi teléfono. —Así que sí, tengo curiosidad.

—Fuerza contundente—, dijo Jonah. —Yo uso palos, y no me gustan las cuchillas, así que se basa en la fuerza. Golpes que hacen temblar a los ancestros. Así que hago mucho trabajo con los brazos y la espalda para ganar fuerza. Como no soy un tipo corpulento, soy engañoso. Consigo ocultar algunos atributos hasta que se necesitan.

—Ya lo veo.

—¿Que no soy un tipo corpulento? — respondió Jonah con sorna. —Gracias.

—¡No! Que usas el engaño como parte de tu estilo de lucha. Yo hago lo mismo en cierto modo.

—¿Cómo es eso?

—Mírame, Jonah. ¿Realmente parezco capaz de patearle el culo a alguien? — Sacudí la cabeza. —Mis enemigos creen que soy un blanco fácil. Incluso ahora. Así que les gusta tenerme a solas antes de abalanzarse.

Jonah negó con la cabeza. —Así que eres como Buffy.

—¿Cómo?

—Ya sabes, la chica rubia que va por el callejón oscuro, pero es la peligrosa—, dijo Jonah. —Es bonito eludir la compañía, ¿no?

—¿Soy una compañía? — Ahora, fui yo quien respondió secamente. —Gracias.

—Bueno, tú encajas en el molde. Rubia, blanca, pequeña.

—No soy Sarah Michelle Gellar.

—Pero eres una cazadora—, dijo Jonah. —Terrence me hizo ver las dos primeras temporadas de *Mensajes de la tumba*. Así que tengo conocimiento de primera mano.

—¿Sí? Entonces Terrence tiene buen gusto para la televisión—. Le sonreí. —¿Qué te pareció el programa? Sé sincero. Es difícil herir mis sentimientos.

—No tenía ninguna expectativa, pero lo encontré muy entretenido e informativo—, dijo Jonah. —Toda la investigación que conlleva me atrae; la investigación es otra de mis aficiones. Así que es como... un aprendizaje aventurero.

—Ese es mi hobby.

—¿El espectáculo?

—En cierto sentido, pero para mí se trata más de la investigación. Me encantan las historias. La gente. La historia que hay detrás me fascina.

—Lo mismo digo—, dijo Jonah. —Por eso sé tanto de mitología. He leído esos libros una y otra vez.

—Me alegro de que uno de nosotros lo haga.

—¿No conoces la mitología?

—Sé algo sobre eso—, confesé. —Pero no todo. Si necesito saberlo, Cyrus me lo dirá.

—Así que no sabes nada—, comentó Jonah. —Porque Cyrus te habla a ti, no contigo.

—Bueno, conozco a los dioses que he conocido.

—Pero no sus historias.

Sacudí la cabeza. —No. No he tenido tiempo de leer realmente la mitad de la mierda que Cyrus puso delante de mí. Pero sé hablar griego antiguo. Lo aprendí en la Academia.

—¿De verdad? Di algo.

Me golpeé la barbilla con el dedo y empecé a hablar en la antigua lengua.

—Estoy muy contenta de haberte conocido.

Jonah parpadeó. —No tengo ni idea de lo que has dicho, pero ha sonado muy bien.

Me reí. —Dije: «Estoy muy contenta de haberte conocido».

—¿Qué otros idiomas sabes hablar?

—Francés e inglés. Eso es todo.

—Genial—, dijo Jonah. —Yo me estoy volviendo bastante bueno en latín, porque nuestro amigo Malcolm me está enseñando.

—¿Latín?— Silbé. —Estoy impresionada—.

—Tú hablas griego antiguo—.

—Eso no hace que el latín sea menos impresionante. Yo no sé hablar latín en absoluto.

—Me resulta fácil—, dijo Jonah. —Como recordar fechas y lo que sea.

—Si la pequeña charla ha terminado—, dijo Cyrus, con tono frío cuando apareció a nuestro lado. —Nuestro cliente acaba de aparcar.

Me sobresalté cuando escuché la voz de Cyrus. Dirigió esos fríos ojos hacia mí.

—La casa está despejada. Está llena de telarañas y muebles rotos.

—Siempre lo está—. Me aparté de la barandilla. —Vamos a reunirnos con este hombre. Pero Jonah, me debes algo en latín. Quiero oírte decir algo también.

Jonah se inclinó y bajó el tono. —*Potes melior est, quam stulti.*

Le dirigí una mirada inquisitiva. —¿Qué significa eso?

—Significa—, Jonah miró a Cyrus, que seguía mirándoles mientras iba a ayudar a Joey, —que puedes hacerlo mejor que ese tonto.

Le dediqué una pequeña sonrisa y, luego, susurré en mi antigua lengua. Jonah negó con la cabeza.

—Sigue siendo genial. Todavía no lo entiendo.

—Gracias, pero no sé quién me aceptaría. Soy un choque de trenes.

—¡Eva! ¿Vienes?

—¡Un momento! — Me volví hacia Jonah. —Gracias de todos modos.

—De nada, Superestrella—, respondió Jonah. —Ahora, ve a hacer lo tuyo.

Joey sonrió cuando me acerqué a él.

—Hablando del rey de Roma—. Saludó mientras un hombre mayor salía del vehículo. —Es hora de ponerse a trabajar, Evie.

—Sip—. Murmuré. —Jonah, si no te importa, quédate junto a Cyrus. No tengo ni idea de dónde quiere Joey filmar esto. Odiaría que terminaras en el programa.

—Yo también—. Dio un paso atrás. —Vamos a terminar con esto.

Bajé las escaleras para encontrarme con el hombre cuando cruzaba el césped. Robert Frederickson parecía recién salido de los Hamptons. Pelo negro distinguido con sienes grises. Chaqueta blanca y pantalones de vestir azul oscuro. Parecía completamente fuera de lugar aquí.

—¿Sr. Frederickson? Eva McRayne—. Le ofrecí mi mano. —Me disculpo por haber faltado a nuestra reunión de antes. Hemos tenido algunos problemas.

—Sí, bueno—. Señaló con la cabeza a Joey. —Mi tiempo es muy valioso, Señorita McRayne. Tenía toda la intención de estar de vuelta en Nueva York esta noche.

—Theia Productions cubrirá el coste de este inconveniente—. Sonreí. —¿Ha hecho alguna vez una entrevista?

—No para la televisión.

—Este es Joey Lawson—. Hice un gesto. —Obviamente, el camarógrafo. Él centrará su atención en usted cuando empecemos. Pero primero, tiene que conectarle un micrófono.

—Lo tengo aquí en mi bolsillo.

Joey se lo pasó al hombre antes de pasarme otro a mí. Le enseñó a nuestro contacto cómo colocar el aparato en su chaqueta para obtener el mejor sonido. Luego, cómo hablar por él. Cuando terminaron, me puse mi propio micrófono en el cuello de la camisa.

—¿Dónde podemos conseguir la mejor toma, Joey?

—Estaba pensando en el porche. Sr. Frederickson, si quiere.

Joey nos condujo hasta donde se encontraban Cyrus y Jonah, que se alejaron lo más posible de nosotros. El señor Frederickson se enderezó la chaqueta.

—¿Vamos al grano, entonces? — Asintió con la cabeza. —Bien. Cuanto antes termine esto, mejor.

—No podría estar más de acuerdo. Pero todavía tenemos que filmar dentro. Ver si capturamos algo.

—Lo hará. Estoy seguro de ello. A mis hijas les encantaba ver *Mensajes de la tumba*—. El hombre se movió en su sitio. —Como puede ver, no lo mantengo cerrado. Nadie en su sano juicio se atrevería a venir aquí. Puede entrar y salir cuando quiera.

Me reprimí con un recordatorio de que ese hombre era un

cliente. Así que, en lugar de gritarle, levanté tres dedos en dirección a Joey, doblándolos hacia abajo para darle la señal de que empezara a filmar.

—Robert Frederickson es el propietario de la mansión Covington, situada a quince minutos de Roma, Carolina del Norte. Sr. Frederickson, ¿qué le atrajo de Covington?

—La historia, mi querida niña—. Atronó con una exuberancia tan inesperada que casi di un paso atrás. —Roma ha sido el lugar de mucha historia del sur. Covington no es diferente.

—¿Qué puede decirnos de esa historia? — Incliné la cabeza hacia el hombre. —¿Asesinatos? ¿Suicidios?

—Oh, nada de eso—. Frederickson se rió. —Pero estos muros sirven de monumento a la familia Covington.

—Un monumento—. Enfoqué la cámara. —Se creía que George S. Covington tenía a su familia enterrada aquí debajo de los pisos cuando se construyó la casa.

—Sí, el viejo tonto se volvió loco de dolor—. Frederickson se balanceó sobre sus talones. —Eso pasa, ya sabes. Cuando pierdes a un ser querido. O dos.

Giré la cabeza para ver una tenue chispa verde en los ojos oscuros del hombre. ¿Podría...? No. Era imposible que este hombre estuviera alineado con Hera.

Mi paranoia estaba simplemente en un punto álgido. Tenía que serlo.

Logré esbozar una fina sonrisa y me apoyé en mi posición en la barandilla. —Usted compró Covington en 2012, ¿es correcto?.

—Sí. Esperaba convertirlo en un refugio para mi propia familia.

—Vaya, eso es diferente—. Le levanté una ceja. —¿Quería pasar las vacaciones con su familia aquí? ¿En medio de la nada? ¿En una tumba de gran tamaño?

El hombre tosió detrás de su mano mientras entrecerraba los ojos hacia mí. —Sí, bueno. Como ya he dicho. Roma es una ciudad hermosa. Aquí se respira tranquilidad. El hecho de que esta mansión esté embrujada no fue un impedimento para mí.

—Hablemos de eso un minuto—. Me apreté contra la barandilla. —¿Qué ha experimentado la gente aquí?

—Todo. Las historias van desde objetos que se mueven solos aapariciones que atraviesan las propias paredes—. Señaló al cielo. —Los gritos resuenan en la noche, y algunos informes afirman que los anteriores ocupantes fueron empujados por las escaleras.

Hasta aquí, todo normal. Resistí el impulso de poner los ojos en blanco ante su teatralidad. ¿Por qué la gente tiende a actuar de forma tan alocada cuando hay una cámara presente?

—Muy bien. ¿Y usted? ¿Qué ha experimentado personalmente?

—¿Yo? — Robert Frederickson miró nervioso hacia la puerta principal. —¿Qué quieres decir?

—¿Le han empujado alguna vez por las escaleras? — Ensanché los ojos con falsa inocencia. —¿Ha oído esos gritos fantasmasmales?

—No. Yo he...— El hombre resopló: —En realidad nunca he estado dentro.

Me reí. No pude evitarlo. En circunstancias normales, podría contener mis reacciones personales ante la gente con la que tratamos. ¿Pero esto?

Esto fue demasiado.

—Y acabas de añadir otros treinta minutos a mis ediciones, Evie—. Joey bajó la cámara mientras yo reía. —¿Qué te pasa?

—¿En serio? — Ignoré a Joey mientras me concentraba en nuestro contacto. —Compró esta casa hace años. Llama a un equipo de televisión para que venga a investigarla en busca de actividad paranormal. ¿Y nunca ha estado dentro?

—Nunca he tenido una razón—. Frederickson se puso muy rojo. —¿Hemos terminado aquí?

Asentí con la cabeza. No había forma de seguir tomando en

serio a este hombre. Me hizo un gesto de rabia con la mano antes de volver furioso a su coche.

—La mejor. Entrevista. Del. Mundo—. Sonreí al verle alejarse. Cuando los demás no respondieron, me giré para mirarlos. —¿Qué?

—¿Tratas así a todos tus clientes? — Jonah frunció el ceño. —¿Por qué le has hablado así?

—Porque era un idiota y un mentiroso—. Casi salté por la puerta. —No soporto a la gente que se pone dramática cuando está delante de la cámara. Me grita falsedad.

—Debería—. Joey enlazó su brazo con el mío. —¿Compró este lugar para evadir impuestos?

—Sí. Me di cuenta después de comprobar los permisos de construcción. Frederickson nunca solicitó uno. Quiero decir, ¿por qué comprar una casa abandonada si no tienes intención de arreglarla?

Todavía estaba en las nubes cuando entramos en el pasillo principal. El polvo y la suciedad lo cubrían todo. Los cuadros colgaban torcidos en las paredes. Estaba segura de que, si contenía la respiración, oiría a las ratas corretear por ahí. Pasamos de una habitación a otra en silencio, que fue lo único que encontramos.

No hubo gritos. Nadie trató de empujarnos por las escaleras cuando estábamos en el piso de arriba. Nada voló hacia mi cabeza.

Por supuesto, no tenía un espejo presente. Cyrus debió haberlos quitado todos cuando vino aquí antes.

Cuando llegamos al dormitorio de arriba, me detuve justo al lado de la ventana mientras Jonah desaparecía por una puerta que yo había confundido con un armario. Cyrus se acercó por detrás de mí para agarrarme la nuca con sus dedos.

—Escuché vuestra pequeña charla en el porche—. Se rió. —Lo encontré bastante entretenido.

—¿Por qué?

—Porque me resultó obvio que tenía razón. Rowe no tiene interés en ti.

—Sé que no lo hace.

—¿Sabes cómo lo sé?

—No.

—Porque no tenía ningún interés en saber de ti. Cada pregunta que se le hacía iba dirigida a él. Tal vez, es un narcisista.

—O quizás, simplemente estaba respondiendo a mis preguntas—. Siseé cuando aplicó presión contra mi columna vertebral con su palma. —Ay.

—Estás advertida, Eva. Eso es lo último que diré sobre el asunto. Has sido advertida.

SIETE

JONAH ROWE

LA HABITACIÓN en la que entró Jonah no era más grande que el baño de su antiguo apartamento. En otras palabras, era pequeña y oscura.

Las paredes estaban revestidas de negro. ¿La pequeña silla y la mesa? Negras. Incluso el espejo colocado frente a la silla era de color oscuro.

—De acuerdo—. Jonah se empujó contra la puerta cuando se cerró. —Esto no es espeluznante. No es espeluznante en absoluto.

Se movió para dejarse caer en la silla con un gruñido. Pero, justo cuando alargó la mano para buscar el pomo de la puerta, escuchó un extraño susurro que llenaba sus oídos.

Jonah sacudió la cabeza hacia el espejo cuando la oscuridad comenzó a transformarse en rostros. Un borrón de ojos y bocas hasta que, por fin, se detuvo.

—Tu alma es tan difícil de leer, Jonah Rowe—. La mujer del espejo frunció los labios. —Oh, perdón, espíritu. ¿Qué puedo ofrecerte?

La imagen contra la oscuridad se desplazó mientras ella seguía hablando. —¿Fama? ¿La fortuna?

Había multitudes gritando su nombre mientras agitaban

libros en el aire. Esa imagen se desvaneció en una visión de sí mismo, vestido de punta en blanco mientras se sentaba en una silla en el plató de un programa de entrevistas.

Aquellas multitudes, sujetando sus libros y gritando su nombre, aquel lugar de tertulia. Jonah ni siquiera tenía un traje como ese. Parecía digno de una colección de diseño. El tipo de ropa que usabas cuando no tenías ninguna preocupación en el mundo.

Y, entonces, apareció una escena en el espejo. Una que hizo que los ojos de Jonah se abrieran. Esta tenía a Vera en posiciones con las que sólo había fantaseado. Hera no hizo que esta imagen durara solo un segundo. Permaneció allí durante varios minutos. Jonah debería haberse dado la vuelta. Pero, por alguna razón, eso era un imposible.

Archívalo, Jonah, se ordenó a sí mismo. *Tacha eso. Olvídalo. Tienes más respeto por Vera que considerarla como un pedazo de carne.*

Pero no funcionaba. La mujer lo había hecho perfectamente. La escena con Vera bien podría haber sido un vídeo corto de porno suave.

La imagen se desvaneció, y la mujer se rio.

—¿Te gustan los finales felices, aura azul? A mí también me gustan. Lleva a la sibila al plano astral cuando caiga el crepúsculo del domingo. Hazlo por mí, y la fama, la riqueza y la mujer de tus sueños serán tuyas. El domingo en el crepúsculo. Es un tiempo suficiente para decidirte. Y, dada tu visión, el tiempo es algo que anhelas disfrutar. Pero hay más.

—¿Más?

—Te daré acceso al único lugar al que tu Jonathan no puede llegar. Te daré la llave del otro lado.

Jonah se quedó mirando como si se hubiera quedado paralizado por la imagen. Cuando empezó a responder, la mujer le cortó.

—No respondas todavía, aura azul. Ya habrá tiempo para eso. Considera mis palabras. Considera lo que podría ser. Entonces, cuando sea el momento adecuado, volveré a por ti.

El rostro de la mujer desapareció tan rápidamente como surgió en el cristal. Se quedó allí, congelado en el lugar.

Jonah no sabía qué pensar. ¿Tentación con lo que quería? Pero no eran las sirenas.

Se trataba de una mujer, con ojos tan verdes como los de su amiga Elizabeth Manville. Pero los ojos de Liz estaban llenos de felicidad, calidez y alegría. Los ojos de esta mujer eran de un verde venenoso, duro, lleno de ambición y maldad.

Había leído la mitología griega. Había visto un montón de imágenes y representaciones.

Esa mujer se parecía a las representaciones que había visto de Hera. Pero eso no podía ser, Hera era la diosa de la familia, del matrimonio, de los esfuerzos saludables. Pero esa mujer que vio en el espejo era una matona. Una matona y una zorra, con un rastro de sociópata. No tenía ningún interés en hacer nada de lo que ella decía.

Los recuerdos de sus experiencias en esta casa resurgieron. No le había mentido a Eva. No había oído hablar del lugar. Nunca había conocido su nombre. Sólo había estado allí.

La casa Covington fue el lugar de su primera gran victoria como Undécimo.

Los recuerdos no eran agradables. Casi había perdido su vida física en un infierno en el sótano. Se había hecho un profundo desgarro muscular en el hombro izquierdo, y eso había sido antes de las costillas rotas. Pero había ganado esa pelea.

También había dicho que podía darle la llave del otro lado. Jonathan siempre decía que eso no podía suceder. Era inaccesible. Los guías protectores no podían ir allí. Los guías espirituales no podían ir allí.

Pero Hera dijo que podía. Lo había descrito como si fuera una puerta que simplemente había que abrir.

Volver a ver a Nana podría ser así de fácil.

Una oleada de miedo le atravesó como una corriente

eléctrica. *No.* Lo que Hera prometía no era natural. No podía pensar en Nana.

Hera quería que vendiera a Eva. Que la llevara al plano astral. ¿Por qué?

—¿Jonah? — dijo Joey.

—¿Qué? — Dijo con un poco de fuerza. —Lo siento, estoy...

Ni siquiera terminó.

—Amigo, parece que has visto un... no importa—. Joey decidió no hacerlo.

—¿Estás bien, Jonah? — Eva llamó desde su lugar en el centro de la sala principal. —¿Encontraste algo bueno ahí?

Jonah no sabía qué decir. Todavía no se atrevía a hablarle de su pasado con esta casa, y desde luego no iba a hablarle de las visiones de Hera. Él creía que las sirenas eran malas, pero Hera nunca podría admitir las imágenes que le mostraba.

—Es una vieja historia—, murmuró. —No importa.

—¿Por qué nos envió Elliott aquí? — Preguntó con calor. —Estaba tan seguro de que habría algo más que el episodio. Si no fuera por Frederickson, esto habría sido una pérdida de tiempo.

La voz se le quedó cortada al final de la frase, pero parecía que se había tragado la emoción.

Jonah también estaba confuso en esa parte. Elliott no podía haberlos atraído hasta aquí sólo para que Hera intentara sobornarlo con fabulosos premios. Podría haber hecho eso en cualquier parte. Entonces, ¿qué otra razón había para que trajeran a Jonah y a Eva a este lugar?

—Tenemos que volver a la finca y reunirnos con Jonathan, Terrence y Reena—, dijo Cyrus. —Eva, Joey, id delante. Quiero mantener una conversación rápida con Jonah.

Eva frunció el ceño. Jonah también lo hizo. No le apetecía conversar en privado con el guardaespaldas. Especialmente ahora. No había tenido tiempo de reorganizar sus pensamientos.

Cyrus movió la cabeza hacia la puerta y los otros dos se fueron. Luego, miró a Jonah a los ojos.

—¿Qué te mostró Hera?

—No sé de qué estás hablando.

—Sí, así es. ¿Cuál fue tu respuesta?

—No es de tu maldita incumbencia...

—¿Te pidió que traicionaras a Eva?

—¿Por qué quieres saberlo? — Jonah se burló. "¿Temes que me haya dado una oferta mejor que la que te dio a ti?

Los ojos de Cyrus brillaron. A Jonah le importaba un bledo. Salió furioso de la habitación, todavía conmocionado por lo que había visto.

Ya era miércoles. Hera le había dado hasta la hora del crepúsculo del domingo.

Quería que esta semana terminara lo antes posible. Ahora habría dado cualquier cosa por tener más tiempo.

OCHO
EVA MCRAYNE

ME QUEDÉ DETRÁS de Joey mientras mis pensamientos daban vueltas en mi cabeza. Primero fue la entrevista, luego la propia casa. ¿Ahora Jonah y Cyrus estaban teniendo una conversación de chicos arriba después de toda la tensión entre ellos en el coche? ¿Después de que Cyrus dijera que tenían que hablar?

Esto no me gustó. Ni un poco.

—Vamos, Evie—. Joey gimió mientras me retrasaba más. —Ya has oído al hombre. Tenemos que volver a Grannison. ¿Y el tiempo? Se está perdiendo.

Una pérdida de tiempo. ¿No fue eso lo que dije cuando descubrimos a Jonah en ese cuarto oscuro? Me detuve al pie de la escalera, inclinando la cabeza en un intento de escuchar.

No escuché nada. Maldita sea.

—Oye, vete al coche. Voy a esperar a esos dos aquí.

—Oh, no, no te vas a quedar aquí—. Joey entrecerró los ojos mientras volvía a enfurecerse por el pasillo. —Te metes en demasiados problemas sin supervisión.

Puse los ojos en blanco. —Bien. Quédate aquí por lo que me importa. Voy a comprobar algo.

—¿Comprobar qué?

—Eso—. Señalé hacia el final del pasillo. Había una puerta, apenas visible en el sol de la tarde. De hecho, no la había visto durante nuestro primer paseo. —Quiero saber qué hay ahí.

Joey me cogió del brazo cuando intenté pasar junto a él. Le echó un largo vistazo a las escaleras antes de volver a centrar su atención en mí. Sabía que estaba pensando en el infierno que me esperaba por no hacer lo que me habían dicho. Aun así, susurró. —¿Cámara?

Asentí con la cabeza. —¿Dónde está?

—En el porche. Quédate aquí—. Me miró por encima de su nariz mientras me señalaba con un solo dedo. —No te muevas ni un centímetro.

—Entonces date prisa. Estarán aquí en cualquier momento.

Joey corrió por el pasillo, salió por la puerta y volvió antes de que yo pudiera cubrir la distancia desde las escaleras hasta la puerta misteriosa. Nos deslizamos dentro y la cerramos tras nosotros.

Me agarré a la pared mientras bajábamos otro tramo de escaleras. Admito que me estremecía cada vez que crujía una tabla. Estaba tan segura de que nos atraparían por nuestra exploración que tuve que taparme la boca con la mano para ocultar mi sonrisa cuando llegamos al fondo.

Joey me dio tres golpecitos en el hombro, lo que significaba que tenía puesta la visión nocturna y estaba rodando.

—Estamos en el sótano de la mansión Covington—. Eché un vistazo a mi alrededor mientras mis ojos se adaptaban a la oscuridad. —Polvo, telarañas, no estoy seguro de si encontraremos algo aquí.

Sólo estaba siendo honesta. Cuando exploramos el sótano, no era nada espectacular. Había cajas y pertenencias olvidadas cubiertas con sábanas. Empecé a decirle a Joey que teníamos que volver a subir cuando me giré y me topé con un gran espejo ovalado.

Retrocedí sin hacer ruido mientras Joey seguía filmando. Esperé a que los susurros asaltaran mis oídos. Esperé a que los rostros aparecieran en el cristal. En cambio, apareció una sola figura.

Era un hombre, con el pelo gris y pulcro. Su ropa parecía pertenecer a la era victoriana. Juntó las manos ante su cara mientras me estudiaba.

—Se ha susurrado en nuestro reino, sibila, que vendrías a este lugar de dolor. Nunca soñé que tendría la oportunidad de encontrarte yo mismo.

—¿Covington? — Fruncí el ceño. —¿George S. Covington?

—Sí, en espíritu—. Se rio para sí mismo. —Hay secretos aquí, niña. Un poder que no entendía pero que agradecía cuando estaba vivo. Las líneas. Se cruzan.

—¿Qué líneas? — Mantuve los ojos pegados al espejo. —No lo entiendo.

—Por supuesto que no. Hablas con los muertos, pero no escuchas—. Se encogió de hombros. —En cualquier caso, he venido con un mensaje de tu padre.

—¿Apolo?

—Sí, sibila—. Covington sonrió. —Tu padre biológico. El dorado. Apolo.

—Entonces continúa. Tengo tal vez dos minutos para escucharte antes de que me atrapen aquí abajo.

Covington se cruzó de brazos. —¿Quieres el mensaje o no?

Luché contra mí misma, y forcé mi miedo cuanto más tardaba esto. —¿Por qué te hablaría Apolo?

—¡Bueno, ese es el mensaje! — La figura que tenía delante se rio. —No puede asistirte en el plano físico donde se cruzan las líneas. Te desea lo mejor, y ha exigido que escuches a los que saben más.

¿Eh?. Bueno, eso ha sido tan útil como nada.

—¿Sí? Lo intentaré. Pero no soy muy buena escuchando—. Resoplé. —¿Hay algo más?

—Sólo...— Hizo una pausa como para ordenar sus

pensamientos. —Ten cuidado con las falsas afiliaciones, niña. Te llevarán a la nada.

—Ok. Eso fue tan claro como el cristal. No hay nada críptico en ese mensaje.

La figura no respondió. Empezó a desvanecerse de nuevo en la oscuridad, así que cogí la sábana más cercana a mí para tirarla sobre el cristal. Mi mano chocó con una dura columna y me estremecí al terminar mi tarea.

—Evie, creo que tenemos que volver arriba. Creo que oigo a Cyrus buscándonos.

—Cyrus no te hará daño, Joey—. Me giré hacia el objeto que había golpeado. —¿Puedes encender tu luz por aquí?

—Sí, claro—. Sonaba resignado. —Pero sólo si te apresuras a hacerlo.

Joey pulsó un botón y el foco de la pieza del hombro iluminó el objeto que había golpeado. No era un pilar. Era una lápida.

Quité el polvo para leer la inscripción. *Edna Covington.* *NACIÓ EN 1792 Y MURIÓ EN 1827. En la muerte, hay luz.*

—Son las tumbas—. Susurré antes de levantarme. —Debe haber dos más. Un tío y una madre.

Me detuve mientras Joey giraba la cámara para darme más luz al notar la única cosa que nunca podría haber notado en la oscuridad.

Las paredes eran negras. Había símbolos extraños rayados en la piedra. Saqué mi teléfono cuando oí que Cyrus me llamaba.

—¡Eva!

—¡Estoy aquí abajo! — Volví a llamar. —Joey, ve a por ellos, ¿quieres? No quiero enfrentarme a él todavía.

—No. Rodando—. Él respondió. —Ve tú.

—Bien—. Saqué mi teléfono móvil, levanté la cámara y tomé fotos de los símbolos más cercanos a mí. —Estos son importantes.

—¡Eva!

—Maldita sea—. Suspiré mientras volvía a atravesar el sótano. —¡Estoy aquí abajo! ¡En el sótano! Hemos oído algo y...

Pisé algo lo suficientemente duro como para sentirlo a través de mi bota, así que me arrodillé, quité la suciedad y usé la luz de mi teléfono para exponer el objeto. Era una especie de baratija. De metal. Abollado. Irreconocible.

Y extraño. Me lo guardé en el bolsillo antes de reanudar mi camino hacia las escaleras. Cyrus era capaz de darme una paliza delante de la cámara si no aparecía pronto.

Irrumpí en la puerta para verlos dirigirse hacia el frente. —Aquí abajo. Tienes que ver esto.

—¿Qué estás haciendo? — Cyrus se acercó a mí. —Una vez más, desafiaste una orden directa.

Me tragué el miedo cuando Jonah se acercó por detrás de él. Mi nuevo amigo parecía estar a punto de golpear a Cyrus en la nuca.

—Oímos voces en el sótano—. Mentí mientras bajaba las escaleras. —Joey, los tengo. ¿Joey?

Fruncí el ceño mientras volvía a la tumba. —Estaba aquí hace un minuto. Quería filmar los símbolos que encontramos en la pared.

—¿Símbolos? — Cyrus había sacado una pequeña linterna y la sostenía en la dirección que yo señalaba. —No veo nada.

—Mira, no me estoy inventando esto. Y Joey... ¿dónde está...?

Mis palabras se interrumpieron al considerar cuál podía ser la verdadera razón por la que Elliot había insistido tanto en que nos presentáramos hoy. Necesitaba sacar a Joey de los terrenos de la finca. Quería que fuera testigo de la desaparición de mi amigo.

Saqué mi propia linterna del bolso para rebuscar todo el sótano, pero cuanto más avanzábamos, más me temblaban las manos. Finalmente, Jonah me cogió de la muñeca para quitarme la linterna.

—Eva, dame eso. Estás haciendo que se me revuelva el estómago.

—¡Joey! — Llamé a la oscuridad. —Maldita sea, ¿dónde estás?

Oí un golpe en la esquina, no muy lejos de donde estaba, pero antes de que pudiera acercarme corriendo, vi a Joey asomar la cabeza.

—Cielos, Evie. Cálmate, ¿quieres? Estás arruinando mi momento de triunfo.

—¿Qué momento? — Me apresuré a acercarme a él, tratando de decidir si debía golpearlo o abrazarlo. —Me has asustado, Joey. Pensé...

—¿Que los malos me habían atrapado? — Sonrió. —Tu reacción es dulce, pero me duele un poco que no hayas pensado que sería capaz de luchar contra ellos por mí mismo. Sólo porque no tenga una espada ceremonial...

—Cállate—. Sonreí mientras lo rodeaba con mis brazos. —¿Qué has encontrado?

—Esto—. Joey levantó un reloj de oro, que aún brillaba a pesar de la suciedad que nos rodeaba. —Te resulta familiar, ¿no?

Cogí el reloj mientras Jonah y Joey lo iluminaban. Mi amigo tenía razón. Me resultaba familiar.

Era el mismo reloj que le había dado a Elliot como regalo de graduación un par de años antes. Era barato, pero lo único que podía permitirme en aquel momento. Le di la vuelta para rastrear las palabras que sabía que encontraría allí.

Ve a por las estrellas - Con cariño, Eva

———

Tenía trabajo que hacer.

Esperé a que todos los demás se acostaran, excepto yo, Cyrus y Jonathan. Después de asegurarle a Cyrus que no me movería de mi puesto en el sofá, él y Jonathan se fueron a la habitación de al lado para otra discusión secreta.

Pasé las siguientes horas en mi tableta, investigando los símbolos que habíamos encontrado en la casa. A pesar de la intensa sesión informativa de Jonathan, Reena y Terrence durante la cena, había mantenido en secreto mi conversación con George S. Covington. Así que cuando no encontré nada sobre los símbolos, dirigí mi atención al mensaje que me había dado de parte de Apolo.

«Las líneas se cruzan». Murmuré mientras escribía la frase en la barra de búsqueda. «¿Qué diablos puede significar eso?»

—¿Qué puede significar qué? — Jonah golpeó mis piernas para hacerse un hueco en el sofá. —Sabes, hablar solo es un signo de locura, Superestrella.

—Eso he oído—. Me desplacé por los resultados que iban desde las letras de las canciones hasta los sitios web de las iglesias. —Sólo estoy tratando de juntar las piezas.

—¿Quieres compartirlo? ¿O voy a tener que mirar por detrás de tu juguete mientras juegas con él?

—No. Todavía no—. Bajé la tableta. —¿Por qué no estás arriba? Pensé que ya había pasado tu hora de dormir.

—Uno, se supone que debo estar pegado a ti, ¿recuerdas? Un trabajo en el que he fallado miserablemente esta tarde. ¿Y dos? No puedo dormir.

—¿Así que has venido a hablar? ¿Sobre qué?

—Nada. Cualquier cosa—. Jonah se encogió de hombros mientras se recostaba. —No soy exigente.

—Entonces vuelvo a mi investigación—. Levanté la tableta para empezar a teclear de nuevo, cuando me interrumpió.

—Eva, ¿puedo hacerte una pregunta?

—Ah, el motivo oculto—. Senté la tableta a un lado y doblé las piernas debajo de mí. —¿Qué pasa, arándano?

—¿Cuál es el poder de la inmortalidad cuando la vida nunca termina?

Parpadeé dos veces mientras consideraba lo que había

dicho. Sabía lo que creían los Undécimos. Sabía que la muerte no era un hecho real. En cierto modo, tenían razón. Todos los espíritus que había encontrado sabían quiénes eran en su mayoría. Estaban vivos en su propio campo de juego. Empecé a responder con un comentario inteligente, pero la sinceridad en el rostro de este hombre era tan fuerte que no pude hacerlo. Así que suspiré y golpeé mi tableta contra las rodillas.

—Jonah, ¿crees en la teoría de que la energía no se puede destruir, sólo cambiar?

—¿Qué tiene eso que ver? — Jonah frunció el ceño mientras se inclinaba hacia delante para enlazar sus manos. —¿Qué tiene eso que ver con mi pregunta?

—Todo, en realidad—. Dejé la tableta en la mesa cercana y me senté con las piernas cruzadas para mirarle. —La muerte es sólo una etiqueta que utilizamos para describir lo que ocurre cuando alguien abandona el mundo físico. Algunos creen que eso es todo. Es el fin. La mayoría no puede asimilar la idea de que van a perder su existencia. Aquí es donde entramos nosotros. Los dos, en cierto modo. Estamos en comunión con los espíritus porque ponemos energía en la creencia de que son reales. Esa energía les ayuda a manifestarse para nosotros. Pero sólo estamos usando nuestras energías para llamar a otras energías. Ya sean dioses, monstruos o espíritus.

—Entonces, ¿qué sentido tiene la inmortalidad?

—Me mantiene en el plano físico—. Hice una pausa para ordenar mis palabras. —Según entiendo, cuando me convertí en la sibila, Apolo me concedió la capacidad de no pasar al espíritu, como tú dices. Mi cuerpo físico ha sido congelado para permanecer como estaba cuando me transformé. Nunca envejeceré, nunca enfermaré. Simplemente existiré. Aquí, en el plano físico.

Esperaba recibir un comentario sarcástico. O que discutiera conmigo. En cambio, señaló el reloj que había colocado en la mesa junto a mi tableta.

—¿Cuál es la historia del reloj de Elliot? ¿Te animas a contármela?

Cogí el reloj y froté mi pulgar sobre su esfera como si pudiera retroceder el tiempo con él. Todavía recordaba lo avergonzada que estaba por dárselo, pero lo feliz que le había hecho. Lo había llevado hasta el día en que se enteró de lo mío con Cyrus. Luego, lo descartó, al igual que a mí, cuando decidió que nuestra amistad había terminado.

—No estuvimos juntos, si es lo que quieres decir. Ya te lo he dicho—. Volví a dejar el reloj sobre la mesa. —Elliot y yo nos conocimos en la UGA. Éramos amigos. Inseparables. Él es la razón por la que me convertí en la sibila en primer lugar.

—Pensé que tenías tus habilidades antes de eso.

—No—. Levanté una ceja. —Elliot vendió el programa a la empresa de su padre justo después de que nos graduáramos. Necesitaban una chica rubia y bonita lo suficientemente estúpida como para correr hacia el fuego. Esa chica era yo.

—Pero las cosas cambiaron.

—¿No lo hacen siempre? — Me encogí de hombros. —Habíamos ido a una conferencia en la que mi predecesora me engañó para que dijera el juramento de la sibila. Murió… No, perdón, pasó al espíritu en cuestión de minutos.

—No lo entiendo—. Jonah frunció el ceño. —Si la sibila es inmortal...

—La sibila actual es inmortal. Pero Apolo nos bendijo con una forma de liberarnos cuando nos cansamos de la vida que experimentamos. El espejo debe ser transmitido a otra mujer dispuesta a decir el juramento. Una vez hecho esto, la sibila anterior se suicida o se convierte en polvo.

—¿Como esas malas películas de vampiros de los años 50? — Sonrió mientras me inclinaba para darle un ligero golpe en el brazo. —¡Oye!

—¿Cuándo me vas a contar tu relación con la casa de los Covington?— Me dejé caer contra la almohada. —Vieja historia, creo que la llamaste.

—Cuando esté listo. Que probablemente será nunca—. Jonah se aclaró la garganta, girando su cabeza lejos de mí y hacia la puerta. —Me pregunto de qué han estado hablando durante tanto tiempo.

—Cosas que ninguno de los dos entenderá jamás—. Cogí el mando a distancia que había en la mesa de café cuando sonó una alerta en mi tableta. Deslicé el dedo por la pantalla, saqué la alerta y gemí en voz alta. —Genial. Esto es exactamente lo que necesito ahora.

—¿Qué? — Jonah trató de ver la pantalla, pero terminó quitándome la tableta. —¿Otra amenaza?

—No. Peor.

Me incliné sobre su hombro para tocar el artículo sobre el que Google me había notificado. Lo subí para que Jonah lo viera en todo su esplendor.

El sitio web estaba conectado a un tabloide de celebridades cursi. Lo que sea. Pero fue el titular lo que hizo que Jonah se sentara con la cabeza erguida junto con la foto de los dos de pie cerca el uno del otro en el porche de Covington.

La chica fantasma fue vista con un escritor misterioso.

—¿Qué? ¿Cómo? — Me miró y volvió a mirar el artículo tan rápido que estaba seguro de que se iba a torcer el cuello. —¿Qué es esto?

Me desplacé hacia abajo, suspirando mientras leía cómo una fuente les decía que estaba en Roma, Carolina del Norte, filmando un episodio para *Mensajes de la tumba*, y cómo había tropezado con un nuevo escritor. Incluso había una cita de Kenneth Quinn, un agente literario del que nunca había oído hablar. Prometía ofrecerle un contrato para publicar un libro a cualquier hombre asociado con Eva McRayne, ya que tendría que ser un hombre con conexiones.

—Sip—. Me desplomé de nuevo contra el sofá. —Felicidades, Jonah. Ahora eres oficialmente parte de mi mundo.

—¿Quién verá esto? — No podía apartar los ojos de la pantalla. —Esto no puede ser noticia.

—Oh, lo es. Para las personas adecuadas—. Me encogí de hombros. —Uno se acostumbra a verse bajo titulares falsos después de un tiempo. Además, para cuando termine la semana, los sabuesos de los cotilleos estarán con otra persona. Estoy segura de que esto se olvidará.

—¿Jonah? ¿Puedes venir aquí, por favor? — llamó Jonathan desde su estudio, por lo que recuperé mi tableta con una risita.

—Alguien está en problemas—. Dije con voz cantarina. —Será mejor que te vayas antes de que lo empeores.

Volví a reír mientras Jonah lanzaba una última mirada en mi dirección. Juraría que le oí pronunciar una palabra al pasar junto a mí.

—Mocosa.

NUEVE

JONAH ROWE

JONAH DESEÓ que Eva no hubiera mencionado el fin de semana. También deseó que su única preocupación fuera una estúpida noticia.

Si hubiera sido en cualquier otro momento, podría haber disfrutado viéndose a sí mismo en internet. Pero ahora mismo significaba menos que nada.

Eva tenía un interesante punto de vista de las cosas. Uno mucho mejor de lo que él había pensado. Estaban en la misma longitud de onda en muchas cosas, pero lo que ella llamaba energía, él lo llamaba esencia. El plan de Elliot y Hera, aparentemente, dependía de llevar a Eva al plano astral.

Jonah no se lo había dicho, pero no veía que Eva tuviera ninguna ventaja en esto. Como se había establecido, Eva era «inmortal». Pero la vida nunca terminaba. Simplemente cambiaba de forma. A pesar de esos dos puntos, Elliot y Hera estaban seguros de que si llevaban a Eva al plano astral, se acabaría el juego.

Todo el proceso de pensamiento de Jonah ocurrió entre el camino de la sala de estar al estudio de Jonathan. Era asombroso el trabajo que podía hacer la mente en un corto período de tiempo.

Cyrus se marchó después de lanzarle a Jonah otra mirada apreciativa. A Jonah no le importaba. Necesitaba ver qué era tan importante para Jonathan.

De pie junto a una enorme estantería, Jonathan le pidió a Jonah que tomara asiento. Debido a la ocurrencia de Eva de que estaba metido en un lío, tuvo la fugaz sensación de estar en el despacho del director, pero Jonathan no emitía una vibración acusadora. En todo caso, era el mismo hombre inescrutable de siempre.

Incluso cuando una imagen apareció de la nada. Jonah parpadeó cuando la luz del sol apareció en el estudio. Era casi medianoche. ¿Qué demonios?

Un hombre salió de la luz y Jonah lo vio por primera vez. Era rubio. Cincelado como un joven Paul Walker. Jonah se fijó en los ojos dorados y se dio cuenta de que no era un visitante cualquiera.

—Jonathan, ¿preguntaste por mí, viejo amigo? — Los dos se abrazaron cálidamente las manos y crearon aún más preguntas en la mente de Jonah. —¿Cómo puedo ayudarte después de que hayas hecho tanto por mi Eva?

—Quería discutir algunas preocupaciones que se han desarrollado en relación con el tratamiento de Cyrus hacia Eva. Pero primero, por favor conoce a mi estudiante, Jonah Rowe.

—¿Este es el aura azul? — Apolo saludó a Jonah con una inclinación de cabeza. —Encantado de conocerte. Jonathan presume de ti muy a menudo.

—¿Lo hace? — Jonah estrechó la mano del dios. El dios. Vaya, qué semana estaba siendo. —Tengo muchas preguntas que hacerle cuando tenga tiempo. Pero el placer es mutuo, señor.

—Por favor, toma asiento, Apolo—. Jonathan esperó a que Apolo se situara junto a Jonah antes de sentarse frente a ellos. —Como he dicho, nos preocupa el trato de Cyrus a tu sibila.

—¿Qué tipo de preocupaciones tienes?

—Yo mismo he notado el comportamiento de Eva hacia él. Actúa como alguien que ha sido maltratada.

—Eso no es ninguna sorpresa.

—¿Qué? — Jonah dirigió toda su atención hacia el dios. —¿Qué significa eso?

—Eva sufrió graves abusos por parte de su madre durante toda su infancia. Física, mental y emocionalmente. No me sorprende saber que ella responde a Cyrus de la misma manera.

—Señor, en primer lugar, eso es horrible, pero con respeto, es aún peor—. Jonah se removió en su asiento. —Cyrus trata a Eva como si fuera su hija. Es como un cónyuge dominante. La corta cuando intenta hablar. Es decir, cada vez. Y esa noche con las sombras, la agarró con la suficiente brusquedad como para magullarla.

—¿Fue durante la batalla? — Preguntó Apolo.

—No, señor—, dijo Jonah. —Todas las sombras habían sido sacrificadas. Cuando se le confrontó al respecto, no se disculpó y básicamente dijo que Eva necesitaba endurecerse.

Apolo enarcó una ceja mientras Jonah detallaba el intercambio. Entonces, Jonah recordó algo más.

—Esta mañana, antes de ir a la casa Covington, noté un gran moretón por impacto en el brazo de Eva. No había estado allí después de la pelea con las sombras.

—¿Y su respuesta cuando le preguntaste al respecto?

—Que se golpeó el brazo con el marco de una puerta. No la presioné al respecto, pero creo que Cyrus le dio un puñetazo en el brazo después de la pelea.

—Eva habría venido a mí si ese fuera el caso.

—No necesariamente—. Jonah tomó otro respiro. —Me habló de la cláusula por la que las acciones de un guardián pueden anular su inmortalidad. Creo que tiene miedo de que la mate.

—¿Tienes alguna otra prueba? — Apolo se inclinó hacia delante y juntó las manos. —Estas son graves acusaciones contra un esclavo que ha estado a mi servicio durante más de un milenio. Debo saberlo todo antes de actuar.

—No hay pruebas concretas, señor—, dijo Jonah. —Sólo que a Cyrus parece gustarle y lo llama disciplina estricta y entrenamiento de la vieja escuela.

—Entonces vamos a preguntarle.

—¿Hablas en serio?

—Por supuesto.

Apolo cerró los ojos. Un momento después, apareció Cyrus.

—Sí, mi señor.

—Siéntate, cretense. Tengo algo que deseo discutir contigo.

Cyrus se sentó. Sus ojos parpadearon hacia Jonathan antes de volver a centrarse en Apolo.

—Estoy escuchando relatos perturbadores de las acciones que has tomado contra mi sibila. ¿Cómo respondes?

Jonah miró a Cyrus. Su cara de póquer era impecable, pero algo en sus ojos brilló. —Me temo que me tiene en desventaja, mi señor. ¿Qué quiere decir?

—Informes de faltas de respeto y de golpes a mi sibila en su habitación privada.

—Señor, los informes que está escuchando son falsos. Si Rowe es con quien ha hablado, entonces tiene sus propias motivaciones.

—Fui yo quien planteó esto, Cyrus—, dijo Jonathan. —Jonah no estaba al tanto de esta reunión hasta que yo la convoqué. Así que debo decir que el hecho de que te hayas abalanzado tan rápido sobre Jonah significa que puedes estar ocultando algo.

—Creo que Jonah puede haber hablado con usted y ha convocado esta reunión.

—Todavía no ha respondido a las acusaciones que se le imputan.

—Son falsas, mi señor. Mi tarea es proteger a Eva. No dañarla.

—¿Por qué tienes unos modales tan cáusticos con Jonah? — preguntó Jonathan. —No dejas de querer echárselo en cara. Jonah no me dijo nada. Fui yo, de hecho, quien expresó su preocupación por tus comportamientos. Así que, si tu deseo es ser frío con alguien, apúntame a mí. Yo debería ser el objeto de tu irritación, a menos que, por supuesto, estemos equivocados.

—Rowe conoce el origen de mi irritación—. Cyrus resopló. —Me ha insultado constantemente y ha cuestionado mi papel como guardián de Eva. Naturalmente, yo asumiría que él ha hecho estas acusaciones. Pido disculpas a Rowe si me he equivocado. En cuanto a Eva, no me ha presentado ninguna queja sobre su trato. Esto, creo, es una interferencia innecesaria.

—Es una interferencia innecesaria porque la has asustado para que guarde silencio al respecto—. dijo Jonah.

Cyrus se levantó de su asiento, pero también lo hicieron Jonathan y Apolo. Al ver eso, Cyrus se echó atrás. Jonah se burló. Maldito matón.

—Nunca he tenido la más mínima impresión de que Eva me tenga miedo—. Cyrus se metió las manos en los bolsillos. —Estoy realmente perdido aquí.

—Creo que es hora de hablar con Eva sobre este asunto. Cyrus, déjanos.

Cyrus lanzó una mirada de disgusto a Jonathan y a Jonah antes de desaparecer. Jonah se dirigió a la puerta.

—Está en la sala de estar. Iré a buscarla.

—Muy bien.

Jonah no tardó en pedirle a Eva que se uniera a ellos en el estudio. Ella se sorprendió, pero se sorprendió aún más al encontrar a Apolo esperando.

—¿Estás aquí? Pensé...

—La finca es terreno neutral, querida. Por favor. Toma asiento.

—¿De qué se trata? — preguntó Eva mientras se sentaba y cruzaba las piernas por el tobillo. —¿Está todo bien?

—Estamos preocupados por tu bienestar—. Apolo habló desde su posición al lado de ella. —Responde a mis preguntas con sinceridad, ¿de acuerdo?

—Lo intentaré—.

—Muy bien. ¿Alguna vez te ha hecho daño Cyrus a causa de su ira?

El color se desvaneció por completo de la cara de Eva mientras miraba fijamente a Apolo.

—No puedo hablar de eso.

Los ojos dorados de Apolo brillaron. Jonah dio un paso atrás.

—Así que eso es un sí—, dijo. —¿Te ha amenazado si le dices algo a alguien?

—Mira—, Eva respiró profundamente. —Sabes lo contundente que puede ser Cyrus...

—La fuerza en el cuadrilátero es diferente que fuera de él.

—Puede matarme—, siseó. —Tú fuiste quien creó esa cláusula. Si se entera de que he dicho algo, no se sabe lo que puede pasarme.

—¿Cuándo empezó esto?

Eva se cubrió la cara con las manos y se incorporó después de un momento.

—¿Acaso importa? ¿De verdad?

—A mí me importa—. Apolo respondió. —Tú importas, Eva.

—Claro que sí—, su tono se volvió amargo. —Te das cuenta de que no importa lo que le hagas, sólo va a dar la vuelta y ponerlo de nuevo en mí, ¿verdad?

—¿Lo ha hecho antes?

—Sí—, la amargura abandonó su voz para ser reemplazada por la resignación. —Sí, ¿de acuerdo? Cyrus me ha hecho daño antes debido a su ira. No puedo decirte cuándo empezó porque no recuerdo mucho al respecto. Creo que fue después del episodio de Erinyes, pero... no lo recuerdo.

—¿Eh? — Jonah miró alrededor de la habitación. —¿Alguna razón en particular por la que no se acuerde?

La mandíbula de Apolo se tensó antes de hablar. —Hay dos razones por las que Eva podría estar sufriendo de olvido. La primera es una lesión en la cabeza. La segunda es un método llamado restricción del guardián que le permite a los guardianes borrar la mente de aquellos con los que entran en contacto.

Los ojos de Jonah se entrecerraron. —¿Quieres decir que Cyrus podría haber estado abusando de Eva todo este tiempo y luego borrarlo, como un maldito *Etch-A-Sketch*?

—Es posible—. Apolo estudió a Eva. —¿Pero hay casos que recuerdas?

—Sí.

—¿Qué ha pasado?

—¿Por qué importa?

—Para poder confrontarlo por su trato hacia ti—. Apolo fue sorprendentemente paciente. —Jonah mencionó un moretón en tu brazo. Dijo que te habías golpeado con el cerrojo de la puerta. ¿Puedo verlo?

—Bien—. Eva se levantó la manga para dejar al descubierto un gran moratón negro y morado. —¿Feliz?

—¿Cuándo ocurrió esto?

—Esta tarde.

Apolo tomó su brazo y lo examinó. —Ya debería estar curado.

—Debería estarlo, pero también me está afectando. Mi inmortalidad está entrando y saliendo.

—¿El guardián te hizo esto?

Eva suspiró. —Mira, no me hagas decir nada más. Por favor. Es más fácil así.

—¿Más fácil para quién? Para él.

—No. Para mí.

—¿Por qué, Eva? — preguntó Jonathan. —¿Te ha petrificado Cyrus de forma tan absoluta que tienes miedo de buscar ayuda en absoluto? Estamos aquí para ti, querida, si nos necesitas. Pero debes ayudarnos a ayudarte.

Eva miró a Jonathan mientras Apolo ponía su mano sobre el centro del hematoma. Se desvaneció al instante. Cuando él le soltó el brazo, ella volvió a bajar la manga.

—Gracias. Y para responder a tu pregunta, Jonathan, es más que miedo. Es bonito pensar que alguien ahí fuera puede salvarte de... de cosas como esta. Pero tengo que ser realista al respecto. No hay ayuda para gente como yo. Ningún caballero andante. Una vez que acepté ese hecho, se hizo más fácil evitar que mi corazón se rompiera por la decepción cuando nadie vino a rescatarme.

Jonah hizo una mueca de dolor. Eva no podría haber dicho algo más triste aunque lo intentara. Apolo se levantó. Calmado, pero aterrador.

—Eva, tendremos más conversaciones sobre esto cuando los tiempos sean menos difíciles—, dijo. "Todos vosotros os reuniréis y os encargaréis de los próximos pasos. Necesitaré conversar con mi guardián. Volverá al día siguiente.

—¿Crees que una conversación lo pondrá a raya? — Jonah no pudo evitar preguntar.

Apolo se volvió hacia Jonah lentamente. —¿Una conversación con un dios todopoderoso del Olimpo? Sí.

Eva no dijo nada mientras Apolo le estrechaba el hombro. Luego, estrechó la mano de Jonah y Jonathan.

—Gracias, viejo amigo, por traer esta oscuridad a la luz.

Con eso, Apolo desapareció. Eva se frotó las manos en la cara antes de dejarlas caer sobre su regazo.

—¿Me disculpáis ahora? Esta ha sido una conversación muy difícil y deseo estar sola.

—Por supuesto.

Jonathan y Jonah la vieron irse antes de que Jonathan se volviera hacia Jonah.

—Tenías razón en preocuparte, hijo. Deberías estar orgulloso de ti mismo.

—Lo estoy—, dijo Jonah. —Hay... más en esto de lo que podría creer, señor. No sé a qué está acostumbrado Cyrus, pero no lo va a conseguir estando aquí.

—Efectivamente—. Jonathan fue al otro lado de su escritorio y se sentó. —También conociste a Hera hoy, ¿no es así?

—¿Cyrus te dijo eso?

—Lo hizo.

—Sí, por supuesto que lo hizo—, murmuró Jonah. —No fue la experiencia más agradable.

—Una cosa que he aprendido a lo largo de los años es que hay dioses en los que puedes confiar y otros que quieren utilizarte para su propio beneficio personal. Todo lo que puedo aconsejarte es que desconfíes de cualquier promesa que no esté jurada sobre la Estigia.

—Tomo nota, señor—. Jonah asintió. —Lo tendré en cuenta.

—También quería hablar contigo sobre el ingreso en la casa Covington una vez más. Eso te ha tenido que pasar factura.

Qué ironía. Una situación de la que Jonah no quería hablar era una distracción bienvenida del tema actual. —¿Sabías lo de las tumbas en esa sala subterránea?

Jonathan resopló. —¿Por qué crees que Creyton se sintió atraído por el lugar?

—Oh—, murmuró Jonah, —pero lo que no entiendo es por qué Elliot y Hera nos querían allí.

—Hay algo que he aprendido—, dijo en tono solemne mientras se sentaba en su silla. —Lo aprendí de George S. Covington, el patriarca de la prole Covington. Resulta que Roma, Carolina del Norte, es un lugar donde las líneas se cruzan.

Jonathan se congeló y sus ojos se desviaron hacia la izquierda.

—Algo está mal—, le dijo a Jonah. —Algo extraño se encuentra en el terreno.

En ese momento, Reena irrumpió con una jabalina amarilla y brillante en las manos.

—Tenemos un problema—. Parecía furiosa. —Hay más sombras en el patio delantero. Una veintena de ellos.

—¿Qué? — exigió Jonah. —¡Pero Cyrus y Jonathan apuntalaron las defensas!

—Lo sé—, dijo Reena. —Pero las sombras de ahí fuera no recibieron el memorándum.

———

Todos los demás estaban ya en el porche de la finca. Había casi dos docenas de sombras en el terreno, burlándose, mofándose y acercándose cada vez más a ellos.

A pesar de su deseo de estar sola, Jonah vio a Eva con su espada preparada. Los vio y llamó a Jonathan.

—¿Por qué no están aquí arriba destrozándonos? — Ella gritó. —No es que me queje, pero no lo entiendo.

—Soy un guía protector—, respondió Jonathan. —El hogar de mis alumnos está blindado. Ningún enemigo cruzará el umbral mientras yo esté en estos terrenos.

Justo en ese momento, una sombra demostró el hecho al intentar saltar sobre el porche. Fue derribado hacia atrás y aterrizó en una pila a casi quince metros de distancia.

—¡Claro que sí! —, gritó Terrence. —¡Te he dado una patada en el culo!

Pero sólo fue un breve consuelo. Las sombras se acercaban cada vez más al porche. Parecía que ganaban terreno a cada paso. Jonah no sabía cuánto tiempo más tendrían un terreno seguro. Recordó lo que había dicho Elliot sobre entrar en la finca «muy pronto». ¿Cómo pensaba conseguirlo?

—¿Qué fue eso, Jonah? — Reena exigió de la nada.

—¿Qué fue qué? —, preguntó Jonah.

—Leo familiaridad en tu esencia—, dijo Reena. —¿Qué sabes?

Jonah sintió que su boca se tensaba. Conocía a Reena desde hacía tiempo, pero seguía siendo desconcertante cuando hacía esa lectura de la esencia.

—Cuando Elliot estaba haciendo esa proyección astral, dijo que muy pronto sería capaz de entrar en la propia finca—, le dijo. —Me preguntaba cómo planeaba hacerlo. ¿Tenía algún tipo de entrada? ¿Un marcador de posición, una señal...?

Y entonces se dio cuenta.

—¡El reloj! — Gritó.

—¿Qué reloj? —, dijo Terrence.

Jonah se acercó a Eva. —Ese reloj que recogiste en Covington House. Elliot debió haberlo colocado allí. Debe haberle hecho algo, o Hera lo hizo, más probablemente. Lo trajo aquí. Tiene que ser lo que está debilitando nuestras defensas.

Eva se tensó. —Por eso estaba tan seguro de que entraría aquí pronto. Le hizo algo oscuro a lo único que sabía que yo recogería.

—¿Dónde está?

—En la sala de estar todavía. En la mesa auxiliar.

—¡Ve a por él! —, dijo Joey. —Corre a por él. Por qué tiene que ser esta casa tan condenadamente grande...

—¡No hay tiempo! — dijo Reena. —¡Quién sabe cuánto avanzarán las sombras mientras esa cosa esté ahí, debilitando nuestro hogar! ¡Terrence, toma esto!

Le lanzó la jabalina, que pasó del amarillo al naranja quemado al cambiar de manos dotadas de espíritu. Reena dio un paso en el aire y se desvaneció.

—¿Qué demonios?

—¡Son los Astralimes! — gritó Jonah. —Ella volverá...

Reena salió del aire tan repentinamente como había entrado en él, agarrando el maldito reloj. Lo sostuvo frente a ella y salió corriendo del porche utilizando su velocidad etérea.

Se produjo un extraño fenómeno. Cuanta más distancia ponía Reena entre ese reloj y la finca, más se extendía el alcance de las defensas del terreno, lo que repelía a las sombras. Siguió corriendo, y cada vez los hacía retroceder más y más.

Corrió por el camino y se hizo el silencio.

Eva miró aquí y allá. —¿Dónde está?

—Tened paciencia—, dijo Jonathan. —Pronto lo sabremos.

Jonah se quedó mirando el oscuro camino como si fuera el único lugar de la Tierra.

Vamos, Reena.

Entonces, un borrón subió por el camino y se detuvo en los escalones. El pelo de Reena parecía barrido por el viento, lo cual no era ninguna sorpresa, y su respiración era sólo un poco agitada.

—Jonathan, se han ido—, anunció. —La protección del terreno ha sido restaurada. Hice retroceder tanto a las sombras que se vieron obligadas a retirarse. Elliot no entrará aquí de esa manera.

De hecho, Eva apartó a Jonah y puso una mano en el hombro de Reena. —No te conozco muy bien—, dijo, —¡pero maldita sea, me alegro de que estés en nuestro equipo!.

DIEZ

EVA MCRAYNE

ME QUEDÉ FUERA, en el porche, mucho después de que los demás volvieran a entrar. No es que estuviera sola. Jonah se quedó atrás, observándome. Estaba seguro de que creía que me derrumbaría después de este último ataque de mi enemigo, tan poco tiempo después de mi confesión a Apolo. Pero no iba a entrar en pánico. Eso le daría poder a Elliot. Le daría la oportunidad de debilitarme.

Que me condenen si lo hago. Elliott ya había invadido mi cordura una vez más.

—¿Vas a quedarte aquí toda la noche, Superestrella? —Jonah dejó su puesto junto a la puerta principal para acercarse a mí. —Porque realmente no tiene sentido buscar más luchadores. Se han ido.

—No estoy esperando un ejército—. Sacudí la cabeza. —Estoy esperando a los paparazzi.

No era una mentira total. Los sabuesos de la prensa, independientes o no, habían empezado a aparecer en nuestras localizaciones, esperando echar un vistazo a la gran Eva McRayne. Hija de Apolo. Mensajera de los muertos. Se habían inventado tantas historias sobre mí. Tantas mentiras habían aparecido en las portadas de los periódicos sensacionalistas que había llegado a esperar que los tiburones empezaran a dar vueltas en el momento en que aterrizara en una nueva ciudad. Y con la historia que había encontrado en Internet, era cuestión de horas que aparecieran por aquí.

No podía pensar en las sombras. No podía reconocer el hecho de que Elliot había utilizado un recuerdo tan dulce contra mí.

Cerré los ojos mientras pensaba en mi interacción con Reena después de que las sombras hubieran retrocedido. Había estado tan extasiada por sus acciones que le había dado las gracias. Le dije que me alegraba de que estuviera de nuestro lado. Su respuesta había sido inesperada, pero no debería haberme sorprendido.

Yo habría dicho lo mismo en su lugar.

«No estoy en tu equipo, sibila». Reena me había sacudido. «Estoy protegiendo mi hogar. Nuestro hogar, al que tu presencia supone una grave amenaza».

Cogió a Terrence del brazo para entrar tras Jonathan, pero se giró para mirarme cuando llegó a la puerta. «Puede que no cuestione a mi mentor, pero no tienen que gustarme sus decisiones. No dejas más que desequilibrio a tu paso. No quiero tener nada que ver contigo durante el resto de tu estancia en la finca Grannison-Morris».

Sus palabras eran correctas, por supuesto. Me había convertido en un símbolo de esperanza para millones de personas, pero como resultado, mi presencia había causado daño a tantos otros que interactuaban conmigo. Podría ser tan fácil liberarme de esta vida. Recuperar el espejo de Apolo. Encontrar otra chica lo suficientemente estúpida como para ocupar mi lugar. Salir corriendo delante de un coche como había hecho Katherine Carter, mi predecesora. Quizás entonces, podría encontrar la paz.

Y Elliot ganaría. Ese único pensamiento fue suficiente para sacarme de la autocompasión en la que me había sumido.

—No pueden seguirte en estas tierras—. Jonah se apoyó

en la barandilla a mi lado. —Y ya te he dicho lo mal que mientes, ¿verdad? Inténtalo de nuevo. ¿En qué estás pensando realmente?

—Reena—, me quité un mechón de oro de los ojos. —Tiene razón, sabes. Traigo desequilibrio a mi paso. No causo más que problemas. Tiene razón al no querer tener nada que ver conmigo. Tú tampoco deberías querer tener nada que ver conmigo.

—Realmente eres una derrotista, Superestrella—, observó Jonah. —Pensé que era malo.

—Sólo lo mejor para ti, arándano—, le di un codazo en el brazo con el mío. —Todo o nada. Eso es lo que puedo ofrecer.

Jonah levantó un porro. —¿Interesada?

—Dioses, no—, negué con la cabeza. —No puedo participar en eso. Estrictamente hablando.

—¿Es una regla de Cyrus?

—Sí, pero también es una regla general.

—Como quieras—, Jonah se lo metió en la boca y lo encendió con una cerilla. Dio una calada y se apoyó en la barandilla. —¿Estás bien, Eva? Esa reunión en el estudio...

—Fue una pesadilla—. Suspiré. —No puedo creer que haya acabado sin decir nada.

—¿Por qué?

—Porque no va a cambiar nada. Lo máximo que puedo esperar es que las cosas no empeoren.

—¿En serio? — Preguntó Jonah. —¿Crees que Apolo es tan ineficaz?

—Creo que Apolo tiene buenas intenciones. Siempre lo ha hecho. Pero no es omnipresente.

—Sí, pero aun así. Puede infundir el temor de Dios, bueno, de los dioses, en Cyrus.

—Si fuera a hacer eso, lo habría hecho hace mucho tiempo, arándano. Y no estaría lidiando con esta mierda ahora.

Vi que la punta de su porro se iluminaba al inhalar. Lo señalé con un gesto.

— ¿Cómo lo haces?

— ¿Hierba" Manejo del dolor y alivio del estrés. ¿Nunca has visto a un drogadicto?

—No—, me reí. —No me refería a eso. ¿Cómo se fuma?

—¿Nunca has fumado antes? ¿Incluso cigarrillos?

—Una o dos veces en la universidad, pero nuestro entrenador estaba muy en contra por razones obvias. Así que nunca le cogí el tranquillo.

—Realmente deberías participar—, dijo Jonah. —Si Bigfoot tiene un problema con ello, consigue comestibles o brownies.

—Déjame probarlo.

—¿En serio?

—Bueno, sí. A menos que no quieras que mi boca esté en él. Si no, dame el otro que sale del bolsillo de tu camisa.

Jonah se burló y le pasó su porro. —Sigue las reglas y las normas.

—¿Calada, calada, tragar?

Jonah sonrió. —Veo que estás familiarizada con el reglamento.

Me reí. —Fui a la universidad, sabes. Esas reglas se enseñaron durante la orientación.

Le di una calada al porro y lo aguanté todo lo que pude. Solté el humo y cerré los ojos mientras me invadía una sensación de gran calma.

—Qué bien—, se lo devolví. —Esperaba un ataque de tos.

—Eres más resistente de lo que pensabas, Superestrella.

—Eso va en contra de la mentalidad derrotista, sabes.

Lo vi recibir su golpe a la luz de la luna y me pregunté si sabía lo bien que se veía. *No me extraña que las Sirenas le hayan buscado.* Cogí el porro cuando me lo pasó.

—Es cierto, pero me siento bien, así que no quiero centrarme en esa mentalidad.

Expulsé el humo y se lo pasé de nuevo.

—Dime algo bueno entonces.

—¿Cómo qué? — Jonah golpeó la ceniza de la barandilla. —¿Qué quieres oír?

—Algo positivo. No quiero pensar en nada remotamente negativo ahora mismo.

—Bueno, esta hierba es absolutamente increíble—, murmuró Jonah. —Así que ahí queda eso. Tu turno.

—Déjame ver. Estoy en una finca increíble—, tomé el porro. —Por primera vez en mucho tiempo, estoy completamente relajada y voy a salir con un escritor de misterio bastante guay. Así que ahí queda eso.

Le pasé el porro de nuevo.

—¿Estás bien? No hemos hablado de toda la mierda a la que te has expuesto en los últimos días.

—Me he acostumbrado a la rareza, para ser honesto—, respondió Jonah. —La vida no ha sido normal desde hace un tiempo.

—Ya ni siquiera estoy seguro de lo que significa normal.

—Eh, ¿quién necesita lo normal? Es aburrido.

—¿No crees que podrías volver a la vida normal de....?

—Ni por asomo—, dijo Jonah. —No puedo deshacer todo lo que he aprendido. Lo normal sería volverme loco a estas alturas.

Jonah le dio la última calada a su porro y lo apagó en un cenicero que estaba sobre una mesa no muy lejos de donde yo estaba.

—¿Estás lista para entrar ahora?

—Sí, supongo que sí. Gracias por compartirlo conmigo.

Jonah abrió la puerta principal y la sostuvo abierta para mí. Pasé junto a él y me dirigí a las escaleras. Me detuve cuando me llamó por detrás.

—Deja que te acompañe.

—De acuerdo—, incliné la cabeza mientras él se acercaba a mí. —No tienes que hacerlo. Me estoy haciendo con la distribución, y Cyrus no está aquí. Creo que te mereces una noche en tu propia cama, arándano.

—Sería bueno dormir en un colchón esta noche.

—Opino lo mismo—. Empecé a subir. —Así que tómate esta noche libre.

—No te ofendas, pero creo que lo haré. Han sido un par de días infernales.

No dije nada hasta que llegué a la puerta de mi habitación. Jonah tampoco lo hizo. Empecé a abrirla antes de apoyarme en ella para hablar.

—Buenas noches, arándano. Gracias de nuevo. Por todo.

Jonah me hizo un gesto con la cabeza. —Buenas noches.

Le vi dirigirse al pasillo antes de entrar en mi habitación. Me sentía más ligera por el porro, eso era cierto. Pero también estaba agotada por los acontecimientos del día. Entre la pérdida de tiempo, la casa Covington y la conversación con Apolo, sólo quería enterrar la cabeza bajo la almohada y no despertarme nunca.

A pesar de mi agotamiento, me tomé mi tiempo para prepararme para ir a la cama. No me permití preocuparme por las consecuencias de mi conversación con Apolo. Sabía que habría una. Y tampoco me permití pensar en las duras palabras de Reena. Ella tenía razón. Eso es todo lo que había que hacer.

—Rowe ha hecho un trato con Hera. Ha hecho planes para traicionarte.

Me quedé helada en mitad de la trenza que me estaba haciendo cuando vi el reflejo de Cyrus detrás de mí. Sus ojos eran más fríos de lo que jamás había visto.

—¿Qué estás haciendo aquí? Apolo dijo...

—Todavía no me he presentado a Apolo. Estoy cumpliendo con mi deber antes de irme.

—Cyrus, yo...

—Rowe te traicionará—. Repitió. —Hera se reunió con él en la casa Covington. ¿Quieres saber lo que le ofreció?

Me sentí mal por sus palabras. Una parte de mí sabía que lo hacía para hacerme daño. Otra parte de mí deseaba que, en vez de eso, me golpeara. Las heridas físicas nunca duraban tanto como las emocionales.

—Jonah no es del tipo que traiciona a alguien.

—Oh, lo es y mucho, Eva—, se burló Cyrus de mí. —Ya que no preguntas, te lo diré. Tú serás el precio de la fama, la llave del otro lado y la mujer de la que está enamorado.

La actriz. Me tragué el nudo que se me formó en la garganta. Debería haber sabido que no debía esperar a alguien como Jonah. Me invadió una sensación de decepción tan fuerte que caí de espaldas contra el fregadero.

No hay caballeros andantes. Yo lo sabía. El hecho de haberme atrevido a esperar uno me hacía sentir absolutamente estúpida.

—Pobre sibila. ¿Qué esperabas? — Cyrus acortó la distancia entre nosotros. —¿Esperabas amor a primera vista? ¿Esperabas que Rowe te alejara de mí? Recibiré mi castigo de Apolo y volveré a tu lado en cuanto él lo permita. Nunca te librarás de mí. Nunca.

—Por favor, vete—. Susurré. —Por favor. Sólo quiero irme a la cama. Nosotros... hablaremos más tarde.

—De hecho, lo haremos.

Cyrus me agarró, me tapó la boca con una mano y me clavó el puño en el costado dos veces. Apreté los ojos para evitar que se me cayeran las lágrimas mientras un destello de fuego recorría mi sangre con la fuerza suficiente para borrar mi decepción. Me agarré al tocador cuando me soltó.

—Hasta la próxima vez, perra.

Dio un paso atrás y se fue. Me quedé en ese lugar, encorvada sobre el fregadero mientras la bilis me subía a la garganta. Me sentí mal por el dolor, pero una vez que se me pasó, me acuné el costado y me acerqué a la cama. Apagué la lámpara y me estiré en la oscuridad mientras las lágrimas brotaban de mis ojos.

Me dije que no debía llorar. Me dije a mí misma que todo iba como se esperaba, así que no tenía sentido llorar. Pero eso no las impidió, ya que enterré la cara en la almohada y me dormí sollozando con un solo pensamiento.

Nunca habría un caballero andante para mí. Nunca.

———

Ya no estaba en Grannison-Morris. Observé el vestíbulo de mármol en el que me encontraba. Fruncí el ceño y comencé a caminar. Siempre había respuestas a mis preguntas. Esto no sería diferente.

Oí el sonido de unas risas procedentes de una habitación no muy lejana, así que aceleré hasta llegar a la puerta. Empecé a llamar hasta que me di cuenta de que estaba abierta de par en par. Me incliné hacia delante y apreté la cara contra la fría madera para ver el interior.

Una mujer estaba sentada en el regazo de un hombre. No podía oír lo que decía, pero no necesitaba oír lo que decía para saber lo que estaba pasando. Fui testigo de un momento muy privado. Empecé a retroceder hasta que el hombre giró su cara hacia la poca luz y pude ver su perfil.

Jonah. Agarró el pelo de la mujer para tirar de ella y darle un beso. Me quedé mirando la escena en estado de shock. No debería estar viendo esto. No tenía que estar espiando así.

No pude alejarme.

—Vera Halliday—. Hera me susurró al oído cuando apareció detrás de mí. —La mujer que tiene el corazón de Jonah. Ella será suya en el momento en que te lleve al plano astral.

—¿Por qué me muestras esto, Hera? — No me atreví a apartar la vista de la escena que tenía delante. —Sólo conozco a Jonah desde hace dos días...

—Oh, pero ya te has enamorado de él—. La diosa agitó una mano para abrir la puerta y dejarme ver mejor. —Pero tus emociones están desperdiciadas. La escena que ves ante ti es la de dos personas que están locamente enamoradas. Una emoción que nunca llegarás a experimentar.

—Estoy con Cyrus.

La risa de Hera sonó en mis oídos. Crucé los brazos sobre el pecho mientras miraba la pared por encima de la cabeza de Jonah.

—Cyrus no te quiere. No te soporta. Nadie puede soportarte. Tu propia madre intentó matarte más de una vez.

Cerré los ojos ante sus palabras. Sabía que eran ciertas.

—Como ves, pequeña sibila, no importa cuánta riqueza o poder robes al consejo. Siempre estarás sola. Nadie, ni Cyrus, ni siquiera el pueblerino que apenas tiene dos centavos para frotar entre sí, te amará jamás.

—¿Qué sabes del amor, de todos modos? La madre de los monstruos...

Mi voz se apagó mientras Hera sonreía y negaba con la cabeza.

—Soy más que la madre de los monstruos. Soy la fuerza de la divinidad detrás de un hogar feliz. El matrimonio. El amor. Estos son mis reinos, sibila. Los tuyos son sólo espíritus difuntos. La decadencia. Tragedias que es mejor dejar olvidadas al tiempo y a la tumba.

No le respondí mientras la escena avanzaba. Hacía unos momentos, se estaban besando. Ahora, estaban desnudos. Intenté bloquear las imágenes. No quería sentir el agujero que se estaba formando en mi pecho. No debería importar. Jonah y su actriz no deberían importar.

Pero así era.

—Echa un vistazo, chica. Mira lo que se te ha negado. Mira los sueños que el aura azul está teniendo en este momento.

Hera habló entonces con un susurro, pero bien podría haber gritado sus siguientes palabras. Las escuché alto y claro.

—Estás sola, pequeña sibila. ¿Tus afectos florecientes? Falso. ¿Tu dios? Indefenso. Eres mía para destruirte cuando yo lo decida. No puedes seguir existiendo. Eres una amenaza demasiado grande para todo lo que aprecio.

Su fría sonrisa dio paso a una expresión de odio puro y duro. Pero apenas lo noté. Sus últimas palabras sonaban inquietantemente parecidas a lo que me dijo la sombra sobre ser una «amenaza para la armonía». ¿Qué querían decir?

Hera desapareció y la imagen de Jonah y aquella actriz se transformó en la de Hera y Elliot. Era la misma escena que había presenciado de primera mano en Montana.

Elliot declarando su odio hacia mí. Inclinó su cabeza ante Hera mientras juraba su espíritu a su servicio. Cómo había luchado tanto contra mí en un intento de derribarme.

—Te quitaré a todos los que has amado. Pero por desgracia, puedes hacer esto mucho más fácil para ti.

Sin embargo, mientras mis recuerdos se desvanecían, seguía sin poder verla cuando su voz regresaba.

—Puedes renunciar a tu poder. Permite que aquellos que sólo te toleran conozcan la paz. De lo contrario, terminaré lo que he empezado. Te extinguiré a ti y a todos los que decidan alinearse a tu servicio.

Me desperté con un dolor agudo en el costado donde Cyrus me había golpeado, pero lo ignoré. La amenaza de Hera seguía resonando en mis oídos. Intenté decirme a mí misma que sólo era un sueño.

Intenté explicarlo como un producto de demasiados meses siendo su objetivo. Sin embargo, sabía que no era así. Ella ya me había quitado mucho.

Algo era diferente en Hera y en la forma en que me miraba. Era como si su odio y su ira parecieran un poco más agudos. Un poco más centrado. ¿De qué se trataba?

Aparté las sábanas de una patada mientras me limpiaba las lágrimas del dolor que se formaban en las comisuras de los ojos. La escena de Jonah y Vera ardía en mi mente, pero la aparté. Necesitaba hablar con él. Necesitaba saber si lo que habían dicho Cyrus y Hera era cierto. ¿Había hecho un trato con ella? ¿Realmente iba a venderme por la vida de sus sueños?

Era una pregunta estúpida. ¿Quién no vendería a la chica que sólo había conocido durante dos días por las cosas que siempre había deseado?

Apreté los dientes mientras salía al pasillo. Ahora me dolía el costado. Tanto que tuve que morderme la lengua para no gemir. Mi piel estaba resbaladiza por la sangre. Algo iba mal, pero no quería pensar en ello. El dolor físico pasaría. Siempre lo hacía. ¿Pero el dolor en mi corazón? ¿El dolor que sentí cuando Cyrus me dijo que Jonah estaba decidido a traicionarme?

Tenía que hablar con Jonah. Él sería sincero conmigo. Lo sabía. Y si significaba tanto para él, entonces iría de buena gana. Jonah se merecía la vida que Hera le había prometido. Se merecía ser feliz.

Así como yo merecía ser olvidada.

Me apoyé en la puerta mientras pensaba en lo que Cyrus me había dicho antes. Jonah no parecía del tipo que traicionaría a nadie. De acuerdo, no lo conocía desde hacía mucho tiempo, pero hasta ahora... Parecía digno de confianza. Por no hablar de cómo él y yo parecíamos congeniar cada vez que bajábamos la guardia.

Una mentira que me había dicho a mí misma. Nunca había tenido un amigo de verdad. Cyrus tenía razón. La única razón por la que Joey se quedaba era porque tenía que hacerlo. Hera también tenía razón. Realmente estaba sola.

Esperé a que desapareciera la siguiente ronda de palpitaciones en mi costado antes de enderezar los hombros para dirigirme al dormitorio de Jonah. Si estaba soñando con Vera, su sueño tendría que esperar un poco más.

No llegué muy lejos antes de que Jonathan doblara la esquina. Se detuvo e inclinó la cabeza hacia mí.

—¿Hay algo que pueda ayudarte a encontrar, Eva? —

Jonathan me dedicó una pequeña sonrisa. —He oído de Jonah que esta casa es demasiado grande.

—No—, me abracé mientras un escalofrío recorría mis huesos. —En realidad, sí. Lo hay. Necesito hablar con Jonah inmediatamente.

—Por supuesto—. Jonathan me cogió del brazo. Intenté no apoyarme demasiado en él. No quería que supiera que me dolía tanto como lo hacía. —Está con los demás en el estudio de arte de Reena. ¿Te llevo allí?

Así que no estaba en medio de un sueño erótico. Por lo menos sabía eso.

Asentí con la cabeza. —Gracias. Eres muy amable con tus alumnos, Jonathan. ¿Un estudio de arte?

—Efectivamente—. El hombre asintió mientras caminábamos. —Descubrí hace décadas que la felicidad genera paz. Todos los miembros del Undécimo son artistas. En el caso de Reena, su pintura le da felicidad. La ayuda a concentrarse.

—Me vendría bien algo de eso, sabes—. Suspiré mientras girábamos por otro pasillo. —Felicidad.

Jonathan se quedó callado un momento antes de darme una palmadita en la mano. —Eva, por favor, sabes que si en algún momento necesitas un retiro, tú y los tuyos sois bienvenidos aquí en la finca Grannison-Morris.

—Agradezco tu oferta, pero no creo que a tus alumnos les haga mucha gracia—. Le dediqué una sonrisa triste mientras nos deteníamos al final de un pasillo. —Pero uno nunca sabe. Gracias, Jonathan.

El guía protector se inclinó hacia mí una vez más antes de volver sobre sus pasos. Pude oír la voz de Terrence procedente de unas puertas más abajo, así que me dirigí hacia allí. Sin embargo, me detuve justo antes de la puerta cuando escuché una conversación que ya estaba en marcha. Sí, estaba escuchando a escondidas, pero estaba demasiado adormecida por lo que estaba oyendo como para que me importara.

ONCE

JONAH ROWE

—Eso fue duro, Reena. ¡Ella realmente mostró preocupación por tu bienestar!

—Me importa un bledo, Terrence. Esa mujer es una mala noticia. No tuvimos tantos ataques el otoño pasado, ¡y en esa época nos enfrentábamos a vampiros y sazers!

Jonah dejó que siguieran así eternamente. Terrence exponía un punto de vista apasionado, Reena lo contrarrestaba, Terrence tomaba otro camino, Reena lo contrarrestaba, y así sucesivamente. Hacía tiempo que no pasaban por el estudio de arte de Reena, así que era un refugio bienvenido. Si Jonah tenía que lidiar con las discusiones de Terrence y Reena, que así fuera. Tuvo que escuchar sus discusiones para armarse de valor y decir algo que los hiciera callar.

—Hera quiere que traicione a Eva.

Estaba garantizado que funcionaría, y funcionó. Terrence y Reena cesaron en cuanto terminó y lo miraron sorprendidos.

—Sí—, dijo una vez que sintió los ojos sobre él. —Apareció en un espejo en la casa Covington y me mostró la fama. Me mostró una realidad en la que yo era un prolífico novelista. Mis libros eran lo mejor de lo mejor. Me mostró vistiendo trajes que costaban más que un coche. También me mostró... otras cosas.

Algo de la naturaleza habitual de Reena se impregnó en su conmoción.

—Oh, Dios mío, Jonah. No estamos en el tercero de primaria—, murmuró. —¿Hera te mostró una imagen tuya follando con alguien? Es decir, ¿Vera?

Jonah se frotó los ojos, molesto y avergonzado. —Vuelve a ponerte la maldita sordina.

—La llevo puesta, Jonah—, replicó Reena. —No puedo quitármelo cerca de Eva y Cyrus. Sus esencias están tan llenas de equipaje que podrían hundir un crucero. Simplemente, en tu cara estaba escrito que veías algún tipo de visión carnal. Teniendo en cuenta lo nervioso que estás, debió parecerte genial.

—¿Podemos volver a la tarea, por favor? —, interrumpió Jonah. —¿Podemos hacerlo, por favor? Hay más. Hera también prometió un camino al otro lado. Afirmó que podía hacerse.

Los ojos de Terrence se estrecharon un poco. —¿Así que ese es tu dilema? ¿Crees que podrías tener la oportunidad de volver a ver a tu abuela?

Jonah cerró los ojos. Nana. Lo que daría por volver a verla. Pero no sacó el tema. Era una noticia vieja. Pero Hera dijo que se podía hacer.

La perra era malvada. Era calculadora y no lo ocultaba. Pero ella colgó la única zanahoria que le dio a Jonah la mayor pausa.

Le daba asco.

—El caso es que Cyrus sabe que Hera me enseñó cosas—, dijo, ignorando la pregunta de Terrence. —Sí, se ha ido temporalmente, pero en cuanto vuelva, sabes que la va a poner en contra nuestra.

—¿En qué estaba pensando Jonathan cuando aprobó esto? — Reena exigió. —¡Trajo esta locura a nuestra casa! Admito que estaba dispuesta a darle una oportunidad a Eva, pero no es más que un problema. Simple y llanamente.

—¡Ella no es el problema, Reena! — Terrence insistió. —¡Es Hera! ¡Y ese tipo Elliot! Ella no es una amenaza para nosotros. ¿Cuántas veces se nos ha adelantado la gente cuando menos lo esperábamos? Eva es una gran mujer. Déjame decirte algo sobre Eva. ¿Sabes que creció en una casa en la Isla de Sullivan? ¿Una casa que se vendió por millones? Ella se negó a tomar un solo centavo de la venta e insistió en que los fondos fueran donados a un grupo de defensa de las víctimas en Carolina del Sur. ¿El episodio de *Zoomorfo*? Le valió un Emmy en horario de máxima audiencia que donó a un refugio para mujeres maltratadas. Eva hizo un especial sobre ello. Dijo que estas mujeres eran los verdaderos héroes que luchan batallas silenciosas cada día. Ahora dime: ¿una puta malvada haría o diría algo así?

—Sí, en realidad—, dijo Reena. —Los famosos saben cómo enviar el mensaje correcto con las relaciones públicas adecuadas. ¿Sabes cuántos imbéciles corporativos hacen obras de caridad?

Terrence rugió de frustración. —¡Reena! ¡Esto es serio!

—¿Crees que estoy bromeando? — gruñó Reena. —¡Ha sido serio, Terrence! Fue grave cuando Jonah fue atacado por las sirenas. ¡Fue grave cuando Elliot, un Décimo Porcentual, te recuerdo, estaba en el plano astral jugando a juegos mentales! Fue grave cuando Eva fue atacada por las sombras y luego trajo esa estúpida baratija que debilitó nuestras defensas. ¿Quién sabe qué habría pasado si no hubiera conseguido ese reloj a tiempo? ¿Y ahora, Cyrus va a torcer su mente para que nos vea como los malos?

—Has puesto a Eva en tu contra, Reena—, dijo Terrence. —¡Dijo que estaba feliz de que estuvieras en su equipo!

—Yo, a diferencia de ti, no soy tan fácil de halagar, Terrence—, dijo Reena. —Tu estúpido enamoramiento te está cegando. A Eva le importas un bledo. No le importa ninguno de nosotros. Lo ha dejado claro desde el momento en que bajó del avión.

—Basta, chicos—, dijo Jonah con cansancio. —Terrence, has dejado claro tu punto de vista. Reena, has dejado tu punto claro como un día brillante y soleado. Pero esto es cosa mía. Hera intentó sobornarme. Diosa de la familia, mis cojones. Tal vez la diosa de las familias de Steve Wilkos, o algo así. Pero Reena, piensa en cuando Jonathan te rescató de la casa de acogida después de que tu tío pasara al espíritu. Piensa en cuando acogió a Terrence en el redil. Piensa en cuando me rescató después de que me enterara de que era el aura azul. Podría habernos ignorado a todos, pero no lo hizo. Nos ayudó, y ahora somos mejores personas por eso. Dicho esto, no voy a abandonar a Eva. No importa las mentiras que Cyrus le haya metido en la cabeza sobre mí. Jonathan lo hizo por nosotros, y ahora, tenemos la oportunidad de hacerlo por alguien más. Esta es nuestra zona, y ella es una forastera en peligro. Elliott, probablemente por Hera, está usando una mezcla de magia griega y etérea oscura para jodernos. También hay algo sobre el cruce de líneas, pero...

—¿Cómo lo sabes? —, preguntó una voz.

Jonah se dio la vuelta. Eva estaba apoyada en el marco de la puerta del estudio de arte de Reena.

—¿Cuánto tiempo llevas ahí? — Le preguntó.

—El tiempo suficiente como para saber que conoces información que me fue dada exclusivamente en la casa Covington—, respondió Eva. —Jonathan dijo que estarías aquí, así que vine a hablar contigo. Hera también me mostró una visión.

—¿Estás bien? Estás pálida, Eva.

Ella no respondió a su pregunta. —¿Cómo sabes lo del cruce de líneas?

—De Jonathan—, murmuró Jonah.

—¿Qué sabe él al respecto?

—No lo sé—, se encogió Jonah. —No pasó de la frase. Eso fue cuando aparecieron las sombras.

Eva le dirigió una mirada incómoda a Reena y, luego, volvió a mirar a Jonah.

—Sé sincero conmigo, Rowe—, se rodeó con sus brazos con más fuerza. —¿Accediste a entregarme a Hera?

A través de su alarma, la irritación afloró en Jonah. ¿Así que ahora había vuelto a llamarlo Rowe?

—¿Qué? No. Está tratando de sobornarme para que lo haga.

—Así que no has dicho que «sí».

—Por supuesto que no lo hice.

Eva le miró fijamente durante varios segundos y, luego, volvió a hablar. —¿Qué quiere que hagas?

Jonah se pasó la lengua por los dientes. —Quiere que te lleve al plano astral para la hora del crepúsculo del domingo.

Ante eso, Eva parecía dolida. Realmente parecía herida.

—Hera tenía razón. Cyrus tenía razón.

—¡Eso no es justo! — Dijo Jonah, indignado. —¡Ese tipo ni siquiera me conoce! Y el hecho de que haya admitido lo que Hera quería que hiciera lo dice todo.

—Y el hecho de que no me lo hayas dicho enseguida también lo dice—, replicó Eva. —Sabes, pensé que habíamos avanzado, pero ya sabes lo que dicen de las primeras impresiones.

—Pero yo no estaba...

—¿Hera me quiere en el plano astral el domingo? — Eva habló por encima de Jonah. —¿Te ha prometido la vida de tus sueños? Bien. Dime cuándo tenemos que irnos y me iré de buena gana. Tal vez entonces pueda finalmente valer algo.

—Ahora, espera un maldito minuto...— Jonah empezó antes de que Terrence le interrumpiera.

—Pero ¿qué pasa con el episodio?

Eva parecía preocupada, como si ese pensamiento no se le

hubiera ocurrido. Con esfuerzo, volvió a ponerse su máscara desafiante. —Pensaré en algo.

Se dio la vuelta para alejarse, pero entonces se agarró al costado con un grito ahogado y se desplomó. Si Reena no hubiera utilizado su velocidad etérea para atraparla, habría caído de bruces al suelo.

—¡Qué demonios! — Jonah se unió a Reena a su lado, con Terrence en la retaguardia. Reena debió haber suspendido su disgusto por Eva, porque revisó fervientemente su cuerpo tendido.

Reena colocó sus dedos sobre Eva y estos brillaron con el amarillo de su aura. Luego, bajó la mano para presionarla contra la camisa oscura de Eva. Cuando volvió a levantar la mano, la palma estaba cubierta de sangre.

—Reena, ¿qué ha pasado? — Preguntó Jonah. —¿Es Cyrus? Pensé que se había ido.

Levantó la mano a la sien, se concentró mucho en algo y, segundos después, Jonathan apareció de la nada. Su mentor se arrodilló junto a Eva sin hacer preguntas. Sus ojos se abrieron de par en par mientras tiraba de su camisa. Un malvado tajo se alineaba en su costado. Su piel estaba manchada con su sangre.

—¿Qué, Jonathan? —, preguntó Jonah.

—Sus poderes de sibila siguen desvaneciéndose—, les dijo. —Eso significa que la inmortalidad también se desvanece. Su anterior herida causada por la espada de Atenea se ha reabierto. Debemos darle tiempo a la chica. No hay nada más que podamos hacer.

DOCE

EVA MCRAYNE

NO SÉ cómo describir lo que pasó después. Un minuto, estaba de vuelta a mi habitación. ¿Y al siguiente?

Estaba de pie sobre mí misma mientras los Úndecimos daban vueltas alrededor de mi cuerpo. Quería decirles que estaba bien. Que si Reena se apartaba, me despertaría. Pero mientras Jonah me estudiaba, vi algo que nunca creí posible.

Estaba preocupado. ¿Por qué? Yo no significaba casi nada para Jonah. Desde nuestro primer encuentro hasta su charla con Hera, lo había demostrado una y otra vez. Sólo pasaba tiempo conmigo porque su mentor lo había obligado.

Jonah me levantó en brazos y se volvió hacia Jonathan.

—La tengo. Llevémosla a la enfermería.

—Por supuesto.

Jonathan señaló el pasillo, y se fueron en esa dirección. Sentí que debía seguirlos. De hecho, empecé a ir tras ellos. Pero, al pasar junto a una ventana, me quedé paralizada.

Pude ver los terrenos de la finca Grannison-Morris brillando debajo de mí. Es decir, literalmente brillaba una extraña luz pulsante. Cambié de dirección para acercarme a la ventana y jadeé al apretar el cristal. Desde aquí, pude ver que la fuente de la luz blanca era una línea perfecta recortada en la tierra. Era extrañamente hermoso.

—Líneas de campo magnético.

Me giré para ver a Apolo salir de las sombras y ponerse a mi lado. Fruncí el ceño mientras se metía las manos en el traje.

No habíamos tenido una conversación adecuada desde que descubrí que era mi padre. En realidad, no. No contaba la conversación sobre Cyrus.

Me preguntaba cómo abordar el tema. Cómo sentirme. Qué decir. Pero antes de que pudiera siquiera intentarlo, negó con la cabeza.

—Ahórratelo, Evie. Los detalles de nuestros lazos de sangre son un asunto para otro día. Hay asuntos más urgentes en este momento.

¿Creía que podía compartimentarlo así? ¿Como si se tratara de una sesión de fotos para *Mensajes de la tumba*, o de un espacio invitado en *The View*? ¿Era eso todo lo que yo era para él? ¿Un evento para incluir en su agenda de Dios?

O bien intuyó mis pensamientos, o mis emociones estaban escritas en mi cara. En cualquier caso, me dirigió una mirada severa. Me atrevo a decir que fue paternal.

—Me importas mucho, hija mía. Pero este no es el momento. Por ahora, déjalo estar.

Decidí seguirle la corriente, sólo porque me di cuenta de que insistir en el asunto era inútil por el momento. —Pensé que estarías ocupado con Cyrus.

—El asunto ha sido tratado.

—Bien. Entonces, ¿dónde estamos?

—Como puedes ver, ya no estamos en el plano físico—, parecía complacido de que cambiara de tema, y giró la cabeza para mirarme fijamente. —Estamos en el plano intermedio.

Me pasé las manos por la cara antes de responder. —¿Qué significa eso, exactamente? ¿Estás aquí para llevarme al inframundo?"

Apolo se echó a reír. —¡Querida niña, no! ¿No entiendes lo que significa la palabra 'inmortalidad'?

Levanté una ceja para asimilarlo. —¿Qué quieres decirme?

Lanzó una mirada de desaprobación en mi dirección. —Muy bien. Para empezar, no permitiré que te destruyas tan pronto. Eres mi hija, después de todo. Has cumplido bien tus deberes conmigo. ¿Y la segunda? Ven conmigo.

La habitación cambió en un instante. La ventana. La finca. Todo desapareció.

Me encontré en el sótano de la casa Covington, donde la luz blanca que había visto fuera de la finca Grannison-Morris era cegadora. Los símbolos que había documentado en las paredes brillaban. No podía ver bien, pero podía oír.

—Quédate quieto—. Elliot gruñó. Hizo que alguien se pusiera en el centro de la habitación. —Tienes que estar en el centro para que esto funcione.

—Necesito que te quedes quieto—. Un hombre habló. —¿Cómo se supone que voy a capturar esto si va a salir todo borroso"

—Deja de hablar.

Elliot levantó los brazos y empezó a cantar. Comenzó a transformarse en la forma de lobo que Hera le había concedido. Gemí al ver que se volvía hacia el hombre con un gruñido.

—Joey—, susurré. —Joey no.

Apolo hizo un gesto con la muñeca y la escena desapareció. Le miré con desesperación.

—Por favor. Sálvalo. O déjame volver. Tengo que ayudarlo.

—No—, dijo Apolo con calma. —Tendrás la oportunidad de interrumpir el ritual del *Zoomorfo* cuando te despiertes. Por ahora, necesito que escuches.

Apolo se volvió hacia mí y me golpeó la sien con el dedo.

—Es cierto que volverás a Covington. Hera ha pedido que su perro realice más sacrificios para atraerte. El primero es tu

Joseph Lawson. Pero debes saber cómo protegerte, hija. Ella ya ha comenzado a debilitar tus barreras mentales.

—Sí—. Crucé los brazos sobre el pecho. —Me tiene bastante ocupada en este momento. No puedo sentarme lo suficiente para pensar. Mucho menos...

—Soy consciente de que ha estado en contacto con el aura azul—. Apolo asintió. —Y que tu corazón se ha agitado desde que lo conociste.

—No quiero hablar de mi corazón—. Entrecerré los ojos hacia él. —Ahora, ¿qué puedo hacer para salvar a Joey?

—Las líneas del campo magnético—. Señaló el brillo que nos rodeaba. —Recorren todo el plano de la Tierra. El hombre no cree que puedan cruzarse, pero en ciertos puntos, lo hacen.

—De acuerdo—. Exhalé la palabra. —Y eso significa... ¿qué, exactamente?

—Que los dioses que quieren hacerte daño no pueden alcanzarte en Roma. Desgraciado nombre para una ciudad, ¿no crees? — Apolo agitó la mano. —En todo caso, mientras estés en el plano físico, Hera no puede atacarte directamente. Sin embargo, si consigue capturarte y llevarte al plano astral, entonces puede robar tu esencia. Absorberla, si quiere.

—Oh, por el amor de...— Golpeé el pie contra el suelo de piedra. —No te ofendas, Apolo, pero esto es demasiado confuso.

—Te atraerá al plano astral—. Se alejó de mí hacia el centro de la habitación donde Elliot había colocado a su víctima en la visión. —Este es el portal. Serás llevada junto con el aura azul. Pero lo que crea una barrera para los dioses traviesos también puede usarse contra ellos.

Por fin me di cuenta de lo que Apolo intentaba decirme. Sonreí mientras cruzaba la distancia que nos separaba.

—Dime todo lo que necesito saber.

———

No estoy segura de cuánto tiempo había pasado, pero cuando volvimos a Grannison-Morris, el sol se desvanecía en la distancia. Apolo caminó conmigo hasta que llegamos a una gruesa puerta de madera.

—¿Estás segura de que entiendes lo que tienes que hacer, sibila—" Se volvió con las manos metidas en los bolsillos. —Una vez que estés en el plano astral, ya no podré interferir.

—Sí—, asentí mientras pasábamos por la puerta. No intenté racionalizar nuestras acciones. No tenía sentido, en realidad. —Sin embargo, ¿estás seguro de que no puedo decir nada? Tienen derecho a saberlo.

—No, no lo tienen—. Apolo lo hizo sonar como algo definitivo.

Silbó mientras contemplaba el espectáculo que teníamos ante nosotros. La habitación estaba vacía salvo por mi forma inconsciente, Jonah y Jonathan. Parecían estar inmersos en sus pensamientos.

Incluso Jonah, el maldito y testarudo Jonah, seguía preocupado. Se apoyó en un mostrador que atravesaba la pared del fondo con un brazo cruzado sobre el pecho y una mano apretada contra la boca.

—Apolo, tráeme de vuelta—. Di un paso hacia la cama. No podía soportar ser la causa de toda esta preocupación. —Por favor.

—En un momento. Todavía no he terminado—. Apolo se colocó frente a Jonah para estudiarlo. Extendió la mano, pero se detuvo justo al lado de la nariz de Jonah. Por su parte, Jonah se sacudió como si estuviera asustado. —Este hombre no tenía intención de cumplir la petición de Hera. Está bastante fascinado por ti.

—¿Quieres decir que le debo una disculpa? — Gemí. —Apolo...

—Sí—. Apolo tenía de nuevo esa mirada intratable. —Él es sumamente importante para tu destino. Cura la ruptura entre vosotros dos.

—Bien—. Suspiré. Estaba lista para que esto terminara de una vez. —Jugaré bien.

—Por favor, no me malinterpretes. Consideró seguir las órdenes de Hera. Brevemente—. Apolo dibujó un círculo en el aire frente a la cara de Jonah. —Pero eso no tiene importancia.

—¿Qué estás haciendo? — Fruncí el ceño mientras me ponía a su lado. —No vas a hacerle daño, ¿verdad?

—No. Jonah Rowe es fundamental en formas que incluso su guía protector no entiende. Además, los dos os necesitaréis mutuamente en el futuro, como he mencionado. Más de lo que nunca sabrás, niña.

—¿Qué estás haciendo, entonces? — le pregunté.

—Sólo le concedo mi protección, ya que será tu guardián en el plano astral.

—No necesito un guardián—, murmuré por quincuagésima vez desde que Apolo comenzó sus enseñanzas en Covington. —Puedo apañármelas.

—No tengo dudas, niña. Pero nunca está de más tener un par de manos extra—. Sonrió mientras el azul del aura de Jonah se formaba alrededor de su cuerpo. Observé cómo el azul cambiaba hasta que parpadeaba tanto en azul como en dorado. —Ya está.

—No sólo lo has bendecido, ¿verdad? Hiciste algo más.

—Lo hice—. Apolo sonrió, claramente orgulloso de sí mismo. —Su aura quemará a cualquiera que se atreva a luchar contra él.

—Vale. Mira—, suspiré. —Por mucho que odie que nuestro pequeño tiempo de unión termine, realmente me gustaría volver.

—Si insistes. Pero recuerda todo lo que te he enseñado, Eva. Tu propia existencia depende de ello.

Asentí con la cabeza mientras se movía para presionar la punta de su dedo contra el centro de mi frente.

—Espera.

El dedo de Apolo se detuvo a centímetros de su marca.
—¿Sí?

Le miré fijamente a los ojos. —Dos últimas cosas. Primero, no creas que te has librado. Algún día, tendremos la conversación que no has tenido esta noche.

Apolo mostró otra sonrisa deslumbrante. —Me parece justo.

—Y lo último—. Suavicé un poco mi mirada. —Algo es diferente en Hera ahora. Parece más vengativa, más decidida a destruirme que nunca. ¿Sabes algo de eso?

Apolo me miró durante unos instantes. —No. La perra sólo ha elevado su vitriolo, supongo. Ahora, debo despedirme de ti, hija.

Me tocó la frente con la yema del dedo, y me incorporé con un grito ahogado, liberándome de un cable que tenía atado al brazo.

—¿Superestrella? — Dijo Jonah mientras se acercaba a mi cama. —Quédate quieta. No querrás agravar esa herida.

Enterré la cara entre las manos mientras todo volvía a aparecer. La discusión con Jonah. El encuentro con Apolo y sus lecciones. ¿Pero lo que hizo que mi corazón dejara de latir? La imagen de Elliot enfrentándose al hombre de Covington.

—Tengo que ir a Covington—. Me levanté de la cama. —Ahora.

—Eva, detente—. Jonathan habló con tanta autoridad que cualquier persona normal se habría echado atrás. —Has estado inconsciente durante algo más de doce horas. Necesitamos evaluarte.

—Joey está en Covington con Elliot—. Me aparté el pelo de la cara. —Está haciendo un ritual, Jonathan. Por favor. Apolo...

—¿Apolo? — Jonah frunció el ceño mientras ocupaba el lugar junto a Jonathan. —¿De qué estás hablando?

—Te lo diré por el camino.

Salté de la cama, pero me sujeté contra ella cuando el

mundo empezó a girar. Jonah me miró largamente antes de responder.

—Eva, tienes que volver a la cama. Terrence y yo iremos a Covington. Tú quédate aquí.

—No, Jonah, no lo entiendes. Por favor. Tengo que ir.

—Bien. Pero si vas, te quedas en el coche. ¿Entendido? —Jonah miró a Jonathan. —Volveremos enseguida.

Jonah refunfuñó algo más en voz baja, pero no le hice caso. Con él guiándome, salimos corriendo de la casa tan pronto como pudimos.

Sólo podía rezar para que llegáramos a Joey a tiempo.

———

El viaje a Covington transcurrió sin incidentes. Por supuesto, el cielo podría haberse abierto por completo y yo no me habría dado cuenta. Me preocupaba lo que encontraríamos al llegar a la casa. Las vendas alrededor de mi cintura estaban tan condenadamente rígidas que apenas podía moverme. Jonah había tomado el volante y, cuando nos acercamos al desvío, me giré lo justo para echarle un vistazo.

Estaba sudando. Literalmente sudando. Podía ver el brillo de su piel en la poca luz.

—Jonah. Lo siento.

Se sacudió, pero no me miró. Así que lo intenté de nuevo.

—Siento lo que he dicho. Mira, no es fácil para mí admitir cuando me equivoco. Pero me equivoqué contigo. Lo siento.

Jonah murmuró unas palabras que no pude entender antes de suspirar.

—Disculpa aceptada. Ahora, si no te importa, ¿podrías decirme qué demonios estamos haciendo?

No tuve la oportunidad de responder. Detuvo el todoterreno, y yo salí antes de que lo aparcara.

—¡Eva!

Apenas oí a Jonah gritar mi nombre. Esquivé el agujero

que Jonah había hecho en el porche cuando estábamos grabando y desaparecí dentro.

Me dirigí a la sala subterránea, ignorando la espesa tensión que irradiaba a mi alrededor. Joey estaba aquí. Estaba en problemas.

Un grito llenó mis oídos mientras corría por las escaleras, pero no fue hasta que llegué abajo que me detuve.

La misma luz blanca que había visto con Apolo llenó la habitación. Me propuse tener la espada en la mano mientras otra oleada de vértigo me golpeaba.

Elliot estaba aquí. Podía sentirlo.

Di pasos cuidadosos hacia la luz mientras Jonah se unía a mí. No fue hasta que llegué al centro cuando sentí que se me helaba la sangre.

La cámara de Joey había sido arrojada a un lado. Su cuerpo estaba arrugado en un montón mientras la sangre corría por su cara.

—Por los dioses, no—, gemí mientras me dejaba caer a su lado. —¡Joey! ¡Joey, despierta!

Oí un gruñido a mi derecha, pero cuando me centré en él, vi que un borrón negro se abalanzaba sobre Jonah mientras Elliot atacaba. Jonah cayó hacia atrás con un grito. Conseguí ponerme en pie justo antes de que Elliot encajara sus mandíbulas sobre la garganta de Jonah.

TRECE

JONAH ROWE

Cuando el lobo descendió, Jonah esperaba que su vida física pasara ante sus ojos. La maldita cosa lo sorprendió, y escuchó a Eva gritar.

Pero su vida física no pasó ante sus ojos. Sin pensarlo, agarró la mandíbula superior e inferior del lobo antes de conseguir una pinza adecuada en su garganta. Aquellos dientes le dolían muchísimo contra sus dedos, y podía ver la sangre que salía de las heridas que ahora tenía abiertas en sus manos, pero sabía que sería mucho peor si el lobo conseguía morderle la garganta.

El plan de Jonah era maniobrar con sus pies para alejar al lobo de una patada, pero antes de que pudiera poner en práctica ese plan, ocurrió algo muy inesperado.

Las fauces del lobo empezaron a humear y sisear, como si los dedos de Jonah estuvieran hirviendo. Aulló y se distanció de él.

Jonah se levantó, desconcertado. ¿Por qué había ocurrido eso?

El lobo se abalanzó antes de que Jonah tuviera la oportunidad de recuperar sus bastones, así que levantó las manos por reflejo. Una vez más, su carne siseó y ardió al entrar en contacto con las manos ensangrentadas de Jonah. Se desplomó en el suelo en un montón de gemidos y desorientación. Jonah pudo ver las ampollas en su piel donde la había tocado.

—¿Sorprendido? — Le gritó a la bestia. —¡Yo también!

Recogió sus bastones del suelo, y nunca había agradecido tanto ver el brillo azul. Pero no le prestó demasiada atención. El lobo estaba abatido, pero no del todo.

Para entonces, Eva estaba a un lado, acunando la silueta inerte de Joey. El lobo contempló a Jonah, claramente consciente de sus propias heridas. Con un gruñido, se desvaneció y se disipó entre las sombras. Jonah entrecerró los ojos. No era la primera vez que veía figuras desvanecerse en las sombras, pero no era algo a lo que se acostumbrara.

Se centró en Eva, que sólo tenía ojos para Joey.

—Joey, por favor, despierta—, sollozó. —¡Por favor, sólo muévete!

Esto hizo que Jonah se preguntara. Por una corazonada, cerró los ojos, respiró hondo y deseó que el telón se levantara y los actores actuaran.

Efectivamente, el espíritu de Joey Lawson estaba allí. Se situó junto a Eva, que aún acunaba su forma física. Luego, miró la habitación con confusión y clavó sus ojos en los de Jonah.

A Jonah no le inquietó el suceso, por supuesto, pero se alegró de que Eva no pudiera ver lo que él veía. Probablemente se habría puesto histérica.

—Joey—. Jonah se comunicó con él mentalmente, como todos los del Undécimo por ciento podían hacer con los espíritus. —Depende de ti. No quiero que pases a espíritu por el bien de Eva, además me gustas mucho. Pero tu vida y tus decisiones son tuyas.

Joey miró su cuerpo dañado y, luego, se centró en los sollozos de Eva.

—Estoy cómodo—, admitió. —En paz. Pero no creo que

esté listo para salir todavía. Siento que tengo más cosas que hacer.

Jonah asintió. —Yo también lo creo. Incluso sin conocerte del todo bien, creo que tienes más que hacer. ¿Así que dices que quieres quedarte?

El espíritu de Joey asintió.

—Adelante, entonces—. Jonah inclinó la cabeza hacia la forma física de Joey. —Alégrale la noche a Eva.

El espíritu de Joey se desvaneció. Segundos después, tosió y abrió los ojos. Jonah no creía haber visto nunca tanto alivio en la cara de Eva desde que la conoció.

—Joey, ¿estás bien?

Tosió un par de veces más, pero luego le dedicó una sonrisa ligeramente ensangrentada.

—He estado mejor, Evie—, dijo, —pero creo que podría necesitar un aumento.

A pesar de todo, Jonah sonrió. Se había comunicado con muchos espíritus y espiritistas en el pasado, pero ésta era la primera vez que conversaba con uno que aún tenía la posibilidad de retomar la vida física. Se alegró de que Joey decidiera quedarse.

—¿Qué estabas haciendo con Elliot? Sabes que no debes estar a solas con él. ¡No vuelvas a hacer eso! —, espetó Eva, tratando de disimular su alivio sin conseguirlo. —Prométemelo.

—Te diré algo—, dijo Joey. —Si me ayudas a ponerme de pie, incluso juraré con el meñique.

Le ayudaron a ponerse en pie. Joey miró a Jonah, que sonrió y negó con la cabeza. Eva no había querido perder a su amigo. Jonah pensó que era mejor que ella nunca supiera que, por unos minutos, lo había hecho.

—Me alegro de que estés bien, tío—, le dijo a Joey. —¡Pero quiero saber qué demonios me pasó! ¿Quemando al chico lobo así? ¡Eso fue una etérea que no sabía que tenía!

—Estás lleno de sorpresas, arándano—. Eva se sacudió los

pantalones. —¿Quién sabe? Podría volver a ser útil más pronto que tarde.

Por alguna razón, Eva sonó nerviosa cuando dijo eso, y se negó a mirarlo. Así que ella sabía algo. Entonces había algo más.

Jonah lo archivó. Todavía había que pensar en Joey. Al parecer, Eva estaba en la misma longitud de onda.

—Joey necesita ir a la enfermería de Jonathan—, dijo Jonah. —Pero no voy a dejar que lo lleves. Déjame ver si puedo convocar ayuda. Nunca lo he hecho antes, pero creo que puedo hacerlo.

—¿A quién llamas? — preguntó Joey. —¿A Jonathan?

—No—. Jonah se concentró. —Quiero al guía protector que os puso en el radar de Jonathan.

Eva escudriñó la habitación, como si esperara que saltaran más lobos de las sombras. Jonah desactivó la vista espectral y siguió concentrado. En cuestión de segundos, tuvo éxito en su invocación, y Akraia apareció. Jonathan era el único guía protector que Jonah había conocido, por lo que supuso que todos se vestían como él. Akraia demostró que no era así.

Parecía tener unos cuarenta años, pero como era una espirituosa, la edad no era un factor importante. Tenía el pelo castaño brillante, un rostro ligeramente anguloso y unos ojos amables y acogedores. Llevaba un traje de negocios color malva que incluía pantalones, en vez de una falda. Por alguna razón, esto le daba una cierta ventaja, y Jonah pensó que probablemente imponía tanto respeto como Jonathan.

—Jonah Rowe—, dijo. —Es un placer poner una cara con un nombre. ¿Por qué me has convocado?

—Hay algunas cosas que debe saber, señora—, dijo Jonah. —Pero primero, me gustaría solicitar que transporte a un hombre herido a Jonathan.

—Claro.

—Gracias, señora—. Jonah crujió los músculos del cuello,

que estaban un poco doloridos después de luchar contra el lobo. —Debería presentaros a todos. Eva, Joey, esta es Akraia.

Los ojos de Eva se abrieron de par en par. —¡Aléjate de ella, Jonah! ¡Akraia es uno de los muchos nombres de...!

—¡Silencio! — Akraia chasqueó dos dedos, y Eva voló contra Joey, lo que envió a ambos contra una mesa antigua. —No seré expuesta por gente como tú.

La forma de Akraia comenzó a cambiar. El pelo castaño brillante se convirtió en negro, rematado con una corona alta y cilíndrica. Los rasgos se volvieron asombrosamente bellos, aunque vengativos y malévolos al mismo tiempo. El traje de pantalón malva se convirtió en un inmaculado vestido de chitón blanco. Por último, los ojos cambiaron a un verde tóxico.

—Hera—. Jonah se quedó atónito. —Dios mío.

—Diosa, muchacho—. Los ojos de Hera se oscurecieron. —Estoy decepcionada contigo, aura azul. Te habría dado todo lo que querías si hubieras hecho lo que te pedí. Pero, por desgracia, ahora compartirás su destino.

Entonces, Jonah sintió lo que parecía ser arrastrado por el fuego y, luego, por el hielo. Lo siguiente que supo fue que estaba en el plano astral. Lo conocía bien, después de todo. Él y Eva estaban espalda con espalda, atados tan estrechamente que apenas podía mover los brazos. Sintió que Eva se movía, lo que debía ser que giraba la cabeza hacia un lado y otro.

—¿Jonah? ¿Te importa decirme qué demonios acaba de pasar?

—Es el plano astral—, le dijo Jonah. —No sé cómo Hera nos trajo aquí sin los *Astralimes*.

—No necesito estremecerme con esas trivialidades—. Hera lanzó los bastones de Jonah hacia un lado, y la espada de Eva hacia otro. —El hecho de que no supieras que Akraia era una de mis denominaciones demuestra que desconoces la literatura vital.

—Conozco bien mi mitología—, gruñó Jonah. —Sólo que

nunca he oído ese nombre.

—Bueno—. Hera se encogió mínimamente de hombros. —Despreciar tus enseñanzas tiene sus consecuencias.

—¿Por qué nos has traído aquí? —, preguntó Eva. —Llegáis un poco pronto para eso de que os encontraréis con vuestra perdición en la hora del crepúsculo.

Hera se rio. —Sé que has estado en contacto con Apolo, sibila. Estoy al tanto de lo que compartió contigo. Veamos cómo realizas tus tareas mientras estás atada a este estúpido muchacho. ¿Y con respecto al domingo? Ya has experimentado cómo el tiempo astral y el tiempo terrestre son diferentes. Podría ser cinco minutos después de que te arrebatara a Covington. Podría ser la mañana siguiente, o podría ser el domingo, a nueve horas de la hora del crepúsculo.

Jonah sintió un frío glacial. Eva planteó la pregunta.

—De acuerdo, está bien—, dijo. —Adelante, cuéntanos lo que pasa entonces. Puedo decir que te mueres por restregárnoslo.

La sonrisa de Hera se desvaneció, sustituida por un odio tan pronunciado que Jonah apenas podía mirarla. —La hora del crepúsculo es el momento en que las líneas cruzadas habrán contradicho los propósitos y afectarán con tanta plenitud que volverás a ser mortal, mestiza. En ese momento, te irás con tu largamente esperada muerte. Piensa en ello como una dotación de tumbas.

—¿Quieres explicarme cómo te las arreglas para estar aquí? — Eva estaba tratando de trabajar en las ataduras detrás de su espalda, haciendo que Jonah se sintiera herido con cada movimiento. —¿Cómo estás haciendo esto? Apolo dijo que ciertos dioses no podían llegar al plano astral.

—Pero yo no soy una diosa, sibila—, dijo Hera, y se transformó en su forma anterior. —¡Soy la guía protectora de Akraia! Hasta pronto.

Se convirtió en niebla y se desvaneció, dejando a Jonah y a Eva atados en el plano astral.

CATORCE

EVA MCRAYNE

Esto era genial. Simplemente genial. Luché contra las ataduras durante un minuto antes de darme cuenta de que, con cada movimiento, se volvían más apretadas. Finalmente, me rendí cuando Jonah siseó mientras las ataduras nos cortaban el pecho.

—Jesús, Superestrella. Para. Eso no va a funcionar.

—Sabes, por mucho que me guste estar apretada contra tu espalda, Jonah. preferiría que nos liberáramos—. Me relajé mientras el fuego que sentía por él se encendía con cada roce que hacía contra él. —Quiero decir, estoy a favor de la unión, pero esto es demasiado.

Jonah se quedó callado durante un segundo. Después de un momento, rompió el silencio que nos rodeaba. —¿Qué sabes acerca de mis habilidades?

—¿De qué estás hablando?

—Cómo quemé a Elliot. Suéltalo, Superestrella.

—Bien. Cuando estaba inconsciente, Apolo pasó a visitarme.

—¿Una visita? — Sus palabras estaban llenas de sarcasmo. —¿Así que tuviste un pequeño día de padre e hija mientras todos estábamos preocupados por ti?

Sabía que Jonah no sabía nada al respecto, pero la punzada me atravesó ante sus palabras de todos modos. Hice lo único que podía e igualé su sarcasmo: —Oh, sí. Fue genial. Me llevó a tomar un helado. La próxima semana jura que me llevará al cine y al parque.

—Eva...

—Mira, él me dijo que nos iban a secuestrar, ¿de acuerdo? Y me dijo que tú ibas a ser mi guardián en este lugar. Pero no te atrevas a tener una idea equivocada. No soy una damisela en apuros, arándano. Y te aseguro que no necesito que me protejas.

Giré la cabeza todo lo que pude, y él reflejó mis movimientos. Pude ver el comienzo de una pequeña sonrisa en su rostro al usar mi apodo para él.

—No necesitas un guardia. Necesitas una niñera

—Te odio tanto ahora mismo.

Le habría abofeteado si hubiera podido, pero las sombras que nos rodeaban empezaron a cambiar cuando Elliot apareció. Había vuelto a su apariencia humana, e incluso en la oscuridad de este lugar, pude ver las quemaduras en su boca. El vitriolo en su expresión era tan pronunciado que me estremecí a pesar de mí misma.

—Vais a ser transportados—. Chasqueó los dedos mientras un grupo de masas negras aparecía a su alrededor. —Vendréis con nosotros.

—No creo que sea necesario—, empezó Jonah, pero se cortó cuando Elliot se acercó a él y le dio un puñetazo lo suficientemente fuerte como para que su cabeza chocara con la mía. Me estremecí cuando Jonah se sacudió el golpe y escupió sangre por la boca.

—Vas a pagar por eso, Fido—, arremetió.

Elliott ni siquiera dignificó las palabras de Jonah con una respuesta. —Desharé los límites y me seguirás.

Tocó las ataduras con un solo dedo y se desprendieron. Me abalancé hacia arriba en cuanto me vi libre, agarrando a Elliot mientras las sombras nos rodeaban. Me dedicó una sonrisa ampollosa al atraparme contra él.

—Ya era hora de que te lanzaras sobre mí, perra—. Se inclinó como para besarme. —Tenemos suficiente tiempo antes de la hora del crepúsculo. Quizá deberíamos divertirnos un poco antes de que todo acabe para ti.

—Eres asqueroso—, refunfuñé.

Elliott gruñó. —Lo dice la perra que tiene el poder de desestabilizar el Olimpo.

Entorné los ojos hacia él. ¿Qué significaba eso? Parecía un poco dramático, incluso para Elliott. Pero no podía pensar mucho en ello ahora. A pesar de estar liberados el uno del otro, tenía que seguir las órdenes de Apolo, que lamentablemente no incluían partirle la cara a Elliot. Así que dejé que mi enemigo me diera la vuelta mientras seguíamos a Jonah por un sendero irregular que se desvanecía a medida que avanzábamos por él.

—Tenemos todo un espectáculo preparado para vosotros dos—. Elliot rompió el espeso silencio que nos rodeaba cuando llegamos a una gran puerta. Como estaba tan oscuro, no pude ver mucho más que la propia puerta. —Estoy seguro de que ambos aprenderéis un par de cosas de ella. Sé que yo lo hice.

Ninguno de los dos contestó cuando entramos en una sala con dos grandes celdas. Vi cómo las sombras metían a Jonah en una de ellas y, luego, Elliot me agarró del brazo para lanzarme a la otra. Aterricé con un gruñido contra el suelo de piedra helada. Respiré con dificultad mientras me golpeaba el costado herido.

—Disfruta de tu limitada libertad, Eva—. Elliot cerró la puerta detrás de mí. —Estoy seguro de que será la última que conozcas.

Esperé a que se fueran antes de observar nuestro entorno. No sabía mucho sobre el plano astral. Vale, tacha eso. No sabía nada del plano astral, pero parecía que Hera podía adaptarlo a su voluntad. ¿Podríamos nosotros hacer lo mismo?

—¿Estás bien? —, preguntó Jonah mientras me miraba a través de los barrotes que nos separaban.

—Sí—, asentí mientras observaba la marca oscura en su mejilla derecha. —¿Tú?

—Aparte de estar cabreado por no poder retorcerle el cuello al hombre lobo, estoy de maravilla—. Hizo una mueca de dolor mientras colgaba las manos sobre los barrotes. —Dijiste que Apolo te había contado lo de que íbamos a ser capturados. No mencionó por casualidad cómo íbamos a ser liberados, ¿verdad?

—Sí—. Me encogí de hombros. —Pero no puedo decírtelo. Me hizo prometerlo.

—De acuerdo—. Jonah exhaló la palabra. —Entonces, ¿qué me hizo?

—¿Qué quieres decir?

—Mira, sé que aún no entiendo todas mis habilidades. ¿Pero el fuego? No es una de ellas. Y si puedo usarlo para sacarnos de aquí, entonces necesito saberlo.

—No puedes. Él te bendijo con la habilidad del fuego, Jonah. Si dejas de jactarte lo suficiente como para mirar tu aura, puedes ver cómo la cambió.

Jonah bajó la cabeza para mirarse los pies y, luego, silbó al notar que el oro brillaba contra el azul.

—¿Cuánto tiempo durará?

—No tengo ni idea—. Me encogí de hombros mientras me deslizaba por los barrotes para apoyar los brazos contra las rodillas. —Apolo dijo que lo necesitabas. Resulta que tenía razón.

—¿Por qué?

—¿Por qué te lo dio? No tengo ni idea.

—No—. Jonah se arrodilló a mi lado para golpear mi brazo con el dedo. —¿Por qué tú? Sé que no eres la primera sibila. ¿Ha ido Hera tras alguna de ellas antes?

Me quedé en silencio mientras trataba de ordenar mis

pensamientos y, luego, negué con la cabeza. —No, antes no tenía motivos para hacerlo. Conmigo, los tiene.

—¿Vas a compartir lo que es? ¿O voy a tener que jugar a las veinte preguntas contigo para sacártelo?

—He descubierto algo que no debía—. Me giré para mirarle. —¿Sabías que una persona puede absorber el conocimiento de un dios?

Eso le hizo reflexionar. Me miró como si me hubiera salido un bigote hasta que empezó a reírse: —Creo que te has golpeado la cabeza hace un minuto, Superestrella. Eso es lo más ridículo...

—Me viste luchar, Jonah—. Hablé en un susurro, temiendo que nuestros guardias regresaran. —¿Crees que aprendí todo eso de Cyrus? Apenas ha trabajado conmigo. No fue por su entrenamiento. Fue porque absorbí los conocimientos de Atenea.

—Atenea—. Jonah dejó de reírse. Supuse que estaba tratando de procesar lo que le estaba diciendo. —Atenea. Diosa de la guerra, la sabiduría y la estrategia de batalla.

Levanté una ceja, lo que hizo que Jonah se burlara.

—Vale, he leído más mitología que los trozos que hice en los informes de libros. Pero te refieres a eso, ¿no?

—Sí—, respondí, —y la propia Hera. ¿De dónde crees que he sacado mi carisma? ¿Por qué crees que la gente acude en masa a mí? El personaje de Eva es fantástico, lo sé. Pero con el conocimiento de Hera, me disparé.

—Y porque sabes esto...

—Soy una amenaza. Me he convertido en algo más que la sibila, arándano. Tengo atributos de dos de las diosas más poderosas que existen.

—¿Cómo? — Preguntó Jonah. —¿Cómo es posible?

Empecé a responder, de verdad. Quería contarle todo. Pero, antes de que tuviera la oportunidad de abrir la boca, me golpearon contra el otro lado de mi celda.

—No lo hagas—. Hera se adelantó. Sacudí la cabeza con

un gemido mientras mi visión empezaba a aclararse. —No divulgarás mis secretos a nadie, sibila. Pero debo admitir que, si tropezar con ese secreto fuera la peor amenaza que representas, podría haberte descartado como si no merecieras mi tiempo.

Mi cabeza se despejó lo suficiente como para centrar mi mirada en ella. —¿De qué estás hablando? ¿No estoy aquí por absorber poderes divinos?

—Esa es una parte, mestiza—. Hera se pasó el dedo índice por el labio. —Pero es sólo una parte. Una parte pequeña. Tú representas una amenaza mucho mayor para mi forma de vida.

—¿Puedes dejar las adivinanzas? — Exigí. Realmente agotaban mi paciencia. —¡Quiero una respuesta directa!

Hera sonrió. —Muy bien, mestiza.

Me dio un puñetazo en la cara con la fuerza de un hombre del doble de su tamaño. Me envió al fondo de la celda, donde me deslicé por su pared. Jonah golpeó la celda con rabia.

—¡Déjala en paz, Hera! — Él gritó —Lo juro por mi espíritu, perra...

—Guárdalo para ti, mortal—. Hera agitó su mano en su dirección, y él mismo se golpeó contra la pared de la celda. —Ahora, es hora de que mi diversión comience.

—Sí—. Murmuré mientras ambos nos levantábamos. —Jonah, prométeme algo.

—Seguro que hoy me exiges mucho, Superestrella—. Se crujió el cuello. —¿Y ahora qué?

—Promete que, haga lo que haga, no romperá tu espíritu.

—Ni siquiera sé qué significa eso.

—Confía en mí—. Observé cómo Hera empezaba a girar sus brazos en el aire. —Lo harás.

—Bien—, siseó. Pero Jonah no era su primer objetivo. Era yo.

Vi la imagen que Hera estaba creando de la nada. Me vi a mí misma mientras me retorcía en mi antigua universidad a causa de una pesadilla.

—¡Jonah!

Oí que Jonathan llamaba a Jonah mientras apartaba la vista de la imagen que tenía delante. La puerta se abrió de golpe para permitir la entrada de Jonathan. Él se dio cuenta de nuestra situación actual mientras Hera se reía.

—¡Maravilloso! No podría haber planeado esto mejor. Por favor. Siéntese.

Levantó un solo brazo, y cada uno de ellos se estrelló contra la pared tal y como lo había hecho yo momentos antes. Esta vez, no estaba atado. Jonathan parecía estar congelado en su sitio. Golpeé los antebrazos contra los barrotes con frustración hasta que oí hablar a Hera.

—Presta atención, pequeña.

Me vi obligada a mirar la pantalla mientras mi imagen se levantaba de la cama, sollozando. Me entumeció verme a mí misma tropezar en el baño. Este era mi momento más oscuro hecho realidad. Mi debilidad en plena exhibición. Quería que todo terminara. Quería que todo terminara.

Saqué una cuchilla de la maquinilla de afeitar del lavabo. Me derrumbé con un sollozo mientras empezaba a cortarme las muñecas.

Pronto, me había prometido mientras ignoraba la sangre que se acumulaba a mi alrededor. *Pronto*.

Cuando mi cuerpo se desplomó, Hera congeló el marco. Oí el siseo de Jonah a mi lado.

—Jesús, Eva.

—Tenía mis razones.

—Tus razones, sí—, Hera se volvió hacia mí. —Es una pena que mi Elliot te haya encontrado. Tal vez, si hubiera llegado unos minutos tarde, se habría evitado el agravio en que te has convertido.

No dije nada. Ella continuó.

—No tienes valor, sibila. Tan lamentablemente rota ahora como lo estabas entonces. Deberías haberle hecho un favor al mundo y pasar a mejor vida. Ahora, me veo obligada a hacerlo por ti.

—Déjala en paz, Hera—, espetó Jonah. —Te lo advierto.

—¿Qué te importa, aura azul? Esta chica no significa nada para ti. No es tu amiga, ni tu amante. Demonios, apenas es una conocida. Tú y yo sabemos que una vez que se haya ido, será completamente olvidada.

—Deja ir a Jonah, Hera—. Me las arreglé, aunque mi voz estaba espesa por mi emoción. —No necesita ser torturado simplemente porque fue amable conmigo.

—Debería ser torturado sólo por esa razón. Te juré, perra, que te derribaría. Que derribaría a tus aliados. Pero ya me he cansado de torturarte. En cuanto a ti, Jonah Rowe. Estoy aturdida por tu idiotez. ¿Cómo has podido negarte a ti mismo todo lo que siempre has querido? — La diosa suspiró. —Sin embargo, es para nada. He instruido a Eros para que entregue tu premio a otro.

La escena de mi intento de suicidio se transformó en la de una mujer de ojos color avellana cubiertos por mechones de color marrón oscuro. Era la misma mujer que Hera me había mostrado la noche anterior en mis sueños. Miró a su alrededor como si esperara a alguien. Debió de verlos porque su cara se iluminó como un árbol de Navidad.

La mujer que Jonah amaba. Podía verlo en su expresión cuando la miraba a la cara. Mi corazón pareció resquebrajarse al darme cuenta de que estaba realmente enamorado de otra persona. Una grieta que fue seguida por un pico de celos.

¿Quién demonios era esta mujer? ¿Qué coño la hacía tan especial? ¿Por qué se le permitía tener todas las cosas que se me habían negado a mí toda la vida?

—¡Has venido! — Chilló y se lanzó a los brazos de un hombre. —¡Terrence, querido, lo lograste!

—Tu querido amigo—. Hera sonrió. —Me pareció apropiado. Una traición por otra, si quieres.

—Jonah—. Intenté llamar su nombre mientras su

expresión se convertía en una de dolor. No podía explicarlo, pero verlo así aumentaba mi propio dolor. Odié a Hera por ello. Y odiaba a la mujer de la visión por herirlo así.

—Recuerda lo que dije. No dejes que te afecte. Será tu perdición.

QUINCE

JONAH ROWE

JONAH ESCUCHÓ las advertencias de Eva. Incluso recordaba cuando ella le advirtió la primera vez. Pero ser advertido del peligro y experimentar ese peligro eran dos monstruos diferentes. Cuando vio esa visión de Vera y Terrence, tan vívida como la que había visto en el espejo de la casa Covington, le quemó por dentro. Como ser apuñalado con un cuchillo recalentado.

—¡Jonah, quédate conmigo! — gritó Eva. —No es real. ¡Recuerda la verdad! Terrence es tu mejor amigo...

—¿Y cuándo te has convertido en la voz de la razón de nadie, sibila? —, dijo Hera con una carcajada. —Elliot, ¿qué piensas de esta abominación que te ha traicionado una y otra vez? ¿Te arrepientes de haberle salvado la vida cuando era una simple mortal?

—Más que nada—, se burló. —Debería haber dejado que se desangrara. Habría hecho del mundo un lugar mejor.

Con gran esfuerzo, Jonah apartó los ojos de la visión que le atrapaba. Vio que Elliot lanzaba miradas escrutadoras sobre Eva.

—Janet tenía razón—. Elliot habló con calma mientras Eva giraba la cabeza hacia otro lado. —Tú lo sabes. Por eso intentaste suicidarte antes. Por eso ahora destruyes todo a tu paso. Todo.

Jonah escuchó un chillido placentero y volvió a concentrarse en la visión que implicaba a Terrence. Lo desgarró de nuevo. Era casi como si cada vez que lo veía, la visión fuera acompañada de un nuevo latigazo de emoción.

—Jonah—, dijo Jonathan en voz baja, —A veces, las mayores victorias internas ocurren cuando ayudas a los demás.

Jonah miró la visión que lo atormentaba. Le producía náuseas. Pero también había aprendido en los últimos meses que las cosas contra las que se luchaba sólo fortalecían. Eso le hizo pensar en lo que Jonathan acababa de decir. Si seguía concentrándose y volviéndose a concentrar en la visión que Hera le había lanzado, se debilitaría porque seguiría intentando convencerse de que no era real. Era una batalla que perdería desde el principio. Pero tal vez su victoria estaba en ayudar a alguien más.

—Ven, Elliot. Preparémonos para la hora del crepúsculo.

Los dos se desvanecieron, dejándolos con su tormento. Y, al igual que Elliott, Hera era simplemente otro matón. Esa información le aclaró un poco la mente.

Se armó de valor y miró a Eva, que le observaba con expresión temerosa. Debería haber sabido que algo no iba bien cuando cesaron las réplicas y las respuestas ingeniosas. Eva había pasado por mucho, con sus poderes. Ahora, tenía que lidiar con el tormento que Hera le había hecho pasar. Recuerdos de un pasado que la había llevado a clavarse una cuchilla en la muñeca. A pesar de eso, todavía parecía estar más preocupada por él que por ella misma.

—Eva, no eres inútil. Tú no eres el problema.

—Jonah...

—No, Eva. Tengo que decir esto. Cuando te vi por primera vez, pensé que eras una mujer sin ninguna preocupación en el mundo. Parecías una perra, y lo atribuí a que eras otra celebridad.

Jonah tomó aire y continuó.

—Pero todo es una fachada. Un personaje que interpretas para que la gente no se acerque demasiado. Nunca podría haber imaginado que te estaban golpeando. Derribado. Nunca podría haber imaginado que te creerías toda la mierda que Cyrus, Hera y Elliot te lanzaron. Pero si lo has escuchado toda tu vida, ¿qué opción tienes?

Eva cerró los ojos. Jonah vio la lágrima deslizarse por su mejilla. En ese momento, sintió algo por ella. Realmente lo sintió.

—Eva, quiero que me escuches. Sí, consideré la oferta de Hera, pero no tenía nada que ver contigo. Hera decía tener la llave del otro lado. Pensé en la posibilidad de volver a ver a Nana.

Eva lo miró. Jonah tenía ahora toda su atención.

—No me gusta hablar mucho de mi familia, pero ya entenderás el resumen—, continuó Jonah. —Mi padre estaba casado, y engañó a su mujer con mi madre, que era casi veinte años más joven. El resultado fui yo. Mi padre volvió con su familia antes de que yo naciera, y una vez que mi madre me tuvo, me dejó con mi Nana y se fue también. Nunca los conocí, y acabo de descubrir hace un par de semanas que mi padre está en espíritu. No sé nada de mi madre. Nana era todo lo que tenía. Era mi mejor amiga, y me enseñó todo lo que podía sobre ser un hombre. Luego, pasó al espíritu cuando yo tenía dieciocho años. Mi vida no ha estado bien desde entonces. Así que sí, consideré la oferta de Hera si significaba que podría volver a ver a Nana. ¿Estaría orgullosa del hombre en el que me he convertido en los años transcurridos desde la última vez que la vi? ¿Aprobaría las decisiones que he tomado? Esas son sólo dos preguntas que le haría. Pero decidí que la oportunidad de volver a ver a Nana, por mucho que me gustara, no merecía la pena violar las leyes naturales de la vida. Ni siquiera sé si Hera tenía una forma de acceder al otro lado. Pero no importa. Nana se ha ido. Me gustaría volver a verla, y espero que suceda algún día, pero ella está en mi pasado. La quiero y la echo de menos cada día, pero tenía que seguir adelante. Es lo que es.

Estudió a Eva hasta que se encontró con sus ojos. —Ese es mi punto. Tuviste una infancia de mierda, sí. Ahora tienes una relación de mierda y abusiva. Pero es el pasado. Apolo dijo que podía enderezar a Cyrus. Espero que lo haga. A partir de ahora, lo que pasó ayer, hace dos horas… diablos, hace dos minutos… está en el pasado. Y vivir en el pasado no es vivir.

Jonathan le dedicó la sonrisa de un padre orgulloso. Pero fue en Eva en quien se centró Jonah. Al ignorar la falsa imagen con la que Hera esperaba desarmarlo, tuvo la fuerza para atraer a Eva.

Pero, ¿lo consiguió?

Eva inclinó la cabeza. Jonah sólo podía imaginar lo difícil que debía ser para ella. Pero no podía decir nada más. No estaba en sus manos. Así que esperó.

Eva rompió por fin su silencio. —Tienes razón, Jonah. Mi pasado es... está en el pasado, no importa lo que pase en el futuro.

Con sus palabras, la horrible imagen de ella en ese baño se desvaneció. La visión que involucraba a Terrence y Vera también se desvaneció. Jonah, Eva y Jonathan estaban solos.

—Bien hecho, Jonah—, dijo Jonathan. —Realmente eres más sabio que tu edad.

—Bueno, yo no diría que todo eso...

—Nunca supe esas cosas sobre ti, Jonah.

Jonah se encogió de hombros. —No hay mucha diferencia—, respondió. —Puede que mis padres fueran unos sacos de mierda, pero Nana era increíble. Jonathan, acabo de pensarlo. Eres un espíritu. ¿No puedes atravesar estos barrotes?

—Hera pensó en eso, y puso controles contra ello—, dijo Jonathan. —Ella pensó en todo. Bueno, excepto en una cosa. En cualquier momento….

De repente, las puertas de las celdas explotaron. Literalmente volaron por los aires.

Jonah comenzó. —¿Qué demonios?

Jonathan miró los agujeros vacíos con un placer salvaje.

—El plano astral se ocupa de la libertad tanto como del misterio—, explicó. —Si eres libre en tu mente, también lo eres en el plano. Las débiles celdas astrales de Hera no pudieron retenernos una vez que tú y Eva fuisteis libres de las prisiones de vuestras mentes.

—¡Genial, Jonathan! — dijo Eva. —Pero...

—Se acerca la hora del crepúsculo, Eva—, dijo Jonathan. —Dicho esto, sugiero que nos despidamos.

DIECISÉIS
EVA MCRAYNE

Mientras Jonathan y Jonah se dirigían a la puerta, resistí el impulso de lanzarme sobre Jonah y abrazarlo. Sabía que había dicho esas cosas para atraerme. Sabía que, de alguna manera, nos convertiríamos en buenos amigos.

Eso no significaba que me quisiera encima de él. Especialmente ahora.

—Vamos, Superestrella—, Jonah se detuvo en la salida. —Tenemos que salir de aquí.

Tenía razón, por supuesto. Pero lo que no sabía era lo que Apolo me había mostrado. Sólo había una manera de salir del infierno que Hera había creado.

Y yo era la clave para ello. Jonah, también.

—Vuelve aquí ahora mismo, Evangelina.

Me giré para ver a Hera de pie junto a mi madre. El rostro de Janet McRayne se retorcía en una mirada de odio que reconocí.

—No.

—¿Cómo te atreves? — Ella siseó. —¿Cómo te atreves a desafiarme? Destruiste mi vida, me hiciste asesinar, ¿y ahora te niegas a ayudarme a salir de la oscuridad?

Me quedé plantada en mi sitio mientras Jonah y Jonathan me flanqueaban. Jonah empezó a hablar cuando le interrumpí.

—Jonathan, Jonah, por favor. Conoce a mi madre. La difunta Janet McRayne. Excepto que este no es el espíritu de mi madre.

—¿Cómo te atreves? Voy a...

—Responde algo por mí—. Cerré los ojos hasta que encontré la fuerza para hacer lo que Apolo había exigido. Cada fibra de mi ser luchaba contra el miedo a no hacer lo que ella quería. —Mamá, ¿cuál es mi segundo nombre?

—¿Qué? — El espíritu que tenía delante vaciló. —Evangelina, ¡qué pregunta tan ridícula!

—Sólo contesta—. Acorté la distancia entre mí y las mujeres que estaban al otro lado de la habitación. —Seguro que lo recordarías.

—¡No vale la pena recordarte! — Mi madre se volvió hacia Hera y, luego, hacia mí. —Pero te seguiré la corriente. Es Claire.

La estudié con una mirada de lástima. —No. Lo siento, Nephele. Te equivocas.

La visión de mi madre se desvaneció en una imagen especular de Hera. Sin embargo, esta diosa era muy diferente. Se puso de rodillas y enterró la cara entre las manos mientras empezaba a llorar.

—¿Quién demonios es Nephele? — Jonah se puso a gritar detrás de mí.

Me arrodillé ante la diosa, pero no la toqué.

—Una figura trágica, realmente. Fue creada por Zeus a imagen y semejanza de Hera cuando se enteró de que un invitado iba a violar a su esposa. Ha sufrido mucho desde su creación—. Miré a Hera. —El hecho de que la utilices de esta manera es despreciable. Elliot nunca tuvo los espíritus de sus víctimas. Fue un farol para traerme aquí en primer lugar.

Hera gritó. En realidad, gritó de frustración mientras

lanzaba su mano para golpearme. Gruñí cuando se aferró a mí y caí de espaldas.

—Llegas demasiado tarde, chica. Demasiado, demasiado tarde. La hora del crepúsculo ha comenzado y también tu muerte. Debo completar mi tarea. ¡Debo hacerlo!

Los siguientes minutos pasaron tan rápido que no pude comprender todo lo que sucedió. La habitación se oscureció mientras las sombras nos rodeaban. Pude oír el gruñido estrangulado de Elliot cuando reapareció ante mis protectores. Aparté los ojos de los de Hera el tiempo suficiente para ver cómo Jonah se volvía loco con sus palos luminosos y Jonathan se abría paso entre las sombras en un intento de llegar a mí.

Pero no importaba.

Esta era mi pelea. *Y que me condenen si no la gano.*

Me concentré en Hera, que se levantó mientras se sentaba a horcajadas sobre mí. Vi cómo su mano brillaba hasta que apareció una daga dorada. Comenzó a lanzarla hacia abajo en un intento maníaco de apuñalarme con la hoja. Luché por sujetar su brazo mientras mi mano libre se introducía en el bolsillo. Tenía segundos para hacer lo que Apolo me había ordenado.

Acompáñame.

Sentí que mi mano rodeaba el objeto que tanto intentaba encontrar. Cuando lo liberé, Hera se rio mientras se inclinaba para gruñirme en la cara.

—Pobrecita sibila. Todavía sola. Todavía aferrándose a la esperanza a pesar de haberlo perdido todo.

—No todo—. Saqué el metal que había encontrado en la casa Covington y lo sostuve en dirección a Jonah mientras susurraba una disculpa. Una de sus porras voló de sus manos y cayó en mis manos.

—¡Oye! ¿Qué demonios? —, exigió Jonah, pero aparté mi atención de él, la devolví a Hera y presioné tanto su bastón como la losa de metal contra su carne.

—Herramientas de lo etéreo—, canté, tal y como me entrenó Apolo, —devuélvenos al plano terrenal.

La luz blanca que llenaba la habitación era cegadora. Cuando se disipó, estábamos de nuevo en el sótano de la casa Covington. Empujé a Hera para que se apartara de mí mientras dejaba caer los instrumentos etéreos y me alejaba rodando, deseando al mismo tiempo que apareciera mi espada.

Nunca había estado tan agradecida de verlo.

—¡Jonah! — Le llamé. —¡Usa el fuego! Asegúrate de que Elliot se queme.

Jonah olvidó momentáneamente su bastón desplazado. —Con mucho gusto.

Oí su respuesta, pero no me atreví a girarme para mirarle. Hera me rodeó, gruñendo mientras balanceaba la daga en su mano.

—Estúpida, estúpida perra mestiza. No sabes la ira que le has traído a los tuyos.

—Sí, lo entiendo. La oscuridad. Muerte. Destrucción. ¿No se te ocurre nada mejor que eso?

—¡Esas cosas son las mismas amenazas que tú! —, rugió Hera. —¡Ahora muere!

Esquivé la espada y alcancé a ver a un lobo rodeado por dos hombres. Jonah había abandonado su otra porra y se había iluminado las manos con el fuego de Apolo mientras Jonathan intentaba apartar la atención de Elliot de Jonah. Elliot debió de sentir mis ojos sobre él porque le lanzó un chasquido a Jonah antes de liberarse de su barrera para dirigirse directamente hacia mí.

Nunca tuvo la oportunidad de ir más allá de unos pocos metros. Al pasar junto a él, Jonah agarró el hocico de Elliot mientras sus manos empezaban a brillar aún más.

—¡Vete al infierno, colmillo blanco! — Bramó.

Su ráfaga nos puso a todos de rodillas. El calor era tan intenso que me secó el sudor de la frente.

Todos estuvimos desorientados durante unos instantes,

incluso Jonathan. Por su parte, Hera intentó levantarse, pero volvió a desplomarse cuando le puse la punta de mi espada en la garganta.

—No puedes hacer esto—, escupió. —Tendré tu cabeza en segundos.

—No, no lo harás—. Presioné. —¿No te das cuenta de dónde estás? ¿Tu odio te ha cegado tanto que no tienes ni idea de que estás de vuelta en el plano terrestre? ¿De vuelta en Roma?

—¿Qué...? — Los brillantes ojos verdes de Hera se abrieron de par en par. —No.

—No tienes poder aquí. Especialmente ahora. Puedo tomar tu cabeza en segundos y terminar esto para siempre.

Sentí que mis compañeros se acercaban a nosotros. Hera siseó mientras trataba de empujarse hacia atrás. Pero no había terminado. Todavía no.

—Mira, me has traído aquí para usar el mundo etéreo contra mí—, le dije. —Pero de lo que no te diste cuenta es de que esas mismas cosas también pueden usarse en tu contra. Para mí, fueron las líneas magnéticas las que provocaron la vulnerabilidad. Para ti, es el acero etéreo. Todo lo que hizo falta fue un toque de una de las porras de Jonah, combinado con el contrabando de repuesto que encontré aquí en Covington, y estás en una zona en la que no puedes hacer nada contra nosotros.

Hera tomó aire por las fosas nasales. —Perra...

—Sí—, dije, aburrida. —Ya lo hemos establecido. Ahora, te gusta hacer ofertas. Tratos a cambio de conseguir lo que quieres. Estoy dispuesta a hacer lo mismo. No es que te dé muchas opciones. Mantendré mi conocimiento en secreto. No diré ni una sola palabra sobre lo que he aprendido. A cambio, me dejarás a mí y a los míos en paz. E incluyo a los del Undécimo en esa ecuación. Sin amenazas. Sin sombras. Nada de perros salvajes con preferencia por la tortura psicológica.

—Elliot—, respiró mientras miraba alrededor de la habitación, —¿Qué le has hecho?

—Sácalo de su miseria—, respondí. —Jonah hizo aquí lo que yo no tuve la fuerza de hacer en Great Falls.

Los ojos de Hera se detuvieron en el cuerpo de Elliot durante unos segundos, así que golpeé la hoja contra su mandíbula para atraer su atención hacia donde debía estar.

—Ojos en mí—, murmuré. —Realmente no tienes elección en esto, Hera. Así que, si estás de acuerdo, podemos irnos todos a casa.

—Te atreves a amenazarme—, espetó Hera. —¿Qué te hace pensar que tienes derecho? ¿Apolo?

Sonreí. No pude evitarlo. —Esta vez no. He tenido contacto con alguien por encima de su cabeza. Alguien está realmente cabreado contigo, dulce Hera.

Por primera vez desde que la conozco, vi preocupación en el rostro de Hera. Ella luchó debajo de mí mientras los otros nos rodeaban. Jonah con sus bastones de fuego azul. Jonathan, cuyas manos brillaban de la manera más extraña. Pero entonces, su cara de juego volvió a aparecer.

—¿Esperas que crea que has tenido una audiencia con Zeus? — Ella puso los ojos en blanco.

—Sí—, respondí, —Y puede que quieras prestar atención, porque tengo un mensaje de él para ti.

—Puedo hablar yo misma con mi marido, si lo deseo—, escupió Hera al suelo. —Hablaré con él sobre esto una vez que regrese al Olimpo...

—Ves, esa es la cosa—. Me encantaba esto, pero no podía mostrarlo. Demasiado, de todos modos. —Zeus no estaba complacido cuando le hablé sobre tus actividades aquí en Roma. Estaba tan dispuesto a destruirme después de que el consejo me nombrara representante del Olimpo. Como Zeus es la cabeza del consejo, tus actos fueron considerados como transgresiones contra el trono. Tu marido ha considerado oportuno castigarte.

La expresión de Hera se convirtió en miedo. Parecía realmente asustada por primera vez desde que la conocía. —¿Qué estás diciendo?

—Espero que te guste esa mansión de Beverly Hills—, le dije, —porque vas a ser Juno Helakos durante un tiempo. Zeus te ha sentenciado a permanecer en el plano terrenal indefinidamente, atada en esta forma que has tomado. Tus poderes se verán mermados, porque no habrá nadie que atienda tus santuarios. No supondrás ninguna amenaza para mí y los míos. Me dijo que te dijera estas cosas porque estaba muy enfadado y no podía soportar verte en este momento. No dispares al mensajero. De todos modos, será mejor que dejes en paz a todos mis amigos, porque si miras de reojo a alguno de nosotros, me encargaré personalmente de que Zeus se entere.

Levanté la espada, y Hera se puso en pie. Estaba tan enfadada que parecía estar a punto de explotar. Zeus la castigó de la peor manera imaginable, atándola a la forma humana con poderes disminuidos y una correa corta. Podía odiarme todo lo que quisiera, pero no estaba dispuesta a fastidiar las órdenes de su marido.

—Has puesto a mi marido en mi contra, mestiza—, susurró Hera. — Tu influencia cancerígena ya carcome a mi familia. Esto sólo reafirma el hecho de que debes ser eliminada. Seguiré las órdenes de mi esposo. Esperaré. Pero no estás preparada para este mundo, sibila. No sé cómo. No sé cuándo. Pero te mataré, y evitaré que diezmes el Olimpo.

La reina de los cielos desapareció en las sombras. Me quedé quieta y esperé, preguntándome qué quería decir. ¿Destrucción del Olimpo? Como si yo fuera una amenaza para el reino de los dioses.

Era sólo uvas agrias. Tenía que serlo.

Me volví hacia los hombres que estaban a mi lado. —¿Eliot?

—Jonah acabó con él—, se acercó Jonathan, con su admiración evidente. —Y lo ha hecho bien.

Incliné la cabeza hasta poder verlo con mis propios ojos. Efectivamente, Elliot estaba arrugado donde había caído. Los rodeé y me arrodillé junto al cuerpo mientras los recuerdos de lo que habíamos compartido parpadeaban en mi mente. Sin embargo, cuanto más recordaba, más pensaba en todas las cosas que quería olvidar.

—Tendremos que llamar a la policía. Está quemado, pero podemos explicarlo como un accidente aquí en la propiedad.

—Eva.

No respondí cuando Jonah me llamó por mi nombre. Ignoré a Jonathan cuando intentó acercarse a mí. En su lugar, dejé que mi espada se desvaneciera cuando el agotamiento de este viaje se impuso. Me desplomé sobre el sucio suelo de piedra mientras Jonathan nos observaba a todos.

—Nuestro tiempo aquí ha terminado, amigos—, dijo. —Volvamos a casa.

DIECISIETE

JONAH ROWE

Cuando el trío regresó a la finca, se encontró con el sitio de una enorme hoguera que ardía justo en el jardín delantero. Jonah rugió y se preparó para atacar, pero entonces aparecieron Terrence y Reena, completamente ilesos.

—Vaya, qué pinta tenéis—, comentó Terrence. —No os ofendáis—.

Jonathan ignoró la ocurrencia. —Terrence, Reena—, dijo en voz baja, —¿Por qué,exactamente, habéis creado una hoguera en el recinto?.

—¿Y dónde diablos está Joey? —, preguntó Eva.

—Joey está bien—, dijo Reena. —Apolo lo trajo. Está descansando en la enfermería. Y para responder a tu pregunta, Jonathan... nosotros no hicimos esto. Ustedes no tuvieron toda la diversión.

—¿No lo hicimos? — Jonah bajó las porras. —Explícate.

—Unos veinte minutos después de que Jonathan se fuera a por vosotros, perdimos más tiempo, lo que seguro que ya sabéis—, explicó Reena.

—Cuando eso ocurrió, unas dos docenas de sombras entraron en el recinto—. Terrence interrumpió. —Probablemente pensaron que, como el grueso de nuestro grupo se había ido, seríamos carne fácil. Estuvieron a punto de atacarnos. Reena y yo estábamos preparados para lo que fuera, pero entonces ese fuego apareció de la nada, y las sombras dudaron. Fue como si no estuvieran tan seguros de querer atacarnos una vez que vieron el fuego.

—Pero al final no importó—, dijo Reena, —porque mientras ellos daban tumbos tratando de decidirse, el pozo de fuego escupía zarcillos de llamas desde sí mismo hacia las sombras. Nunca he visto nada igual.

—Los asaron como si fueran cerdos—, dijo Terrence con fruición. —Reena y yo no tuvimos que mover un dedo.

—Interesante—, dijo Jonathan. —Funcionaba de forma muy parecida a las armas de fuego griegas del imperio bizantino. Terrence, Reena, estoy seguro de que habríais aguantado, pero tantas sombras os habrían superado finalmente. Apolo se encargó de que ninguno de ustedes tuviera que correr el riesgo. Pero ahora no sirve de nada. La amenaza ha terminado. Jonah, creo que serás de ayuda aquí.

Jonah sabía lo que Jonathan quería decir. Sin embargo, no estaba seguro de dónde provenía ese conocimiento. Debía de ser producto de la claridad mental que solía acompañar a las dotes espirituales. Se concentró y sus manos estallaron en llamas azules.

—¿Qué demonios? —, exclamó Terrence, que dio un paso atrás.

—Una larga historia—, murmuró Jonah.

Se dirigió a la hoguera, donde ahuecó las manos como si tuviera agua en ellas. Levantando sus manos ahuecadas hacia su boca, sopló las llamas azules hacia las naranjas, mientras usaba su etéreo viento para guiarlo. Las llamas azules lo extinguieron todo hasta que no quedó ni una sola brasa. Ni siquiera había rastro de que hubiera habido un incendio en el local.

—Eso sí que ha sido impresionante, arándano—, observó Eva.

Jonah resopló. —Sí, ya he oído eso antes.

—¿Qué ha pasado con vosotros esta noche? —, preguntó Reena. —Me gustaría mucho saber la historia detrás de esas llamas azules, Jonah.

—¿Qué os parece esto? —, dijo Terrence antes de que nadie pudiera responder. —¿Por qué no tenemos la gran charla durante la cena? Prepararé algo para el desayuno. Espero que no te importe desayunar para cenar. Eva, ¿la vida en la gran ciudad te ha hecho reacia a la cocina casera?

Eva puso una cara que casi hizo reír a Jonah a carcajadas. —Ni siquiera Los Ángeles puede apartarme del desayuno casero, Terrence.

Muy pronto, todos estaban reunidos en la mesa de la cena, mientras Jonathan, que no tenía necesidad de comer, permanecía cerca. Era un asunto mucho más alegre de lo que había sido su primer encuentro en esta mesa. Terrence preparó beicon, salchichas, huevos revueltos, galletas y tostadas; se diría que su objetivo era alimentar a un pequeño ejército. Sin embargo, no dejó de lado a Reena y le puso delante pan de arroz tostado, una mezcla de frutas, requesón y zumo de pomelo. Nadie más tuvo problemas con las altas calorías. Incluso Joey estaba allí, comiendo como si estuviera a tope. Jonah se rio de la cara de asombro de Terrence cuando Eva le reveló que nunca había comido sémola.

—¿Qué? — Gritó. —¡Eso es imposible! Eres... ¡eres de Charleston!

—Es... una larga historia.

—Bueno, tenemos que hacer algo al respecto—, dijo Terrence, que colocó un cuenco humeante delante de Eva, coronado con un cubo de mantequilla. —¡No puedo creer que una chica sureña no haya probado nunca la sémola!

Una vez rectificada la debacle de la sémola, Jonah, Eva y Jonathan le contaron su historia a Terrence, Reena y Joey. Jonah no se había dado cuenta de lo disparatada que era la historia hasta que se la contaron. Había sido una semana realmente loca que se vio acelerada por el hecho de que habían perdido el tiempo dos veces. Jonah no estaba seguro de qué parte era la más descabellada. El hecho de que toda esa mierda hubiera ocurrido realmente, o el hecho de que todos hubieran sobrevivido.

—Increíble—, dijo Reena, cuyos ojos tenían un brillo que normalmente sólo tenía durante la pintura. —Te he subestimado, Eva. Posees una ventaja que muchos hombres no tienen.

Eva se sonrojó. —Te lo agradezco, Reena, pero no podría haberlo hecho sin Jonah.

—Nuestro Jonah aún no se da cuenta de su valor para nosotros—, sonríe Jonathan. —Tengo la esperanza de que algún día se vea a sí mismo como lo hacemos los demás.

Jonah no sabía qué decir sobre el cumplido que acababa de recibir. Años de oír que no valía nada le habían pasado factura, por lo que escuchar un elogio así le hacía sentir un poco incómodo. Lo agradeció con una sonrisa y una inclinación de cabeza y, luego, cambió de tema.

—Así que Eva—, dijo, —veo que tus ojos son verdes en este momento. ¿Cuándo volverás a tener tus poderes de sibila?

—Oh—, dijo Eva, sorprendentemente optimista. —Apolo me lo ha contado todo. Sin que Hera y Elliott se metan conmigo en cada momento, mi recuperación será tranquila. Mis habilidades de sibila estarán totalmente restauradas en unas ocho horas.

—Bien—, dijo Jonah con un movimiento de cabeza. —Tengo que admitir, sin embargo, que fue genial verte manejar los negocios incluso con tus poderes fuera de control.

Ahora era Eva la que parecía incómoda. —Gracias, Jonah—, murmuró. —Te lo agradezco.

Jonah no tenía ni idea de dónde tenía la cabeza en ese momento, pero decidió no curiosear. En su lugar, se levantó de la mesa, saciado y bastante somnoliento.

—Creo que con toda la mierda pasada—, dijo a la sala en general, —todos podemos por fin dormir una noche completa.

———

Todos durmieron durante casi diez horas y, cuando se despertaron, descubrieron que habían ocurrido dos cosas. Los poderes de sibila de Eva habían vuelto, y Jonah no sólo había liberado su dotación espiritual, sino también, maldita sea, la bendición de Apolo.

—Eh, menos mal—, dijo Reena. —No hay nada como ser uno mismo.

—Además, tenemos mucho brillo y glamour siendo humanos etéreos, ¿no?—, dijo Terrence.

Jonah no respondió, pero sonrió. Al fin y al cabo, Terrence tenía razón.

Mientras Terrence le contaba a Joey historias sobre su hermano Lloyd, y Reena le mostraba a Eva su estudio de arte, Jonah recorría los terrenos de la finca. Era refrescante recuperar la serenidad, así como no ver a ninguna maldita sombra por ninguna parte. Se sentó en su lugar habitual en la glorieta y se perdió en sus pensamientos durante quién sabe cuánto tiempo. Era algo encantador.

Entonces…

—Reena dijo que te encontraría aquí.

Se giró para ver a Eva. Se sentó cerca de él en el cenador y observó la zona.

—¿Así que aquí es donde vienes a desestresarte? — Preguntó.

—Más a menudo de lo normal—. Jonah se estiró. —Entonces, ¿cuál es el plan? ¿Piensas terminar las cosas para tu episodio?

—Sí—, dijo Eva, —pero no tardaremos mucho. Recogeremos las cámaras que Joey ha colocado por toda la casa. Diré algo enjundioso sobre la historia de la casa y sobre

Frederickson. Terminaremos con tiempo suficiente para coger nuestro vuelo a las ocho de la noche. Además, después de todo lo que habéis hecho por nosotros, quería daros un poco de paz. Diré que me alegro de que nos separemos en buenos términos. No creo que hubiera sido así hace un par de días.

—Muy cierto—. Jonah le dedicó a Eva una sonrisa socarrona. —Me imagino que estás lista para volver a tu propio mundo.

Eva miró alrededor del terreno.

—Me gusta este mundo—, admitió. La nostalgia en su voz no se perdió. —Tengo que confesarte algo, Jonah. Pero tienes que jurar que no repetirás esto. Nunca.

Ella le lanzó esos ojos dorados, y él resopló.

—Trato. ¿Qué pasa?

Eva suspiró. —Me echaron de aquí. Es algo extraño para mí tener gente a mi alrededor a la que le importan los demás.

Jonah levantó las cejas. —¿De verdad?

—De verdad. En Hollywood, las familias no tienen ningún problema en tirarse los unos a los otros debajo del autobús por un dólar. Y dada mi historia, no sabía cómo reaccionar cuando me di cuenta de que te importaba lo suficiente como para hacer una intervención por mí. Es algo encantador.

—¿Que te cuiden? Eva, el mundo te quiere.

—El mundo ama a la Eva que ven en la televisión. Adoran a la rubia malvada. No me quieren a mí porque no conocen a la verdadera yo.

—¿Quién es la verdadera tú?

—No lo sé. Hay veces que me siento como la Eva que la gente ve en la televisión. ¿Otras veces? Soy la niña que se muere de hambre en Charleston. Pero no puedo centrarme en esa niña y tengo que agradecértelo.

—¿A mí? — Jonah se sentó hacia adelante. —¿Por qué?

—¿Recuerdas lo que dijiste? — preguntó Eva. — «'Vivir en el pasado no es vivir». Eso me tocó la fibra sensible. Me ha tocado la fibra sensible. No sé lo que me depara el futuro, pero no lo descubriré mientras intente volver a ser quien era en el pasado. Cuando dijiste eso, me hizo darme cuenta de lo pesado que puede ser el pasado.

Jonah asintió, impresionado por sus propias habilidades. —Bueno, de nada.

—Tienes una gran habilidad con las palabras, Jonah—, se burló Eva. —¿Has pensado alguna vez en escribir libros?

Jonah se rio de su broma.

—Puedo ponerte en contacto con algunas personas en Los Ángeles si te interesa—, Eva juntó las manos en su regazo. —Hera no es la única con conexiones, ya sabes. Pero después de mezclar nuestros mundos de esta manera, probablemente sería mejor mantener las distancias entre nosotros. Líneas que se cruzan, poderes malgastados, vosotros teniendo que lidiar con mi jodido estado emocional, yo teniendo que lidiar con tu bocaza. Es mejor así.

Jonah la miró. —Eso es una tontería, Eva.

—Sí, lo es—. Eva se rio. —Fue divertido. A veces, un poco peligroso, pero divertido. Quiero volver a veros algún día. Ya he invitado a Reena a Los Ángeles para que se aleje de Roma, y aunque vuelva, ya no tendré que preocuparme por las colas.

Extendió el brazo y mostró una pulsera. Era algo muy interesante. El amuleto, claramente de acero etéreo, estaba hecho con el diseño de un haz de varillas atadas en un cilindro, con una hoja y un hacha entre ellas.

—Jonathan me dio esto—, explicó. —Dijo que es una *fasces*. Es una cosa romana, así que pensó que era apropiado ya que estamos en Roma y todo eso. Aparentemente el término latino *fasces* simboliza...

—Fuerza a través de la unidad—, terminó Jonah por ella.

Eva le sonrió. —Realmente sabes latín. De todos modos, funciona como un talismán, supongo. Jonathan dijo que también puedo ser vulnerable a las líneas cruzadas en otros lugares, pero esto anula cualquier efecto que puedan tener sobre mis poderes.

—Eso es impresionante—, dijo Jonah. —Me alegro de que estés más segura en todos esos lugares a los que vas por *Mensajes de la tumba*. Que sigas destrozando a Landry en las clasificaciones.

—Lo haré con gusto, pero será mejor que me vaya.

—Patea culos y toma nombres, Superestrella.

Se levantaron, pero ambos dudaron. Después de todo lo que había sucedido esa semana, un apretón de manos parecía de mal gusto. Se estrecharon la mano en el aeropuerto cuando no confiaban el uno en el otro, pero ahora las cosas eran diferentes.

Jonah extendió la mano para atraer a Eva a sus brazos. Se suponía que era un simple abrazo de despedida. La única forma correcta de cimentar su amistad.

Excepto que no lo era. En el momento en que Eva estuvo en sus brazos, supo que algo había cambiado. Jonah cerró los ojos al notar lo bien que encajaban. El aceite de lavanda que parecía impregnar todo su cuerpo era embriagador.

Tuvo que ponerse las pilas. Ahora.

Jonah la soltó y resistió el impulso de agarrarla de nuevo. Su reacción, sus pensamientos habían sido automáticos. Casi como respirar.

¿Qué demonios le pasaba? No debería estar respondiendo a Eva de esta manera. No cuando tenía su corazón puesto en otra persona.

—Hasta la próxima vez, arándano—. Eva se inclinó para besar su mejilla. —Gracias de nuevo por todo.

Se giró y le saludó con la mano mientras salía del mirador. Jonah no podía dejar de mirarla.

—Hasta la próxima , Superestrella—. Jonah se aclaró la garganta mientras la veía regresar por el césped. Ella no se alejó ni un metro de él antes de que él la llamara. —¡Eva, espera!

Se detuvo y se volvió hacia él con una mirada inquisitiva. —¿Estás bien?

—Sí—, corrió hacia ella. —Pensé que lo menos que podía hacer era acompañarte al coche.

Eva le sonrió. —Quieres asegurarte de que estoy realmente fuera de tu camino, ¿eh?

—No exactamente...

Se detuvo al ver que Jonathan se acercaba a ellos con Apolo. El dios parecía recién salido de la revista *GQ*. Pelo rubio y meticuloso, caquis de club náutico y polo. Eva dejó de caminar y frunció el ceño.

—¿Apolo?

—Perdona la intromisión, Eva—. El dios miró entre ellos. —Debo hablar contigo inmediatamente.

—Vale. Suéltalo.

—Aquí no. No fuera, al menos—. El hombre se volvió hacia Jonah. —Jonah. Lo has hecho bien.

—Entremos en mi estudio—, Jonathan se volvió hacia la casa. —Parece que tenemos mucho que discutir.

Jonah y Eva compartieron una mirada mientras seguían a los otros dos. Esto no iba a ser bueno. No iba a ser bueno en absoluto.

DIECIOCHO
EVA MCRAYNE

—EL BOSQUE de Hoia-Baciu—. Apolo comenzó a caminar cuando tomé asiento en el sofá del estudio de Jonathan. —Un bosque a las afueras de Cluj-Napoca, Rumanía.

—¿Un bosque encantado? — Fruncí el ceño. —Eso es golpear demasiado cerca de casa. No tuve mucha suerte la última vez que fui a un bosque.

—Rumanía no es Montana, querida niña—. Apolo frunció el ceño. —El país fue maldecido con fábulas de vampiros. Pero hay mucho más en esa tierra de lo que podrías imaginar. Ir a Hoia-Baciu podría ser una sentencia de muerte para un mortal.

—Si voy a un bosque embrujado, tal vez pueda convertirlo en un episodio de *Mensajes de la tumba*. Cuéntame más sobre los fantasmas—. Ignoré sus palabras. Ignoré el miedo en mi corazón. —Quiero escuchar todos los detalles sangrientos. Luego, vamos a llamar a Connor y a meter a los chicos de investigación para averiguar el resto.

Por primera vez desde que lo conocía, Apolo parecía inquieto. Sus rasgos se retorcían en una mueca mientras se paseaba por la alfombra frente al sofá. Me golpeé los dedos contra la rodilla mientras esperaba que hablara. Cuando no lo hizo, me acerqué para agarrarle el brazo.

—Vamos. No puede ser tan malo.

—No—. Suspiró. —El bosque en sí es horrible, pero hay una razón por la que el consejo desea que vayas allí. No es por los fantasmas, Eva.

Me senté un poco más recta. Ignoré mi repentina punzada de ansiedad. Podía hacerlo. Podía enfrentarme a todo lo que los dioses pudieran lanzarme.

¿No podía? Después de todo, acababa de derrotar a Hera. Dirigí la mirada hacia Jonah, que se había recostado en el sofá a mi lado. Estudió a Apolo en silencio. Pero no estuvimos mucho tiempo en silencio.

—El bosque de Hoia-Baciu está situado en la región rumana de Transilvania. Se ha hecho famoso entre los entusiastas de lo paranormal recientemente—. Mi dios patrón se pasó la mano por el pelo. —A menudo se ve como un lugar fácil para tomar fotografías de orbes. O captar las voces de los espíritus en una película. También hay un claro en medio del bosque donde el follaje no crece.

—De acuerdo—. Me encogí de hombros. —Entonces, ¿qué tiene de malo este lugar? ¿Tienes miedo de que me pierda?

La boca de Apolo se convirtió en una apretada línea recta antes de responder. —No, querida niña. Los sucesos de Hoia-Baciu no se deben a lo paranormal como afirman esos entusiastas. Se encuentra en la cima del Tártaro.

—¿Tártaro? — Fruncí el ceño. —¿La mazmorra con la que me siguen amenazando?

—La misma—. Esta vez, se pellizcó el puente de la nariz entre dos dedos. —En las afueras del claro está la entrada al infame lugar. Ha estado sellada durante siglos, pero las barreras están siendo manipuladas.

—Lo que significa, ¿qué exactamente? — preguntó Jonah. Mi nuevo amigo se inclinó hacia delante para apoyar los codos en las rodillas. —Manipulado no es lo mismo que roto.

—Todavía no, Jonah—, dijo Apolo negando con la cabeza.

—Pero, si se debilitan, entonces la mayor amenaza para el consejo se liberará sobre el mundo.

—Sí—. Resoplé. —Todos los dioses, personas y criaturas que arrojaron abajo podrían tener su merecido. Eso no suena tan mal. Suena como una dosis de karma largamente esperada.

—Evie, no—. Apolo me miró con lástima. —Debes entender que como representante del Olimpo, serías el objetivo de estos seres.

—Por no hablar de los Titanes.

Giré la cabeza para ver que Cyrus había aparecido de entre las sombras. Parecía estar concentrado en nosotros dos y su expresión se ensombreció por un segundo antes de hablar. —¿Qué sabes de los Titanes, Eva?

—He oído hablar de ellos—. Volví a centrar mi atención en Apolo. —Ese es el grupo que Zeus derrocó para obtener su trono, ¿verdad?

—Bien—. Apolo estuvo de acuerdo. —¿Te cuento la historia ya que tu guardián aparentemente carecía de tu tutela?

Ouch. Sabía que eso tenía que herir el orgullo de Cyrus, pero no iba a salir en su defensa. La verdad era que la mayor parte de lo que sabía sobre el mundo olímpico provenía de la Academia dirigida por Hécate, no de mi guardián. Le dediqué a Apolo una pequeña sonrisa, pero no pude ignorar el nudo que se estaba formando en la boca del estómago. Había derrotado a las Erinyes por mi preocupación por Elliot. ¿Hera? Ella me había cabreado. No tenía ni idea de lo que iba a hacer contra un grupo de dioses si se liberaban de su prisión eterna. Doblé las piernas debajo de mí y me acomodé para lo que estaba segura que sería un largo monólogo.

Apolo no me decepcionó. Se sentó en el brazo del sofá más cercano a mí cuando empezó a hablar.

—Nuestro mundo fue creado por dos deidades principales. Gaia, que aún hoy se celebra como la Madre Tierra, y Urano, el padre del cielo. Durante su matrimonio, tuvieron doce hijos—. Cyrus juntó las manos en su regazo. —Un matrimonio que fue bastante bien hasta que Urano arrojó a dos de sus hijos al Tártaro. Gaia se enfadó tanto que reclutó a su hijo menor para que castrara a su marido.

—Así que todo eso es cierto entonces—. Jonah hizo una mueca. —Sé que las viejas historias son violentas pero...

—Cobarde—. Me burlé. —¿Qué pasó después?

—Me temo que Cronos tuvo éxito. Esperó en una emboscada con una hoz cuando su padre se reunió con Gaia. Sólo diré que el resultado de sus acciones fue el completo derrocamiento de Urano—. Apolo cruzó las manos sobre su rodilla. —El antiguo rey de los titanes maldijo a su hijo. Juró que Cronos correría la misma suerte. Sus hijos lo derrocarían para gobernar los cielos. El Titán se volvió tan paranoico con la maldición que se tragó a cada uno de sus hijos en cuanto pudo.

—Eso no puede estar bien—. Me giré en el sofá para mirar a Apolo. —Zeus, ¿recuerdas?

—Ah, pero nuestra historia está llena de engaños, querida niña—. Me dedicó una suave sonrisa. —Cronos se había casado con Rea, su hermana. Cuando llegó el momento de que el Titán se comiera a su hijo menor, ella escondió al bebé. En su lugar, le dio a su marido una roca. El joven Zeus fue disfrazado en la corte de su madre. Cuando alcanzó la mayoría de edad, le dio a su padre una mezcla de veneno que le hizo expulsar a los niños que había tragado tantos años antes.

—Supongo que así es como Zeus pudo liderar la rebelión—. Jonah se movió y su brazo rozó el mío. Traté de ignorar el calor que me invadió. —A través de la venganza.

—Lo es—. Apolo suspiró. —Cronos tenía aliados muy poderosos, pero Zeus tenía el fuego de la venganza de su lado. Reclutó a sus hermanos. Liberó a los cíclopes y a las Hekatonkhieras. Fue a través de los cíclopes que los hermanos recibieron sus infames armas. Zeus, sus rayos. ¿Poseidón? Su tridente. ¿Hades? Su casco. Fue una guerra brutal. La Titanomaquia diezmó tanto la tierra como los cielos durante los diez años que se libró.

—Pero al final, Zeus salió victorioso—. Señalé. —Los titanes fueron encarcelados en el Tártaro.

Dejé que mis últimas palabras murieran cuando me di cuenta de lo que Apolo me estaba diciendo. La mayor amenaza del consejo estaba a punto de ser liberada. La guerra que desgarró el mundo se libraría una vez más.

—Hay más, Eva.

—¿Más? ¿Qué más puede haber?

—No sabemos cómo asegurar la barrera para que vuelva a su estado original.

—¿Perdón? — Sentí que la sangre se me escurría de la cara. —¿Qué quieres decir con que no lo sabes?

—No lo sabemos. Los olímpicos no crearon el Tártaro.

—¿Quién lo hizo?

—Chronos será el único titán que podrá darnos las respuestas que buscas—. Apolo se frotó las manos. —Como muchos de los dioses, se refugió aquí en la Tierra.

—¿Dónde está? Vamos a hablar con él.

—No es tan sencillo...

"No me fastidies, Apolo. Hoy no—. Crucé los brazos sobre el pecho. —Si no sabes cómo encontrarlo, dime quién lo sabe.

—Zeus—. Apolo suspiró. —Él es el único que sabe cómo contactar con el antiguo.

—Entonces necesito que me pongas en contacto con él, pronto. Cuanto antes lo hagas, antes podré crear un plan de juego.

Me quedé en silencio mientras lo estudiaba. Aunque toda mi vida me habían dicho que me parecía a mi madre, también podía verme en mi padre. Teníamos el mismo pelo rubio ondulado. La misma nariz afilada. Cuando me convertí en sibila por primera vez, supuse que mi belleza era una ventaja gracias a mi nuevo papel.

Me equivoqué. Por más que intentara negarlo, el hombre sentado frente a mí era mi padre. Debía mi propia existencia a una serie de rituales prohibidos dirigidos por Janet McRayne.

—Cuéntame lo que pasó—. Susurré. —Háblame, Apolo.

Entrecerró los ojos. Apolo sabía que me refería a mi conexión sanguínea con él. Me di cuenta por su tono cuando respondió. —No creo que sea el momento adecuado, sibila.

Tenía muchas preguntas. Necesitaba respuestas desesperadamente. Pero era demasiado consciente de las otras tres almas de la habitación. Me mordí la lengua hasta que se me pasaron las ganas de gritarle.

—¿Cuándo nos vamos? Tengo que ir a recoger nuestro equipo de la casa Covington y luego coger el vuelo de vuelta a Los Ángeles para que aprueben esto y...

—Pronto, Eva. Cuanto antes mejor.

—No quiero sobrepasar mis límites, pero iré—. Jonah me miró. —Parece que te vendrían bien las manos extra, Superestrella.

Sentí que el rubor subía a mis mejillas. ¿Más tiempo con Jonah? ¿No tendría que despedirme de él?

Cyrus se aclaró la garganta al otro lado de la habitación, y eso me sacó de mis pensamientos.

—Jonah, me encantaría tener tu ayuda. Eres un aliado increíble. Pero no puedo arrancarte de tu vida y dejarte en un bosque encantado conmigo. No es justo.

—Tal vez quiera ir—, Jonah chocó su brazo contra el mío. —Puedo pedírselo a Reena y a Terrence, también. Nos harás un favor. Manteniéndonos alerta.

—Jonah, tal vez deberías reconsiderarlo—, se acercó Cyrus para situarse junto a Apolo. —El bosque no es lugar para los mortales.

—Con el debido respeto, Cyrus, aquí nadie es exclusivamente mortal, de todos modos. Así que ese argumento no es válido—, dijo Jonah sacudiendo la cabeza. —Dame unos minutos para reunir a Reena y a Terrence. Puedes venir con nosotros a Los Ángeles, Superestrella. Joey se encarga del equipo, ¿verdad?

—Bien.

—Volveré en un minuto entonces.

Jonathan siguió a Jonah afuera, y Cyrus me miró por encima del hombro de Apolo.

—Déjanos, Alexius.

Con esas simples palabras, Cyrus desapareció. Apolo se cruzó de brazos sobre el pecho.

—Muy bien, Eva. Di tu parte. Puedo decir que estás deseando tener...

—¿Dónde estabas? —Le interrumpí. Sabía que debería haber cerrado la boca. Ser respetuosa. En lugar de eso, las preguntas que se habían estado formando en mi mente desde que supe la verdad de mi linaje salieron antes de que pudiera detenerlas. —¿Por qué Janet McRayne? ¿Por qué te ocultaron de mí?

Apolo apretó los labios antes de apartarse de mí. Lo miré fijamente antes de suspirar.

—Tienes razón. No es el momento adecuado—. Me puse de pie y rocé mis palmas contra mis jeans. —Tal vez sea mejor así. Después de todo, ¿qué derecho tengo a saber nada?

Me dispuse a salir de la habitación. Estaba casi en la puerta cuando sus siguientes palabras me detuvieron.

—Quería lo que se me debía. ¿Es eso lo que quieres oír?

Me quedé helada en el sitio. Temía que si me daba la vuelta, Apolo desapareciera de la habitación sin contarme la historia que tanto ansiaba escuchar.

—Hacía mucho tiempo que nadie alababa mi nombre. Siglos de falsas promesas y poder debilitado me habían desgastado. Así que cuando la chica entró en el círculo y se prometió a mí, acepté la invitación sin pensarlo dos veces.

Me giré para ver a Apolo estudiándome como lo había hecho yo unos momentos antes. Se llevó las manos a la espalda antes de continuar.

—Janet me recordó a Delphine. La conquista que me había eludido tantos siglos antes estaba ahora al alcance de mi mano. De ahí viene tu parecido con la sibila original. Tu madre—.

Incliné la cabeza ante sus palabras. Cuando conocí a Delphine, me sorprendió lo parecidas que eran nuestras apariencias. Ahora sabía por qué.

Apolo había aceptado la invitación de mi madre para terminar lo que había empezado cuando creó su primera sibila. Aquí había una mujer que lo alababa. Lo adoraba como nunca lo había hecho Delphine. Por supuesto que iba a aceptarla. Habría sido un tonto si no lo hubiera hecho.

—Sólo tres meses después de que comenzaran los rituales fuiste concebida—. Apolo se balanceó sobre sus talones. —Janet tenía miedo. No tenía a dónde ir. Nadie a quien recurrir aparte del aquelarre de los McRayne.

Entrecerré los ojos ante él. Su historia sonaba demasiado a fantasía. Un sueño en lugar de los sucesos que llevaron a mi existencia. ¿Pero cómo no iba a creerle? Ya había visto demasiado como para llamarle mentiroso.

—Entonces, ¿por qué tomarse tantas molestias? — Me encogí de hombros. —¿Hacerme tu sibila? ¿Por qué no ignorarme, dejarme vivir una existencia aburrida y morir de vieja sin ser más sabia?

Apolo me dedicó una pequeña sonrisa. El dios del sol extendió la mano para rozar sus nudillos contra mi mejilla. —Porque eres mía.

No se me escapó cómo su sonrisa se tensó cuando volvió a hablar. —¿Sabías que los McRayne eran pobres? Lillian McRayne dedicó su vida a Hécate en un intento de aliviar el dolor que le causaba su pobreza. Es cierto que la bruja le dio poder a la niña, pero no fue hasta que se le apareció a Lillian después de tu concepción que obtuvieron la riqueza que deseaban.

—No lo entiendo—. Fruncí el ceño. —¿Les pagaste para que cuidaran de Janet?

—No—. Apolo acortó la distancia entre nosotros para

tomar mis brazos. —Les concedí la riqueza para que cuidaran de ti. Debes entender tu estatus, Eva. ¿El título de sibila? ¿Ser la representante del consejo Olímpico? Ninguno de ellos se compara con el hecho de que eres mi hija. Una princesa del Olimpo, que no es menos que los otros héroes que te precedieron.

—No sé qué significa eso—. Confesé. —No soy estúpida. Entiendo la parte biológica. Pero todo el asunto de los semidioses es confuso. Por no hablar de lo nuevo que es este conocimiento. Pensé qué si hablaba contigo, lo entendería. Sabría cómo manejar mejor las cosas. Pero la verdad es que ahora estoy tan perdida como antes.

—Janet y Lillian decidieron que era mejor que no supieras la verdad de tu linaje—. Sus ojos dorados se suavizaron. Por un momento, el dorado pareció triste. —Eres mi primer hijo en siglos, Eva. Te mimé a través de ellos. Te proporcioné un palacio junto al mar. Una vida sin preocupaciones ni dificultades.

—Excepto que no tuve más que dificultades—. Señalé. —No he tenido más que dificultades desde que nací. Tú conoces mi historia con Janet mejor que nadie.

—Ah, pero al aceptar tu papel, pude concederte la inmortalidad—. Sonrió una vez más. —Un don que es tu derecho de nacimiento. Si hubiera pensado por un segundo que podríamos perderte, nunca habría permitido que el consejo te asignara el cuidado de los titanes. Debes saberlo.

—Yo—, suspiré. —Lo sé. ¿Pero el Tártaro?

—Sí—, me agarró por los hombros. —Tártaro. Tengo toda la fe en ti.

—De acuerdo—. Suspiré. —Lo haremos.

Apolo me dio un apretón antes de desvanecerse en los apagados rayos que se filtraban por la ventana del estudio. Me quedé mirando el lugar hasta que oí que la puerta del estudio se abría una vez más para ver a Jonah, Terrence y Reena entrar en la habitación.

—Recogeremos provisiones en Los Ángeles—, hablé antes de que pudieran hacerlo. —Pero yo empaquetaría una bolsa con jeans, camisas de manga larga, cosas así.

—No es la primera vez que acampamos, Evie—, sonrió Jonah y mi corazón dio un vuelco cuando sostuvo una bolsa de lona. —Estamos listos cuando tú lo estés.

Saqué mi teléfono del bolsillo trasero y le envié un mensaje a Joey sobre nuestro cambio de planes. Le pedí que se asegurara de que todo quedara resuelto en Covington y le dije que enviaría un conductor a recogerlo al aeropuerto cuando llegara. Cuando terminé, me volví hacia mis nuevos amigos.

—¿Podemos llevar los *Astralimes* a mi apartamento en Los Ángeles?

—Claro. ¿Cuál es la dirección? —Le dije a Reena, que jugueteó con su teléfono. Cuando lo pasó, enarqué una ceja. —¿Qué estás haciendo?

—Memorizar las coordenadas. Debemos tenerlas si nunca hemos estado en un lugar antes.

De acuerdo. Eso sonó tan claro como el barro. Parpadeé cuando Jonah se acercó a mí para ofrecerme su mano.

—Tienes que agarrarte a uno de nosotros—, explicó. —Te prometí el viaje, así que me ofrezco como voluntario.

Le dediqué una pequeña sonrisa mientras tomaba su mano. No sé qué esperaba, pero no esperaba que fuera tan instantáneo. En un segundo, estábamos en Carolina del Norte. ¿Y al siguiente? Estábamos en mi salón.

—Oh, wow—, silbó Reena mientras sentaba su bolsa en el sofá. —Esto es encantador.

—Gracias—. Dije, tanto por su cumplido como por el viaje a casa de Jonah. —¿Cómo funciona eso exactamente?

—¿Los *Astralimes*?

—Sí.

Eva, un momento.

Me giré para ver a Cyrus de pie en la puerta de la cocina.

Solté la mano de Jonah con una reticencia que me reprendí a mí misma.

—Claro, Cyrus—, sonreí a los demás. —Subid y poneos cómodos para pasar la noche. Mi habitación es la última a la derecha, la de Joey está al lado. Pero hay otros cuatro dormitorios para elegir.

—¡Genial! — Terrence se echó la bolsa al hombro. —Nos vemos en un rato, Evie.

—Nos vemos.

Los vi subir antes de que Cyrus girara sobre sus talones y entrara en la cocina. Tuve un breve destello de miedo de que supiera lo que había pasado por mi cabeza sobre Jonah. Pero eso era imposible. ¿Cómo podía saberlo? Demonios, ¿cómo podría saberlo cualquiera?

—¿Cyrus? — Cerré la puerta detrás de mí. —¿Qué pasa?

—No voy a acompañarte a Hoia-Baciu.

—¿De verdad? — Empujé la puerta. —¿Esto es porque Apolo...?

—Parece que ya tienes suficientes protectores—. Cyrus se burló de mí. —Además, me han encomendado mi propia tarea. Me voy esta noche.

—De acuerdo—, exhalé mientras trataba de entender lo que esperaba que dijera. —Cena con nosotros entonces antes de irte. Te echaré de menos.

—No, no lo harás—. Cyrus levantó las cejas. —Sinceramente, dudo que siquiera notes mi ausencia y no tengo nada que decir a los que me traicionan.

—¡Cyrus, yo no te he traicionado!

—¡Sí, lo hiciste! — Dio un paso hacia mí. Yo di un paso atrás. —Rompiste nuestra confianza, Eva. Permitiste que el aura azul tejiera mentiras sobre mí. Ahora, no tendrás que preocuparte por mí durante un tiempo.

—¿Qué mentiras? — Siseé mientras mi temperamento se encendía más que mi miedo. —Le dije a Apolo nada más que la verdad.

—Ya sabes qué mentiras—. Se detuvo a pocos centímetros de mí. —Eres una tonta, pequeña. Rowe apenas te ha dado la hora del día, y tú le has seguido como un cachorrito simpático. Pero él te rechazará, no importa lo desesperada que parezcas por su atención. Como lo he hecho yo en el pasado.

Me quedé mirando a Cyrus con sorpresa. No me estaba gritando. No me tocó. Pero no creo que una bofetada en la cara me hubiera dolido tanto como el recordatorio de cómo había intentado seducirle una vez y me había rechazado. Mi guardián aprovechó mi silencio para susurrarme al oído.

—Nadie, ni Rowe, ni siquiera un esclavo, te quiere, Eva. No hagas el ridículo creyendo lo contrario.

Cyrus se retiró y se adentró en las sombras. Cuando se fue, cerré los ojos mientras una sola lágrima amenazaba con caer. Esperé a que mis ojos dejaran de arder antes de abrirlos. Cyrus tenía razón. Siempre tenía razón.

Tuve que recomponerme y rápido. Podía oír a Jonah, Terrence y Reena bajando las escaleras. Sus risas eran un sonido desconocido en estas paredes. Me acerqué al lavabo, me salpiqué la cara y me giré cuando se unieron a mí.

DIECINUEVE

JONAH ROWE

J ONAH LO CAPTÓ AL INSTANTE. Eva podía tener una sonrisa de un millón de dólares en la cara, pero su energía había cambiado. Y un cambio muy marcado, por cierto. Le hizo ponerse a la defensiva al instante. Nadie tan hermoso, en cuerpo y espíritu, debería llevar máscaras todo el tiempo. No importa el motivo.

Pero todo eso estaba en su cabeza. Terrence fue quien lo expresó.

—¿Qué pasa, rubia? — Quería saber. —No soy un genio, pero reconozco una sonrisa de animadora cuando la veo. ¿Qué ha pasado?

—Viejos recuerdos, Terrence—, se acercó a la nevera, cogió agua para ellos y vino para ella. Jonah tomó el agua que les ofreció y se sentó mientras ella continuaba. —Nada que deba preocuparte. Pero Cyrus me ha dicho que no estará con nosotros en Hoia-Baciu. Tiene otra misión.

—¿Es eso común? — Preguntó Jonah mientras abría su agua. —¿O es por Apolo?

—No lo sé. No lo ha dicho—. Se encogió de hombros, y Jonah pudo notar que estaba desesperada por cambiar de tema. —Pero no hablemos de eso ahora. ¿Has estado alguna vez en Los Ángeles? ¿Qué te gustaría hacer esta noche?

—Nunca había estado fuera de la costa Atlántica antes de que mi hermano adoptivo me invitara a Hawai—, dijo Terrence. —Así que Cali es la primera vez.

—Salvo la experiencia de torbellino en el aeropuerto de Los Ángeles cuando nos trasladamos de Hawái a Virginia, no—, contestó Reena mientras daba un trago de agua.

—He estado en California, pero no en Los Ángeles—, le dijo Jonah. No se creía para nada la frase de los viejos recuerdos, pero Eva merecía respeto por sus secretos. Después de todo, sólo la conocía desde hacía ocho días. —Sólo estuve de viaje por la carretera con mi mejor amigo de mi antiguo trabajo de contabilidad, Nelson. Sus padres viven en Sacramento. Fui allí una o dos veces.

—Deberíamos salir entonces—. Eva dio un sorbo al vino, y Jonah podría haber jurado que la oyó ronronear un poco. —Podemos cenar en el centro, pasear por Rodeo o simplemente dar un paseo en coche. Tendré que hacer el papeleo para el episodio, pero puedo hacerlo cuando volvamos. No quiero que os quedéis encerrados todo el día.

—¿Es justo después del mediodía?

—Sí. Así que tienes mucho tiempo para ver la ciudad. Consideradlo como un regalo por haber aguantado mi mala leche esta semana.

Reena sonrió. —Te das cuenta de que vimos a través de tu máscara de perra todo el tiempo, ¿verdad? Pero tu hospitalidad sigue siendo muy apreciada.

—No me sorprende—, rio Eva. —Siempre he sido una actriz horrible. Sugeriría un día de spa, pero no tiene sentido ya que estamos a punto de ir al bosque. Están las rutas de los estudios, Disneylandia...

—¿Disneylandia? — Terrence se animó. —Esa es una idea. ¿Sabes cuánto tiempo hace que no me subo a una montaña rusa?

—¿Cuántos años tienes? ¿Diez? — Reena se burló de él. —¿Cuándo tienes que llevar a Joey al aeropuerto?

—No tengo que hacerlo. Voy a hacer que uno de los coches de Theia lo recoja—. Eva se terminó la copa de vino que se había servido y volvió a meter la botella en la nevera. —Pero si vamos a Disneylandia, tengo que ponerme pantalones cortos. Fuera hace un calor de mil demonios.

—¿Te parece bien, J? — Reena lo estudió. —¿Quieres ir a ver al Ratón?

Jonah se rio. —Me apunto a lo que sea.

—Disneylandia será, entonces—. Eva metió su vaso en el lavavajillas. —Bajaré en unos minutos si queréis prepararos para irnos.

Jonah la vio irse, y Terrence le clavó el dedo en las costillas.

—¿Seguro que esa vidente se equivocó?

—Absolutamente equivocada. Sólo es una amiga, hermano—. Jonah terminó su agua y la tiró a la basura. —Sólo una amiga.

———

—Vamos a llevarte a la cama, Superestrella.

Eva gimió cuando Jonah la sacudió por los hombros. La había encontrado con la cabeza apoyada en los brazos sobre su escritorio, profundamente dormida. Cuando él habló, ella se despertó de golpe y le dirigió una mirada de confusión.

—¿Jonah? — Ella parpadeó el sueño en sus ojos. —Qué...

—Has estado encerrada aquí durante las últimas tres horas—, Jonah dio un paso atrás. —Pensé en ver cómo estabas ya que se está haciendo muy tarde.

—¿Qué hora es?

—Justo después de las tres de la mañana.

—Maldita sea.

—¿En qué estás trabajando? ¿Rumanía?

—No—, se frotó la mano sobre los ojos. —No, tengo un almuerzo a las doce que olvidé por completo. Es por caridad, así que tengo que ir.

—¿Qué caridad?

—Investigación sobre el autismo. Estaba trabajando en el discurso que me pidieron. Además, Apolo me dijo que Zeus debe aparecer en cualquier momento entre ahora y cuando nos vayamos.

—¿Zeus? ¿El Zeus?

—El Zeus—. Escondió un bostezo detrás de su mano. —No te lo podrás perder. Es extravagante.

—Vamos. Todavía puedes dormir unas horas antes de que tengamos que irnos.

—¿Quieres ir? — Eva sonó sorprendida. —No iba a meterte eso a ti también.

—Creo que nos vendría bien a los tres—. La puso de pie. —Vamos a recoger los trajes en el centro comercial.

Eva soltó una risita. —Yo me encargo de la ropa. No hace falta hacer cola en el centro comercial.

Los dos caminaron por el tranquilo apartamento en silencio. Cuando se detuvieron frente a la puerta de Eva, ella se volvió hacia él.

—¿Hay algo que pueda hacer por ti antes de que me desmaye de nuevo?

Jonah luchó consigo mismo porque sabía que Eva tendría que estar pronto en marcha, pero aun así. —¿Hay algún lugar por aquí donde podamos fumar?

—Puedes usar mi balcón.

Los dos entraron en su dormitorio, y Jonah silbó. La cymbinación de colores era azul y blanca, lo que contrastaba muy bien con la rica caoba de sus muebles. La pared del fondo no era más que un cristal, así que se sorprendió cuando ella deslizó la mano sobre el cristal y se abrió una puerta

—Esto está muy bien.

—¿Sí? Espera a ver la vista.

Salió al exterior, y Jonah la siguió para contemplar la vista de Los Ángeles que se extendía debajo ellos. Las luces eran deslumbrantes.

—Nunca pensé en poner sillas aquí—. Se hizo a un lado antes de cerrar la puerta tras él. —No estoy aquí lo suficientemente a menudo, para ser honesta.

Jonah se sentó en el cemento, y ella se sentó a su lado. Sacó su estuche del bolsillo y un mechero.

—Has venido preparado—. Eva se burló. —Un día en la ciudad, ¿y ya necesitas quitarte la presión?

—No. Nana siempre decía que es mejor tener y no necesitar que necesitar y no tener. Así que siempre estoy preparado—. Encendió el porro, dio una profunda calada y exhaló. —Toma. Recuerda, el truco es dar una calada y aguantar. Deja que entre en tus pulmones y haga lo suyo. Luego, exhala.

—Lo recuerdo.

Eva le cogió el porro y aspiró una bocanada de humo. Hizo una mueca mientras aguantaba todo lo que podía antes de exhalar en un ataque de tos.

—Ese es el ataque de tos que esperaba la primera vez—, graznó. —¿Necesito algún tipo de técnica o algo así?

—No—, sonrió Jonah. —La tos significa un gran tirón. Bebe un poco de agua y haremos unos cuantos más. Te calmará, lo prometo.

Eva se puso una botella de agua en la mano y bebió un sorbo mientras Jonah fumaba. Después de unas cuantas caladas más, se veía mejor. Menos tensa. Sostuvo la botella de agua en su regazo y apoyó la cabeza en su hombro.

Jonah se congeló al ver su movimiento. Podía oler la lavanda en su pelo, incluso más que el aroma terroso procedente de la hierba.

—¿Eva?

—¿Qué? — Ella levantó la cabeza. —Dioses, lo siento. No estaba pensando.

—Eva...

—Evie—. Murmuró antes de dar un sorbo al agua.

—¿Qué?

—Llámame Evie. O Superestrella—. Eva se apartó de él y cerró los ojos. —La gente sólo me llama Eva cuando son extraños o cuando están enojados conmigo.

—Evie, entonces—, dijo Jonah. —Pero no esperes que te deje llamarme J.J.

—¿Por qué iba a llamarte así?

Jonah sonrió. —Dijiste que nos habías buscado. Así que estoy seguro de que sabes que ese era mi apodo de la infancia.

—Quiero saber todo sobre ti—. Cubrió un bostezo con la mano. —Las cosas grandes, las pequeñas. Seguro que hay algo que Google y Facebook no me han dicho ya sobre ti.

—¿Como cuando fumo hierba de vez en cuando?

—Hmm, exactamente así.

Jonah se ri mientras se terminaba el porro. Lo apagó en el cemento y se sentaron en silencio durante un rato. Eva casi se había quedado dormida con la cabeza apoyada en la pared exterior cuando Jonah volvió a hablar.

—Entonces, ¿qué es lo que pasa entre tú y Cyrus ahora?

—No lo sé.

—¿Perdón?

—No lo sé—. Levantó el hombro en un encogimiento de hombros sin abrir los ojos. —En realidad nunca lo he hecho. Se supone que estamos juntos, pero... nunca lo he sentido así.

—Tampoco lo parece—. Jonah sabía que podría estar fuera de lugar, pero lo dijo de todos modos. —A menos que mis habilidades de observación estén muy lejos. Y no trates de cubrirlo. Sé que todavía está cabreado porque le pillaron poniendo las manos encima de ti. Probablemente por eso no va a Hoia-Baciu.

—Cyrus prefiere que haga las cosas sola. Siempre lo ha hecho. Dice que me hace más fuerte—. Ella abrió los ojos para contemplar la ciudad que se extendía bajo ellos mientras ignoraba lo que él decía sobre el abuso. —¿Pero tú y yo? Hacemos un buen equipo, arándano. No quiero que estés en esos bosques, pero estoy muy feliz de que estés aquí.

—De todos modos, no deberías estar sola ahí—, dijo Jonah, ignorando el breve vértigo que le causaba el saber que Eva se alegraba de que estuviera allí. —No creo que sea una digresión de tu fuerza si tuvieras apoyo.

—Me gusta cómo suena eso.

—¿Qué?

—Apoyo. Es una palabra bonita.

—¿Algo a lo que no estás acostumbrada?

—Algo que no me atrevo a esperar—, Eva se movió para poder mirar su rostro a la luz de la luna. —Tienes un grupo. Un equipo. Amigos y familiares con los que puedes contar para estar siempre ahí. Ese es un lujo que no todos tienen, arándano.

—Eres Eva McRayne—, dijo Jonah, desconcertado. —Tienes un equipo y una plantilla, Superestrella.

—Pero no gente en la que pueda confiar—. Tomó un sorbo de su agua. —Si le digo a la persona equivocada lo correcto, puede ir a cualquier publicación y ganar millones. Si meto la pata delante de la persona equivocada, estará en todo Internet en cuestión de horas. Una vez confié en Elliot y me empujó por una ventana de cuatro pisos. Hoy sólo estoy viva porque Hermes me dio la opción de pasar al éter o quedarme en el plano terrenal.

Jonah se limitó a escucharla y a tirar del agua. No podía creer que el círculo de Eva fuera tan pequeño. Parecía que sólo estaba Joey. —¿Qué haces para sobrellevarlo, Superestrella? Ya que tu círculo es tan pequeño y no fumas hierba.

—Trabajo. Vino. Eso es todo. Odio las fiestas de Hollywood. No tomo drogas—, le dedicó una pequeña sonrisa. —Soy la celebridad más aburrida que existe, creo. ¿Qué haces tú para sobrellevarlo?

—Gimnasio, Netflix y acampada—, dijo Jonah. —No hay

nada mejor para mí, personalmente. Cuando llega la temporada de vacaciones, hacemos algo llamado *Butterball* o *Bust*. Doug Chandler, otro de nuestros amigos, es voluntario en un lugar llamado The Brown Bag Charity. Reciben todas estas donaciones de alimentos, y todos los empaquetamos. Los llevamos a las puertas de estas familias necesitadas y ancianas, tocamos el timbre y nos vamos de allí. Es muy divertido.

—Eso suena divertido—, le sonrió Eva. —Quizá el año que viene pueda ayudar de alguna manera. Dios sabe, puedo donar dinero en efectivo si lo necesitas.

Dio un sorbo al agua y la bajó.

—Acampar me va a venir bien porque nunca lo he hecho. Pero Joey prácticamente vivía en los bosques alrededor del rancho de su familia en Wyoming. Eso es algo que vosotros dos tenéis en común.

—¿Joey es silvestre? Ahh—. Jonah estaba intrigado. —¿Cómo se metió en el trabajo de cámara?

—Es un experto tirador, así que era muy bueno disparando cosas. Sólo cambió su pistola por una cámara.

Jonah se había apoyado de nuevo en el marco de la puerta. Sus piernas se extendían ante él y estaban cruzadas por los tobillos. Eva giró el cuello para poder observarlo.

—Entonces, ¿qué es lo que pasa entre tú y esa mujer?

—¿Qué mujer?

—Con la que Hera solía torturarte. Te mostró escenas de una mujer con Terrence. Eso significa que es bastante importante—. Eva jugueteó con su pendiente. Jonah se preguntó si eso era un hábito nervioso de ella cuando lo vio. —¿Puedo preguntar? ¿O es demasiado personal?

Jonah suspiró. Deseó tener todavía su porro.

—Vera. Somos... Evie, es como agarrar el proverbial anillo de bronce. Tiras de él, crees que lo has cogido, y entonces...— Hizo un sonido silbante, —vuelves al punto de partida. Es algo así.

—¿Qué significa eso? — Ella rodeó las rodillas con sus brazos. —¿Se hace la indisponible?

Jonah miró más allá de Eva y hacia las luces. Eva permaneció en silencio, y él comenzó a hablar. Le habló de la amistad que tenía con Vera Haliday. Le habló de la atracción que existía entre ellos y de cómo había intentado llamar su atención. Jonah le contó a Eva sobre una cita a la que la había llevado y que terminó con Vera dándole el tratamiento de silencio durante meses porque se detuvo para ayudar a una mujer varada en el lado de la carretera. Cuando terminó, Eva parecía enfadada. Se había sentado y lo miraba fijamente.

—¿Te ha ignorado?

—Eva, no es tan simple...

—Sí, lo es—. Eva frunció el ceño. —Ayudaste a una desconocida que resultó ser mujer y esta Vera se enfadó por ello. Eso me cabrea.

—¿Por qué?

—Porque eres... eres una buena persona. Eres bueno y lo intentaste. Intentaste hacer lo correcto por ella y por la desconocida, pero te quemaron por ello. Eso es una mierda, arándano. Vera no se da cuenta de lo que está tirando.

A Jonah le sorprendió la inmediata postura defensiva de Eva. Sin embargo, también se sintió halagado. Extraño. —Te aprecio, Superestrella. De verdad. Es sólo que... es una de las cosas más confusas que he experimentado.

—Mira, sé que no es asunto mío. Y si estoy siendo demasiado perra, dímelo y me callaré. Pero claro, ¡estás confundido! Porque ella lo está haciendo confuso. Y está haciendo esa mierda a propósito para mantenerte colgado de una correa. Eso no está bien. Si ella quiere estar contigo, entonces estará contigo. No habría confusión. Sin juegos mentales.

Jonah se encogió de hombros. —Eso es lo que yo pensaba. Pero Jonathan siempre dice que la gente nunca encaja perfectamente en nuestras cajas. Así que estaba... supongo que tratando de acomodar sus complejidades.

—Complejidades—, resopló Eva. —¿Quieres la opinión de alguien de fuera?

—Suéltalo, Superestrella.

—Vera no es compleja. No en el sentido que tú crees. Eres algo grande en el mundo etéreo, ¿verdad? Así que le encanta el hecho de tener tu atención. Pero es más que eso. Le encanta el hecho de que puede controlarte a través de comentarios sarcásticos, groserías y el tratamiento de silencio. Le encanta la atención porque sabe que no te merece, pero eres un público listo para manipular a sus caprichos. ¿Y cuándo ayudaste a esa desconocida? Se enfadó porque le quitaron su «audiencia». Porque fue incapaz de controlarte en ese momento. Así que te castigó—. El tono de Eva se suavizó. —Que alguien no encaje en nuestras cajas, como tú dices, no le da derecho a tratarte como una mierda. La verdad es que no encaja en tus cajas porque no quiere.

Jonah negó con la cabeza. Una parte de él sabía que Eva tenía razón. —Creo que nunca lo había escuchado así.

Eva se encogió de hombros. —Soy una mujer. Significa que puedo ver a través de las tonterías de otras mujeres.

—O tú misma tienes experiencia con la mierda.

—Mucha experiencia—. Ella inclinó la cabeza hacia él. —Acabamos de hablar de mis problemas con Cyrus.

—¿Cuánto tiempo lleváis «juntos»?

Jonah utilizó comillas de aire para esa última palabra y, por alguna razón, a Eva le debió parecer gracioso porque se rio de él, y él sonrió en respuesta.

—Hace unos cuatro años. Sabes de las cosas que ha hecho, pero el abuso no es la razón por la que cuestiono las cosas.

—¿Qué quieres decir?

Eva se tomó su tiempo antes de responder.

—Bueno, no hay ningún romance. Nada físico en absoluto. Tiene el papel de mentor más que nada.

Jonah se cruzó de brazos. —¿No hay ningún tipo de contacto físico? ¿Y aun así quiere que lo compruebes todo? Parece que tiene un acuerdo cómodo en el que te niega el acceso al conocimiento, pero se mantiene lo suficientemente distante como para mantener los beneficios.

Eva miró a Jonah. —¿Tú crees?

—¿Dónde está, Superestrella? — Preguntó Jonah. —Podría hablar de cómo te falta el respeto todo el día. Pero el punto más flagrante es que te puso las manos encima más de una vez. Eso es inaceptable.

Eva se quedó callada. Tan silenciosa que Jonah se movió contra el suelo de cemento del balcón.

—Podemos cambiar de tema...

—No, está bien. He destrozado la forma en que Vera te trata. Si puedo hacer eso, entonces puedo aceptar cómo ves a Cyrus—. Ella le ofreció una pequeña sonrisa. —Independientemente de eso, sólo sé que creo que Vera no tiene idea de lo afortunada que es. Te tomas el tiempo para crear momentos especiales con ella. Debería estar agradecida. Seguro que no debería utilizarte como lo está haciendo.

—Y Cyrus no debería actuar como un macho alfa y golpearte—. Dijo Jonah. —Sólo digo eso.

—Los dos estamos en situaciones jodidas—, negó con la cabeza antes de mirar hacia el exterior. El propio Jonah se sorprendió de lo claro que se estaba poniendo el cielo. —Creo que te he estado despierta toda la noche otra vez, Jonah.

—Eso significa dormir hasta tarde—, bromeó Jonah. —Tenemos que salir más cerca de la noche al fin y al cabo.

—Hmm, puedes dormir hasta tarde. Tengo ese almuerzo de la caridad en unas horas. Ella sonrió ante su expresión. —En serio. Quédate aquí. Duerme. Serán unas horas, así que para cuando termine, te estarás despertando.

—Vale—, dijo Jonah, —me apunto. Contéstame con sinceridad. ¿Te ayudó fumar?

—En realidad sí —, Eva hizo el movimiento de levantarse y,

luego, se sacudió el trasero. —Pero creo que la conversación ayudó más. Gracias, arándano.

—De nada, Superestrella—, sonrió Jonah. —Y no lo olvides. Siempre estoy preparado.

Se rio. —Y siempre puedes usar el balcón si lo necesitas.

Volvieron a entrar, y Jonah dudó antes de salir de su habitación. Vio que eran poco más de las cinco de la mañana, así que le deseó a Eva un buen par de horas de descanso antes de ir a su habitación de invitados. Bajó y se tumbó en la cama mientras consideraba su conversación. Eva tenía razón. Los dos estaban en situaciones jodidas.

Ahora, si pudiera averiguar cómo arreglarlo.

Jonah cogió su teléfono de la mesita de noche y pasó el pulgar por la pantalla. No le sorprendió ver que no había ningún mensaje de Vera. Tal vez había esperado que, si tenía uno, fuera una señal de que Eva estaba equivocada.

Puede que no hubiera un mensaje de Vera, pero sí había un mensaje de texto de su amigo, Asa. Frunció el ceño cuando se dio cuenta de que había llegado mientras el grupo estaba en Disneylandia. Hizo clic en él y comenzó a leer.

¡J, tío! ¡Llámame! ¡Tengo noticias!

La siguiente línea había llegado quince minutos después.

Maldita sea, debes estar en la biblioteca. ¡Me voy a Hollywood, tío! Hoy me ha llamado un agente de Los Ángeles. ¡Les encanta mi trabajo! Me van a reunir con uno de los estudios. ¡Llámame!

Jonah estaba tan aturdido que ni siquiera respondió al mensaje. Se puso los pantalones y corrió por el pasillo. Llamó a la puerta de Eva. Después de un momento, ella abrió.

—¿Jonah? ¿Qué pasa?

Se limitó a mirar a Eva, todavía aturdida.

—Cumpliste tu promesa a Asa. Realmente lo ayudaste.

—Te dije que lo haría—, le dijo enarcando una ceja. —Sin embargo, no quiero que sepa que estoy involucrada. Debería brillar por su propio mérito.

—Tiene una mochila llena de proyectos—, dijo Jonah.

—¿Lo alineaste con gente que lo escuchará? ¿Gente que, con perdón, no tratará de 'blanquear' sus cosas?

—Jonah, lo conecté con la gente adecuada. No hay temor de que su trabajo se vea comprometido—. Eva apoyó su cabeza en el marco de la puerta. —Se ocuparán bien de él. Le escucharán y le darán un buen trato. Una vez que haya firmado, les he pedido que envíen a Asa a mi abogado personal para que se asegure de que todo salga exactamente como él quiere. Tu amigo y su trabajo estarán bien.

Jonah negó con la cabeza. —Eres jodidamente increíble.

Eva resopló. —¿Por mis contactos?

—Porque eres tú—. Jonah dijo. —Las conexiones no significan nada. Todo se reduce a la persona que las utiliza. Eres maravillosa, Eva.

Eva se encogió un poco de hombros. —Sinceramente, no es gran cosa. Me hice con los manuscritos de Asa, envié un par de mensajes de texto y los pasé. A la gente del estudio le encantaron. No por mí, sino porque el trabajo es así de bueno. Asa tiene el talento. Sólo necesitaba que alguien le abriera la puerta.

—Gracias, Eva. Muchas gracias—. Jonah todavía estaba aturdido. —Puede que hayas enderezado la trayectoria de la vida de mi amigo. Ese trabajo de informático le estaba machacando.

Eva sonrió mientras cruzaba los brazos sobre el pecho.

—De nada, pero yo debería darte las gracias. Hollywood necesita más diversidad. Me guiaste a alguien que bien podría marcar la mayor diferencia. Por favor, no te preocupes por Asa. Sólo celebra con él.

Se quedó callada un momento antes de continuar.

—Todavía estoy trabajando en esos contactos de Broadway. Son excesivamente difíciles, pero he podido hablar con un productor que irá al espectáculo de Vera. Va a ir a Seattle la semana que viene.

—Le encantará—, dijo Jonah. —Será el punto culminante de su vida, conseguir que esa obra salga adelante.

—Haré lo que pueda. Lo prometo—. Ella le dedicó otra sonrisa fantasma. —Yo también te ayudaría, si me dejaras.

—Estoy bien, Superestrella—, dijo Jonah. —No hay ningún favor monumental que pueda pedir.

—¿Si? Bueno, si se te ocurre algo...

—Buenas noches, Evie. Sólo... sólo quería darte las gracias.

—Buenas noches.

Eva cerró la puerta, y Jonah se dirigió a su habitación. Le envió un mensaje a Asa mientras caminaba.

¡Impresionante! No puedo esperar a que me lo cuentes todo, hermano.

VEINTE

EVA MCRAYNE

Pude oír a la multitud gritar mi nombre cuando un guardia de seguridad muy grande y serio abrió la puerta de la limusina. Me ayudó a salir de la limusina tocando el auricular para anunciar mi llegada. Me quité las arrugas del vestido de verano que llevaba mientras me giraba para saludar a los que estaban retenidos por una serie de barricadas metálicas.

—¡Eva! ¡Aquí!

—¡Hola, Joey! — Llamé por encima del ruido mientras me acercaba a él. —¡Bienvenido a casa!

—¡Eva! — Volví a escuchar mi nombre de uno de los reporteros. —¡Ven a charlar un momento!

Tomé el brazo de Joey mientras nos dirigíamos hacia el hombre que me había llamado. Bryan Summers me puso un micrófono en la cara.

—Estamos encantados de verte hoy en la alfombra roja, Eva—. Nos dedicó una sonrisa blanqueada. —Tu primera desde la primavera, ¿verdad? ¿Cómo lo llevas?

—La investigación del autismo es una causa importante—. Conseguí sonreír sin apretar los dientes. Al menos, no con demasiada fuerza. —Quería salir y apoyar el buen trabajo que hacen estas organizaciones.

Allí. Eso sonó lo suficientemente bien. Seguro que no iba a entrar en los asesinatos de mis padres ni en los rumores de mi supuesto intento de suicidio. *Sonríe*. Pasar por alto las cosas malas. Romper con las multitudes.

Ese era mi trabajo en este momento.

—¿Dónde está Cyrus? — Bryan de nuevo. —Creo que nunca te he visto sin él.

—¿Qué soy, hígado picado? — Bromeó Joey mientras se ponía delante de mí. Le dediqué una sonrisa de alivio al comprender lo que estaba haciendo. Joey intentaba protegerme de las preguntas que no podía responder. Apreté el dorso de su brazo para darle las gracias. Aproveché su distracción para concentrarme en la fila de fotógrafos que disparaban un millón de clics por minuto. Sabía que mi foto aparecería en sus páginas web en cuestión de horas. A finales de la semana estaría en sus revistas.

Estaba dando vueltas para que pudieran ver todo el efecto de mi atuendo cuando me topé con el hombre que apareció a mi lado. Esperaba que fuera Joey, así que le eché los brazos al cuello para abrazarlo.

A la prensa le encantó. Se lo comieron cuando Joey y yo hicimos lo nuestro para ellos.

—Esa es una gran bienvenida—. Zeus se rio mientras me alejaba de él de un salto. Le dio a las cámaras una sonrisa deslumbrante cuando apretó su agarre alrededor de mi cintura. —Apolo dijo que deseabas hablar conmigo.

—Has elegido el peor momento de la historia—. Siseé. —No puedo hablarte de la barrera aquí.

—¡Por los dioses, chica! — Echó la cabeza hacia atrás con una carcajada. —No me iba a perder una buena fiesta.

—Almuerzo—. Me aparté de él cuando nos dimos la vuelta para continuar por la línea. —Esto no es una fiesta.

—¿Habrá bebida?

—Dios, eso espero—. Suspiré. —Probablemente. Esto es Hollywood.

—Entonces es una fiesta, Evie.

Zeus hizo un último gesto cuando me abrió la puerta. Puse los ojos en blanco cuando vi por primera vez el traje de lino blanco y la camisa rosa chillón que llevaba puesta. Se había afeitado la barba blanca hasta dejarla intacta. Parecía un abuelo que se esforzaba demasiado por entender a sus nietos.

Me paré en seco al pensar en ello. Cogí la primera copa de champán que pude coger cuando apareció un camarero. La devolví y cogí otra antes de echarme a reír.

—¿Qué? — Zeus también cogió un vaso de la bandeja. Se bebió el suyo tan rápido como yo el mío. —¿Qué es tan gracioso?

—Esto es demasiado ridículo—. Me reí. —El gran Zeus. Comandante de los cielos. Mi abuelo.

Apretó los labios por un segundo. —Finalmente hiciste la conexión, ¿eh?

—Sí. Y voy a necesitar más alcohol para manejar esa revelación—. Me abrí paso entre la multitud hasta que llegamos a la barra instalada. —Necesito algo más fuerte que el champán.

—Dos escoceses. Genial—. Zeus levantó dos dedos como si el pobre hombre no supiera hablar inglés. Cuando el camarero se alejó de nosotros, se giró para estudiarme. —No entiendo qué te hace tanta gracia.

—Oh, nada—. Golpeé mis dedos contra el mostrador de madera. —Aparte del hecho de que estoy tratando de averiguar si debo llamarte papi Zeus o no.

—Zeus funcionará bien—. Gruñó. —Ya era hora de que Apolo te dijera la verdad.

—Técnicamente, no lo hizo—. Señalé. —Hécate me dio la noticia cuando estaba en la Academia.

—¡Ahí estás!

Levanté la vista para ver que Joey nos alcanzaba. Me miró antes de volverse hacia mi compañero. Liberó una mano para extenderla hacia Zeus.

—Joey Lawson. ¿Eres reportero?

Me reí. No pude evitarlo. Cogí mi whisky y bebí un trago antes de contestarle.

—Joey, te presento a papi Zeus—. Me reí. —Papi Zeus, mi amigo Joey.

Supongo que Joey había estado demasiado tiempo a mi alrededor. Demasiada exposición a las deidades que circulaban a mi alrededor. Pero incluso entonces, la cara de Joey se puso blanca. No se molestó en disculparse. Simplemente inclinó la cabeza.

—Por favor, no me golpees—. Mi amigo murmuró lo suficientemente alto como para que lo oyéramos. —O si lo haces, hazlo mientras duermo. No sentiré nada.

Zeus resopló antes de devolver su propia bebida. Pidió otra. Cuando llegaron, estaba más que preparado para hablar de Rumanía. Pero lo primero era lo primero. Teníamos que aguantar el almuerzo. Tenía que reparar el daño que había causado mi estancia en Charleston.

Tenía que convencer a mi público de que no había nada malo. No había monstruos esperando en bambalinas. Nada de destrucción amenazante.

—Vamos. Necesito sentarme—. Terminé mi segundo vaso. —Hablaremos en mi casa cuando esto termine.

No le di a ninguno de los dos la oportunidad de responder. Me senté en la primera mesa a la que llegué. Acabé sentada junto a una actriz más conocida por su drama con el padre de su bebé que por su trabajo. Alejé mi silla de ella cuando el mundo empezó a girar.

—¿Qué demonios tenía ese whisky? — Murmuré a Joey cuando se sentó a mi lado. —Creo que tengo que reducir el consumo hoy.

—Sí, bueno—, Joey frunció el ceño ante la servilleta que intentaba desplegar. —Empezaste a beber cuando llegó el equipo de maquillaje. Me sorprende que sigas en pie.

—Es cierto—. Admití. —En mi defensa, no dormí mucho anoche.

—Agua para mi chica por aquí—. Joey señaló al camarero que se acercó a nosotros. —La estamos cortando.

—Usted, señor, es un verdadero aguafiestas—. Zeus habló por encima de mi cabeza. —Deja que la chica se divierta.

Observé cómo miraba a la actriz que estaba a mi lado hasta que se excusó de la mesa. Se agachó en la silla para apartar el plato que tenía delante. Incliné la cabeza hacia Zeus cuando hice mi siguiente pregunta.

—Dijiste que me diste mi espada por las cosas que había hecho por tu familia. No creo que eso sea cierto.

—¿Oh? — Zeus levantó las cejas hacia mí. —Así que me estás llamando mentiroso.

—Evie...

Joey siseó, pero lo ignoré mientras continuaba.

—No, no del todo. Estoy segura de que eso fue parte de ello. Pero creo que la verdad es mucho más simple. Creo que querías gustarme. Tienes un historial de sobornos, después de todo. Sabías que me iba a enterar de lo de Apolo más pronto que tarde. Querías agradarme.

—Bueno, ¿y lo haves? — Zeus sonrió. —¿te gusto?

—Y el título. La representante del Olimpo. Eso también fue un regalo tuyo.

—Culpable—. Zeus juntó los dedos cuando apoyó las manos en la mesa. —La espada, el título. Son menores comparados con las otras bendiciones que he regalado a los de mi estirpe.

—¿También los echaste a los lobos? — Abrí mucho los ojos con una inocencia fingida. —¿O soy la única que ha experimentado ese particular honor?

—Es hora de volver a la tarea que nos ocupa, sibila—. Zeus se puso rígido mientras se sentaba con la espalda recta. —Las barreras.

—Bien—. Yo reflejé su postura. Era obvio que lo había

hecho enojar. —Me he enterado de que no tienes ni idea de lo que tengo que hacer. Así que tengo que encontrar a Cronos.

—No había necesidad de saberlo—. El gran rey de los cielos apartó la mirada de mí hacia un grupo de presentadores que se dirigían al escenario. —Se suponía que las barreras eran inexpugnables. Cronos lo aseguró.

—¿Y cómo sabes que están debilitados? — Empecé a girar el tallo de una flauta de champán entre mis dedos. —¿Cómo puedes estar tan seguro?

—Porque la actividad en torno a Hoia-Baciu se ha multiplicado por diez en los últimos dos años. Al principio lo pasamos por alto. Supusimos que se equilibraría con el tiempo.

—Pero no lo ha hecho—. Levanté una ceja hacia él. —Ok. Entonces nuestro siguiente paso es Cronos. ¿Dónde está?

—Ah, el viejo Cronos—. Zeus me dirigió una sonrisa fría. —No. No lo conocerás.

—¿Por qué no? — Fruncí el ceño cuando una mujer de verde golpeó el podio para llamar la atención de todos. Bajé la voz un poco cuando ella empezó a hablar. —Necesito su ayuda.

—Cronos es un residente permanente de la residencia de ancianos New Valley, situada en Anchorage, Alaska—. Volvió a tirar su bebida antes de señalarme. —El viejo cuervo no podría ayudarte aunque lo intentara. Le he borrado la memoria.

Me quedé con la boca abierta por la sorpresa. Me gustaría pensar que me recuperé bien porque, en algún lugar de mi mente, oí al orador decir mi nombre segundos antes de que las cámaras se volvieran hacia mí.

—La Señorita. McRayne y el Sr. Joseph Lawson fueron nuestros mayores donantes para este evento. Ella ha aportado a *Autismo Hoy* la cifra récord de 250.000 dólares para fomentar nuestra investigación sobre esta enfermedad. Eva—, me sonrió. —¿Pueden venir los dos a decir unas palabras?

—Doscientos cincuenta, ¿qué? — Joey se inclinó para

susurrarme al oído. —Les diste el dinero de nuestro anuncio de perfume, ¿no?

—No te preocupes, Joey—. Le di una palmadita en la mano. —Sólo es dinero. Tendrás tu parte en el próximo aval que hagamos. Te lo prometo.

Mientras subíamos para acercarnos al podio, mis pensamientos volaban a un millón de millas por segundo. Cronos estaba fuera. Y Cyrus no estaba aquí para guiarme. No sabía cómo diablos iba a ser capaz de lograr esto.

No tenía otra opción. Tenía que pensar en algo. Rápido.

———

—¿Me vas a decir lo que necesito saber o no?

Me quité los tacones en cuanto entramos por la puerta principal. Con Zeus y Joey siguiéndome, los conduje al salón y me acurruqué en el sofá.

El gran dios suspiró antes de mirar a mi amigo. —¿Siempre está tan malhumorada?

—Sólo después de beber whisky—. Joey se rio. —Voy a cambiarme. Te veo en un rato.

Esperé a que se fuera para mirar a mi invitado. Cogió el mando a distancia, encendió la televisión y puso los pies sobre la mesa de centro. Después de unos minutos de verle navegar por los anuncios, me senté y le quité las botas del mueble.

—Estoy esperando.

—Eres demasiado extremista, Evie—. Me fulminó con la mirada. —Bien. Dame tu tableta.

Puse los ojos en blanco y metí la mano en la mesa auxiliar de mi izquierda. Cogí el aparato, lo encendí y se lo pasé. Zeus empezó a teclear algo en el momento en que se cargó.

—Tienes que hablar con Prometeo.

—¿Quién? — Fruncí el ceño. —Espera. ¿Es el tipo del fuego?

—Más o menos.

Torcí la cabeza y sonreí cuando vi a Jonah bajar las escaleras. Me devolvió una sonrisa somnolienta mientras se sentaba en el sillón junto al sofá.

—¿Quién eres tú? — Zeus entrecerró los ojos. —No te vi en el almuerzo.

—Papi Zeus, Jonah Rowe. Jonah, el único Zeus.

Zeus sonrió ante mi presentación mientras estrechaba la mano de Jonah. —Cualquier amigo de mi Evie es amigo mío.

—Ajá. Vuelve con este tipo del fuego.

—¿Prometeo? — Zeus me miró antes de sacar una imagen del mapa de Google. —Oh, claro. Es un titán. Lo suficientemente inteligente como para elegir el lado ganador de la Titanomaquia. Se salvó del Tártaro por esa misma razón.

—De acuerdo—. Me incliné para mirar la pantalla. —¿Cómo puede ayudarme?

—Por un lado, es un titán. Dos, es un experto en la historia de los titanes—. Zeus me miró con sus ojos grises como el hielo. —Y tres, es conocido por sus artimañas. Si alguien sabe cómo fortalecer esas barreras, será él.

—¿Y dónde está? ¿Qué me está mostrando?

—San Francisco—. Zeus sonrió. —Ahora vive allí. Se hace llamar Paul Martin.

—¿Paul Martin? — Jonah se sintió como un intruso en la conversación, pero el nombre le era familiar. —¿El famoso estafador?

—El mismo—, dijo Zeus. —Era muy hábil con la astucia.

—¿Cómo sabes de él? — Pregunté, curiosa.

—Paul Martin estaba en *Masterminds*—, explicó Jonah. —Era un increíble estafador y timador. Sólo lo atraparon cuando uno de sus trabajos necesitó manos extra y alguien se equivocó. Pero no puedo creer que el maestro criminal fuera un maldito titán. Uno pensaría que sería intocable. Zeus, Paul Martin... es decir, Prometeo... cumplió cinco años. ¿Cómo pudieron contener y encarcelar a un titán?

—Prometeo permaneció encarcelado simplemente porque

quiso—. Zeus me devolvió la tableta. —Puede que sea un embaucador y un estafador, pero es uno de los que necesitarás, así que juega bien. Aquí está su dirección en San Francisco. Se cree un hipster estos días.

—¿Cómo sabes lo que es un hipster? — Le fruncí el ceño. —¿Sabes qué? No quiero saberlo.

Zeus me dio una palmadita en la rodilla antes de ponerse en pie. Lo vi meterse las manos en los bolsillos y supe que estaba a punto de irse. No sabía si debía sentirme aliviada o preocupada, ya que no me había contado mucho.

—Quiero que tengas cuidado en el bosque de los olvidados—. Zeus cambió su enfoque hacia mí. —Monstruos de todos los rincones del mundo fueron traídos para alejar a los curiosos de lo que hay debajo. Así que repasa todas las leyendas. No sólo la nuestra.

—¿Bosque de los olvidados? — Fruncí el ceño. —¿Por qué Hoia-Baciu se llama así?

—Porque las criaturas que vagan por los árboles fueron descartadas por sus culturas hace mucho tiempo—. Me dedicó una sonrisa triste. —Estate en guardia. Revisa las cartas siempre que sea necesario. Y confía en tus instintos.

—¿Qué demonios significa eso? ¿Revisar qué cartas? — Me levanté del sofá mientras él desaparecía. —Maldita sea.

Me dejé caer en el sofá y apoyé la frente en el reposabrazos. Finalmente, hablé.

—Buenos días, arándano. Siento que hayas presenciado eso.

—Todo bien—, prometió Jonah. —¿Alguna idea de acerca de qué criaturas estaban hablando?

—No—, murmuré contra el reposabrazos. —No. Necesito encontrar y reunirme con Prometeo. Él es el único que puede decirme lo que tenemos que hacer para cerrar la barrera.

—¿Qué pasó con Cronos?

—Zeus borró su mente. Lo metió en un asilo de

ancianos—. Levanté la cabeza. —Así que a San Francisco antes del vuelo a Rumanía.

—¿Vuelo?

—Sí. Tenemos que llevar todas las cámaras por avión. Y no quiero abandonar a Joey en un vuelo tan largo. No tienes que volar si no quieres. Odiaría hacerte pasar por eso ya que tú, Reena y Terrence me estáis ayudando con esto.

—Eva, ¿cuántas veces tengo que decirte que te vamos a ayudar pase lo que pase? — Dijo Jonah. —Estamos contigo. Incluso si se trata de un vuelo.

Le sonreí. No pude evitarlo. Me pregunté si Jonah sabía lo galante que me parecía ahora mismo.

—Eres una persona difícil de sacudir, arándano. Gracias por no escucharme.

Me incorporé cuando Joey volvió a bajar las escaleras a trompicones. Me miró a mí y luego a Jonah antes de volver a mirarme a mí.

—Oye, ¿estás bien? — Joey tomó el asiento que Zeus había abandonado. —Parece que estás a punto de lanzar el mando a través del televisor. No hagas eso.

—Me parto", le dije con un movimiento de cabeza. —Necesito que vayas a la oficina. Prepara el equipo para salir. Tengo que ir a San Francisco para obtener información.

—Pensé que nos íbamos esta noche.

—Y eso vamos a hacer. Esto no llevará mucho tiempo. El viaje a San Francisco es ¿qué? ¿Un par de horas?

—Unos segundos—, Jonah agarró la tableta y estudió el mapa que Zeus había dejado. —Puedes montar conmigo.

Me senté. —¿De verdad? Porque cuanto antes nos vayamos, antes podremos llegar a Rumanía.

—Sí—, Jonah se puso de pie para ver el vestido de cóctel que tenía puesto. —Sin embargo, es posible que quieras cambiarte. Nunca se sabe si habrá una pelea o no.

—Nunca lo hago, Jonah—, apreté su mano antes de darme cuenta de lo que estaba haciendo. —Nunca lo hago.

———

¿Qué podría decir de San Francisco para hacerle justicia? La ciudad era hermosa. Un brillante ejemplo de la riqueza que California ofrecía a sus habitantes. Mientras caminábamos por el barrio de Haight-Ashbury, no podía dejar de mirar las casas de colores brillantes que bordeaban la calle.

—Damas pintadas—. Jonah explicó. —Así se llaman a estas casas.

—¿De verdad? — Le dediqué una pequeña sonrisa. —Jonah, cuanto más te veo, más creo que eres la Wikipedia personificada.

Se rio mientras se metía las manos en los bolsillos. Sabía por Google Images que buscábamos una casa azul con adornos verdes. Y recordé vagamente que Zeus había llamado hipster a Prometeo. Pero aparte de eso, no tenía ni idea de qué esperar. Estaba buscando la casa cuando oí a Joey silbar detrás de mí.

—Ahora es cuando tenemos que investigar.

Sacudí la cabeza cuando Reena anunció que habíamos encontrado la casa que buscábamos. Estaba adornada. Llamativa. Y totalmente magnífica.

Subí las escaleras grises de dos en dos hasta situarme frente a la puerta, pero cuando levanté el puño para llamar, se abrió de golpe. Un hombre me miró con los ojos entornados hasta que se dio cuenta de que los demás se acercaban por detrás de mí. Su aspecto me sorprendió tanto como parecía sorprenderle a él mi presencia. Su pelo caía en ondas oscuras sobre los hombros. Su barba era de leyenda. Llevaba unas gruesas gafas negras que era mejor dejar en 1965. Gafas a través de las cuales miraba con dificultad para verme gracias al resplandor del sol de la tarde.

—Lo siento. No hago donaciones.

Empezó a cerrar la puerta de nuevo, pero fui rápida. Golpeé la palma de la mano contra la madera con una sonrisa.

—Sr. Martin, mi nombre es Eva McRayne. ¿Podemos hablar con usted un minuto?

—¿Eva qué? — Se burló. —Mira, chica, te lo dije. Estoy ocupado. No me importa lo que vendas.

—Titanomaquia. ¿Te suena esa palabra?

Dejé caer la mano cuando soltó la puerta. Se asomó, miró a ambos lados de la calle y, luego, se apartó. El dios no dijo otra palabra mientras se daba la vuelta para ir por el pasillo.

—Vosotros, los titanes, sí que sabéis cómo recibir a una chica—. Llamé tras él. Cuando no respondió, suspiré. —Vamos antes de que cambie de opinión.

Le seguí por el delgado pasillo hasta que llegamos a una habitación que estaba más cubierta de basura que de muebles. Pasé entre montones de periódicos y arrugué la nariz ante el olor que llenaba el aire.

—¿Qué es eso?

—Mariguana—. Prometeo respondió. —Te daría un poco, pero no comparto con extraños.

—Personalmente, no quiero tu hierba—, dijo Jonah. —Con el debido respeto, es muy posible que la hayas mezclado con algo. Yo tengo la mía. Entonces, Eva, ¿qué necesitas de este tipo?

No podía explicarlo, pero tener a Jonah a mi lado me hacía tener más confianza. Más asertiva. O tal vez, ya lo era. Sabía qué, con mi amigo a mi lado, podía manejar cualquier cosa. Incluso a un titán drogado. Le dirigí una rápida mirada de agradecimiento antes de volver a centrarme en Prometeo.

—Escucha, necesito tu ayuda.

—No puedo. No seré de ayuda. Ya no.

—Señor—, cerré los ojos e intenté no respirar mientras él cogía un fino cigarrillo. —Las barreras del Tártaro se han debilitado. El consejo me envía a Hoia-Baciu para asegurarlas. Pero no tengo la menor idea de qué hacer.

—Ah, un héroe entonces—. Me sonrió antes de darle una

calada a su asqueroso cigarrillo. —Así es como me has reconocido.

—Más o menos—. Fruncí el ceño. —¿Puedes no hacer eso, por favor? Necesito que tengas la cabeza despejada.

—Nunca estuvo más claro—. Expulsó una nube de humo hacia el techo. —No hay nada que pueda decirte. Lo siento. Has perdido el tiempo.

—¿No eres un experto? — No me molesté en ocultar mis acciones cuando me cubrí la nariz con la mano. La hierba de Jonah no me había molestado. Entonces, ¿por qué el humo que nos rodeaba apestaba tanto? —Zeus dijo...

—Zeus dice muchas cosas. Todas ellas son mentiras—. El hombre se sentó para apuntarme con el porro. —Siento decepcionarte.

Miré a Jonah, que miraba al titán con la misma frustración que yo sentía. Estaba seguro de que el dios me estaba mintiendo. De hecho, estaba convencida de que sabía todo lo que había que saber sobre el Tártaro y la barrera. Sólo estaba haciendo esto innecesariamente difícil.

Bueno, había más de una forma de conseguir la información que necesitaba.

—Mis disculpas también—. Suspiré. —Sabes, por un segundo pensé que eras el dios que estaba buscando. Aunque para ser un titán, había imaginado que serías más alto. Más fuerte—.

El aire de la habitación cambió en un segundo. El dios tiró su pequeño cigarrillo marrón a un cenicero. Se levantó y volvió a caminar por el pasillo hasta la puerta principal. Por segunda vez en menos de cinco minutos, nos abrió la puerta. Esta vez, sin embargo, nos echó.

Justo antes de cruzar el umbral, giré sobre mis talones y le tendí la mano. Me sorprendió más de la cuenta que la aceptara.

—Gracias por adelantado, Prometeo.

Apreté los dientes cuando su poder fluyó por mi cuerpo en

cuanto dije su nombre. Cyrus había afirmado que mi capacidad para robar el conocimiento de los dioses se basaba únicamente en mi condición de semidiós. No podía rebatirle, ya que no sabía casi nada de los beneficios de mi linaje. Pero mientras luchaba por mantenerme erguida cuando el conocimiento del titán golpeó mi cerebro, supe más de lo que jamás había querido saber.

La emoción de robar a los dioses. El dolor de tener mi cuerpo desgarrado una y otra vez por el afilado pico de un pájaro. Las drogas que Prometeo usó para enmascarar los recuerdos que no podía olvidar.

—¡Suéltame!

Le oí chasquear antes de darme cuenta de que aún le estaba cogiendo la mano. La solté en un instante cuando Jonah me agarró por los hombros.

—¿Eva? ¿Qué demonios?

Me giré para buscar su rostro mientras el mundo se transformaba en colores y sonidos que nunca había experimentado. Me tropecé con él mientras intentaba formar palabras.

—Robo... recuerdos. Lo sé todo.

Esas fueron las últimas palabras que dije antes de desplomarme contra mi amigo en un ataque de risa.

VEINTIUNO

JONAH ROWE

JONAH MIRÓ a Eva alarmado y confundido. Lo único que hizo fue tocar la mano del tipo, y ahora se reía como un completo porrero que lleva horas fumando.

—Amigo, ¿qué demonios? — Preguntó a Prometeo. —¿Qué acabas de hacer?

El titán se encogió de hombros. —Te dije que te fueras de aquí.

—Mira, Cheech el titán—, Jonah se metió en su espacio personal. —¿Qué demonios ha sido eso? ¿Qué está pasando?

—Jonah—, dijo Eva, —¿te he dicho alguna vez que tu acento me atrae cada vez más? Podrías estar leyendo las instrucciones de *Minute Rice* y sería como si estuvieras recitando a Shakespeare.

Jonah sintió que se le calentaba la cara, y Reena tomó a Eva por los hombros. —Santo cielo. ¿Tiene Eva un diagnóstico bipolar? ¿Es maníaca?

—Oh, por el amor de Dios—, dijo Terrence. —Hablando como el único aquí que realmente ve *Mensajes de la tumba*, Eva tiene la habilidad de absorber rasgos de otros seres. No preguntes cómo; nunca lo mencionaron en ninguno de los episodios. Mi opinión es que absorbió la alteza del tipo hippie.

—Tienes razón, Terrence—. Eva levantó la mano para chocarle el puño. —Tienes razón.

Joey se arrodilló junto a Eva y, luego, miró a Jonah, Reena y Terrence.

—Saquémosla de aquí antes de que aparezca la prensa. Esto no se ve nada bien.

—¿Qué te estabas tomando? — Jonah se volvió hacia el titán. —Imbécil...

—Una bola de poder—, les dedicó una sonrisa despiadada antes de dar un paso atrás. —¡Diviértete con la maldita ladrona!

Jonah empezó a avanzar, pero Reena le agarró del brazo. Terrence y Joey estaban levantando a Eva para que se pusiera de pie, pero ella se desplomó entre ellos.

—Divertido. Es divertido—. Ella frunció el ceño. —¿Por qué hay tantos pájaros?

—¿Pájaros? — Reena frunció el ceño. —Eva, no he visto ni un pájaro en todo el día—.

—Déjame que la sostenga—, Jonah se acercó y levantó a Eva de sus pies. —Tenemos que llevarla de vuelta al apartamento. No puede ir a ninguna parte así.

—Dulce—, murmuró Eva contra él. —Tan dulce. ¿Por qué eres tan bueno conmigo, arándano? Ni siquiera me conoces.

—¿Al callejón, J?

—Sí—, Jonah ignoró a Eva mientras se dirigían al callejón entre la casa de Prometeo y su vecino. —Podemos salir de aquí—.

—Quiero conocerte—, murmuró Eva mientras enterraba su cara en el lateral de su cuello. —Hueles bien. Y eres agradable. Pero eres demasiado bueno para mí.

—¿Qué? — Jonah dobló la esquina, pero se distrajo momentáneamente. —¿Qué has dicho, Eva?

—Estás enfadado conmigo. Se nota. Me has llamado Eva. Está bien—, sus párpados se agitaron. —Está bien. Nadie me quiere. Sólo déjame aquí.

—Eva, lo que dices no tiene sentido—. Jonah estaba muy alarmado por sus palabras. Pero no fue un shock. No si ella estaba sintiendo los efectos de una maldita bola de poder. Un opiáceo mezclado con un estimulante... no es de extrañar que colapsara. Prometeo sonrió desde el lado del porche sin alegría mientras los observaba.

—Parece que todos tendréis un largo día. Eso os enseñará lo que es entrar sin autorización.

—¡Eh, Chong, mira!

Terrence levantó su teléfono y apareció un vídeo de un cuervo que se acercaba. Prometeo dio un grito y se tambaleó hacia atrás, cayendo sobre sus propios pies.

—Sí—. Terrence resopló. —Eso es lo que pensaba.

Joey miró hacia Terrence.

—Eso que has hecho ha sido genial—, comentó.

Terrence guardó su teléfono en el bolsillo. —Esa era una de las historias que realmente recordaba. Capullo.

Jonah los condujo a la parte más alejada del callejón y, luego, inició los *Astralimes*. Cuando el grupo apareció en el salón, Jonah depositó a Eva en el sofá, y Joey se dedicó a quitarle los zapatos.

—¿Qué estás haciendo?

—Asegurándome de que no ensucie el sofá. Si no, nos odiará cuando se despierte.

—¿Y lo sabes por experiencia?

—Sí—, Joey se levantó con los zapatos de Eva en la mano. —Digamos que esta no es la primera vez que Evie se desmaya debido a la intoxicación.

Reena, Terrence y Jonah se miraron antes de que Joey volviera del vestíbulo.

—¿Qué quisiste decir con eso, Joey?

—¿Sobre qué?

—El comentario sobre la intoxicación. Eva no me parece una drogadicta.

—Ni a mí—. Reena se cruzó de brazos. —Y yo lo sabría.

Joey suspiró mientras se dejaba caer en un sillón y se frotaba la cara con las manos. Finalmente, habló.

—Evie nunca ha conocido una botella de vino o un licor que no le guste.

Jonah miró a Eva. Fue una gran sorpresa. —¿Quieres decir que Eva es alcohólica?

Joey asintió. —Alcohólica funcional. Deberías ver su habitación y su despacho. Botellas, mini muestras de las líneas aéreas... hay un interno que tiró un regalo de tres docenas de botellas de ron antes de que Eva las viera. Lo tiene bajo control. Normalmente.

—¿Cuándo empezó esto? — Reena se sentó frente a Joey. —¿El consumo de alcohol?

—No puedo decírtelo—. Se encogió de hombros. —Ella y Elliot solían salir cuando iban juntos a Georgia. Empeoró después de que las cosas estallaran entre ellos.

—¿Qué significa eso?

—Chicos, realmente no debería estar contándoos todo esto.

—Joey, si quieres ayudar a Eva... Tienes que ayudar a Eva—. Reena de nuevo. —Así que habla. ¿Qué pasó entre ella y Elliot?

Joey miró entre ellos. Parecía estar tratando de medir cuánto debía decir.

—Elliot como que... acosaba a Eva. Mucho antes de que se convirtiera en la sibila. Él simplemente aparecía donde ella estaba. Construyeron una amistad a partir de eso, de alguna manera. Tal vez ella nunca creyó que él realmente la acosaría. En fin, tuvieron una pelea durante el estreno de *Mensajes de la tumba,* y Elliot nunca la perdonó por cuestionarlo. La ponía en situaciones de mierda para probar su lealtad. Incluso la utilizó como cebo para atrapar a un violador en San Diego. No le pasó nada, por cierto. No fue herida en lo más mínimo. Pero empezó a beber más después de eso. Las bebidas de la cena se trasladaron al almuerzo. El almuerzo se trasladó al desayuno.

Era lo único que calmaba sus nervios mientras seguía trabajando en el programa.

Jonah se quedó mirando a Joey. —¿Alguien ha tratado de llamarle la atención por eso?

Joey se burló. —Eva es la pieza central de Theia. Nadie en su sano juicio la haría enojar.

—Ajá—. Reena sacudió la cabeza. —Eso es una mala excusa. Eva no es una primadonna o una perra así.

Joey se encogió de hombros. —Con todo respeto, Reena, la conoces desde hace diez días.

—Todo lo que hizo falta fue conocerla durante diez minutos, Joey—, replicó Reena. —Ella no es esa clase de persona.

Joey miró a Reena y volvió a encogerse de hombros. —Tal vez sea el alcohol lo que la pone así, entonces.

—¿Qué dice Cyrus de todo esto? — Terrence se balanceó sobre sus talones. —No puede ser bueno tener a su sibila borracha todo el tiempo.

—Sé que tiende a complacerla—. Joey habló lentamente. —Dice que es común que alguien con la historia de Eva necesite quitarse los nervios.

—Ya no estás hablando de Elliot, ¿verdad?

—No—. La expresión de Joey se transformó en una de culpabilidad. —He dicho demasiado.

—¿Qué estáis haciendo?

El grupo se giró para ver a Eva sentada en el sofá, sujetándose la cabeza con una mano. Frunció el ceño mirando a Joey, que seguía de pie junto a la puerta del armario abierta.

—¿Joey? ¿Qué demonios está pasando?

—Joey afirma que eres una alcohólica—, respondió Jonah. —¿Es eso cierto?

—¿Podemos retroceder un segundo? — Reena se adelantó. —En primer lugar, ¿cómo te sientes?

—Mejor—, admitió Eva. —Ya no me siento como un extra

en una película sobre Jim Morrison, si eso es lo que quieres decir.

—De acuerdo—, Reena se sentó en el sofá junto a ella. —Tenemos que hablar.

—¿Sobre qué?

Eva parecía muy confundida. Tenía los ojos entrecerrados, y Jonah se preguntó si todavía sentiría los efectos de la bola de poder. Sí, decía que se sentía mejor, pero Eva era de las que se embriagaban fácilmente. Eso lo había aprendido de sus sesiones de fumada.

—Joey dice que bebes. Mucho—. Reena la estudió. —Tienes que dejarlo.

—¿Mucho?

—Sí. No es bueno para tu mente ni para tu cuerpo, no importa lo rápido que te cures.

—Eh, vale—. Eva parecía aún más confundida. —Pero tengo que beber en los eventos sociales.

—¿Cuánto bebes en un día, Superestrella? — Jonah se sentó en la mesa de café y se enfrentó a ella. —Sé sincera.

—¿Por qué no iba a ser honesta? — Se encogió de hombros. —Depende del día. En promedio, ¿una, tal vez dos botellas de tinto? Eso suena bien.

Jonah se aventuró. —Eva, ¿cuántas copas dirías que te tomas a la semana? ¿Sesenta?

—¡Dioses, no! — exclamó Eva. —¡Ni siquiera cerca! Tal vez... ¿treinta? Entre las funciones sociales y lo que bebo en casa.

Jonah sintió que su boca se tensaba. A Eva no le pasó desapercibido, pues entrecerró los ojos.

—Jonah, ¿acabas de tenderme una trampa?

—Me temo que sí—. Jonah decidió ser sincero. —Ese es un truco para comprobar la frecuencia de la ingesta de alcohol. Ir a un nivel extravagante, que hace que la verdadera respuesta parezca pequeña en comparación.

—Vale—, exhaló. —Siento la confusión, es que no entiendo de dónde viene todo esto.

—Joey mencionó que eras una alcohólica funcional—. Reena la estudió. —Porque nos preocupamos por ti, queremos ayudarte a dejarlo.

—¡Joey! ¿Qué demonios?

—Mira, la conversación simplemente se convirtió en una bola de nieve, nena. No estaba tratando de tirarte a los leones.

—Bien—. Ella entrecerró los ojos hacia él. —En cualquier caso, claro. Bebo mucho. Pero nunca en los sitios. Y nunca cuando tengo que estar al volante. Veo el vino como vosotros veis la hierba. Es sólo una forma de desconectar.

—Sí—, dijo Jonah, sin creérselo. —¿Puedo retarte?

—Claro, por qué no.

—Pasa un día entero, veinticuatro horas, sin una sola bebida—, dijo. —Si puedes hacer eso, nos retiraremos.

—Vale—. Ella escondió su bostezo detrás de su mano. —Puedo hacerlo.

—Tengo otra pregunta—. Terrence la miró. —¿Absorbiste la mente de Prometeo?

—Por desgracia—, Eva arrugó la nariz. —No quiso ayudar, y necesitábamos saber lo que sabía. No esperaba colocarme, también.

—¿Cuántas veces has hecho eso, Evie?

—Tres, ahora—. Ella marcó los nombres en sus dedos. —Atenea, Hera, y ahora, el asno.

—Explica tu frase sobre los pájaros—, murmuró Reena. —¿Pero has averiguado algo que te beneficie?

—Todavía no lo sé—. Respondió Eva. —Sinceramente, no lo sé. No lo sabré hasta que lleguemos a Rumanía.

—¿Por qué? — Jonah negó con la cabeza. —Si tienes su conocimiento...

—Porque no sé qué es real o qué fue creado en su banco de memoria por las drogas.

Tenía razón, pero Jonah seguía molesto por la revelación de que Eva era alcohólica. Además, se había arriesgado a absorber la mente de ese bastardo. Un riesgo que podía quedar en nada. Se cruzó las manos en el regazo y la miró con el ceño fruncido.

—No puedes estar enfadado conmigo, Jonah.

—¿Por qué no? — Él levantó una ceja al verla. Eva había mencionado algo cuando estaba drogada sobre que él estaba loco. Tal vez estaba convencida de que lo estaba.

—Porque puedo tener información útil. Y me duele la cabeza—. Le dedicó una pequeña y juguetona sonrisa. —Y soy demasiado bonita para que te enfades.

Jonah sonrió. —¿Sacando a relucir tu aspecto para salir de esto? Me temo que eso no va a funcionar. Voy a tomarme una hamburguesa doble con queso y unos batidos.

Eva se rio. —Eso suena razonable. Y deberíais tener una comida decente antes de que nos vayamos.

Terrence se animó. —¿Hamburguesas y batidos? Me apunto.

Reena negó con la cabeza. —Evie, ¿dónde está tu cocina? Voy a hacer una ensalada.

—Puedes pedir una ensalada, Re. Estás en la capital vegana del mundo, al fin y al cabo.

Se animó, y todos se movieron del sofá. Eva fue la última en moverse, pero los condujo a la cocina. Abrió un cajón que estaba lleno de menús.

—Elige—, bromeó mientras se apartaba. —Todos los lugares de L.A. que hacen entregas a domicilio.

—¿No cocinas? — Terrence parecía escandalizado. —¿En esta cocina?

—Ew, no—. Eva arrugó la nariz. —La cocina nunca ha sido mi talento.

—¿En serio? — Preguntó Reena. —¿Sólo has estado pidiendo comida para llevar todo este tiempo?

—Um, bueno, creo que hay algunos gofres en el congelador. A Joey le gustan—. Eva se apoyó en la encimera mientras hojeaba los menús. Le pasó uno a Reena y otro a Jonah. —VegaHana para Reena. Texas Roadhouse para los chicos.

Jonah se rio para sus adentros. Iba a tener que trabajar con Eva. Primero, tendría que enseñarle a hervir agua. —Doble hamburguesa con queso y beicon. Aros de cebolla.

Eva le guiñó un ojo mientras anotaba sus pedidos y, luego, hacía las llamadas. Una vez que todo estuvo listo, se estiró.

—Ya sabéis dónde está la sala de estar. Id a relajaros. Disfrutad de la vida moderna un poco más. Joey, ¿qué sabes de nuestro vuelo?

—No está listo.

—¿Cómo que no está listo?

—El avión no está listo, nena—. Él la miró. —No me mires así. Hablé con los chicos en el hangar antes de salir para San Francisco. Tenían que cambiar una línea de combustible o algo así.

—Genial—. Eva escupió la palabra. —Entonces, ¿qué significa eso, exactamente?

—Que saldremos por la mañana en lugar de esta noche. Además, así nuestra gente tendrá más tiempo para preparar las cosas en Rumanía.

—Siempre podemos usar los *Astralimes*—, sugirió Reena. —No hay daño en eso.

—No podemos—. Joey negó con la cabeza. —No con todo el equipo que tenemos.

—No sabes mucho sobre seres etéreos, Joey—, dijo Reena. —Podemos conseguirlo. Sólo será más de un viaje. Incluso con varios viajes, reduciremos el tiempo de vuelo. No es un problema en absoluto.

—No podemos, Reena—, la expresión de Joey era de disculpa. —Agradezco la oferta, pero todo ese equipo... Ya está cargado. Y Theia hizo los arreglos para que nos registráramos mañana por la noche. Lo que me recuerda que vamos a alojarnos en habitaciones. Dos. Connor no iría por más que eso.

—Es para una maldita noche—. Eva frunció el ceño. —¿En serio?

—Conoces al viejo Scrooge tan bien como yo—. Joey se encogió de hombros. —Uno de nosotros tendrá una habitación solitaria. El resto la compartiremos. ¿Y cómo queremos hacerlo? ¿Extraer pajitas?

Jonah se encogió de hombros. —Lo que sea. Me apunto en cualquier caso.

—¿Cuánto cuestan las habitaciones? — Eva entrecerró los ojos hacia él. —Porque yo pagaré las que no pague Connor.

—Evie, está bien—. Reena negó con la cabeza. —Tenemos tres habitaciones, ¿verdad?

—Bien.

Reena arrancó un papel del bloc de notas de la nevera. Cogió el bolígrafo y escribió dos veces los números 1 a 3. Los dobló y los puso en sus manos y los agitó.

—Elige uno.

Eva cogió un papel y todos los demás la siguieron. Cuando todos tuvieron sus papeles, ella abrió el suyo primero.

—Tengo el número dos.

—Yo también—, murmuró Reena. —Parece que va a ser una noche de chicas para nosotras.

—Tengo tres—, dijo Jonah. —Entonces, ¿quién va a dormir conmigo?

—Tengo uno, Joey miró a Terrence. —¿Qué has conseguido, T?

—Tengo uno. Parece que Jonah se queda con la cama grande.

El timbre de la puerta resonó en todo el apartamento, y Eva se excusó para ir a atender la puerta. Volvió con las bolsas y las bandejas y empezó a repartirlas. Cuando terminó y todos se acomodaron en la mesa, fue a preparar el café.

—¿Qué comes, Superestrella? — Jonah abrió la tapa de su caja de poliestireno. —No se olvidaron de la tuya, ¿verdad?

—No—. Se preparó una taza de café. —Nunca como antes de filmar. Da mala suerte.

—¿Mala suerte?

—Sí—. Se unió a ellos en la mesa y se sentó. —He estado haciendo eso desde que era una niña, y los viejos hábitos cuestan romperse, ¿sabes?

—Ahh—. Jonah la miró de arriba abajo. —¿Así que te vas a beber las calorías? ¿Miedo a comer por los nervios?

—No alcohol, si es lo que quieres decir. Joey siempre empaca bebidas *Ensure* para mí—.

—Fresa—. Cogió un puñado de patatas fritas. —Suele tragarse esas cosas más rápido de lo que yo puedo suministrarlas.

—¿Son los nervios? — Reena se zambulló en su ensalada. —Pensaba que ya lo habías superado.

—No—, Eva dio un sorbo a su café. —Yo... fui pianista clásica cuando era pequeña. Mi madre creía que daba mala suerte que comiera antes de una actuación. Así que... ahora no puedo. Lleva demasiado tiempo arraigado.

Jonah asintió. —Lo entiendo. El café o los batidos también funcionan. Pueden funcionar también como buenos sustitutos de las comidas. Y, como es en forma líquida, irá directamente a tus órganos.

Eva levantó su taza de café. —Maldita sea, arándano. Hay suficiente azúcar y nata aquí para matar a un caballo.

—Probablemente deberíamos dormir después de esto—. Joey señaló su hamburguesa. —Y aseguraos de tener suficiente entretenimiento para ese vuelo. Va a ser brutal. Dieciséis horas. Tal vez más.

Jonah señaló su teléfono. —Tengo audiolibros. Tengo dos libros, tal vez tres.

—Yo tengo trabajo que hacer. Señaló.Eva —Pero si no vuelves a robar mi tableta, Reena y Terrence pueden usarla.

Jonah se rio. —Estoy seguro de que tu trabajo será mucho más atractivo y emocionante que mis malditos libros.

—De alguna manera lo dudo—, sonrió Eva. —He investigado tu Facebook, ¿recuerdas? Sé lo que te gusta.

—¿Sí?

—Eh, sí. Pero si quieres ayudar, puedes hacerlo—. Eva se movió en su asiento. —O podríamos jugar al Scrabble todo el tiempo. No soy exigente.

—Scrabble—. Terrence miró a Eva con sorpresa. —¿Quieres jugar al Scrabble con un escritor? Te gustan los retos, ¿eh?

—Podría utilizarlo como experiencia de aprendizaje—, sonrió Eva. —Además, puede que no pierda.

—¿De verdad, Evie? — Reena negó con la cabeza. —Jonah es el campeón indiscutible de Scrabble.

—De cualquier manera, será muy divertido—. Eva terminó su café y se puso de pie. Puso la taza en el lavavajillas y se dirigió a la mesa. —Me voy a dormir. Ha sido un día infernal entre Zeus y el hombre pájaro.

—Descansa bien, Superestrella—, dijo Jonah. —Espero que el café no lo haya arruinado.

—Nunca lo hace.

Le apretó el hombro antes de subir las escaleras. Cuando se fue, Reena se volvió hacia Joey.

—¿Qué te pasa?

—¿Qué?

—Has dicho que Eva es alcohólica. Ni siquiera ha mencionado el vino una vez.

Joey se quedó mirándola y, luego, se encogió de hombros. —Sólo estoy preocupado. Eva tiene una montaña de estrés encima y no siempre lo lleva bien. Estaba receloso. Eso es todo.

—¿Qué tan bien conoces a Eva?

—¿Qué quieres decir?

—Sólo por curiosidad—, Reena terminó su ensalada y se

sentó. —¿Alguna vez habéis salido juntos? ¿Sois compañeros de trabajo? ¿O sólo compañeros de piso?

—¿Cita? — Joey casi se atragantó. —¿Estás bromeando?

—Es una pregunta justa—, le observó Reena. —al fin y al cabo, apenas nos estamos conociendo.

—No. Sólo somos amigos. Compañeros de piso. Cyrus la arrebató muy rápido—. Terminó su hamburguesa y se limpió las manos. —Evie es como una hermana para mí. Soy un poco protector. Me preocupo por ella incluso cuando no se preocupa por sí misma. Eso es todo.

—Lo entiendo—, dijo Jonah, mirando al camarógrafo, —Pero te apresuraste a tirarla a los leones. Fue un poco chocante.

—No la estaba tirando a los leones. Me hiciste una pregunta y la respondí—. Joey se encogió de hombros. —Además, si vamos a salir juntos, es mejor que te enteres de la verdad ahora, ¿no? Antes de que te metas demasiado.

—Vale, Joey, es justo—. Reena bebió un sorbo de agua. —Ya que estamos aprendiendo verdades sobre los demás, ¿cuánto tiempo has estado limpio de narcóticos?

Joey la miró fijamente. —¿Qué?

—Es obvio—, le dijo Reena. —Debes tener las manos y la boca ocupadas en todo momento. Utilizas pasta de dientes de menta verde, que es la mejor para ocultar el aliento a cigarrillo. La mayoría de los adictos se aferran a los cigarrillos o al ejercicio después de estar limpios. También tienes mangas tribales en ambos brazos, aunque eres un hombre blanco de Wyoming, así que... no hay tribu. Al principio, pensé que eran mangas de tus días de juventud, pero ahora voy a decir que te tatuaste los brazos para ocultar las huellas. Así que... heroína, ¿no?

—Sí—. Joey suspiró. —Heroína. Empecé en la escuela de cine para mantenerme despierto durante los largos rodajes. Ha sido... una lucha constante, pero estoy limpio.

—El hecho de que tengas tatuajes significa que tenías

buenas venas—, dijo Reena. —Tienes suerte de que Theia no los haya visto y haya asumido que eres un pandillero o algo así.

—Es Hollywood—, se rio Joey. —Todo el mundo aquí tiene tatuajes. Theia sólo piensa que fue un movimiento que hice en la universidad.

—Ajá—, dijo Jonah. —Bien por ti. También explica por qué estabas preocupado por Eva. Tú mismo has estado en su lugar.

—El peor crítico de un adicto es uno que se está recuperando—. Joey se encogió de hombros. —Pero... Eva es testaruda. Ha sido así desde que la conozco. Pero vosotros tampoco estáis tan limpios como parece, ¿verdad? Todo el mundo ha de tener algo.

—Oye, amigo, nunca dije que fuera un santo—, murmuró Jonah. —No voy a ponerme en lo peor, eso es todo.

—No digo eso—, Joey negó con la cabeza. —Solo.... estoy tratando de conoceros a vosotros también.

—¿Qué quieres saber? — preguntó Terrence. —Soy un libro abierto, hermano.

Joey pensó por un segundo, antes de reírse. —Sinceramente, no lo sé. No parece tan divertido lanzar preguntas y obtener una respuesta a todo.

Recogió su basura y la tiró a la papelera. —Vamos a jugar al Madden o algo así. No creo que pueda dormir durante un tiempo.

Terrence se encogió de hombros. —Nunca rechazaré el Madden. La competición despeja la mente.

Se fueron. Reena se quedó mirando tras ellos, y Jonah le dio un golpecito en la muñeca.

—Joey se apresuró a huir, ¿verdad? — Preguntó Jonah.

—Ajá—, dijo Reena. —Tú también lo captaste.

—¿Crees que está mintiendo? — Preguntó Jonah.

—Es un juicio injusto—, dijo Reena. —Todos tenemos secretos. Pero definitivamente vale la pena buscarlo.

Tomó su último bocado de comida y, luego, cerró el recipiente.

—Jonah, tengo que preguntarte algo.

—Sí, Re, ¿qué pasa?

—¿Por qué estamos aquí? ¿En Los Ángeles? ¿Preparándonos para perseguir un programa de televisión en el bosque?— Ella lo estudió. —No me malinterpretes, me habría creído tu discurso de «ya estás aburrido» si no nos hubiéramos enfrentado a Hera. Pero aquí hay algo más, ¿no?

Jonah asintió. No tenía sentido mentirle a Reena. —Tengo la fuerte sensación de que algo no va bien. Que Eva estaba destinada a ser jodida aquí. Como si fuera carne fácil para... algo. Sentí que alguien tenía la intención de hacerle un daño real con esto. Pero tener ayuda es lo que cambia el juego. ¿Tiene sentido?

—Tiene mucho sentido—. Reena golpeó con sus dedos la superficie de la mesa. —Y aunque está bien dicho y es completamente galante, no estoy seguro de que ese sea tu único motivo.

—¿De qué estás hablando?

—Sólo que te lanzaste a ayudar antes de saber qué ayuda se necesitaba. ¿Te sientes obligado o algo así? Sé cómo eres una vez que das tu palabra.

Jonah pensó en sus palabras antes de responder. —No. No es una obligación. Quería hacerlo. Simplemente me pareció bien.

—Hablé con Vera hace poco—. Reena cogió su plato y, luego, el de Jonah. —Ella y la pandilla están viviendo en Las Vegas. Quiere hablar por Skype antes de que nos vayamos a lugares desconocidos.

—Vale, genial—, dijo Jonah. Pero... ¿has terminado de hablar?

—No—, le estudió Reena. —Estoy un poco preocupada por ti.

—No tiene nada que ver con un jodido bosque lleno de demonios, ¿verdad?

—Tal vez un poco. Pero te conozco, J. Quiero que tengas cuidado con esta gente de Hollywood.

—Maldita sea, Reena—, dijo Jonah. —¿Estás de acuerdo con Joey, después de todo?

—En absoluto—. Suspiró. —Ni en lo más mínimo. Pero Jonah, si te encariñas demasiado con Eva, ¿cómo vas a manejar eso cuando se vaya todo el tiempo? No podemos seguirla en el camino desde ahora hasta la eternidad.

Jonah miró a Reena y se rio. —Crees que me voy a aferrar a ella como a un cachorro. No, Reena. Ni siquiera te preocupes por eso.

—Vale—, asintió Reena. —Siempre que reconozcas que es una mala idea.

—¿Hacer nuevos amigos es una mala idea? — Quiso saber Jonah.

—No se trata de ser amigos con los que podamos pasar el rato. Se trata de gente que corre por su vida semanalmente. Dentro, y fuera, de la televisión, J. Y, cuando se arme la gorda en el mundo etéreo, no queremos arrastrarlos en él. ¿Qué le pasaría a Joey si conociera a Jessica? ¿Cómo crees que le iría a Eva contra Creyton?

—Entonces... ¿estás diciendo que dejemos a Eva a su aire, sin importar las consecuencias? — Jonah se recostó en su silla. —Reena, ¿qué pensaría Jonathan de una postura como esa?

—No estoy diciendo eso en este caso. No lo digo—. Reena negó con la cabeza. —J, sólo creo que esos dos podrían mezclarse muy fácilmente en nuestro lío y no sobrevivirán a él.

—Haces que suene como si estuvieran a punto de mudarse a la finca.

—No—, Reena frunció el ceño. —Nada de eso. Es sólo que...

—¿Qué, Re? Estás dando rodeos y no te sigo.

—No lo sé. No lo sé. Sólo quiero que tengamos cuidado.

Eso es todo. ¿Creo que Evie está en el camino correcto? Sí. Pero no estoy segura de todos los que la rodean.

—Oh, definitivamente—, dijo Jonah. —Lo entiendo completamente. Probablemente tenga serpientes por todas partes. Ese tipo Connor es el que peor suena.

—Tal vez—. Reena suspiró. —¿Quieres seguir adelante y hablar por Skype con V? No creo que tarde mucho tiempo en ir a la cama.

—Claro, Re", Jonah sacó su teléfono. —Vamos a llamarla.

VEINTIDÓS

EVA MCRAYNE

NO PODÍA DESCONECTAR MI MENTE. Eso era típico cuando intentaba dormir. También lo era mi decisión de trabajar con la esperanza de poder calmar mis pensamientos.

Pero mi portátil estaba en el estudio. Y yo quería coger agua de la nevera. Oh, ¿a quién quería engañar? Quería ver si Jonah seguía despierto. La verdad es que estaba encaprichada.

Bajé las escaleras y me quedé helada en la puerta de la cocina. Reena y Jonah seguían sentados en la mesa con el teléfono apoyado. Había una mujer de pelo oscuro en la pantalla que parecía estar hablando más con Reena que con Jonah.

Una mujer de pelo oscuro que me resultaba familiar. La había visto en las visiones retorcidas de Hera. Tenía que ser Vera Halliday. Fabuloso.

Capté la expresión de frustración en la cara de Jonah justo antes de que Reena llamara a la mujer «V». Tenía razón. Esta era Vera. Esta era la mujer que se atrevió a colgar a mi amigo de una cadena.

Tal vez era el momento de romperlo.

Tendría que haber vuelto a subir con el culo en pompa. Estaba vestida para ir a la cama con una camiseta y unos pantalones cortos. Pero no pude contenerme y entré en la habitación, le eché los brazos al cuello a Jonah y le besé en la mejilla.

—¿Quién es tu amiga, arándano?

La mujer se acercó. Incluso a través de la pantalla, pude ver el hielo en sus ojos mientras me examinaba.

—Mi nombre es Vera...

—¡Oh! ¡Verna! Encantada de conocerte—. Tiré de la silla de Jonah hasta que pude sentarme justo en su regazo. —Bien, bien.

Jonah parecía tan sorprendido como Reena por mis acciones, pero seguí adelante. Esperaba demostrarle a esa zorra que Jonah no podía ser controlado ni manipulado por ella. Que ella no era la única opción.

—¿Y quién eres tú, exactamente?

—Sólo una amiga—, sonreí dulcemente ante su imagen. —¿De qué vais a hablar?

—No es que sea de tu incumbencia, pero hablaba de la actuación de Mariah Carey en el Caesar's Palace—, respondió Vera con cierta altanería. —Ella tiene una residencia aquí, y tenemos que verla.

—¿En serio? — Sonreí. —¡No he visto a Mimi en meses! Es bueno saber dónde ha estado escondida.

Jonah frunció el ceño al verme. —¿Mimi?

—Oh, sí—, le di una palmadita en la mano. —Mariah deja que sus amigos cercanos la llamen Mimi. ¿La próxima vez que estés en Las Vegas y quieras verla, arándano? Sólo avísame. Una llamada, y puedo conseguirlo todo.

—Es imposible que conozcas a Mariah Carey—. Vera frunció el ceño. —Es demasiado famosa.

—Nadie es «demasiado famoso»—, puse los ojos en blanco. —La gente es gente, al fin y al cabo. Lo que pasa es que ella canta.

—¿Y qué es lo que haces tú por casualidad?

Me agradó su expresión gélida. *Quizá ahora se dé cuenta del regalo que está desperdiciando con Jonah.*

—¿Yo? Resulta que actúo en casas viejas y polvorientas y me veo bien haciéndolo. ¿A qué te dedicas tú?

—Soy actriz y dramaturga.

—Oh. Bueno, buena suerte con eso.

—¿Por qué iba a necesitar suerte?

—Porque no debes ser muy buena. Nunca había oído hablar de ti.

Ese fue el momento en que su expresión gélida se transformó en una de fuego. Al parecer, no le gustaba que le recordaran su condición de persona que nadie conocía.

—Tal vez hay más en la vida que la fama—. Ella se quebró.

—Lo hay—, acepté. —A menos que estés en la industria del entretenimiento. Entonces estás perdiendo el tiempo.

Jonah estuvo a punto de atragantarse, y le di una palmadita en la espalda. Reena soltó una risita, pero enderezó su expresión. Vera hizo una mueca mientras miraba su teléfono.

—Eva, ¿no? ¿Por qué no usas tu supuesta fama para hacer algo bueno en el mundo? Parece que todo lo que haces son giras de promoción y sesiones de fotos. ¿Opinión personal? Necesitas un sándwich de carne o dos. Cuando los hombres tienen hambre, van por la fruta, no por la rama de la que cuelga. Sólo una idea.

—Cuando se te conozca por algo más que vender entradas en la feria del condado, entonces estaré más que feliz de seguir tu consejo, Verna.

Reena se rió en voz alta. Vera le dirigió una mirada de puro desprecio.

—¡Reena!

—¿Qué? Es divertido—. Reena no parecía incómoda en absoluto. —Vera, todos somos adultos aquí. ¿Dices que no puedes aceptar bromas?

—Eso no es una broma...

—Oh, claro que sí—, me moví contra el regazo de Jonah. —No puedes decirme que he herido tus sentimientos. ¿Por qué iba a importarle a la manzana lo que pensara la ramita?

Ahora, sus ojos se estrecharon. —¿Me estás llamando gorda?

—No te estoy llamando nada—, escondí un bostezo detrás de mi mano. —Si piensas eso, entonces tal vez eres tú quien está insegura de tu peso.

—¿Puedo hablar con mis amigos sin que estés pendiente del cuello de Jonah?— Contestó con los dientes apretados.

—Jonah tiene un buen cuello—. Mantuve mi brazo alrededor de él. Me contoneé un poco para enfatizar que estaba en su regazo. —Está bien y punto, ¿no crees, Verna?

Vera miró a Jonah a los ojos. —¿Tienes algo que decir, Jonah?

Jonah le devolvió la mirada. —Nada excepto que no has respondido a la pregunta de Eva. ¿Crees que estoy bien o no?

—No puedo creer que me pongas en un aprieto así—. Vera le dio un sorbo a su copa de vino, y yo arrugué la nariz. —¿Qué? ¿Eres demasiado buena para el vino?

—Soy demasiado buena para el vino de garrafón, sí. Puedo saber por el color lo aguado que está. Y no deberías sentirte en un aprieto en absoluto. ¡Mira esta cara! ¡Este cuerpo! Yo pondría a Jonah en las revistas si pensara que le gustara.

—Jonah—, Vera decidió ignorarme por completo. —¿Realmente quieres que responda a esa pregunta?

—En realidad, sí.

—Creo que estás bastante bien, entonce.

—Bastante bien—, dijo Jonah. Se puso rígido, y me di cuenta de que esa respuesta le había molestado. —Bueno, gracias. Tú también tienes buen aspecto.

De hecho, Vera se acercó, y yo le apreté el cuello a Jonah para demostrarle que estaba orgullosa de él. Había dejado claro que Vera tenía un efecto negativo sobre él. Si podía salvarlo de eso, entonces lo haría.

—De todos modos...

—Creo que es ciega, arándano. O tal vez no puede verte tan bien a través de Skype—. Incliné la cabeza hacia él. —Cualquier chica que estuviera contigo se aseguraría de mantenerte como el centro de su atención.

—Acabo de recordar que hay una fiesta en el bar del hotel—. Vera se apartó de la pantalla. —Espero que te diviertas en el bosque del infierno.

—Lo haremos, Verna Pie—, sonreí. —Espero que te diviertas intentando respirar con tu vestido de fiesta esta noche.

—¡Qué!

Terminé la llamada de Skype, y miré a Jonah y Reena.

—¿Qué? Es verdad. Apuesto a que ese pobre vestido reventará por las costuras.

—Eva, ¿acabas de colgarle a Vera?

—Claro que sí—. Le hice un mohín a Jonah. —Se merece algo peor que eso. Todo el tiempo, lo único que quería era hablar de sí misma. No os preguntó a ninguno de los dos cómo estabais, qué estabais haciendo. Todo era «yo, yo yo». Eso no está bien.

Jonah negó con la cabeza. —Vera es una persona a la que cuesta acostumbrarse. No pensé que se pondría así de perra espinosa.

—Yo sí—. Debería haberme bajado de su regazo. Eso habría sido lo más educado. En cambio, me quedé donde estaba. —A las mujeres como Vera no les gusta que otra mujer invada su territorio. Lo admito. Estaba actuando. Pero tenía mis razones.

—La mierda fue divertida—, dijo Reena. —Pensé que Vera lo vería como la tontería que era.

—Está demasiado cegada por su propia mierda—, me encogí de hombros. —No me arrepiento de nada. La única razón por la que la avergoncé fue porque ella sacó el tema del peso primero.

Finalmente, me obligué a levantarme y a coger el agua por la que había bajado en primer lugar. —Si me he pasado de la raya, sólo lo siento por vosotros.

—No son necesarias las disculpas—, dijo Jonah, aunque seguía pareciendo agraviado. —Si alguien debe disculparse, es Vera.

Reena levantó una ceja hacia él. —¿Estás bien, J?

—Sólo irritado—, respondió Jonah. —Todos estábamos haciendo el tonto, y ella pasa de cero a ser una perra. No era necesario.

Ya sabes por qué—. Me dejé caer en la silla junto a él. —Está celosa.

—Ella está en Las Vegas—, argumentó Jonah. —Necesita un guante de *catcher* para todos los hombres que podría estar atrapando.

—Tal vez, pero atrapar a los hombres y controlar a uno son dos cosas muy diferentes—. Señalé. —Y está cabreada porque se da cuenta de que su control sobre ti se está rompiendo. La verás más pronto que tarde cuando volváis a la finca.

Jonah se sentó. —¿Sabes qué? Deja que mueva el culo en ese bar mientras jugamos al Scrabble.

Reena resopló. —Jonah, por muy brillante que seas, sigues siendo un hombre. Vera no está en el bar. Está hirviendo en su habitación, probablemente con vino.

—Claro que sí—. Asentí con la cabeza. —Está enfurruñada en su caja de vino. Espero que no te importe que haya estado encima de ti. Vera necesitaba ver que tenías otras opciones. Si no, te habría rechazado.

Las mejillas de Jonah se sonrojaron un poco. ¿Qué demonios era eso? ¿Lo había avergonzado? —Ni lo menciones. ¿Qué tal el Scrabble? También podríamos hacer MadLibs.

—Me encantaría, pero tengo que revisar las cuentas de Rumanía—. Sacudí la cabeza. —Todavía estoy intentando hacerme una idea de a qué nos vamos a enfrentar.

—De acuerdo, genial—. Jonah se levantó. —Voy a ducharme. Tal vez eso refresque mi mente.

—¿Tu mente o algo más? — preguntó Reena con astucia.

Noté la mirada entre ellos, confusa.

—Siento que me estoy perdiendo algo aquí—.

—Te estás perdiendo los intentos de humor seco de Reena—, dijo Jonah entre dientes apretados. —Las bromas terminaron con la llamada de Skype, Reena querida.

—Sólo hago una observación.

Se rio. Me pregunté si se trataba de una broma interna y decidí no darle importancia.

—De acuerdo, bueno, estaré en mi habitación si necesitáis algo.

Me levanté, cogí mi agua y salí de la habitación. Me gustó la reacción de Vera. Bien. Ella debería estar agravada. Tal vez entonces, se daría cuenta de que Jonah era alguien de quien no podía aprovecharse.

VEINTITRÉS

JONAH ROWE

JONAH PUDO SENTIR que Reena lo miraba mientras Eva se iba. Esperó hasta que oyeron a Eva subir las escaleras antes de hablar.

—J, si miraras más a esa chica, se te saldrían los ojos de la cabeza.

—Reena, si miraras más fijamente todo lo que te rodea, se te saldrían los ojos de la cabeza—. Jonah contraatacó.

—No me estoy burlando de ti. En absoluto. ¿Pero Evie? Ella es inocente. No tiene idea del efecto que tuvo en ti. Probablemente por eso se sentó en tu regazo como lo hizo.

—Exactamente—, dijo Jonah. —Eva es inocente, en un mundo de serpientes. Me sorprende que Vera no se haya dado cuenta.

—Vera estaba demasiado ocupada muriéndose de envidia como para darse cuenta de nada—. Reena sonrió. —Hay que reconocer que Eva tiene agallas. Gracias a Dios que no fue en persona.

—Maldita sea—, dijo Jonah, estremeciéndose al pensar en ello. —No sé qué hubiera sido peor; que Eva apuñalara a Vera o que Vera abusara de la etérea en una pelea de gatas.

—Hmm.

—¿A qué viene ese sonido?

—Creo que me equivoqué sobre quién de vosotros iba a ser el cachorro—. Reena dio un golpe en la mesa. —Estoy bastante segura de que va a ser Eva.

Jonah se rio. —Reena, vete a la cama. Tu cola de caballo está cortando el flujo de sangre a tu cerebro.

—No lo creo. Eva está encaprichada contigo. La única razón por la que vino aquí fue porque vio a Vera. Deberías habérselo dicho.

—Pensé que estaba demasiado drogada para prestar atención.

—Bueno, ella sabía lo suficiente sobre Vera de alguna manera para saber exactamente cómo meterse en su piel. Y esas dos no corren en los mismos círculos.

Jonah le dio un sorbo al resto de su agua. —Y dicen que los hombres son los mezquinos.

—Bueno, si los papeles estuvieran invertidos, ¿cómo reaccionarías tú? ¿Si un tipo estuviera sacudiendo a Eva de esa manera?

—Estaría poniéndole hielo en las pelotas—, dijo Jonah. —Porque les habría dado un puñetazo.

—¿Ves? No es mezquino. Pensó que estaba defendiendo a su amigo—. Reena subrayó la palabra «amigo». —Así que me divertí mucho con ello.

—Yo también—. Jonah se rio sólo de pensarlo. —Pensé que V iba a romper esa copa de vino.

—Creo que también te dijo mucho—. Reena dijo cuidadosamente. —En sus respuestas sobre ti.

—Tal vez—, dijo Jonah, tan cuidadoso como Reena. —Pero como has dicho, Eva es una inocente en estos aspectos. Podría encapricharse con un tipo que sea amable con ella. Sobre todo después de la mierda que hemos aprendido sobre Cyrus.

—Normalmente, estaría de acuerdo contigo. Pero los hombres son amables con ella todos los días—. Señaló Reena.

—Y... no he leído su esencia ni la tuya, ojo. Pero hay algo ahí. Es como... un imán. Jonah, si hubieras hablado con Vera antes de conocer a Eva por Skype, ¿cómo te habrías sentido? ¿Todavía irritado?

—Afronta los hechos, Re—, insistió Jonah. —Vera estaba siendo irritable de todos modos. Me estaba dejando fuera de la conversación una vez que se enteró de que había pasado la noche en el dormitorio de Eva, a pesar de saber que era una decisión de Jonathan. Así que ya estaba un poco irritada.

—Es cierto, pero estás evitando mi pregunta—. Reena le agarró la muñeca para tirar de él hacia la silla. —J, puedes ser sincero conmigo, y yo lo seré contigo. Así es como trabajamos. Así que esta es mi teoría. Tienes sentimientos por Vera. Hiciste toda esta mierda por ella y una y otra vez, ella te engañó o te rechazó. Todavía te aferras a esos sentimientos y a la posibilidad de que ella pudiera sentir lo mismo. Luego, viene un metro y medio de rubia malvada, y te caes de culo. Lo suficientemente duro como para empezar a ver la verdad. Dime que me equivoco.

Jonah miró a Reena y suspiró. —Reena, en realidad no diría que me han dado un golpe en el culo. Dios mío, Cupido no me ha pinchado con un arco. Pero sí, hay... algo relacionado con Eva. Ella es genial, con los pies en la tierra. Pero voy a ser cauteloso. Mi historial no es increíble. Ya sabes lo de Priscilla. Las mujeres que decidieron que no me necesitaban después de un par de buenos polvos. Y por supuesto, Vera. Así que no te equivocas. Pero la precaución será mi amiga aquí.

—La precaución es tu amiga, J. Y aunque tienes una historia, yo tampoco descartaría un futuro. ¿Aunque no sea con Eva? Tal vez finalmente veas la verdad sobre tu relación con Vera. No necesitas otra Priscilla, alguien que te haga creer que te hace un favor al estar contigo, y Vera está haciendo exactamente eso. Te mereces algo mejor y lo sabes. Eva te está abriendo los ojos a eso.

El teléfono de Reena sonó contra la mesa y ella resopló.
—Es Vera.

—Parece que la fiesta ha quedado en suspenso entonces.

—No digas nada. Vamos a ver qué tiene que decir—. Reena sonrió mientras respondía a la llamada. —V.? ¿Estás bien? ¿Qué pasó con la fiesta?

—Que le den la fiesta. ¿Quién diablos era esa perra que colgaba de Jonah?

Reena suspiró exasperada. —No es una perra, V. Es nuestra nueva amiga, Eva McRayne. Estrella de *Mensajes de la tumba*.

—No me vengas con esa frase de «nuevos amigos»—. Vera resopló. —Los amigos no se cuelgan unos a otros de esa manera. ¿Cuál es el problema con ellos dos?

—¿Por qué importa?

—¡Re! ¡Me estás matando! ¿Jonah se la está tirando o no?

—¿Um, V? — Reena frunció el ceño. —¿No te va eso del poliamor ahora? ¿No tienes a esa mujer en Seattle y a ese tipo en Colorado? ¿Por qué estarías preocupada por Jonah?

Jonah también sentía curiosidad por eso. Vera se quedó callada durante un minuto. Se preguntó qué podría decir. Finalmente, obtuvo su respuesta.

—Sabes que Jonah es uno de mis amigos, Re. Me preocupo por mis amigos. Y no quiero que se enrede con una tonta rubia que va a dejarlo en el momento en que encuentre un mejor polvo.

Reena miró a Jonah y puso los ojos en blanco. Cuando Vera se marchó inicialmente para «encontrar su camino», Reena le apoyó y le dijo a Jonah que tenía que tomar medidas para seguir adelante. Pero cuando la reubicación de Vera se convirtió en una excusa para exhibirse por todo el oeste de Estados Unidos, su apoyo se agrió rápidamente.

—Tu amigo está bien, V. ¿Te olvidas de Terrence, de Liz y de mí? ¿Spader y todos los demás? Cubrimos la espalda de Jonah si eso sucediera. Pero no va a pasar. Uno, Eva es una mujer maravillosa y no es para nada el personaje que todos han construido, y dos, ella y Jonah ni siquiera son así. Ahora vete a tu fiesta.

—Espera, todavía tengo preguntas.

—Vale. ¿Cómo qué?

—¿Cómo se conocieron exactamente? ¿En la finca? Vi un artículo en Internet que hablaba de los dos en la casa Covington.

—Sí, ayudamos con el episodio.

—Re, ¿y si Jonah se ve envuelto en toda la escena de Hollywood? ¿Cómo podría ser eso bueno para él? — Vera suspiró. —Tal vez debería volver a casa. Puedo asegurarme de que la pequeña señorita sobona se guarde sus manos para sí misma.

Jonah estuvo a punto de responder molesto, pero Reena hizo un gesto con la mano. —Vera, desde que conoces a Jonah, ¿alguna vez se ha desviado así? Y, después de todo el alboroto que montaste para encontrar tu camino, ¿por qué demonios volverías aquí? Seguro que te das cuenta de que no tiene ningún sentido.

—Sí, pero...

—¿Pero, qué? — Reena resopló. —¿De qué se trata realmente, V? ¿Estás celosa?

—¿De qué? ¿Esa ramita? No, por supuesto que no—. Se oyó el sonido de un arrastre en la línea. —¿Dónde estás? Tal vez si hablara con Jonah en persona, eso podría ayudar".

—Estamos en el apartamento de Eva en L.A.

—Espera. Esa cocina que vi. ¿Es de ella? ¿Con quién se acostaría para tener un lugar así?

—Adiós, V.

—No, espera. Mira. Sí, estoy tratando de encontrar mi camino, pero tan pronto como haya terminado, quiero volver a casa. Quizás Jonah y yo podamos empezar de nuevo o algo así. Si se acerca demasiado a esa perra, eso podría arruinar las cosas para mí.

—¿Hablas en serio ahora? — Jonah vio que Reena casi se reía. —¿Arruinar las cosas para ti, con Jonah? Estás en dos relaciones ahora mismo. ¿Qué hay de arruinar las cosas con ellos?

—Oh, vamos. Sólo me estoy divirtiendo—. Vera resopló. —Sabes que me gusta la variedad. Pero es diferente con Jonah.

—¿Cómo es eso?

—Jonah necesita un desafío. No necesita un polvo rápido al lado. Yo le doy eso.

—¿Desafío, como ignorarlo durante seis meses?

—Volvió a mí. Es evidente que hay algo ahí. Y a veces, tienes que poner límites. Que coquetee con otra mujer es un límite.

—Jonah no volvió a ti, vino a apoyar tu obra—, dijo Reena. —¿Y puedo recordarte que fue allí donde se reveló que habías pasado página después de sólo dos meses? ¿Dónde estaban los límites entonces, Vera? ¿Y por qué, exactamente, ninguno de nosotros escuchó una maldita cosa sobre tu deseo de volver aquí y estar allí para Jonah hasta después de que lo viste hablando con otra mujer?

—¡Reena!

—¿Qué? Es una pregunta seria.

—Porque él iba a esperarme a mí, ¿de acuerdo? — Vera se quebró. —O al menos, se suponía que lo haría. Le llamaré mañana. Podemos hablar de todo entonces. Aclarar las cosas.

—Siéntete libre de hacerlo—, Reena se encogió de hombros, aunque Vera no lo viera. —Pero entre ahora y esa llamada, comprueba tus motivos, Vera. Y determina adecuadamente si alguno de ellos implica realmente un compromiso legítimo con Jonah, o el hecho de que tienes miedo de que alguien se te adelante. Sólo es una idea.

—Es imposible que esa... esa... rubia me gane en algo—. Vera se burló. —En primer lugar, no hay absolutamente nada allí. Ella es un maldito palo. En segundo lugar, ella probablemente tiene las habilidades de conversación de una pared. No tienen nada en común.

—Sigues sonando muy celosa, V.

—No estoy celosa. Sé que Jonah está enamorado de mí. Por eso sé que esperará a que me acomode.

—Pareces muy empeñada en que Jonah tenga que hacer todos los sacrificios, V.

—¿Por qué no? Siempre hace cosas por mí. Y esperar es mucho más barato que esas entradas que me compró cuando salimos en nuestra cita.

Jonah no sabía qué era más exasperante. El hecho de que Vera creyera eso o el hecho de que lo viera como una especie de perro faldero. Los ojos de Reena brillaron, pero negó con la cabeza.

—Si tú lo dices, V.

—¿Sigue levantado? Le llamaré ahora.

—Sí, acaba de salir de la cocina—. Reena miró a Jonah mientras sacaba su teléfono. —Adelante—.

—¡Adiós!

—Hasta luego, V.

Reena colgó y silbó. —Eso ha sido interesante.

Antes de que Jonah pudiera responder, su teléfono empezó a vibrar contra la mesa.

—Eso ha sido muy rápido—. Dejó que sonara dos veces más antes de contestar. —V.? ¿Qué pasa?

—¡Hola, J! — La voz de Vera sonaba a miel al saludarle. —Escucha, sé que estás en Los Ángeles. Me preguntaba si querías quedar en algún sitio ya que estamos de nuevo en la misma costa.

Jonah puso los ojos en blanco, pero mantuvo el tono de voz. —Eso no funcionará, V. Tengo la agenda llena mientras estoy aquí. Y tú también. Todavía nos envías tus itinerarios, ¿recuerdas?

—Siempre podemos hacer tiempo para el otro, ¿verdad? Seguro que puedes disponer de una hora. Quedaremos para comer en algún sitio. O puedes venir a Seattle. Podemos hablar de cosas.

—¿Qué cosas?

—Yo y tú. Dónde estamos. Sé que estoy jugando ahora, pero no durará para siempre. Y cuando vuelva a casa, tal vez podamos arreglar algo.

Jonah negó con la cabeza. —Vera, puede ser una tontería por mi parte, pero ¿no suena un poco a creer que tienes derechos?

—¿Perdón?

—Puedes jugar por ahí, dejándome esperar. Y cuando estés lista, estaré a tu disposición. ¿Oyes cómo suena eso? ¿Y si eso fuera lo que espero de ti?

—Jonah, sabes que no es justo...

—¿Y bien? ¿Y si esa fuera mi expectativa?

—Sabes que tengo que sacarme cosas de encima. No puedo comprometerme con una sola persona ahora mismo. Pero cuando esté lista, creo que podríamos llegar a un acuerdo.

—¿Qué tipo de acuerdo?

—Algo en lo que ambos podamos divertirnos.

—Vera, ¿por qué tengo la sensación de que no estaríamos teniendo esta conversación si no hubieras visto a Eva por Skype?

—No estoy celosa, J, si eso es lo que quieres decir. No hay manera de que elijas a una insípida de la televisión en vez de a mí.

"¿Insípida? ¿O una mujer tan inadaptada y arrogante que espera que un hombre se dedique a mover los pulgares mientras ella pinta el mundo de rojo? — Jonah se burló. —No es un juicio, Vera, sino simplemente una observación. ¿Quién sabe? Tal vez necesite sacarme la mierda de encima o algo así.

—¿Por qué? Jonah, ya te has divertido—. Vera se burló. —Has tenido tu cuota de amantes. Ahora, es mi turno. Pero eso no durará para siempre.

—Sí, he tenido amantes—, respondió Jonah. —Pero no he

engañado a nadie mientras los tenía. ¿Así que tu expectativa es que espere mientras haces Dios sabe qué, y luego te reciba con los brazos abiertos una vez que hayas terminado? Vera, hablando en serio ahora, ¿harías eso por mí?

—Yo... lo intentaría.

—¿Lo intentarías?

—Sí. No puedo evitar ponerme celosa cuando alguien intenta clavar sus garras en ti, Jonah. No puedo. Soy muy posesiva con los que me importan.

—Admirable, Vera—, dijo Jonah. —Pero no pude evitar notar que dijiste que lo intentarías. Como que pondrías lo mejor de ti, pero que seguirías follando.

—Bueno, es difícil comprometerse ahora mismo. Sabes que estoy explorando todas las vías posibles. Por eso es mejor que esperemos antes de intentar sentar la cabeza. ¿No es eso lo que querrías si estuvieras en mi lugar?

—En realidad, Vera, no estoy seguro de querer algo contigo.

El silencio. Jonah levantó una ceja, confundido.

—¿Hola?

—¿Perdón? — Susurró Vera.

—Ya has oído—, dijo Jonah. —¿Quieres explorar todas las vías y ver si algo se pega? Muy bien. Te deseo lo mejor con ello, de verdad. Yo deseo hacer lo mismo. En algún momento quise tener un futuro contigo, pero el crecimiento y la perspectiva me han demostrado que esa época ya pasó. Deseo seguir otros caminos yo mismo.

—¡Jonah, no puedes hablar en serio! Ven a Seattle. Pasaremos la noche juntos. Ya verás. Lo único que te pido es tiempo. Déjame poner los pies en el suelo.

—Tus pies han estado en el suelo, en la cama, en el jacuzzi, en los cruceros y en todas partes durante casi un año, Vera—, le dijo Jonah. —Te olvidas de que publicas todo lo que haces en las redes sociales. No voy a ir a Seattle. Paso. Pero gracias por la oferta.

—¿Esto es por la perra rubia? — Vera dijo furiosa. —Jonah, está bien. Si tienes que hacerlo, fóllatela un par de veces y desahógate. Simplemente no me lo cuentes y estaremos bien. Puedo perdonarte por eso.

—No se trata de Eva y, voy a necesitar que esa sea la última vez que llamas a mi amiga perra—, dijo Jonah, sintiendo el calor de Vera y contemplando la posibilidad de igualarlo. —No necesito follarme a nadie, sólo me doy cuenta de que me merezco algo más que esperar a que alguien arregle su mente cuando yo ya estoy dando los pasos necesarios para arreglar la mía. No necesito tu aprobación ni tu perdón, Vera. Simplemente he seguido adelante. Igual que tú.

—¡Jonah, no puedes decir eso! ¡No puedes decir que has seguido adelante! ¿Después de la noche que tuvimos? Sé razonable. Haz lo que tengas que hacer. Yo también lo haré. Tal vez en unos meses, te rendirás en esta ridícula postura tuya.

—No, Vera—. Jonah ya no estaba enfadado. Esto no era exasperante. Era simplemente triste. —Sí, la noche que tuvimos fue magnífica, pero cuando tuvimos la oportunidad de transformar esa noche en cosas más grandes, te resististe y necesitaste irte a algún sitio. No lo aprecié, estaba desanimado, pero hice las paces con ello. Ahora, lo he superado. Estamos en igualdad de condiciones con respecto a la exploración de nuevas opciones. Así que la única postura ridícula es la tuya, sin ofender.

—Recordaré esta conversación la próxima vez que hablemos, J. Que hablemos de nosotros, claro. Diviértete con la barbie.

—Diviértete con el director general y el jugador de lacrosse, V—, dijo Jonah. —Adiós.

Colgó el teléfono, y Reena no se rió. Lo estudió en silencio.

—¿Estás bien?

—Estoy muy bien—. Jonah dijo, y lo dijo en serio. —Siento que me acaba de quitar un peso de encima de los hombros.

—Estoy orgullosa de ti—. Reena le dio una palmadita en la mano. —No te echaste atrás en tu postura.

—No soy el mismo que suspiraba por Vera—, dijo Jonah. —Valgo más que eso. Ojalá me hubiera dado cuenta antes.

—Tampoco eres el mismo tipo que se presentó en la finca. O el mismo tipo que eras ayer. O hace cinco años. Date un respiro, J.

—En efecto, tienes razón—, dijo Jonah. —Y no necesito el culo manipulador de Vera.

—No. No te lo mereces. Te mereces algo mejor—. Reena le dio un golpecito en el dorso de la mano. —Y es bueno que lo reconozcas ahora y no después.

—Hacía tiempo que se veía venir—, admitió Jonah. —Pero Vera también me lo ha puesto muy fácil.

—Es más fácil cuando ves lo que alguien realmente piensa de ti—. Se recostó en su silla. —No puedo creer que haya admitido que te marea como a una perdiz.

—No es la primera persona que se cree con derecho y arrogante que conocemos, y no será la última.

—Cierto—. Reena frunció el ceño mientras Jonah se levantaba. —¿Te vas a la cama?

—Sí. Buenas noches, Re.

—Buenas noches.

Jonah subió las escaleras y se detuvo junto a la puerta de Eva. Había luz saliendo de debajo de la puerta, lo que significaba que todavía estaba levantada. Se arriesgó y llamó a la puerta. Oyó un murmullo y, unos minutos después, Eva abrió la puerta.

—Hola—, sonrió. —¿Quieres usar el balcón?

—No exactamente—, Jonah se pasó la mano por el pelo. —Oye, no quería estar solo. ¿Puedo quedarme contigo? Incluso dormiré en el suelo.

Eva pareció sorprendida y, luego, negó con la cabeza mientras abría la puerta para dejarle pasar.

—Mi cama es enorme, arándano. Tómala . Cerró la

puerta tras él. —Sin embargo, sigo leyendo sobre el bosque. ¿La lámpara te va a molestar?

—No—, Jonah se deslizó junto a ella hacia la habitación y, luego, se giró para mirar a Eva cuando ésta cerró la puerta. —Vera llamó a Reena justo después de que te fueras. Luego, me llamó a mí. Le dije que se fuera a la mierda.

—¿Qué?

—Vera—. Jonah se sentó en su cama y la miró fijamente. —Le dije que no quería ser su tonto nunca más.

—Oh, Jonah.

Eva se sentó a su lado. Parecía dudar, pero le estrechó la mano. —¿Qué ha pasado?

—Bueno, más o menos me dijo que esperaba que yo esperara a que ella terminara de disfrutar de ir en flor en flor, durante el tiempo que necesitara, y que luego volvería a mí para discutir un futuro. Estoy hablando totalmente en serio.

Eva abrió la boca antes de cerrarla. Jonah la miró con desconcierto.

—¿Qué?

—No. No confío en mí misma para hablar ahora mismo. Estoy cabreada y podría decir algo que no te guste.

—Espera, ¿por qué estás enfafada?

—¡Porque es tan malditamente egoísta! Jonah, ¿qué pasa con tus emociones? ¿Qué pasa con tu tiempo? — Eva se detuvo, tomó aire y volvió a empezar. —Me cabrea que te haya hecho daño. Eres una persona maravillosa, Jonah. No te mereces nada de la mierda que te ha hecho pasar.

—Tienes razón—, dijo Jonah. —Que me jodan por no haberme dado cuenta antes. Todo este tiempo, pensé que Vera era como era porque había sido hecha así por las dificultades. Que tenía complejidades y puntos en los que trabajar. Y todo este tiempo, ella era sólo una manipuladora, ensimismada...

—Idiota.

—¿Qué?

—¿Eh? Oh, nada—, dijo Eva. —Sólo pensaba en voz alta.

—No, lo he oído—, le dedicó una pequeña sonrisa. —Pero me di cuenta de algo.

—¿De qué?

—Se puede pasar por el infierno y seguir tratando a la gente con respeto y amabilidad. Ella utilizó su pasado como una forma de manipular a la gente.

—Hmm.

—¿Hmm?

—Sí. Verás—, Eva se movió para quedar frente a él. —Tener un pasado difícil puede tener uno o dos efectos en la gente. Uno, se vuelven egoístas. Abrazan su victimismo y lo llevan como un sudario. O dos, hacen todo lo posible para proteger a la gente del dolor y la decepción que sintieron.

—Tienes razón—, aceptó Jonah. —¿Y Vera? En retrospectiva, puedo ver claramente que, si la manipulación fuera un deporte olímpico, ella se llevaría a casa el maldito oro.

—Acuéstate, arándano—. Eva acarició la cama y, luego, soltó una risita cuando él levantó la ceja. —Confía en mí. Estás a salvo. No te voy a morder. Puedes dormir aquí esta noche.

Jonah se trasladó al otro lado de la cama y se metió bajo las sábanas. Eva se acomodó con la espalda apoyada en el cabecero. Empezó a pasarle los dedos por el pelo.

—Sólo intento ayudarte a relajarte. Te lo has ganado.

—Te aprecio—, le dijo Jonah. —¿Sabes? Ha habido un tiempo en el que habría pensado que la forma en que Vera me trataba era un trato bastante bueno. Eso de que los mendigos no pueden ser exigentes. Pero... no. Fue una mierda, y me merezco algo mejor.

—Realmente lo mereces—, aceptó ella. —Te mereces a alguien que te preste toda su atención. Te mereces a alguien que quiera estar contigo, no mantenerte como respaldo. ¿Si Vera quiere seguir explorando vías? Entonces eso significa que siempre estará buscando algo que nunca encontrará. Incluso en una relación comprometida.

—¿Comprometida? Eso es de risa—. Jonah se rascó la

barba. —Desde que se mudó a Seattle, empezó a identificarse como persona de género fluido y poliamorosa. Tiene a su novia y a un tipo en otro estado. También tiene muchas otras parejas. Porque su novia y su novio tienen un acuerdo de «no preguntes, no digas» cuando ella está fuera de la ciudad, de gira con la obra.

—Eso es un poco triste, ¿no crees?

—¿Qué quieres decir?

—Es triste porque es evidente que le falta algo que intenta conseguir a través del sexo, pero nunca estará satisfecha. No importa qué haga o a quién se tire, parece que nunca será verdaderamente feliz.

—Realmente lo parece—. Jonah suspiró. —Esta mierda ni siquiera me cabrea. En todo caso, me da pena. Una manera jodida de vivir. Está tratando de llenar un vacío, y nada será nunca suficiente.

—Estoy orgullosa de ti. No fue fácil, lo sé. Pero Vera no es la única mujer que hay. Te tropezarás con la correcta. Lo sé.

—El señor sabe que he tenido mi cuota de equivocaciones—, murmuró Jonah. —Pero no te aburriré con eso.

—Nunca eres aburrido, arándano—, continuó Eva acariciando su cabeza. —Te dije que quería saber todo sobre ti. Lo bueno y lo malo.

—¿Por qué?

—Me fascina. La forma en que piensas. Cómo respondes a las situaciones. Es diferente a todo lo que he conocido.

Jonah se rio. —Vale, dispara. Soy un libro abierto.

—Bueno, háblame de tu Nana. Parecía ser muy importante para ti.

—Sí, y algo más—. Jonah dejó que su mente retrocediera. —Nana era mi mejor amiga. Mi padre, Luther, se fue, nunca lo conocí. Pero descubrí que tengo cuatro hermanos y hermanas. Eh. De todos modos, mi madre, ¿Sylvia? Era tan inadaptada y jodida como Vera. A Nana ni siquiera le gustaba realmente. Cuando se fue, Nana dijo que me hizo un favor. Nana siempre me cuidó, siempre se aseguró de que nunca pasara hambre y de que siempre tuviera zapatos que me quedaran bien. Y se ocupó de mi trasero cuando me porté mal.

Eva le sonrió. —Eso ha pasado muchas veces, ¿eh? ¿Te has portado mal?

Jonah se rio. —No tanto como crees. Diría que fui un niño bastante bueno en su mayor parte. No era más travieso que los demás. Tengo grandes recuerdos de Nana. A ella le gustaban todos los concursos, las películas del oeste y las telenovelas, así que a mí también.

—¿Su favorita? — preguntó Eva.

—*The Young and the Restless*—, dijo Jonah. —Sin duda alguna. Hizo que me interesara por la lucha libre y *Walker, Texas Ranger*. Todavía recuerdo el primer combate de lucha libre que vi. Juro que tenía pocos años, sentado en las rodillas de Nana. Dusty Rhodes luchaba contra Lex Luger en una jaula de acero.

—No sé casi nada de lucha libre.

—¿De verdad?

—De verdad—, se rio. —No tenía televisión, ¿recuerdas? Estaba en la universidad la primera vez que vi una televisión.

—La lucha libre y los libros fueron mi mecanismo de supervivencia durante toda mi infancia—, dijo Jonah. —Cuando me acosaban, me imaginaba que estaba en el ring, descargando las frustraciones sobre otros luchadores. Sé un montón de cosas, y sigo viéndolas hasta el día de hoy. Puede que no sepas mucho de lucha libre, pero seguro que conoces a algunos luchadores clásicos. Como Hulk Hogan.

—Lo conozco—, asintió Eva. —También conozco a Randy Savage y al Macho Man.

Jonah se rio. —Eva, Randy Savage es el Macho Man.

—Oh, maldición—. Eva se rio. —Bueno, acabo de corroborar mi argumento, ¿eh?

Jonah volvió a resoplar. Hoy en día, estoy seguro de que conocerías a un par. ¿Dwayne Johnson? ¿John Cena?"

—Conozco a John Cena porque lo conocí cuando hacía algunas de sus visitas a Make-A-Wish—, dijo Eva. —Es un tipo legal. Y Dwayne Johnson... Jonah, soy una mujer.

Jonah puso los ojos en blanco. —Ajá.

—No es mi culpa que sea agradable a la vista.

—Ajá.

—¡Lo digo en serio! Eva se rio. —Pero, aunque se ofreciera, lo rechazaría.

—¿Sí? ¿Por qué?

—Uno, él es un hombre de familia y yo no soy una rompehogares. ¿Y la segunda? Sólo me gusta mirarlo. No me atrae sexualmente.

Jonah abrió un ojo para ver la curva de su cintura junto a su cabeza. Oh. Eso explicaba muchas cosas.

—¿Así que eres lesbiana?

—No. Tampoco me atraen sexualmente las chicas—. Se encogió de hombros. —Creo que estoy programada de manera diferente. El sexo nunca ha estado en mi radar. Estoy segura de que es agradable y todo, pero estoy demasiado ocupada para todo eso.

—Hmm—. Jonah lo pensó. —Bueno, no es que sea un crimen estar más centrado en tu carrera. Pero tal vez, sólo tal vez, el tipo correcto vendrá. Pero tienes que dejar que ocurra de forma natural. Nana siempre decía que forzarlo sólo te dejaría con ganas, porque lo que necesitas vendrá a ti por sí solo. Así que no te preocupes. Si está destinado a suceder, sucederá.

—Tal vez—. Sonaba un poco triste. —La verdad es que no creo que haya mucha esperanza para mí.

—No lo sabes, Eva.

—Me dijiste la otra noche que siempre te dijeron que no valías nada, y una parte de ti todavía lo cree, ¿verdad?

—Sí.

—Bueno, a mí me pasa lo mismo, salvo que cambio la palabra inútil por amor. Me han dicho que no soy digno de ser amado desde que tengo uso de razón. Así que no tengo mucha confianza en que las cosas me sucedan. Simplemente... vivo. Hago lo mejor que puedo para hacer feliz a la gente. No preocuparme por el amor o el sexo o todo el drama que conlleva.

—Eres más valiosa de lo que crees, Eva—, insistió Jonah. —Que no te lo hayan dicho a diario no significa que sea verdad. Sólo significa que has estado rodeada de imbéciles durante demasiado tiempo en tu vida. Igual que yo.

—Suena como algo en lo que ambos tenemos que trabajar.

—¿Amarnos a nosotros mismos?

—Sí. Y darnos cuenta de que hemos dejado que otras personas nos jodan durante demasiado tiempo—. Ella le sonrió. —Como hiciste con Vera esta noche. Te defendiste porque te diste cuenta de cuánto valor tienes en realidad.

Los dos se sumieron en un cómodo silencio. Eva estiró las piernas y puso el portátil en su regazo. Le rascó ligeramente la cabeza con una mano mientras tecleaba con la otra. Después de un rato, Jonah murmuró.

—¿No vas a dormir esta noche?

—Luego—, respondió mientras continuaba. —No necesito dormir mucho. Nunca lo he hecho. Y no puedo quedarme sentada sin hacer nada. Así que estoy usando mi insomnio sabiamente.

—¿Haciendo qué, exactamente?

—Trabajando. Estoy leyendo algunos relatos de Hoia-Baciu ahora mismo. Los lugareños dicen que los árboles gritan a todas horas. Los científicos que han ido no encuentran pruebas de por qué.

—Ciencia—, se burló Jonah. —La cantidad de cosas que se han discutido y negado por falta de pruebas científicas. Alucinante.

—Ciertamente no encajamos en ese molde, ¿verdad? —.

Eva le dedicó una media sonrisa. —Seres etéreos, semidioses. Creo que les haríamos estallar la cabeza.

—Eh—, se encogió Jonah, pesimista. —Probablemente encontrarían una forma de explicarnos. El gas del pantano de un globo meteorológico quedó atrapado en una bolsa térmica y refractó la luz de Saturno, lo que dio lugar a los Undécimos y a los semidioses. Alguna mierda así.

Eva se echó a reír y Jonah sonrió contra su brazo.

—No quiero ofender a los científicos, pero si alguien me dijera que soy producto del gas del pantano espacial, le mataría.

Jonah se rio. —Vamos, Eva. Tienes que ser una esclava de la lógica.

—Soy lógica—, sonrió más ampliamente. —Sé que existo, por lo tanto, esa es mi realidad. Al igual que tú existes y esa es tu realidad. No es mi culpa que esos cabrones no sepan lo que están haciendo.

—De acuerdo—, dijo Jonah. —Luego, tienes a gente como Vera, que es la embajadora del Planeta Engreída.

—Que, si cambiara de actitud, podría tener una vida fantástica—. Sacudió la cabeza. —No entiendo a la gente que se cree con derecho. ¿Qué carajo los hace tan especiales que creen que se les debe entregar lo que quieran sólo para tirarlo?

—¿Verdad? — Jonah negó con la cabeza. —Puede que sea por eso qué me gusta Roma. No hace falta ser una falsa muñeca hinchable en esos lugares. Sólo tener un comportamiento agradable y la capacidad de ocuparse de sus propios asuntos.

—Roma estuvo bien. Puedo ver lo tranquila que puede ser la finca sin las sombras y la molesta gente de la televisión alrededor.

—¿Verdad? Pero viajar también está bien. Los *astralimes* nos permiten ahorrar dinero, pero a veces no se puede superar un buen viaje por carretera.

—Paso seis meses del año en la carretera, arándano. Los viajes por carretera son mi especialidad.

—Esos no son viajes por carretera, Superestrella—, le dijo Jonah. —Eso es una obligación.

—Técnicamente, sí.

—¿Técnicamente?

—Bueno, es una obligación—, sonrió. —Pero sé muy bien cómo hacer la maleta, cómo tener las listas de reproducción más adecuadas, y mi superpoder es la capacidad de leer un mapa de papel antiguo.

Jonah sonrió. —Toma las victorias donde están, ¿eh?

—Ajá—, Ella asintió. —Así que si alguna vez hacemos un viaje real por carretera juntos, puedo navegar.

—Yo también—, dijo Jonah. —Nunca uso el GPS de mi teléfono. Sinceramente, casi nunca uso los mapas.

—¿En serio?

—Sí—, dijo Jonah. —Si he estado allí una vez, nunca lo olvido. Como los hechos históricos.

—Debes tener una memoria fotográfica entonces. Tengo que admitir que no estoy celosa de ti por eso.

—Tiene sus ventajas y sus inconvenientes—, admitió Jonah. —Pero tengo aprecio por mi memoria. Siempre ha sido así.

—¿Así que tu memoria es tu superpoder? ¿O algo más?

—Lo dudo—, dijo Jonah, tratando de evitar el miedo en su rostro. Eva no era un ser sexual; no sabía cómo sonaba eso. —Simplemente siempre ha sido así. Mi poder es el equilibrio. Irónico, porque tengo problemas de control de la ira. Y también de control de la niebla. Y esto.

Extendió la mano. Saltaron chispas eléctricas.

—Puedo controlar la electricidad, tanto si estoy dotado espiritualmente como si no.

Oh.

Exhaló y apartó su portátil a un lado. Se movió para poder ver mejor las chispas.

—Eso es como magia—. Eva estudió su mano y, luego, su cara. —También es muy bonito. ¿Puedes usarlo en una pelea o cuando estás en problemas?

—Ajá—, dijo Jonah. —Como una pistola eléctrica. Pero normalmente lo aprovecho a través de las porras. A veces ayudo a la gente.

—¿Cómo?

—Mi amigo Doug Chandler ayuda en la organización benéfica Brown Bag—, dijo Jonah. —Es un banco de alimentos y ropa y todo eso. Me dijo que Duke Power estaba fastidiando a una familia porque su factura de la luz era inferior en unos... diez dólares. Cortó la luz de todos modos. Les dieron los míseros diez dólares, pero aun así dijeron que tenían que esperar un día y medio para volver a conectarse. Acababan de comprar comida, así que sus cosas se iban a estropear mientras esperaban. Así que acampé en su vecindario y mantuve sus luces encendidas con mi etérea personalidad toda la noche para que su comida no se pudriera. Están en el mismo barrio en el que se encuentra Brown Bag, así que le dije a la gente que era voluntario toda la noche. La familia lo llamó la gracia de Dios. Tal vez fue el momento divino, no lo sé. Trato de no aturdirme demasiado mentalmente con las cosas cósmicas. Sólo fui yo quien ayudó a alguien que se estaba arruinando.

El rostro de Eva se suavizó. —Debes haber estado agotado después de eso.

—Sí, bueno, era necesario.

—Eres un alma buena, Jonah. Un alma muy buena. Se movió contra el colchón y se sentó. —Espero que te des cuenta de eso.

—¿Estás bien?

—Estoy muy bien—, inclinó la cabeza hacia un lado. —¿Por qué?

—Tu energía acaba de cambiar. Pude sentirlo...

—Oh, estoy... conmovida, eso es todo. Admiro los actos de

bondad y la gente que los hace—. Ella extendió la mano y, luego, se detuvo antes de tocarlo. —¿Puedo tocar las chispas? ¿O eso me chocará?

A Jonah le pareció extraña su petición, pero no se sintió incómodo. Al fin y al cabo, estaba acostado en su cama. —Puede que sientas un zumbido, pero no será debilitante ni nada.

—Sólo estoy siendo entrometida—, tomó su mano y se rio. —Ni siquiera es un zumbido. Hace cosquillas.

—Bien entonces—, sonrió Jonah. —Es una sensación agradable, como ese leve zumbido que tienes en la piel mientras te haces un tatuaje.

—¿Tienes tatuajes?

—Por supuesto. ¿Tú no?

—No—, negó con la cabeza. —Tengo mi marca de los dioses, pero no tengo tatuajes. Simplemente apareció en mi costado después de pasar una prueba en la Academia.

—Interesante—, dijo Jonah. —Pero sí, tengo cuatro. Todos en la parte superior de los brazos, el pecho y la espalda. Tengo que mantenerlos ocultos en su mayor parte porque la buena gente cristiana para la que he trabajado en el pasado no cree en marcarse. Pero, si alguna vez llego al punto en el que no tenga que trabajar para fanáticos mojigatos, me los pondré en los brazos y todo.

—Deberías hacerlo de todos modos—. Eva se ajustó la camisa en su sitio. —¿Puedo verlos?

—¿Quieres?

—Si estás dispuesto a compartirlos.

Jonah se quitó la camiseta. —Sólo para que sepas, no estoy desgarrado, ni fornido como Terrence. No se ven abdominales aquí, pero he bajado algo de grasa de la barriga. Tener una gran barriga no es posible cuando vives con Reena Katoa. Pero deleita tus ojos. En mi brazo izquierdo aquí está el arcángel Miguel. Así que siempre estoy protegido. El hombro izquierdo es mi signo zodiacal en celta. Que me parta un rayo si me pongo esa cosa del 69 en el brazo. El pectoral izquierdo es la cruz egipcia. En mi espalda tengo el nombre y la fecha de nacimiento de Nana.

—Alexa, enciende las luces del techo.

La habitación se llenó de luz, y Jonah parpadeó. No estaba acostumbrado a eso.

—¿Tienes lo del Amazon?

—Sí, ahora cállate y déjame mirar.

Eva se puso de rodillas y le cogió el brazo. Lo giró para poder ver el tatuaje del arcángel. Lo recorrió con sus dedos antes de hacer lo mismo con el tatuaje de la espalda. Eva trazó las líneas de su piel con cada tatuaje que encontraba. Cuando volvió a la vista, hizo lo mismo con su cruz egipcia.

—Estos son hermosos. El arte es extraordinario. Eva trazó el trazo descendente del ankh. —Definitivamente deberías hacerte más.

—Ese es el plan—, dijo Jonah, —una vez que no tenga a los viejos carcamales que controlan mi sueldo diciéndome que está en la Biblia. Lo cual es mentira, por cierto. La Biblia prohibía la mutilación corporal, no el arte corporal.

—Si alguna vez te interesa, siempre puedo encontrar la manera de que trabajes en *Mensajes de la tumba*—. Bajó la mano. —Investigar, escribir monólogos. O, si quisieras estar en la cámara, podríamos arreglar algo. Después de todo, en Hollywood no se juzgan los tatuajes.

—¿En serio? — preguntó Jonah. —¿No prohíben los tatuajes?

—¿Has visto los brazos de Joey? — Se burló. —No, no prohíben los tatuajes. Y si haces algo entre bastidores, como escribir o investigar, a nadie le importa tu arte corporal. Además, Theia paga bien. Muy bien. Sí, habría reuniones en Los Ángeles, pero no habría razón para que no pudieras trabajar desde la finca.

—Joder, puede que te tome la palabra—, le dijo Jonah a Eva. —Incluso podría regalarme un tatuaje con mi primer cheque. ¿Pero qué hay de ti? ¿Crees que los tatuajes en una mujer son geniales?

—Hazme saber lo que quieres hacer, Jonah. Lo haré realidad. ¿En cuanto a los tatuajes en las mujeres? No lo sé. Nunca lo he pensado, pero no veo que un gran número de tatuajes en las mujeres sea atractivo. ¿Tal vez algunos pequeños?

Jonah ahogó un bostezo. Eva sacudió la cabeza.

—Seguiré ladrando hasta el amanecer si me dejas, Jonah. Vamos a acostarnos. Tenemos que tomar ese vuelo en unas horas, y va a ser más agotador de lo que puedes imaginar. Siéntete libre de quedarte en mi cama si quieres. Dios sabe que es bastante grande.

—Sí, creo que lo haré, dijo Jonah. —Me he puesto cómodo y todo.

Eva apagó la luz con otra orden de voz y se enterró bajo el edredón. Sólo se levantó una vez más.

—Buenas noches, arándano. Gracias de nuevo, por estar aquí.

—Buenas noches, Superestrella—, respondió Jonah. —Gracias por recibirme en primer lugar.

VEINTICUATRO
EVA MCRAYNE

—Jesús, Evie. ¿Cuánto tiempo llevas levantada?

Levanté la vista para ver a Joey entrar en mi habitación. Se tiró en mi cama para enterrar su cabeza en la almohada a mi lado. Me reí mientras miraba el reloj. Eran poco más de las ocho. Le di una palmadita en el hombro a Joey y volví a mi tableta.

Estaba tan tranquilo que supuse que se había vuelto a dormir. Pero después de unos minutos, mi compañero de piso murmuró algo que no pude oír.

—¿Perdón? — Le levanté una ceja. —¿Qué has dicho?

—¿Qué estás haciendo? — Joey abrió un ojo oscuro para mirarme. —Más vale que no sea trabajo. Es demasiado temprano. Pensé que tendrías resaca o algo así.

—Ayer no bebí nada, a pesar de que le dijiste a Jonah y a la pandilla que soy una borracha—. Lo fulminé con la mirada. *No es que se haya molestado en abrir los ojos para ver mi reacción a su pequeña revelación.* —Y sí, es trabajo. Tengo que mantenerme ocupada, Joey. Si no lo hago, empiezo a pensar.

—¿Por qué huele a Jonah esta almohada?

—¿Ah, sí?

—Evie...— Gruñó un poco en su garganta. —¿Qué está pasando?

—No pasa nada. Vino y se quedó aquí a pasar la noche. Se fue hace unos quince minutos.

—Evie, quiero que tengas cuidado con Jonah.

—No sé a qué te refieres.

Joey refunfuñó de nuevo contra la almohada antes de apiñarla bajo su cabeza.

—Para empezar, esta separación con Cyrus es sólo temporal. ¿Sabes lo que haría si descubriera que dejas que Jonah se quede en tu cama?

—No estoy preocupada por Cyrus. Apolo se encargó de eso.

—Deberías estarlo—. Joey resopló. —¿Realmente crees que Apolo va a hacer tanto bien? No. No puedes sacarle la personalidad a un hombre.

No dije nada. Desde luego, no quería decirle a Joey que, de hecho, se podía sacar la personalidad de un hombre a golpes.

—Y, de todos modos, no es que esté interesado en ti.

—Joey, ¿por qué estamos teniendo esta discusión?

—Porque no quiero verte más herida de lo que ya estás—. Joey suspiró. —Es sólo la verdad. Y soy un hombre, Evie. Si Jonah estuviera interesado, actuaría de forma diferente contigo.

—¿Cómo?

—En realidad querría saber más sobre ti, por ejemplo—. Joey resopló. —En todas las conversaciones que tenéis tú haces preguntas sobre Jonah y él responde, pero nunca pregunta sobre ti. Lo poco que sabe de ti, lo has tenido que ofrecer en el contexto de la conversación sobre él.

—¿Por qué Jonah estaría interesado en mí, Joey? ¿En serio? ¿No te das cuenta del desastre que soy? Entre el trabajo, el Olimpo y Cyrus, me sorprende que haya aceptado ayudarme.

—A mí no me sorprende. Está aburridísimo. *Mensajes de la tumba* les da a él y a sus amigos algo que hacer.

—También son nuestros amigos.

—Eso espero. Pero si sigues actuando de forma vertiginosa alrededor de Jonah, saldrá corriendo y se llevará a sus amigos con él. Recuerda mis palabras.

—Le ofrecí el puesto de investigador en *Mensajes de la tumba*.

—¿Qué? — Joey abrió un ojo para mirarme fijamente. —Maldita sea, Evie. ¿Por qué? ¿Tanto te gusta?

— Jonah es sólo un amigo, Joey.

—¿Lo es? Ya te estás desviviendo por él.

—¿Podemos volver a hablar del trabajo?

—Vale. ¿Qué pasa con eso?

—El consejo. Hoia-Baciu—. Me encogí de hombros mientras volvía a golpear la pantalla con los dedos. Ignoré la punzada de dolor en mi pecho por lo que había dicho sobre Jonah. Ya sabía la verdad. Eso no hacía que me doliera menos. —Cuanto necesito estar preparada.

—¿Haciendo qué? ¿Investigando?

—No. Contactando con un amigo de Prometeo. Está destinado en Praga, pero por una cantidad demencial de dinero, ha accedido a reunirse con nosotros en Transilvania para llevarnos a las afueras del bosque.

—Cuando dices «amigo»—, Joey resopló mientras movía los brazos bajo la almohada. —¿Realmente quieres decir 'traficante'?

—No lo creo—. Fruncí el ceño. —Aunque es una posibilidad. Su nombre es Arc. Dijo que nos daría un mapa del círculo.

—Bien—. Joey cerró los ojos. —Lo creeré cuando lo vea.

—¿Vas a ser productivo hoy o sólo vas a mantener mi cama caliente? — Esta vez le di un golpe en el brazo. —Pensé que ibas a ir a comprar el equipo que necesitaremos para sobrevivir en el desierto.

—Pedí el equipo por internet y lo envié al hotel anoche, señora supervisora—. Me miró con el ceño fruncido. —Mientras estabas con Jonah, llamé a Theia. El asistente de Connor nos confirmó las habitaciones.

—Bueno, al menos ya no tengo que preocuparme por eso—. Suspiré. —Gracias, Joey, por ocuparte de todo.

—¿Has mirado las leyes de armas? — Finalmente, decidió sentarse. —Porque quiero llevar mi pistola por si la necesitamos.

—¿Por qué íbamos a necesitar un arma? — Le fruncí el ceño. —Yo tendré mi espada. Y Jonah, Reena y Terrence también estarán armados.

—Oh, no lo sé—. Joey puso los ojos en blanco. —Sólo vamos a un maldito bosque, Evie. Uno lleno de animales salvajes que se comen a las niñas americanas pequeñas como tú para merendar.

—Oh. No había pensado en eso.

—Entonces lo tomaré como un «no»—. Joey se levantó y me revolvió el pelo. —Bien. Lo haré.

—De acuerdo—. Me encogí de hombros. —Sé que querías que me tomara el día libre, pero tengo que ir a la oficina, arreglarme el pelo y recoger el enorme kit que han preparado las brujas de maquillaje. Luego, a vestuario antes de empezar a escribir el monólogo.

—Que sea ligero—. Me señaló con el dedo. —Recuerda, Evie. Vamos a acampar. Tienes que llevar todas estas cosas.

—Pero para eso te tengo a ti—. Me burlé. —¿No acabas de recibir un aumento por llevar cosas para mí?

—Cámara—. Acentuó la palabra. —Llevo una cámara para ti. No es una mierda de belleza.

—Cabeza de chorlito.

—Y... ahora tienes cuatro años.

Me reí mientras me guiñaba un ojo. Cuando Joey se marchó, volví a leer el artículo que había encontrado sobre las apariciones en Rumanía. Sorprendentemente, nada de lo que había leído hablaba de vampiros. En cambio, se hablaba de un biólogo llamado Alexandru Sift, al que los lugareños habían considerado loco por querer poner un pie en Hoia-Baciu. Sus informes de los años 50 detallaban casos como sombras moviéndose. La sensación de ser observado. Incluso los árboles que parecían cambiar.

Pasó otra hora de lectura antes de que bostezara. No tenía que estar en el trabajo hasta las once. Tenía tiempo de sobra para echarme una siesta rápida.

Empecé a cerrar el navegador de Internet cuando un pequeño icono de correo comenzó a parpadear en la esquina de mi pantalla. Al pulsarlo, vi un nuevo mensaje del amigo de Prometeo, Arc.

Querida sibila,

He estado en contacto con Prometeo. Me contó lo que ocurrió en San Francisco. Por suerte para ti, nunca rechazo la oportunidad de conocer a alguien casi tan hermosa como yo.

Me reuniré con usted en el vestíbulo del Hotel Opera a las 5 de la mañana del viernes. Hágameme llegar el dinero para mañana por la tarde.

Arc

Escribí una respuesta rápida y decidí no añadir un comentario inteligente sobre su deseo de conocer a alguien con tan buen aspecto como él. Así que el tipo era vanidoso. No importaba mientras me dijera lo que necesitaba saber.

Como a dónde demonios tenía que ir. Metí la tableta en el bolso antes de meterme en la ducha. Aproveché mi tiempo bajo el agua para escudriñar los recuerdos de Prometeo. Era cierto que sabía lo que tenía que hacer. El problema era que Prometeo había pasado todo su tiempo libre intentando borrar los conocimientos que yo necesitaba ahora. Exprimí un poco de acondicionador en la palma de la mano mientras intentaba dar sentido a los destellos que parpadeaban en mi mente.

Árboles altos y sombríos. Tallas. El claro.

Me concentré en la imagen del claro. Aunque nunca había estado en Rumanía, sabía que Prometeo había estado allí. Sabía qué aspecto tendría. Y sabría a dónde ir.

Tal vez. Terminé de lavarme el jabón del pelo mientras pensaba en lo mucho que había cambiado desde que me convertí en la sibila de Apolo. Cuando empecé, pensé que mis únicas responsabilidades serían hablar con los muertos a través de los espejos. Perseguir monstruos y reforzar las barreras del Tártaro no se me había pasado por la cabeza ni una sola vez.

Terminé, me sequé y me puse una bata antes de envolverme el pelo en una toalla. Me irritaba que no nos pusiéramos en marcha hasta la tarde, pero al menos podía ganar más tiempo para prepararlo todo.

Estaba en mi armario intentando decidir qué ponerme cuando oí que llamaban a mi puerta y la voz de Jonah llenaba mi habitación.

—¿Evie? ¿Estás aquí?

—Sí—, salí del vestidor y me quité la toalla de la cabeza mientras él entraba y cerraba la puerta. —Tratando de pensar qué ponerme. ¿Qué pasa?

Jonah tomó mi bata y juré que sus mejillas se sonrojaron. Negó con la cabeza.

—Puedo volver...

—No, está bien. Estoy cubierta—. Me senté en mi tocador y comencé a desenredar mi pelo mojado con un cepillo. —¿Estás bien?

—Quería ver cuál era la agenda de hoy—. Se sentó en el borde de mi cama. —¿Alguna noticia sobre el vuelo?

—Sí. Tenemos que salir a las tres, así que tengo que ir a la oficina y prepararme para el episodio, recoger mi vestuario, cosas así. Joey se está asegurando de que todo el equipo que necesitamos llegue al hotel.

—¿Así que tenemos que estar en el aeropuerto a las tres?

—Sí—. Cogí un bote de crema alisadora para el pelo y me eché un poco en la palma de la mano. —Jonah, tengo que preguntarte algo. ¿Qué opinas de todo esto? Las barreras, el bosque, los olímpicos. Comparado con los Undécimos, siento que somos un desastre.

—Creo que con el consejo y los disidentes, hay muchos cocineros en la cocina. También parece que gran parte de los olímpicos, no todos, pero sí un montón, se resisten al cambio. El aire fresco podría ayudarles.

—Creo que el aire fresco es algo bueno—, asentí mientras me peinaba con el producto. —Pero tengo que ser sincera, Jonah. Nunca había oído hablar de la etérea hasta que tuvimos esa reunión en el salón de la finca. ¿Los del Undécimo porcentaje ocultan sus habilidades? ¿O son como un secreto a voces?

Jonah resopló. —Hay más Undécimos de los que el curaie conoce. Algunos viven en comunas con otros Undécimos, y hay granjas, como la finca. Pero muchos simplemente viven en la sociedad de los Décimos, contentándose con ser lo más «normal» que pueden esperar. Así que esos Undécimos definitivamente ocultan sus habilidades. O hacen lo menos posible la etérea.

—Así que estamos bien para presentaros en el programa—. Terminé de peinarme y cogí el aceite de lavanda. Me lo apliqué en las muñecas mientras continuaba. —Iba a hacerlo de todos modos, pero quería aclararlo contigo primero. Especialmente ahora que vas a estar en no uno sino dos episodios seguidos.

—Ninguno de nosotros está preocupado por eso. Hollywood es ridículamente voluble. Seremos completamente los chicos del mes.

—Yo no estaría tan seguro, arándano—, me pasé el aceite por detrás de las orejas y el cuello. Me incliné para poner un poco detrás de mis rodillas también. —Eres ridículamente atractivo. Reena también. Terrence no aparece tanto en las imágenes, pero tendrá su cuota de grupis que abran foros y escriban *fanfiction* sobre él. Veo que los tres reciben todo tipo de atención. Quiero asegurarme de que estáis preparados para ello.

—Gracias, Superestrella—. Jonah parecía conmovido por mi preocupación por ellos. —Pero estoy seguro de que estaremos bien. Sería una putada si viviéramos en un hervidero de famosos o algo así. Pero ¿aquí, en el campo? Pan comido.

—Me encantó Roma—, me senté y me alboroté el pelo. —¡No te rías! Es verdad. Disfruté de la paz y la tranquilidad. Disfruté del hecho de poder estar al aire libre sin un montón de fotógrafos intentando hacerme fotos para la prensa rosa. Si no pareciera que os estoy acosando, me compraría una casa allí. Aunque tendría que quedarme en Los Ángeles cuando hago una temporada porque la logística de ir y venir entre Los Ángeles y Roma todos los días es imposible para mí.

—¿Sería realmente tan imposible? — preguntó Jonah, y me pregunté por qué. Que yo estuviera al otro lado del país era una gran excusa para que él no tuviera que lidiar conmigo. —¿Con la sombra y los viajes etéreos y todo eso? ¿O es sólo como propósitos de localización?

—Sí que lo sería. No soy etérea, así que no podría usar los *Astralimes*. Y Cyrus me dijo una vez que tengo prohibido usar el viaje en las sombras porque las sibilas han intentado escapar antes o algo así...— Fruncí el ceño mientras trataba de recordar. —Y, de todos modos, no es como si pudiera aparecer en la finca todos los días con mi maletín y decir «¡Hola, arándano! ¿Me puedes llevar a Los Ángeles?».

Jonah frunció el ceño. —Pasa por encima de Cyrus y pregúntale a Apolo. O incluso a Zeus. Esa mierda no tiene sentido. Además, si la finca estuviera demasiado llena, siempre podrías alquilar una cabaña o algo así.

—¿Por qué alquilar una cabaña si puedo comprarla? O una casa. ¿No hay comunidades cerradas en Roma?

—¿Considerarías mudarte allí? ¿En serio?

—Lo consideraría, sí—, le sonreí mientras me frotaba loción en los brazos. —Tengo miedo de que te hartes de mí si me quedo en la finca durante mucho tiempo. Y Jonathan podría intentar que volviéramos a compartir habitación. No podría hacerte dormir en el suelo y me metería en todo tipo de problemas.

Jonah se rio —Sabes que siempre eres bienvenida. Spader te adoraría.

—¿Quién es Spader, otra vez? — Tapé la loción y me acerqué para sentarme junto a él en la cama. —De hecho, ¿quiénes son todos los que viven en la finca? ¿Por qué no los conocí antes?

—Porque todos estaban de vacaciones o con la familia—, explicó Jonah. —Reena y yo somos la familia del otro, y a Terrence no le gustó el viaje familiar que hicieron los Decessio. La finca es una puerta giratoria de gente, pero las personas que realmente viven allí somos yo, Terrence, Reena, Malcolm y Trip. A todos los demás les encanta estar allí. Spader también vive allí la mayor parte del tiempo. Es un tipo gótico que siempre lleva franela y le gustan las cerraduras inutilizables. Parece problemático, pero es terriblemente inteligente. Podría estar en la Ivy League si lo deseara. En vez de eso, se conforma con estafar a los casinos y suspirar por Liz. Empezó a ver *Mensajes de la tumba* con Terrence y respondió por ti. Ahora, adora a Liz y a ti.

—¿Ese pobre hombre ama Mensajes de la tumba y me adora a mí? — Levanté una ceja. —Debe tener unos gustos horribles.

Jonah se rio y yo sonreí mientras continuaba.

—No has visto ni un solo episodio de *Mensajes de la tumba*, ¿verdad?

—Por supuesto que no—, se burló Eva. —Nunca miro mi

trabajo; al fin y al cabo, lo he experimentado. Ni siquiera he visto a Covington.

Jonah se rio. Levanté una ceja ante su reacción.

—¿Qué?

—No te ofendas, Eva, pero eso es un poco extraño. Quiero decir, si no te ves a ti misma, ¿por qué esperas que lo hagan los fans?

—Hay una gran diferencia entre ellos y yo—. Le expliqué. —Porque la mayoría de esos lugares me dejaron herida o casi traumatizada. La gente ve *Mensajes de la tumba* porque le gustan las historias. La acción. Dijiste que habías visto algunos episodios del programa. Ya sabes cómo es.

—Sí, estoy bastante metido en esto ahora—, dijo Jonah. —Cuando Jonathan dijo que vendrías, quise obtener algo de información sobre ti. Fui prudente. Así que en lugar de leer las páginas web e ir al grano, vi el programa. Incluso vi tu *Ted Talk*.

—Ew, ¿por qué? — Hice una mueca. —¿La charla Ted? Fue horrible. Pero ahora, tengo que ponerte en un aprieto. ¿Tienes un episodio favorito?

—Oh, definitivamente—, dijo Jonah. —Empatados entre aquel en el que ayudaste a esa familia que casi había enloquecido por la fiebre en el Bayou, y aquel en el que descubriste que esos exploradores del Titanic estaban siendo embrujados por el broche que encontraron. Nunca cayeron en la cuenta de que podría estar maldito.

Consideré sus respuestas antes de responder. —Así que te gustan los que están a una distancia justa de las cosas olímpicas.

—Me encanta la mitología griega—, asintió Jonah. —Eso nunca cambiará, especialmente ahora. Dicho esto, es sólo un engranaje, y el mundo paranormal es enorme. Así que los elementos que abarcan otras materias son un soplo de aire fresco a veces, ¿sabes?

—Lo entiendo perfectamente—. Sonreí un poco. —El

Olimpo puede resultar... abrumador a veces. Y para ser sincera, antes no me centraba en los asuntos del Olimpo. Intento mantenerme alejada de ellos la mayor parte del tiempo. Debería haber sabido que Covington acabaría vinculado a Hera desde que Elliot estaba tan decidido a ir allí.

—¿Y tú? ¿Tienes un favorito?

Me lo pensé. Después de un momento, asentí con la cabeza.

—Creo que mi favorito fue en la primera temporada. Elliot invitó a Amy de *Rise and Shine* a ir con nosotros a un parque de atracciones encantado. Ella quería hacerme tropezar y él también. Pero el espíritu que había allí era una mujer que había fallecido en un accidente en los años sesenta. El parque pagó a su familia para que su muerte no apareciera en los periódicos y la habían enterrado bajo la tienda de regalos. Encontrar sus restos fue la mejor sensación del mundo porque la ayudé a seguir adelante.

—¿Por qué intentaba Amy ponerte la zancadilla? — Jonah se puso de cara a mí. —Me parece una movida de idiota.

—Era nueva y los medios de comunicación pueden construirte, pero es mucho más lucrativo derribarte—, le expliqué. —Buscaba la gran historia. Eva McRayne es un fraude. Una charlatana. Y Elliot estaba cabreado conmigo porque le avergoncé en la televisión nacional.

—¿Cómo es eso?

—Le dije en un lenguaje muy educado y familiar que tenía la polla pequeña y luego le tiré harina a la cara—, sonreí. —La pelea de comida resultante fue en directo y, luego, tuvo más de tres millones de visitas en Youtube.

—¡Espera un segundo, a Terrence le encantó eso! — exclamó Jonah. —¿No tuvo eso un giro positivo?

—Seguro que sí—, sonreí. —La buena voluntad resultante trajo veinte nuevos patrocinadores a *Mensajes de la tumba*. Dijeron que me hacía parecer humana y, por tanto, afín.

Jonah se rio. —Seguro que sí.

—Tengo que estar en la oficina a las once—. Le estudié. —¿Quieres quedarte aquí conmigo unos minutos más?

—Evie, aún no son las diez.

—El tráfico de Los Ángeles, y yo soy pésima conduciendo. Así que tengo que ir con ventaja.

—¿Tan mal conduces?

—A veces me olvido de cómo arrancar el Rover—. Me mordí el labio. —Y la marcha atrás y la conducción son bastante confusas también. Además, me olvido de todo eso del freno de emergencia. Así que ahí está eso. Y no me hagas hablar de aparcar.

—¿Eva? Una pregunta legítima. ¿Quién te enseñó a conducir?

—Nadie. Cogí el ferry y fui andando a todas partes en Charleston. No necesitaba un coche en la UGA, pero debía tener una identificación para Theia, así que me consiguieron uno. Aprendí por mi cuenta.

—Claramente, no está bien.

Miré a Jonah, pero no se echó atrás.

—Oye, agradece que sea sincera contigo—, se encogió de hombros. —Necesitas a alguien que te enseñe de verdad. Lo haré con gusto, a menos que quieras que te enseñe Reena.

—Espera—, le levanté una ceja. —¿Estás dispuesto a arriesgar tu vida para enseñarme a conducir? ¿En serio?

—Todo el mundo empieza en algún sitio—, dijo Jonah. —Lo que pasa con la conducción es que la única manera de aprender es conduciendo. Es así de sencillo.

—De acuerdo, si estás seguro—. Le miré. —Pero te deberé una, ya sabes. Esto es algo muy importante.

—No me deberás nada, Superestrella—, negó Jonah con la cabeza. —Lo único que te pido es que seas paciente y no cedas a la frustración.

—¿Y por qué iba a hacer eso?

Jonah volvió a resoplar. —Porque conducir es lo único que no se aprende por absorción. Si lo fuera, ya lo habrías hecho.

—No absorbo conocimientos a menudo—, me levanté y me estiré. —Sólo cuando lo necesito. Es horrible. Como si un tren de mercancías se estrellara contra tu cerebro. Lo entiendo todo, lo bueno, lo malo, todo.

Decidí cambiar de tema. No me gustaba hablar de robar las mentes de los dioses.

—¿Cuándo te gustaría hacerlo? — Me dirigí de nuevo a mi armario. —Tengo que ponerme algo de ropa, pero podemos ir a jugar a un aparcamiento o algo así.

—Claro—, Jonah se puso de pie, y vi un parpadeo de alivio cruzar su rostro. —Podemos irnos cuando estés lista.

Desaparecí en el vestidor y consideré el alivio que había visto en la cara de Jonah. Debía de haberle incomodado con la bata. Suspiré. Debería haberlo sabido. Debería haberme dado cuenta de que no querría verme así.

Mi conversación con Joey se repitió en mi mente. Jonah no estaba interesado en mí, ¿eh? Bueno, déjame ver cómo respondía a algo que mostrara un poco más de piel.

Cogí un sujetador deportivo y unos pantalones de yoga y me los puse. Salí del vestidor mientras me apretaba la coleta.

—Lista—. Me aparté los mechones de pelo sueltos de la cara. —¿Tú?

—Pensé que ibas a la oficina después de esto. ¿Vas a llevar eso a la oficina?

—No, voy a llevar mi bata también. Tengo que retocarme el pelo y hacer todo tipo de chorradas de belleza antes de que me vean en cámara.

Vi a Jonah hacer una pequeña mueca de dolor y me di cuenta en ese momento de que, por muy a gusto que estuviera con él, tal vez él no estuviera tan a gusto conmigo. Joey había tenido razón. Cyrus tenía razón. Debería haberlo sabido.

—Oh, dioses, lo siento, Jonah. No quise incomodarte. Espera.

Volví a entrar en el vestidor y saqué una camiseta. Me la

puse y cogí mis zapatillas. Cuando volví a salir, Jonah todavía estaba allí, gracias a los dioses. No le había echado.

—Lo siento. Realmente no estaba pensando—. Me alisé la cola de caballo mientras me ponía los zapatos. —Vamos.

Jonah me miró con sorpresa. Me concentré en atarme los zapatos.

—Eva, ¿qué es exactamente lo que te hace pensar que me has hecho sentir incómodo? Estoy totalmente a gusto contigo. Estoy más cómodo contigo de lo que he estado con casi nadie. Quédate con el sujetador deportivo. Te ves hermosa en él. Más hermosa que la mitad de las mujeres semi-desnudas que hay en este momento. Vuelve a ponerte el sujetador deportivo. Vamos a avergonzar a esas zorras vanidosas.

Estudié a Jonah en estado de shock. No pude evitarlo. ¿Estaba hablando en serio? ¿O sólo estaba siendo amable?

Parecía serio, y le creí. Pero tenía razón. Iba a ir a la oficina después de esto. Aunque se sintiera cómodo conmigo, no tenía por qué ir a la oficina así.

—Gracias—, extendí la mano y la apreté. —Tus palabras significan más de lo que puedo decir. Me quedaré con la camiseta. Después de todo, voy a entrar en la oficina. Necesito mantener cierto nivel de profesionalidad.

Me apetecía tener las llaves del Rover en la mano. Las palabras de Jonah me conmovieron de verdad, y no podía dejarle ver cuánto.

—¿Quieres que conduzca ahora? ¿O esperas a que encontremos un aparcamiento abandonado? — Le dediqué una pequeña sonrisa. —Depende de ti.

—Busquemos un buen lugar remoto—, dijo Jonah. —Cuando tengas los fundamentos básicos, entonces pasaremos al tráfico.

—Me parece bien.

Le pasé las llaves y bajamos las escaleras. Joey levantó la vista de su sitio en el sofá cuando nos acercamos al salón.

—¿Vais a salir?

—Ajá, Jonah me va a enseñar a conducir.

—Valiente, alma valiente—, se burló Joey y le saqué la lengua. —La mejor de las suertes.

—Averigua lo de esas leyes de armas. Te veré en LAX a las 2:15.

—Sí, señora.

Joey nos saludó y salimos al garaje. Mi Land Rover era uno de los pocos tesoros que amaba. Principalmente, porque fue mi primera gran compra con el dinero de *Mensajes de la tumba*. Mi apartamento fue la segunda. Jonah golpeó el llavero con un silbido.

—Elegante.

—Es mi bebé—. Respondí mientras me deslizaba en el asiento del pasajero. —"¿Qué tipo de coche tienes?

—Tengo el mismo Ford Taurus plateado que tenía a los diecinueve años—, respondió Jonah mientras arrancaba el coche. —Eso y mi vieja mochila Eastpak son las dos posesiones más antiguas.

—Deben ser objetos sentimentales.

—¿Por qué dices eso? — Jonah se echó atrás y salió a la carretera. —Tal vez estoy así de arruinado.

—Podrías estarlo, pero no lo estás—, bajé el volumen de Slipknot mientras hablábamos. Ignoré la mirada de sorpresa de Jonah ante mi elección musical. —No sé nada sobre tus finanzas, y no es de mi incumbencia. Pero tienes esos dos artículos desde la universidad. Eso significa que les has dado un significado. Anoche dijiste que tu abuela era la mujer más importante para ti. ¿Te los regaló ella?

Jonah se quedó callado un momento mientras conducía. —Nana no me regaló el coche, en sí, pero me ayudó a poner dinero para ello antes de que pasara al espíritu. Me lo pude permitir cinco meses después... ya sabes. ¿Pero la Eastpak?

Jonah se rio antes de continuar.

—Esa cosa no fue un regalo. Me la regalaron en Wal-Mart después de un trabajo de verano cuando tenía quince años, y nunca me deshice de ella. El instituto, la universidad, el posgrado... esa ha sido mi mochila.

—¿No crees que es hora de una actualización? — me pregunté en voz alta.

—No es necesario—, dijo Jonah. —Esa bolsa es un soldado. Usada y todo.

—Me sorprende que haya durado tanto—. Me burlé de él. —¿Estás seguro de que no estás confundiendo 'usada' con 'golpeado hasta el infierno'? Quiero decir, eres un escritor. Y trabajas en una biblioteca. Necesitas una bolsa adecuada para llevar todos esos libros.

—Mi Eastpak es duradera y está curtida, como yo—, insistió Jonah. —Te la enseñaré la próxima vez que estés en la finca. Verás que está mejor que nueva.

—Puede que seas resistente, pero no estás curtido en lo más mínimo—, sonreí. —No veo ni una sola arruga en tu cara.

Jonah frunció el ceño para que aparecieran líneas en su frente y yo solté una risita.

—Eso no cuenta. Y si tu mochila está hecha polvo, te compraré una Patagonia. Incluso te compraré una azul. Apuesto a que tu Eastpak es gris. Y se está deshaciendo en las costuras.

—No harás tal cosa—, le dijo Jonah. —Usa ese dinero en un café, en un postre o en algo.

—Ya veremos—, le sonreí. —Sin embargo, quiero ver esta monstruosidad de bolsa de libros. Tal vez podamos hacer una fiesta y quemarla.

Me eché a reír al ver la cara de horror que se le puso a Jonah. Su expresión se convirtió en una sonrisa cuando me miró.

—No es por quitarte de encima mi perfecta bolsa, pero ¿por qué Joey está buscando leyes de armas?

—Oh. Es un experto tirador, ¿recuerdas? ¿Un francotirador? Creo que ese es el término que usó. Quiere llevar su arma a Rumanía por si nos encontramos con algún animal salvaje que quiera comernos.

—¿Tendrá un arma en el avión? — Dijo Jonah. —¿Es eso posible?

—¿En un jet privado? Por supuesto. Suele llevar una en el lugar por si acaso. No vamos a las zonas más seguras, al fin y al cabo. Y aunque podría patearle el culo a un ladrón, no queremos arriesgarnos a estar en un tiroteo sin un arma.

—Creo que nunca he visto a Joey disparar en el programa—, comentó Jonah

—Nunca ha tenido que hacerlo. Siempre he sido capaz de acabar con cualquier amenaza a la que nos enfrentamos. Pero es bueno tener un seguro. Especialmente si me noquean y Joey se queda solo.

—Este parece un lugar tan bueno como cualquier otro—. Jonah se detuvo en el estacionamiento de un centro comercial abandonado. —Muéstrame lo que sabes hacer.

—¿Seguro? Me estaba divirtiendo sólo con tu compañía.

Jonah me guiñó un ojo mientras apagaba el Rover y me pasaba las llaves. Cambiamos de sitio y jugueteé con las llaves durante un segundo, antes de encontrar la correcta. La metí en el contacto y lo puse en marcha.

Jonah no dijo nada mientras yo empezaba a poner la marcha atrás. Se encendió la luz de aviso del freno de emergencia y refunfuñé.

—Siempre olvido esa parte.

Pisé el freno y, luego, pisé el acelerador. Fuimos hacia atrás y pisé el freno antes de soltar una carcajada.

—¿Ves? Te lo dije. Esto no tiene remedio.

—El episodio piloto de *Mensajes de la tumba*—, Jonah apretó el pomo de la puerta. —Dijiste que serías la sibila más inútil de la historia. Demostraste que era mentira. Esto no será diferente.

—Ya veremos—. Me senté de nuevo en el asiento. —Vale. Déjame intentarlo de nuevo.

Jonah pasó la mayor parte de la siguiente hora trabajando conmigo. Mejoré con la dirección, un poco mejor con los frenos, y me explicó cosas como el significado de los diales y las marchas. Cuando tuve que dirigirme a Theia, ya no estaba bien. Ni siquiera era seguro salir a la carretera, pero estaba mejor.

Apagué el motor del coche y le pasé las llaves. —Gracias, arándano. He aprendido un montón. Apesto, pero menos.

—Nunca apestaste—, dijo Jonah, con voz firme. —Lo único que necesitabas era aprender.

Le dediqué una pequeña sonrisa y, luego, le di un beso en la mejilla. —Gracias. Eres muy dulce, arándano.

Cambiamos de asiento, y Jonah nos metió en el tráfico. Me miró, y yo incliné la cabeza hacia él.

—¿Qué?

—Eres un enigma, Superestrella.

—¿Cómo es eso?

—Eres una de las personas más famosas del planeta, pero no actúas como tal. No presumes, no tiras el dinero, y la mayoría de las mujeres que he visto aquí siempre corren semidesnudas. Tú, sin embargo, corriste a ponerte una camiseta porque pensaste que me sentiría incómodo. No puedo entender por qué.

Pensé en sus palabras durante un momento. No iba a entrar en mi pasado con mi madre. O la influencia de Cyrus. Así que tomé el camino más fácil.

—Jonah, sólo nos conocemos desde hace unas semanas, pero te has convertido en algo muy importante para mí. No quiero hacer nada que arruine la amistad que estamos construyendo.

—¿Y pensabas que con sólo llevar un sujetador deportivo se jodería todo? — Jonah frunció el ceño. —Eso nunca iba a suceder.

—Bueno—, pensé en la mejor manera de decir esto. —Permíteme empezar diciendo que, uno, no estoy haciendo una fiesta de compasión por mí misma, o dos, que no estoy buscando cumplidos. Sólo estoy exponiendo los hechos, ¿de acuerdo?

—De acuerdo.

—Sé que no tengo el cuerpo que las mujeres envidiarían. Soy demasiado delgada. Demasiado huesuda. No hay nada que pueda hacer al respecto desde que mi inmortalidad me congeló así. Así que intento no ir por ahí exponiendo a la gente a mi aspecto. Siempre que hago sesiones de fotos, están tan retocadas cuando llegan a las revistas, que apenas se puede decir que soy yo. Por no hablar del maquillaje. Todo eso ayuda.

Mantuve el tono de voz. No estaba emocionada ni nada. Sólo estaba siendo honesta.

—De todos modos, cuando salí del armario, te vi hacer una mueca de dolor y me di cuenta de que no querías verme así. Probablemente te sentiste aliviado cuando me fui a vestir en primer lugar. Así que tuve miedo de que salieras corriendo.

Jonah se quedó mirándome. Intenté mantener su mirada, pero al final, sólo suspiré y estudié la ciudad que nos rodeaba.

—Eva, eres jodidamente preciosa—, comenzó. —Eres la chica de los sueños. No sé cómo llegaste a creer que no eras hermosa, pero es todo lo contrario. Eres demasiado huesuda... tienes una complexión más atlética que delgada. No estás «exponiendo» a la gente a tu aspecto. Estás siendo tú misma, dejando que tu luz brille con fuerza. Si a la gente no le gusta, que se jodan. Eso es cosa de ellos, no de ti. ¿Así que cualquiera que supuestamente huya? Están lidiando con sus propias insuficiencias y proyectándolas en ti. Eso es todo. Si quieres cambiar algunas cosas, consulta a Apolo. Es un dios después de todo... quizás pueda hacer algo con la pieza congelada si deseas hacer cambios. Pero sólo si lo deseas, porque eres hermosa. De eso no hay duda.

No sabía qué decirle a Jonah. No lo sabía. Era la segunda vez en el día que me decía que era hermosa, y no sabía cómo responder a eso. ¿Si me hubiera dicho que era un desastre? Podría haberlo manejado. Estaba acostumbrada a eso.

Tomé aire antes de dedicarle una suave sonrisa. —Gracias de nuevo, Jonah.

—¿Por qué?

—Por ser tú. Por ser tan innegablemente dulce. Tus palabras significan mucho.

—No me crees—. Jonah se acercó para estrechar mi mano. —Eva, estoy siendo honesto contigo. Si te miraras en el espejo...

—No—, negué con la cabeza. —No hay necesidad de eso.

—Pero ¿por qué? ¿Por qué dices esas cosas sobre ti?

—Jonah—, apreté su mano. —No voy a agobiarte con la mierda de mi pasado. Digamos que he escuchado esas palabras de un montón de gente diferente a lo largo de mi vida. Y es más fácil creerlas y aceptarlas que tener el corazón roto por ello. ¿Tiene sentido?

Jonah me miró antes de responder. —Eva, ¿y si te dijera que me pasé la adolescencia oyendo como me llamaban vago y gordo de mierda? ¿Qué debería ser un crimen para mí ser tan feo cómo era? ¿Qué dirías?

—Les pedía sus nombres y direcciones para poder calibrar sus ojos. Obviamente, no los necesitan. No los usan.

Jonah levantó una ceja. Me encogí de hombros.

—Diría que son tontos y mentirosos. Diría que eres un ser humano increíble que eres muy guapo y que, si te hacen daño, me vería obligada a actuar en consecuencia.

—Bueno, Eva, eso pasó.

—¿Qué? — Esta vez le miré fijamente. —¿Hablas en serio?

—Muy en serio—, asintió Jonah. —Desde el jardín de infancia hasta casi el último año de instituto. Me decían que era gordo, feo, pobre, estúpido... Ese cabrón llamado Billy Silverstone era lo peor para mí. Incluso inició un rumor diciendo que yo era homosexual. No, no estoy echando mierda sobre la homosexualidad, es sólo que, en mi caso, las cosas se pusieron aún peor para mí porque abrió la puerta a una dimensión adicional de acoso. Su amiguita de mierda y líder de las camarillas de chicas, Regina, ayudó. Incluso difundió el rumor gay a otra maldita escuela.

—¿Nadie se molestó en preguntar si eras gay? — preguntó Eva.

—¿Hablas en serio, Eva? — Jonah se rio sin alegría. —Era la escuela. La gente te ataca primero y descubre la verdad después. Mi mejor amigo de la infancia, P.J, era literalmente mi único amigo. E incluso él fue atacado sólo por ser mi amigo. Fuera de Nana y él, no me dijeron nada positivo. ¿Mi primera novia seria, Priscilla? Ni siquiera ella me llamó guapo. Ella dijo que yo era «follable». Así que también me lanzaron esa mierda. Es una de las razones por las que tengo problemas de ira. Así que no estás sola. Puedes dejarlo atrás. Lenta pero seguramente. Estoy trabajando en ello mientras hablamos. Estoy eligiendo no vivir en ese oscuro lugar mental. Tú también puedes trabajar en ello.

—Jonah, detente.

—¿Qué?

—Detente.

Cuando se detuvo en el aparcamiento de un restaurante y apagó el coche, le eché los brazos al cuello y lo abracé. No pude evitarlo. Me rompía el corazón pensar que aquel héroe había sido tratado con tan poca amabilidad. No me importaba cuánto tiempo había pasado.

Jonah se quedó quieto mientras yo me aferraba a él.

—No te pareces en nada a cómo te describieron—. Dije contra su hombro. —Absolutamente nada. Eres guapo, y no bromeaba cuando dije que te sacaría en las revistas si creyera que fueras a ir a por ello. Esa gente se puede ir a la mierda. Realmente debería ir tras ellos por hacerte daño de esa manera. Debería hacerlo. No está bien.

Jonah parecía demasiado aturdido para reaccionar a mi

muestra de afecto. Mantenía las manos pegadas al volante mientras hablaba.

—Gracias, Eva. Muchas gracias. Ahora quiero que empieces el proceso de creerme cuando te digo que todo lo malo que has oído sobre ti es basura. La gente que te hizo creer esa mierda... son... que se jodan. Que se caigan del Empire State Building y se enganchen el párpado en un clavo.

Aguanté un poco más. Quería contarle todo a Jonah. Quería contarle todas mis horribles experiencias. De alguna manera, estaba convencida de que él las haría desaparecer.

Pero no podía hacer eso. Esta no era mi fiesta de compasión, y Jonah no era un caballero de brillante armadura que venía a salvar el día. No había caballeros andantes, después de todo. Por mucho que necesitara que hubiera uno.

Finalmente, me eché atrás con una carcajada.

—Un clavo, ¿eh?

—Uno oxidado. Afilado como el infierno.

—Jonah, ¿en qué año te graduaste de la secundaria?

—Um, ¿por qué?

—Sólo tengo curiosidad. Podría hacer las cuentas yo misma, pero es más fácil si me lo dices tú.

—2005.

—De acuerdo—. Sonreí dulcemente mientras me ponía el cinturón de seguridad en su sitio. —Eso ayuda. Mucho.

—No lo entiendo—. Jonah frunció el ceño. —¿Qué tiene que ver mi graduación con...? espera.

—¿Qué?

—Evie, no puedes ir a acosar a la gente que fue gilipollas conmigo.

—Claro que sí—. Me eché la cola de caballo por encima del hombro. —Necesitan aprender un poco de humildad.

—¿Qué tienes que hacer antes del vuelo, Superestrella?

—Arreglarme el pelo y recoger la ropa que quieren que lleve. Es un coñazo, pero tengo que cumplir las reglas.

Me moví en mi asiento para estudiar a Jonah. Me fijé en

las líneas de su cara como si quisiera memorizarlas. Por desgracia, se dio cuenta de que lo miraba fijamente.

—¿Sí?

—Nada. Sólo intento averiguar por qué es tan fácil hablar contigo. Al principio pensé que era porque tienes una cara muy atractiva. Pero creo que sólo eres tú y el aura que proyectas.

—Oye, yo mismo no lo sabría—, dijo Jonah. —A la gente siempre le resultó fácil hablar conmigo.

Le sonreí y empecé a dirigirle a la oficina. Una vez que llegamos allí, la primera visita de Jonah a Producciones Theia fue un absoluto aburrimiento. Sé que lo fue, aunque él no lo dijo. Se quedó charlando con mi estilista mientras me peinaban. Le presenté a la gente de vestuario y maquillaje. Luego, le enseñé el estudio, la zona que actualmente era de contabilidad pero que se convertiría en Theia Music Group dentro de un año. Por último, le llevé a mi despacho.

Abrí la puerta, y vi a Joey sentado con las piernas cruzadas en el suelo con una lista. Estaba rebuscando en las cajas negras del equipo y marcando cada cosa.

—Hola, Joey—, mantuve la puerta abierta para que Jonah pudiera seguirme. —¿Todo parece estar bien?

—Perfecto, como siempre—. Nos sonrió. —Me llamaron para decirme que teníamos un equipo nuevo, así que quise comprobarlo. ¿Cómo fue la lección?

—Bien. Sólo le estaba dando a Jonah un tour por Theia.

Observé a Jonah en mi oficina, que era más mi casa que el apartamento. Caminó con las manos en los bolsillos, deteniéndose junto a la estantería de pared a pared llena de libros sobre lo oculto y lo paranormal. Lo miró todo, desde mis muebles blancos y de cristal hasta los carteles promocionales enmarcados de *Mensajes de la tumba* que colgaban de la pared. Por último, se detuvo en la gran ventana que iba del suelo al techo y que era más una pared que una ventana.

—¿Qué hay en la bolsa, Joey?

—¿Cuál?

—Esa de aspecto gracioso.

—Mi arco y un montón de flechas.

—¿Tu arco?

—Sí. Resulta que Rumanía tiene una de las leyes de armas más estrictas del mundo. Así que tuve que improvisar.

—Huh. No sabía que sabías disparar un arco.

—Soy de Wyoming, nena. Podemos disparar cualquier cosa.

—No creo que uses esa cosa ni una vez—. Me dejé caer sobre mi trasero a su lado. —Y si no recuerdo mal, ¿no fuiste tú quien dijo que debíamos llevar pocas cosas en la maleta?

—Me lo agradecerás cuando estés huyendo de un oso—. Joey me sonrió. —Además, no es que hayas seguido mi consejo para nada. ¿Cuántas bolsas llevas?

—Cuatro. Pero puedo reducirlo a una cuando lleguemos—. Miré a Jonah. —¿Qué llevas, Jonah?

—Sólo mis porras, Superestrella—, respondió Jonah sin apartar la vista. —Todo lo que he necesitado.

—¿Ves? — Joey me sacó la lengua. —Jonah sabe cómo hacer la maleta.

—Oh, cállate—. Me levanté cuando sonó el teléfono de mi mesa. —Sólo un segundo.

Miré el identificador de llamadas y empecé a no contestar. Pero mi productor tenía que saber que estaba aquí para llamar. Me puse una sonrisa falsa y contesté.

—¡Hola, Connor! Escucha, estamos súper ocupados...

—Corta el rollo, McRayne—. Connor resopló en el teléfono. —¿Te vas a Rumanía en unas horas?

—Sí—, me senté en mi silla. —¿Por qué?

—Porque acabas de recibir un ascenso. Te vamos a dar el antiguo puesto de Elliot de Director Creativo de *Mensajes de la tumba*. Tienes que firmar el papeleo.

Vaya. ¿De verdad? Eso significaba que *Mensajes de la tumba,* todo sobre mi programa, dependía de mí. Las historias que presentamos, cómo lo promocionamos, todo.

—Gracias, Connor. Envía el contrato a mis abogados. Si me parece bien, lo firmaré antes de irnos.

—¿Por qué no lo firmas ahora?

—Porque no estoy convencida de que no me vayas a joder.

—Bien.

Colgué el teléfono y le sonreí a Jonah y Joey.

—Nunca eres feliz después de hablar con Connor—. Joey me lanzó una mirada de pura sospecha. —¿Qué pasa?

—Me acaba de dar el antiguo puesto de director creativo de Elliot—. Sonreí más ampliamente. —¡Por fin *Mensajes de la tumba* nos pertenece! Podemos hacer lo que queramos mientras no nos volvamos locos con el presupuesto.

—Vaya—. Jonah estaba impresionado. —Felicidades, Superestrella. Te he oído decir que primero harás que lo vea un abogado. Reena estaría encantada con eso.

—Siempre, arándano—, sonreí ahora gracias a sus elogios. —Connor puede ser una serpiente, pero es una serpiente con la que estoy familiarizada.

—Es casi la una, Evie—, Joey miró el reloj sobre mi cabeza. —Vamos a comer para celebrarlo.

—De acuerdo—. Me puse de pie. —Jonah, ¿por qué no llamas a Reena y a Terrence? Pueden reunirse con nosotros en el lugar de sushi al otro lado de la calle, y luego podemos ir al aeropuerto desde allí.

—Oh, a Reena le encantará—, dijo Jonah. —Voy a mandarle un mensaje ahora.

Ayudamos a Joey a empaquetar el equipo con el que había estado jugando y lo preparamos todo para enviarlo a LAX. Nos dirigimos al otro lado de la calle, y me adelanté mientras Jonah, Reena, Joey y Terrence se saludaban en la entrada.

—Hola, Ayiko—, la besé en cada mejilla. —¿Tienes un salón privado disponible?

—¡Por supuesto! — Sonrió. —¿Te unirás a Cyrus?

Espera. ¿Qué?

—¿Cyrus está aquí? — Incliné la cabeza hacia ella. —¿En qué sala está?

—La sala Magnolia—. Ella revisó su libro. —Es un comedor más pequeño.

—¿Está solo?

—No. Trajo a un socio de negocios con él. Un tal Dominique Breaux.

Interesante.

—¿Sabes qué? —, le ofrecí una sonrisa brillante. —No les molestaremos. Pero ¿podrías acompañar a mi grupo a otro comedor? ¿Y podemos empezar con el plato de muestra? Quiero saludar a Cyrus primero.

—Por supuesto—. Inclinó su esbelto cuello cuando los demás se acercaron a nosotros desde la calle. —Seguidme todos.

—Estaré allí en un momento, chicos.

Lo dejé así mientras me deslizaba por el puesto de la recepcionista y me dirigía al pasillo de los camareros. Normalmente, no podría ser tan audaz, pero este restaurante era mío. Aiko's había sido una inversión mía desde hacía más de un año.

Un hecho que me dio libertad para vagar. Me detuve junto a la puerta de bambú y deslicé la tapa de la ventanilla hacia atrás lo suficiente como para ver a una mujer de color en el regazo de Cyrus. Puede que no supiera nada de sexo, pero sabía lo suficiente para darme cuenta de lo que estaba viendo.

Debería haberme enfadado. Debería haber entrado allí y exigirle una explicación. Pero no lo hice. No sentí nada. Estaba insensible a lo que estaba presenciando.

Volví a cerrar la cubierta de la ventana y me quedé allí un momento más. Había sospechado que Cyrus tenía sus amantes. Al fin y al cabo, ¿cuántas veces me había dicho que nuestra relación era sólo nominal?

Miré al techo mientras recordaba el día en que había intentado seducirle. La humillación que siguió había sido suficiente para alejarme del sexo para siempre. Era la primera vez que me decía directamente que no me quería. Que yo no era deseable. Fue el primer día que empezó a repetir las palabras que mi madre solía decir.

No importaba. Dejaría que se divirtiera. Era un hombre, al fin y al cabo.

Tomé un respiro, me puse una sonrisa en la cara y me dirigí a la cocina para charlar personalmente con el personal. Cuando me acerqué al comedor, me sentía mejor. Más tranquila.

—Hola, gente—, me deslicé y sostuve la puerta para Ayiko mientras nos dejaba. —¿Cómo está todo?

—Les estaba diciendo a todos que este lugar es tuyo, Evie.

Joey cogió un rollo de sushi del gran plato que se había colocado en el centro. Me alegró ver que los cuatro habían atacado la gran cantidad de comida.

—Sólo soy una inversora...

—Tu nombre está en los papeles". Joey se burló. —Deja que te cuente la historia. Evie y yo siempre veníamos a comer aquí. Ella pedía la sopa de miso, siempre lo hacía. Y escuchó a Ayiko llorar en el baño de mujeres. Se enteró de que Ayiko estaba a punto de perder su restaurante, así que Evie cogió sus ahorros e invirtió en este lugar. No pasó mucho tiempo desde que terminó la primera temporada de *Mensajes de la tumba*. Ahora, Aiko está prosperando y haciendo a Evie más rica cada día.

—Dioses, cómo exageras, Joey—. Acepté el té verde que me había traído la camarera y, luego, me senté mientras me ponía un plato de sopa delante. —Haces que parezca que lo hice por la bondad de mi corazón. Fue por pura ganancia económica, lo prometo.

Le guiñé un ojo, y él me sonrió.

—De todos modos, pedid lo que queráis. No conseguiremos este tipo de comida en Rumanía.

—Esta comida es increíble—, dijo Reena. —Es con comida así con la que me vas a ver atracada.

—Esto—, murmuró Terrence, —junto con mi ensalada de pollo con mayonesa casera. No juegues limpio, Re.

Me reí de sus bromas mientras Jonah negaba con la cabeza. Después de que el grupo pidiera otra ronda de comida, Jonah me dio un golpecito en la muñeca.

—¿Estás bien?

—Estoy bien—, le miré, sobresaltada de mis pensamientos. —¿Por qué?

—Uno, estás callada. Y dos, tus nudillos están blancos en esa cuchara. Creo que la has doblado.

Oh, bueno, maldita sea.

—Estoy bien—, aflojé mi agarre y le ofrecí una suave sonrisa. —He estado sin beber alcohol durante casi cuarenta y ocho horas, arándano. Creo que estoy empezando a sentir el síndrome de abstinencia. Eso es todo.

—¿Quieres hacer cardio conmigo? — Reena sugirió. —Enciende los mismos receptores que el alcohol.

—No creo que tengamos tiempo—, comprobé mi reloj de pulsera. —Son casi las dos y tenemos que estar en el avión a las tres. ¿Necesitáis volver al apartamento para recoger algo?

—No, ya está todo arreglado—, Jonah cogió otro rollo de la bandeja. —¿Cuándo embarcamos?

—Dos cuarenta y cinco, así que si terminamos aquí, tal vez queramos ir hacia allá.

—Vi el Rover en el estacionamiento—, Joey extendió sus manos para mis llaves. —Dámelas.

—Yo no conduje. Jonah lo hizo.

—¿Dejas que Jonah conduzca el Rover? — Silbó. —Maldita sea. Apenas dejas que Cy conduzca esa cosa.

Empecé a responder con un comentario inteligente cuando Ayiko asomó la cabeza.

—Siento molestarte, pero le dije a Cyrus que estabas aquí.

Se hizo a un lado y empujó la puerta para abrirla. Cyrus estaba allí con su habitual traje negro y la mujer a su lado con la misma aura militarista que él.

—Eva, todos—, inclinó la cabeza hacia el grupo. —Sabía que hoy te ibas a ir. Os deseo lo mejor.

—Gracias...

Empecé antes de que me cortara.

—Permitidme presentaros a todos a Dominique Breaux. Es una guardiana que me asiste en asuntos del consejo.

Encantado de conocerte.

Joey saludó. Los demás le sonrieron. Ella las devolvió, pero me miró a mí.

—Tú eres la representante, ¿no?

—La última vez que lo comprobé—. Me limpié las manos en la servilleta de tela. —Todavía no me han despedido.

Capté la mirada que compartía con Cyrus. Debería haberla ignorado, pero ahora estaba enfadado. Él no sabía que los había visto juntos, pero sentí que la estaba exhibiendo igual.

—¿Hay algún problema?

—No, no hay problema—. La mujer me dedicó una sonrisa de odio mientras se doblaba por la cintura para ver mejor mi cara. —Es que pareces... más frágil... de lo que hubiera imaginado.

—¿Más frágil? — Sonreí. —Supongo que sí.

Me lancé contra ella más rápido de lo que nadie podría haber imaginado y me agarré a su pelo. Le golpeé la cara contra mi plato de sopa a medio comer con tanta fuerza que la porcelana se rompió. Me puse de pie mientras ella caía al suelo, ahora ahuecando su cara rota. Me volví hacia Cyrus, que parecía realmente sorprendido.

—¿La próxima vez que traigas a tus putas a mi restaurante? Intenta no follarlas en el comedor. Va en contra del Código de Salud de California.

—¡Wow! — Jonah saltó de la mesa. —¿Qué demonios está pasando?

—Perra...

La mujer se quejó mientras luchaba por ponerse en pie. Me encontré con ella nariz con nariz.

—Golpéame y haré que te juzguen por traición, guardián. Ya estoy yendo al Tártaro. Estaré más que feliz de dejarte.

—¡Eva! — Cyrus me ladró. —¿Has perdido la cabeza?

—En absoluto. ¿También quieres golpearme a mí? ¿O es que Apolo por fin ha hablado contigo?

El desgraciado guardián apartó la mirada de mí, y yo asentí.

—Tal como lo pensé. Vamos, chicos. Os lo explicaré más tarde.

—¿Qué tal si te explicas ahora? — Terrence miró entre nosotros. —Porque esa no fue una forma normal de saludar.

—Bien. Ayiko me dijo que Cyrus estaba aquí con esta mujer. Fui a saludar y los vi follando en su comedor. Iba a dejarlo pasar, pero entonces, ella tuvo que llamarme frágil. Así que le mostré lo frágil que soy realmente.

—Debería matarte—. Soltó mientras cogía una servilleta para limpiarse la cara. —Deberían castigarte...

—Oh, vete a la mierda. Obviamente eres buena en eso.

—Eva—. Cyrus se despidió. —Sal fuera. Quiero hablar contigo.

Ahora, mi corazón se desplomó. No había manera de que me quedara a solas con él después de mostrarme así.

—Lo siento, Cy, no tengo tiempo. Puedes gritarme más tarde.

Cyrus parecía desagradablemente sorprendido. —Eva, he dicho que salgas ...

—Y ella dijo que no tenía tiempo.

Todos se volvieron. Apolo estaba allí, con aspecto severo. Tal vez un poco enojado.

—Señor Apolo—. Cyrus se quedó atónito al verlo. Todo el mundo lo estaba, de hecho. —¿A qué debo este inesperado placer?

—Me llamaron la atención sobre que tenías predilecciones que podían ser perjudiciales para tus tareas—, respondió el dios.

—Me temo que no le sigo...

—Por supuesto que no—, dijo Apolo, —Por eso estoy aquí. Así que lo que necesitabas que Eva saliera contigo para decirlo, ahora puedes salir y decírmelo a mí. Eva, amigos, continuad con vuestro vuelo. Cyrus no os interrumpirá más.

Sentí tanto alivio que se me cayeron los hombros. Salimos de nuestro salón privado, y me detuve sólo para decirle a Ayiko que cargara nuestra cuenta y la propina a mi tarjeta de crédito. No dijimos nada hasta que todos nos amontonamos en el Rover.

—Chicos, lo siento—, me retorcí en el asiento del copiloto. —No debería haberme mostrado así. Os debo a todos una enorme disculpa.

—Si Cyrus se follaba a alguien a la vista, no hace falta que te disculpes con nadie, espetó Jonah. —Me pregunto quién habrá contactado con Apolo de todas formas.

—No tengo ni idea.

—Vale. ¿Puedo hacer una pregunta muy personal? —Reena me miró desde el asiento trasero. —Siéntete libre de no responder a esto. Pero ¿pillaste a Cyrus engañándote y dijiste que lo ibas a dejar pasar?

—Um—, jugueteé con los anillos mientras intentaba pensar en una respuesta. Finalmente, me decidí por la transparencia. —Sí. No vi ninguna razón para hacer una escena al respecto. Y la verdad es que cuando los vi... Simplemente no me importaba. Todavía no me importa.

El silencio en el coche era ensordecedor. Suspiré y continué.

—Además, el sexo nunca ha estado en mi radar. No soy una persona sexual, supongo. ¿Así que si se va con otra persona? Genial.

Reena se quedó mirando. —Eva, en ningún mundo es genial. No si se supone que está contigo. Ahora bien, si eres asexual, bien. Pero eso aún no le da carta blanca a Cyrus.

Me encogí de hombros. —¿Podemos cambiar de tema?

—No puedo creer que hayas roto el bol con la cara de esa perra—, se rio Joey desde el asiento del conductor. —Me encanta cuando haces mierdas como esa. Ella no esperaba que hicieras nada en absoluto y rompiste un tazón. Con su cara.

—Sí, bueno, tengo mis momentos—. Le sonreí. —Sin embargo, eso fue divertido. Muy divertido.

—Menos mal que la pillaste desprevenida—, añadió Joey. —Si es una guardiana, probablemente ella misma sea peligrosa.

—Eva es peligrosa, Joey—, dijo Jonah. —Nunca has necesitado usar tu arma, ¿verdad?

—Ah, gracias, arándano—, le sonreí. —Me encanta eso.

Jonah me devolvió la sonrisa, pero no le llegó a los ojos. Continué.

—Pero no me preocupa el portero. O Cyrus. Me preocupa que lleguemos a tiempo a este vuelo, lentos.

—Voy tan rápido como puedo, Evie—. Joey puso los ojos en blanco. —Además, no se irán hasta que lleguemos. No te preocupes.

—Bien—, dijo Jonah. —Tal vez podamos descansar en el avión. ¿Qué tan bueno es el vuelo normalmente, Eva?

—Es genial, en realidad. También hay una cama doble, así que podemos turnarnos. Deberíamos llegar a las siete de la mañana, hora de ellos.

—¿Paradas?

—Una en Shanghai, para el combustible. Luego vuelve a estar en el aire.

—Bien, dijo Jonah. —Varias horas sin ruido, sin dramas, sin Cyrus. No se me ocurre nada mejor.

No dije nada más. No había nada más que pudiera decir, en realidad. Así que me concentré en la carretera. Me concentré en que llegáramos al hangar diez minutos antes del despegue. Me concentré en darles a todos un recorrido por su nuevo hogar durante las siguientes diecisiete horas o más.

Una vez instalados y en el aire, empezamos una partida de

scrabble. Yo estaba perdiendo mucho contra Jonah y Reena. Terrence también. Así que, cuando Jonah se inclinó para mirar mis cartas, las volví hacia él y le dije.

—Ayuda, por favor. Necesito un adulto. Que sepa deletrear.

—Puedes deletrear perfectamente—, dijo Jonah. —Mira, tienes al menos tres palabras ahí.

—Por tres puntos, dos puntos y... tres puntos.

—No, bobo, mira—. Jonah cogió mi A y la puso junto a la X de Reena. —Con la puntuación de la triple palabra, son 27 puntos.

—Oh—, exhalé. —Oh, eres bueno en este juego.

—No—, sonrió Jonah. —Sólo soy bueno con las palabras.

Me reí de su expresión mientras Terrence nos miraba.

—Si jugamos a dobles, jugamos a dobles—. Terrence bromeó. —Re, ven a ayudarme.

Eso inició una guerra de scrabble entre los cuatro. No recordaba la última vez que me había reído tanto. Cuando el camarero nos trajo las bandejas de la cena, habíamos empatado a dos cada uno.

—Será mejor que vaya a levantar a Joey—. Me puse de pie y me estiré. —Se enfadará si se pierde la cena. Gracias, chicos. Eso fue lo más divertido que he hecho en un tiempo.

—Feliz de ayudar—, dijo Terrence. —La próxima vez estaremos en el suelo y podré cocinar para ti.

—Me gustaría eso—. Me deslicé por el asiento de Jonah. —Pero cuando estemos en casa. No sé qué tipo de comida tienen en Rumanía.

Me acerqué a la puerta del dormitorio y llamé. Tardé unos minutos, pero Joey se acercó arrastrando los pies a la puerta.

—Hora de la cena, Bella durmiente.

—Gracias, Evie.

Bostezó mientras cogía su camisa y me siguió hasta el camarote principal. Se echó la camisa por encima de la cabeza mientras nos reuníamos alrededor de la mesa en la que antes estaba nuestro tablero de scrabble.

—¿Qué me he perdido?

—Un torneo de Scrabble de primera—. Le sonreí. —¡Jonah y yo ganamos!

—Dos veces—. Reena me miró divertida. —Has ganado dos veces de cuatro partidass. Estamos empatados.

—Así que un desempate está en orden en algún momento—, Jonah sonrió. —Me apunto.

—¿Qué tal después de comer? — Cogí mi batido del camarero mientras los demás destapaban sus bandejas de pollo, arroz y algo verde. —Creo que podemos derrotarlos, arándano.

—Azul y oro, ¿eh?

—Azul y oro.

Golpeó su botella de agua contra mi vaso. Reena y Terrence no parecían divertidos.

—Estoy un poco triste por haberme perdido lo que sea que estéis hablando—. Joey se rio. —Suena como una patada en el culo.

—No—, sonreí. —Sólo un poco de diversión a la antigua, Joey. Habrá muchas patadas en el culo después.

———

Empezaré diciendo que el vuelo hasta Rumanía fue muy largo. Cuando aterrizamos en Cluj-Napoca, estaba dispuesta a pagar cualquier precio imaginable para bajar de ese maldito avión. Lo pasamos bien gracias a Jonah, Reena y Terrence, pero incluso ellos estaban dispuestos a poner los pies en el suelo cuando aterrizamos.

El viaje en coche que siguió no fue más que una tortura, ya que supuso estar sentados otros treinta minutos mientras nuestro conductor maniobraba por las estrechas calles. Incluso Joey estaba enfermo cuando llegamos al Opera Place, nuestro hotel para la noche. No dijo ni una palabra mientras nos acercábamos al enorme edificio amarillo que parecía dominar el gris cielo invernal sobre nosotros.

Salí del coche y me quedé de pie durante lo que me pareció una eternidad, estudiando las nubes en lo alto. No pude evitar recordar cómo me sentí cuando Elliot me envió a Montana para hacer el episodio de centauros. Lo había odiado porque no me gustaban las granjas. Ni los caballos. Ni el aire libre. Sin embargo, aquí estaba. En Rumanía. Preparada para adentrarme en el bosque más embrujado del mundo por orden del consejo olímpico.

—¿Vienes, Evie?

Asentí con la cabeza antes de correr hacia Joey. Él y los demás se habían dirigido hacia la puerta principal nada más salir del coche. Le tendí la mano y la apreté antes de pasar junto a él. No quería dejar traslucir lo asustada que estaba.

Así que lo achaqué a que estaba agotada por el vuelo. Después de instalarnos en nuestras habitaciones, no nos dirigimos la palabra. No era necesario. Los dos habíamos trabajado juntos, y vivido juntos, durante tanto tiempo que bastaba una mirada para entender exactamente lo que pensaba el otro. Por suerte, Jonah, Reena y Terrence entendían nuestro lenguaje tácito y parecían estar de acuerdo.

Comida. La cama. El resto podría ser tratado más tarde.

Lástima que el destino tuviera otros planes. Cuando cogí mi llave del empleado del hotel, oí que un hombre me llamaba desde el otro lado del vestíbulo. No era un hombre grande. Todo lo contrario. Pero su sonrisa era tan grande que me encogí de hombros y me dirigí en su dirección.

—¿Sí?

—Señorita McRayne—, tomó mi mano como si fuera de cristal entre las suyas. —Soy Andrei Savu. Soy el propietario de Opera Place.

—Encantado de conocerle—. Le di una sonrisa tensa. —Gracias por recibirnos.

—No. No hay problema—. La sonrisa del pobre hombre se

hizo aún más grande. —Toda Rumanía está aquí para saludar a la princesa de *Mensajes de la tumba*. Por favor, ¿no se tomará un momento para hablar con nuestra prensa?

¿Su prensa? Parpadeé mientras miraba la sala junto a la que estaba. Dentro, se había instalado un podio. Una multitud de hombres y mujeres se había reunido frente a él. Algunos con cámaras. Todos con micrófonos. Me quedé con la boca abierta por un momento mientras intentaba decidir cómo manejar esta nueva pesadilla.

—Por favor. Sólo unas palabras.

—Yo...—, me volví hacia él con los ojos muy abiertos. —Tengo un aspecto horrible. Sr. Savu, debe entender que nuestro vuelo duró más de dieciséis horas...

—Está hermosa—. Levantó las manos al interrumpir mis protestas. —Una verdadera creación de Dios. Ahora venga. Rumanía la quiere.

Sentí que me llevaban a la sala. Oí a los periodistas cuando empezaron a vitorearme. Busqué la puerta cuando llegué al podio, pero los míos no me acompañaron. En cambio, se quedaron plantados junto a la puerta. Jonah se frotaba los ojos con las manos, Reena parecía irritada. Joey se limitó a dedicarme una enorme sonrisa. Le dirigí una única y solitaria palabra mientras la prensa empezaba a gritarme preguntas.

—Traidor.

No sé cómo lo hice, pero pasé de ser la chica gastada por los viajes que era a la celebridad en la que me había convertido. Sonreí. Me reí. Respondí a todas las preguntas que pude sin mencionar la verdadera razón por la que estábamos allí. Me centré en la historia de Hoia-Baciu tal y como ellos la conocían. Les prometí que utilizaría mis habilidades como sibila para aprender todo lo que pudiera sobre las tierras malditas. Y utilicé el tiempo que tenía para pedir espacio. Hice hincapié en que los curiosos podrían empañar cualquier prueba que pudiéramos encontrar. Señalé los peligros de estar solo en cualquier bosque, pero especialmente en uno conocido por provocar la desaparición de personas.

Cuando por fin terminó, dejé que el Sr. Savu se hiciera cargo del foco de atención. Me acerqué a Jonah y casi me derrumbé contra él. Enlacé mi brazo con el suyo, le di a los periodistas una última sonrisa y un saludo, y luego le susurré al oído.

—Corre. Ahora.

—No tienes que decírmelo dos veces—. Jonah murmuró y me guio por el vestíbulo. Cuando llegamos al ascensor, esperó a que las puertas se cerraran tras nosotros antes de hablar. —¿Cómo lo haces, Evie? Puedes estar muerta de miedo y seguir encantando a la gente corriente.

—Hera—. Me apreté contra la pared del ascensor para mantenerme en pie. —Absorbí su carisma, ¿recuerdas? Lo saco cuando lo necesito.

—¿Como haces con el conocimiento de Atenea cuando te metes en una pelea?

—Sí—. Suspiré cuando mi mejor amigo se unió a la conversación. —Joey, ¿podemos dejar esto por ahora? Os contaré todo lo que queráis saber más tarde. ¿Ahora mismo? Necesito una ducha. Una muda de ropa. Y si logro todo eso, dormir.

—Sabes, normalmente eres tú el que me habla al oído cuando tengo *jetlag*—. Mi amigo se burló. —Es un poco agradable estar en el otro lado de la moneda ahora mismo.

—Por favor, deja de hablar—. Incliné la cabeza hacia atrás para mirarle. —Sabes que te quiero. Pero en este momento amo más el silencio.

—Vaya—. Suspiró cuando las puertas se abrieron. —Vamos, Bella Durmiente. Vamos a llevarte a la cama. Nos espera un día muy largo mañana.

No discutí. No protesté. Dejé que el grupo me condujera a mi habitación, donde ya me esperaba mi equipaje. Pero con él, había montones de cajas. El equipo que Joey había pedido antes de salir de Los Ángeles. Reena y yo compartíamos habitación, así que nos despedimos en la puerta con planes de reunirnos para cenar más tarde esa noche.

Me dejé caer en la cama más cercana y cogí la almohada que había detrás de mí. La coloqué en su sitio y solté un suspiro de felicidad, a pesar de que aún estaba completamente vestida. No podía explicarlo, pero me sentía segura aquí. Segura. Intenté levantarme para empezar a deshacer la maleta, pero no pude hacerlo. En su lugar, hundí más la cabeza en la almohada y cerré los ojos.

Me quedé dormida en cuestión de segundos.

VEINTICINCO
EVA MCRAYNE

—Tienes que estar bromeando.

Me quedé mirando la mochila que Joey intentaba convencerme de que contenía todo lo esencial que necesitaría cuando estuviéramos en el bosque. Pasé de mirar la mochila a él.

—No puedo llevar eso. Es más grande que yo.

—No es tan malo—. Me sacudió la cabeza. —Ahora date la vuelta. Tengo que ajustarte las correas.

Le miré durante cinco segundos antes de hacer lo que me pedía. Pude ver a Reena haciendo lo posible por no reírse mientras cargaba la pesada cosa sobre mi espalda. Fruncí el ceño cuando volvió a aparecer.

—Joey, ¿qué demonios hay en esta cosa? ¿Hormigón? — Levanté los hombros mientras él estiraba la mano para ajustar la correa derecha. —¿Piedras? ¿Toda la colección de zapatos de Theia Productions?

—Kit de supervivencia—. Mantuvo la mirada baja mientras tiraba del nylon. —Tu bolsa tiene tu tienda de campaña, tu comida, tu ropa. Sin embargo, no hay maquillaje. Vas a tener que prescindir de eso.

Puse los ojos en blanco mientras él empezaba a trabajar en

el lado izquierdo. —Creo que sobreviviré sin mi delineador por unos días.

—Bien. Porque no cabría—. Dio un paso atrás. —Ya está. El peso está equilibrado. ¿Cómo se siente ahora?

—Como si llevara una casa—. Agarré las correas. —Pero mejor. Gracias, cariño.

—Ni lo menciones—. Me ayudó a quitarme la maldita cosa. —Tengo algo más para ti también.

—¿Qué?

—Cámara portátil—. Metió la mano en la pequeña bolsa negra que tenía a sus pies. —La colocaré cuando lleguemos al bosque. Podríamos perdernos, Evie. Esto me ayudará a averiguar dónde diablos estás.

—Vale. Así que eso es útil.

Llamaron a la puerta, así que me moví para abrirla sin caerme gracias al peso de mi espalda. Abrí la puerta para ver a Jonah y Terrence al otro lado.

—Llegáis justo a tiempo para que os den vuestra propia casa.

—¿Qué?

—Nuestro equipo de acampada—. Me hice a un lado para que pudieran unirse a nosotros. —Y cámaras portátiles.

—No hay problema—, Jonah miró la bolsa. —¿Tú, Terrence?

—Ya estoy en ello—. Cogió una bolsa y se la pasó a Jonah. —¿Puedes con las correas, hermano?

Sí, lo tengo—. Jonah se puso el suyo y empezó a tirar de los cierres. Miró a Reena. —¿Ya tienes el tuyo?

—Sí. Evie me hizo ir primero. Se rio. —Creo que lo estaba evitando.

—Sostengo que esto es una tontería. ¿Por qué llevar una bolsa cuando puedo simplemente atraer las cosas hacia mí?

—Oh, no lo sé—, respondió Joey secamente. —¿Tal vez porque, con nuestra suerte, ese pequeño truco no estará disponible en Hoia-Baciu? Prefiero no arriesgarme.

—Sí, sí—, resoplé. —Sácame de esta cosa, ¿quieres?

—¿Dijiste algo sobre las cámaras portátiles?— Terrence estaba trabajando en su propia bolsa. —¿Cómo funciona eso?

—Es fácil. Lo enganchamos a tu ropa y captará todo lo que veas—. Joey me desenganchó y sacó la bolsa mientras hablaba. Me sacudí los hombros. —También rastreará la ubicación en caso de que alguno de nosotros se pierda.

Joey me dio una palmadita en el brazo antes de continuar. —Tengo todo lo que necesito. ¿A qué hora quedamos con tu contacto de nuevo?

—A las cinco de la mañana—. Aproveché para sacudir los brazos. —Arc dijo que se encontraría con nosotros en el vestíbulo.

—¿Quién es Arc? — Preguntó Jonah mientras salía de su bolsa. La colocó junto a la mía. —¿Un guía?

—Más o menos—. Asentí con la cabeza. —Es un amigo de Prometeo. Va a darnos un mapa del bosque a cambio de una tonelada de dinero.

—Parece un hombre con clase.

—Eso es mejor que lo que yo dije—, sonrió Joey. —Dije que sonaba como un traficante de drogas.

Miré a Joey mientras cruzaba la habitación, cogí el teléfono y pulsé el «0» del teclado. Dos timbres más tarde, la voz alegre de una mujer me saludó.

—Hola, buenos días—. Me aclaré la garganta. —¿Puede enviar a alguien por nuestras maletas? Necesitamos tenerlas preparadas en el coche y listas para salir.

—Por supuesto, señorita McRayne. Estarán arriba en unos momentos.

—Genial. Gracias—. Colgué el teléfono para ver a Reena levantar una ceja en mi dirección. —¿Qué?

—Podríamos haberlos llevado nosotros mismos, sabes.

—Es decir, podríamos—, tiré de mi coleta para tensarla. —Pero prefiero que guardemos fuerzas para la caminata, ¿no?.

Empecé a revisar nuestras maletas por última vez para

asegurarme de que no nos olvidábamos de nada. Estaba segura de que íbamos a estar lejos de la civilización durante al menos una semana. Y estaba bastante segura de que nadie iba a estar dispuesto a entregar nada si lo necesitábamos. Así que, para cuando apareció el portero del hotel, estaba convencida de que no había nada que pudiera echar de menos. Incluso si me quedaba en medio de la nada.

Entramos en el vestíbulo unos minutos antes de las cinco y vimos el lugar abandonado, excepto por una mujer solitaria de pie detrás del impresionante mostrador de madera. Fruncí el ceño ante el enorme reloj que colgaba de la pared más alejada antes de ver movimiento justo a mi derecha. Un hombre alto estaba de pie junto a una gran ventana sosteniendo un bastón y moviendo la cabeza. Me metí las manos en los bolsillos y me acerqué a él. No fue hasta que estuve a su lado que me di cuenta de lo que tenía en la mano.

Un palo de selfie con un teléfono móvil atado al extremo. El hombre le dio a su imagen en la pantalla una mirada melancólica antes de que viera dispararse el flash.

—Disculpe—. Me aclaré la garganta. —Por casualidad no será Arc, ¿verdad?

—Lo soy—. Estaba tan concentrado en verse con la luz adecuada que no me miró. Tú debes ser Eva.

—Lo soy.

Casi me agacho cuando me agarró del brazo. Me acercó a él y le dedicó una enorme sonrisa a su cámara. —Sonríe, chica. Estás a punto de ser famosa.

—Ya soy famosa—. Lo fulminé con la mirada. —¿Quién eres tú?

—Arc. Ya lo sabes.

—Sí, vale—. Fue mi turno de extender la mano. Agarré el estúpido palo y se lo quité de la mano. —¿Cómo conoces a Prometeo?

—¿Qué estás haciendo? — Hizo un mohín. —Devuélveme mi cámara.

—Responde primero a mi pregunta.

—Bien. Él y yo nos hicimos amigos cuando estábamos en el Tártaro.

—Así que eres griego.

—Por supuesto que sí—. Arc amplió sus brillantes ojos verdes. —¿Qué otra cosa podría ser y seguir viéndome tan impresionante?

Empecé a reírme cuando las piezas cayeron en su lugar. Los selfies. La vanidad. El tártaro. Arc no era otro que Narciso. El dios que se amaba tanto a sí mismo que se convirtió en una flor por mirar tanto su reflejo.

—¿Qué? — Me arrebató el palo de la mano. —No lo he dicho para hacerme el gracioso.

—Joey, chicos—, conseguí contener la risa lo suficiente como para hablar con frases claras. —Os presento a Narciso.

—Espera, ¿Narciso?— Joey miró entre mí y nuestro nuevo conocido. —Creía que estaba convertido en una flor.

—Las cosas cambian. Tristemente—. El extraño hombre suspiró. —Ay, Zeus vio un mejor uso para mí en este nuevo y mejorado mundo. Le ayudo con su sentido de la moda. Él me permite permanecer libre para vagar por el suelo superior. O más bien, agraciarlo con mi presencia.

—Se va a poner muy molesto. Muy rápido.

Jonah me susurró al oído. Me tapé la boca con la mano mientras intentaba ocultar mi risa detrás de una tos. Debo admitir que Narciso era todo un espectáculo. Estaba cincelado. Esbelto. Cada mechón de su espeso pelo rubio parecía comportarse. Incluso su barba había sido recortada a la perfección.

Sabía, por las historias que Cyrus me había obligado a leer, que él sabía lo bien que se veía. Y que la vanidad había sido su maldición. Pero era más que una cara bonita. Narciso había sido cazador en el pasado. Estaría muy familiarizado con los bosques. Me pregunté si podría hacer que nos acompañara, pero decidí no hacerlo. Esta pequeña misión ya iba a ser lo suficientemente peligrosa.

—Vale. Entonces vamos allá. Hoia-Baciu—. Pasé mi brazo por el suyo para tirar de él hacia el sofá más cercano. —¿Dónde tenemos que ir?

El semidiós estaba demasiado ocupado mirándose en el reflejo de la mesa de madera para responderme. Acabé dándole un codazo antes de que se metiera la mano en el bolsillo para sacar una hoja de papel.

—Toma. Lo he dibujado para ti.

—Um, ¿gracias?

Cogí el endeble trozo de papel y lo desdoblé. Era el burdo dibujo de un círculo. Pero alrededor de ese círculo había pequeñas líneas que reconocí. Direcciones escritas en griego antiguo. Alisé el papel y levanté mi teléfono para hacerle una foto. Cuando terminé, me metí el teléfono en el bolsillo de la chaqueta.

—¿Algún consejo que puedas darnos? Sé de tu pasado, Narciso, como cazador.

—No me llames así. Es demasiado del siglo III—. Finalmente apartó los ojos de su reflejo para mirarme. —Ahora me llamo Arc.

—Bien. Arc. ¿Qué debemos tener en cuenta?

—Los olvidados—. El hombre se estremeció. —Bestias miserables y olvidadas que no dudarán en hacerte pedazos.

—¿Alguna idea de cómo se debilitó la barrera en primer lugar? — Joey se sentó al otro lado de mí. —Quiero decir, seguro, Eva puede hacer lo suyo para fortalecerla. Pero ¿cómo podemos evitar que esto se repita?

—Ni idea—. Narciso se encogió de hombros. —No soy un historiador ni un titán. Sólo estoy aquí por el dinero.

—Por supuesto que sí—. Me levanté y me estiré. —Muy bien, Arc. Vamos a salir. Puedes decirle a Joey aquí donde tenemos que aparcar el coche.

—¿Ya? El sol acaba de salir...— Su voz se entrecortó antes

de romper en una sonrisa que iluminó toda la habitación. —La luz es mejor en la hora del crepúsculo. Vamos. De todos modos, necesito nuevas fotos de exteriores.

Mientras Narciso nos conducía al exterior, sacudí la cabeza. Los olímpicos nunca dejaban de sorprenderme. Así que cuando subió al coche, me uní a él con una sola pregunta en mente.

—¿Has considerado una carrera en Hollywood, Arc? Creo que encajarías muy bien.

—No—. Agitó la mano en el aire para descartar mi pregunta. —Demasiado trabajo. Demasiado poco tiempo para mi rutina de belleza. Nunca podría dedicarme a la gran pantalla.

—¿Cuál es tu línea de trabajo, exactamente? — preguntó Reena, esta vez. —Aparte de tu rutina de belleza.

Compartimos una mirada divertida. Narciso no la captó.

—Fotógrafo—. Narciso se giró para verme. —Aunque también soy modelo. Buen sueldo. Ropa bonita. ¿Qué no puede gustar?

—Todo—. Me estremecí. —Lo siento, Arc. No me gusta el modelaje. Demasiada responsabilidad por ropa que ni siquiera me gusta.

—No tengo ese problema—. Se encogió de hombros. —Sólo hago lo que me dicen. Admiro los resultados. Si pasa algo, pasa.

Nos quedamos en silencio cuando Joey puso en marcha el coche. Condujo por las estrechas calles hasta que el pueblo se alejó en la distancia. Aunque no sé cómo Joey podía ver algo. Cuanto más nos alejábamos de la civilización, más espesa se volvía la niebla hasta que nos arrastrábamos por la carretera. Lo que le dio a Arc mucho tiempo para hablar de su tema favorito.

Él mismo. Me enteré de que se había hecho vegano durante el siglo XIX. Que pasaba la mayor parte de su tiempo haciendo pilates y tomando fotografías de sí mismo. Nuestro nuevo guía se jactaba de haber reunido más de dos mil *selfies* sólo en los últimos dos años.

Para cuando le dijo a Joey que se detuviera, todos estábamos dispuestos a tirar a Narciso del coche sólo para conseguir algo de paz y tranquilidad. Yo, en particular. Quería pensar. Quería repasar nuestro plan de juego. Quería disfrutar del calor del cuerpo de Jonah mientras estaba apiñado a mi lado en el asiento trasero. En cambio, me había visto obligada a escuchar a un dios cuyo mayor temor era que MAC dejara de fabricar su kit de contorno favorito.

—Gracias a Dios—. Joey murmuró cuando se unió a mí en el maletero. —Estuve tentado de sacarnos de la carretera sólo para darle a Arc algo más de lo que hablar.

Le concedí una pequeña sonrisa antes de negar con la cabeza. —No habría funcionado, Joey. El cielo podría haberse caído alrededor de sus orejas y seguiría hablando de lo bien que le queda el coral y el beige.

—Sí, sí—. Joey levantó la tapa. —¿Qué dices, Evie? ¿Lista para hacer esto?

—Tan lista como lo estaré siempre—. Me volví hacia nuestros amigos, que parecían tan aliviados como nosotros de estar fuera de ese coche. —Chicos, vamos a hacer el montaje. Venid a poneros los micrófonos.

Joey y yo hicimos la misma rutina que hacíamos en todas las localizaciones. Una breve charla sobre lo que íbamos a fotografiar primero. Me aseguré de saber lo que iba a decir para la introducción. Equipamos nuestros micrófonos. Esta vez, Joey tenía nuevos juguetes para jugar. Sonrió como un niño en Navidad mientras colocaba las cámaras corporales en él mismo, en Jonah, en Reena y en Terrence. Finalmente, colocó la mía en su sitio. Mi amigo encajó el último cable justo debajo de mi hombro izquierdo antes de decirme cómo usar el maldito aparato.

—Se mantendrá encendida todo el tiempo—. Dio un paso atrás para admirar su trabajo. —Así que capturaremos las imágenes desde tu ángulo, Evie. Pero si nos separamos, quiero que pulses este botón de aquí.

—¿Qué botón? — Intenté mirar hacia abajo. —Lo único que veo son cables.

—Aquí—. Joey levantó una pequeña caja negra que había enganchado a mi lado. —Pulsa esto y tu ubicación aparecerá en mi teléfono. Y no te muevas. Puede que no sea capaz de seguirte si te vas.

—Bien—. Miré hacia donde Arc estaba esperando. —¿Algo más?

—Su bolsa, señora—. Sonrió. —Date la vuelta. Te ayudaré a ponértela.

—Odio esta cosa. Mucho.

Joey se rio mientras yo hacía lo que me decía. Pronto me metió en la bolsa que contenía todo lo que necesitaría para sobrevivir durante la próxima semana. Mientras nos uníamos a los demás, intenté pensar en algo inteligente que decir. Algo sarcástico sobre la investigación de una playa a continuación. Pero mis palabras murieron en mi garganta cuando me di cuenta de nuestro entorno.

A pesar de la densa niebla, todavía podía distinguir los gruesos árboles negros. Los recuerdos de lo que había pasado en Montana se agolparon en mi mente, pero los aparté. Ahora no era el momento de recordar. Esto era diferente. Y había mucho más en juego que un simple embrujo.

Por supuesto, tampoco podría clasificar a Montana como un simple embrujo. Los monstruos allí resultaron ser obra de Hera. Fue mi primera interacción real con ella. Pero no importaba. Ahora no. No estaba en una lujosa granja de caballos. Estaba en Rumanía. En el Tártaro.

Tenía un trabajo que hacer. Ser el héroe. Ser todo lo que todos esperaban que fuera.

Era hora de ponerse a trabajar.

Hasta que no atravesamos la mitad del campo que lleva a Hoia-Baciu no me di cuenta de la multitud que nos esperaba.

Hombres y mujeres, algunos con cámaras, otros con micrófonos, empezaron a vitorear cuando nos vieron. Cerré los ojos, tomé aire y dejé que mi rostro cayera dentro de la máscara que llevaba ante la prensa. Así era más fácil ocultar mi miedo.

—¿Quién los invitó a la fiesta? — Terrence frunció el ceño mientras se acercaba a mí. —Creí que ayer les habías pedido que nos dejaran en paz.

—En el bosque, sí—. Asentí con la cabeza. —Aunque no dije nada de que nos recibieran en la puerta proverbial.

—Bueno, no puedo decir que los culpo. Soy bastante espectacular—. Joey sonrió. —Sólo estoy sorprendido, eso es todo. Me lo esperaba en Estados Unidos, pero no aquí.

—*¡Bună dimineaţa!* — Arc pasó por delante de Terrence para agarrarme del brazo. Saludó a la prensa con una carcajada mientras tiraba de mí hacia ellos. Disparó otra ronda de un idioma que no podía hablar antes de que finalmente decidiera no ser grosero. Mi nuevo compañero cambió al inglés. —Oh, qué bien. Hablan tu idioma, sibila.

—Genial—. Le ofrecí una sonrisa tensa. —Aunque no me sorprende. Creía que aquí todo el mundo hablaba inglés.

Se burló Arc cuando se presentó a la prensa como mi guía. No me molesté en ocultar la incredulidad en mi rostro mientras hablaba de su temor por nosotros al adentrarnos en Hoia-Baciu. Pero este grupo no tenía ningún interés en el gran Narciso. Una mujer me empujó su micrófono mientras me preguntaba por mi estancia en Rumanía hasta el momento.

Hice lo mejor que pude. Intenté ser paciente. Responder a todas sus preguntas. Pero el tiempo se estaba acabando. Cuando Joey se aclaró la garganta, encontré la salida.

—Es hora de que filmemos la introducción del episodio—. Me alejé un paso de ellos. —Joey, vamos a incluir a nuestros nuevos amigos esta vez.

—Lo que tú digas, Evie—. Entrecerró los ojos hacia mí y

levantó su cámara del suelo. Se la puso en el hombro mientras yo me volvía hacia el grupo.

—Quédate quieto. Anímate o grita cuando sea necesario, ¿vale? ¿Jonah, Re, Terrence? Quiero que me flanqueéis.

—Nos parece bien, Superestrella.

Le sonreí con agradecimiento a Jonah, que se acercó a mí. Le apreté el brazo y me reprendí a mí misma. Me resultaba demasiado fácil ponerme cariñosa con él. Tenía que controlarme con eso.

Una vez que todos estaban en su sitio, asentí en dirección a Joey. Dejó caer su mano para decirme que estábamos rodando, así que sonreí lo suficientemente fuerte como para que me dolieran las mejillas.

—¡Bienvenidos de nuevo a *Mensajes de la tumba*! Hoy os saludamos desde un campo en las afueras de Cluj-Napoca, Rumanía. Para los que estéis familiarizados con el mundo paranormal, sabéis exactamente dónde estoy. ¿Pero para los que no lo están? Bueno. ¿Veis esos árboles detrás de mí? Ese es el infame Bosque Hoia-Baciu. El bosque más embrujado del mundo.

Abrí los brazos para hacer un gesto a la prensa que estaba detrás de mí. —¡Y mirad el comité de bienvenida! Rumanía sí que sabe cómo hacer que una chica se sienta bienvenida por estos lares.

El público que estaba detrás de mí aplaudió, y vi a Arc poniendo los ojos en blanco. No es que su opinión importara. Así que sonreí con más fuerza. Más amplia. Y seguí hablando.

—Es cierto que estamos aquí para documentar lo paranormal en estos bosques. Pero nuestro propósito en Rumanía es mucho más oscuro. Mucho más mortífero. Veréis, enterrado bajo estas tierras está nada menos que el mismísimo Tártaro. ¿Nunca habéis oído hablar de él? Bien. Eso os mantendrá alejados de aquí. Digamos que es un lugar muy malo para almas muy malas. Gracias al consejo Olímpico… sí, esos mismos dioses sobre los que aprendiste en la escuela secundaria, hemos sido asignados para evitar que esas almas malas escapen. Ahora, Joey y yo estamos aquí con los Undécimos de Roma, Carolina del Norte. Jonah, Reena y Terrence. Saludad a los espectadores en casa, chicos.

No me molesté en ocultar mi orgullo cuando cada uno de ellos hizo pequeñas presentaciones sobre sí mismos. Cuando Joey me devolvió la cámara, yo todavía estaba radiante.

—De todos modos, tenemos una lista de actividades planeadas para la semana que viene. Documentar lo paranormal en estas tierras como Alexandru Sift intentó hacer en los años 50. Cerrar una barrera que se está debilitando. Encontrar una manera de sobrevivir la semana sin WiFi. Buenos tiempos. Así que empecemos, ¿de acuerdo?

Le guiñé un ojo a la cámara y vi cómo se apagaba la lucecita roja. Me volví hacia la prensa que estaba detrás de mí para agradecerles su participación, pero al despedirme de ellos me di cuenta de que Arc me miraba fijamente.

—¿Por qué no me has incluido?— Arc se acercó con el ceño fruncido en sus perfectas facciones. —¡Debería haber estado en la cámara!

—Lo dejé abierto—. Me encogí de hombros. —Deberías haberte unido a la multitud. Además, ¿nadie te ha dicho que tu cara se puede atascar de esa manera? No lo hagas.

Una mirada de puro horror apareció en sus ojos antes de que se diera cuenta de que le estaba tomando el pelo. Pero en lugar de tomarse la broma como yo pretendía, resopló.

—Me voy. Tienes tu mapa. Te he traído al bosque de los olvidados. He cumplido mi parte del trato.

—Que sí—. Extendí mi mano. —Gracias, Arc.

No me sorprendió que ignorara mi gesto. Le vi girar sobre sus talones para seguir a la prensa antes de susurrar.

—Que te vaya bien.

—Puedes repetirlo—. Jonah resopló. —Nunca pude entender el amor de Apolo por él en los cuentos.

—Tal vez lo ame como todos amamos las cosas bellas—,

Me encogí de hombros. —Lástima que la belleza sea sólo superficial. Podría haber sido muy útil para nosotros.

—Sí. ¿Como el dibujo del niño que te dio como mapa? — Reena nos acompañó mientras cruzábamos entre los árboles. —¿O cómo nos abandonó antes de entrar en el bosque?

—Bueno, ya estamos aquí. Es inútil quejarse.

Me quedé en silencio mientras seguíamos atravesando la espesa arboleda. No podía evitar la sensación de que nos estaban observando. Tal vez se trataba de un reportero rebelde que había decidido no escuchar. Tal vez el biólogo Sift había tenido razón cuando dijo que sentía ojos sobre él en todo momento. En cualquier caso, esperaba que lo que fuera que nos estuviera observando se sintiera tan miserable como yo. A pesar del sol de la mañana, la niebla que nos rodeaba aún no se había disipado. El bosque estaba oscuro. Húmedo. Frío y solitario.

—Vale—. Joey extendió su brazo para detenerme. —Déjame ver ese mapa, Evie. Necesitamos ver dónde estamos y en qué dirección tenemos que ir.

—¿Cómo has aprendido tanto sobre el bosque, Joey? — Le entregué el mapa mientras él sacaba su teléfono. —Quiero decir; sé que solías disparar armas con tu padre mientras crecías. Pero toda esta parte de Grizzly Adams es nueva para mí.

—Crecí en Wyoming, Evie—. Me sonrió. —Aprendí muy rápido lo importante que es saber dónde estás cuando estás en el bosque.

—Eso fue antes del GPS, ¿no? — Le dirigí una mirada de falsa seriedad cuando me sacó la lengua. —¿Qué?

—Sólo eres unos años más joven que yo, señorita—. Joey se movió hasta que pude ver su teléfono. Había sacado una foto aérea de Hoia-Baciu. —Ok. Estamos aquí.

Mi amigo señaló la parte inferior de su pantalla. Observé cómo su dedo recorría los árboles antes de clavarlo en el centro de un círculo estéril. —Aquí es donde tenemos que estar.

Debería ser una caminata de dos días si no nos encontramos con ningún problema.

—¿Y si lo hacemos?

—Entonces nos ocupamos de ello—. Metió su teléfono en el bolsillo antes de meter la cámara que había utilizado para filmar la introducción en su bolsa. —Usaremos las cámaras corporales por ahora. Cualquier cosa grande y volveré a sacar a Betsy.

—¿Betsy? — Resoplé. —¿Has llamado a tu cámara 'Betsy?

—Sí—. Asintió con la cabeza. —Un buen y sólido nombre para un viejo conocido. Nunca me ha defraudado.

Joey fue interrumpido por un grito corto y agudo. Los seis nos quedamos congelados en nuestro sitio mientras se desvanecía.

—¿Qué demonios ha sido eso? — Joey se dio la vuelta para mirarme. —Sonaba como una chica.

Otro grito resonó entre los árboles cuando los recuerdos de Prometeo comenzaron a aflorar. Me aferré a las correas de mi mochila mientras miraba hacia arriba. Todavía no habíamos avanzado ni un kilómetro en el bosque, pero el horror de este lugar ya estaba haciendo acto de presencia.

—Eso no era una chica, Joey. Era el bosque. Los propios árboles están gritando.

—De acuerdo—. Extendió la palabra. —La próxima vez que los dioses te necesiten, voto por un lugar menos espeluznante y más soleado.

—Secundo la moción—. Me moví alrededor de él para seguir caminando. —Pero es lo que es. Sigamos adelante. Cuanto antes lleguemos al claro, mejor.

Todos nos quedamos en silencio mientras seguíamos avanzando. Cuanto más nos adentrábamos en el bosque, más parecía cambiar. Los árboles empezaron a enroscarse unos con otros. La vegetación se hacía más espesa. El aire era más pesado. Para cuando llegamos a un pequeño arroyo, estaba tan ansiosa que temblaba. Joey, a pesar de su historial de juegos en el bosque, parecía tener dificultades para respirar. El resto del grupo parecía estar bien. Pensé en la sugerencia de Reena de hacer cardio cuando almorzamos en L.A. Ahora deseaba haber aceptado su oferta.

—Pido un descanso—. Miré mi reloj. —Son más de las diez, lo que significa que hemos estado en este pequeño sendero natural durante unas tres horas y media.

Joey desenganchó su mochila y la dejó caer antes de agacharse. Se agarró las rodillas antes de empezar a jadear.

—¿Joey? — Fruncí el ceño. —¿Estás bien?

Sacudió la cabeza. —No puedo... respirar. Ardiendo.

—¿Quemando? — Dejé caer mi propia bolsa antes de acercarme a él. —¿Dónde?

Mi amigo soltó el agarre que tenía en las rodillas para tirar del cuello de la camisa. Le aparté la mano de un manotazo, lo bajé al suelo y le aparté la tela de la piel.

—Oh, Dios mío—. Miré a Jonah. —Se ha quemado.

—¿Quemado? ¿Por qué?

Se inclinó sobre mí para ver la herida. La pálida piel de Joey tenía el tono más oscuro de rojo que jamás había visto. Estaba tan quemado que se le habían formado ampollas en la nuca. Sacudí la cabeza en respuesta a la pregunta para la que no tenía respuesta.

—Agarra mi cantimplora, ¿quieres? Joey, quítate la camisa.

—Evie, nunca pensé que te diría esto, pero de ninguna manera....

—Sólo hazlo—. Resistí las ganas de darle una bofetada en la nuca. —Voy a coger el botiquín.

Joey refunfuñó mientras empezaba a hacer lo que le pedía. Cuando rebusqué entre mis provisiones para encontrar la pequeña caja blanca, Joey parecía respirar mejor. Volvía a tener color en la cara. Reena se había puesto a trabajar, vertiendo agua sobre la quemadura. Cuando me vio de pie, se movió para dejar que me hiciera cargo.

—Eso no es una quemadura de sol ordinaria—. Miró entre nosotros. —Parece radiación.

—Puede ser—. Estuve de acuerdo mientras aplicaba el espray para quemaduras en el cuello de Joey. —Había informes en Internet sobre gente que salía de aquí con marcas extrañas. Quemaduras. Los creyentes lo atribuyen a los ovnis. Pero si el Tártaro está aquí...

—Entonces podría ser residual de los fuegos del infierno debajo de nosotros—. Jonah terminó por mí. —En las historias que solía leer, cualquier humano habría sido afectado por ellos.

—¿Entonces por qué no estamos afectados? — Volví a meter la lata en la bolsa y cogí una venda blanca cuadrada. —Nosotros también somos humanos.

—No, estamos mejorados—. Jonah parecía desconcertado. —Nuestra etérea es suficiente para protegernos. Tal vez tus habilidades de sibila sean suficientes para protegerte.

—Tal vez.

—Chicos, de verdad—, siseó Joey cuando le puse la venda en su sitio. —Estoy bien ahora. Me siento bien.

—Bien—. Le entregué su camiseta. —En ese caso, voy a rellenar mi botella de agua. Todavía tenemos toda una tarde de excursión que hacer. No voy a lograrlo sin ella.

Cogí mi botella de la mano de Reena. —¿Podéis quedaros aquí con Joey? No sé si podrá disparar su arco con esas quemaduras.

—No deberías ir sola, Superestrella—. Jonah me miró con el ceño fruncido. —Iré contigo.

—Jonah, si un gran villano sale del bosque, no quiero dejar nada al azar—. Le dirigí una suave sonrisa. —Reena y Terrence, con lo malos que son, se debatirían entre una pelea y vigilar a Joey. Si sois tres aquí, entonces dos podrían pelear y uno podría vigilar.

—Ya has pensado en esto.

—Lo intenté—, admití. —Además, el arroyo está más allá de esos árboles. Si algo viene a buscarme, armaré tal alboroto que lo sabréis.

Resistí el impulso de agarrar su mano antes de girar hacia el arroyo. No era estúpida. Sabía que no debía ir demasiado lejos. Por muy elegante que jurara Joey que era nuestra nueva tecnología, no estaba convencida de que fueran capaces de reunirse conmigo en este amasijo de árboles. Así que me abrí paso entre la maleza que bordeaba el agua y me agaché. Di un rápido agradecimiento a Apolo por vivir en la era de los filtros de agua portátiles cuando sumergí la botella en el arroyo.

Estaba a punto de sacar la mano del agua cuando oí un gruñido a mi izquierda. Me quedé helada al oír ese sonido tan familiar. Después de todo, lo había escuchado cada vez que Elliot se había transformado en lobo. Un resoplido siguió al gruñido, y me puse en pie para enfrentarme al animal.

Me equivoqué. No era un solo lobo. Había siete de ellos. Cada uno me miraba fijamente con fríos ojos amarillos. Mi primer pensamiento no fue sobre Elliot. No fue sobre mi arma. Fue en el hombre herido que fue tan estúpido como para ponerse a mi cuidado. Eché una mirada hacia la maleza donde me esperaba mi grupo. Entonces, hice lo único que se me ocurrió hacer.

Corrí.

VEINTISÉIS

EVA MCRAYNE

AL PRINCIPIO, podía oír sus patas golpeando el suelo del bosque. Oí cómo las hojas se aplastaban bajo nuestro peso. Podía sentir las ramas que me arañaban la cara. Pero pronto, los latidos de mi corazón comenzaron a llenar mis oídos. Mi cuerpo se entumeció por el miedo. Todo lo que podía hacer era seguir hacia adelante. Aumentar la distancia entre los animales y mis amigos.

—¿Evie? Evie, ¿dónde diablos estás?

La voz de Jonah se filtró a través de mi pequeño auricular. Me tomé un segundo para mirar detrás de mí y ver a los lobos a menos de un metro de mí. No respondí. No había tiempo. Corrí directamente hacia un árbol caído y recé para que fuera lo suficientemente bajo como para saltar sobre él.

Lo fue. Aterricé en cuclillas al otro lado antes de impulsarme una vez más. Oí a uno de los cachorros detrás de mí. Luego otro. Pero no me paré a ver qué les había pasado. Los árboles se habían convertido en una mancha. El mundo pasó a toda velocidad mientras me movía tan rápido como podía a través de este lugar maldito. Sólo disminuía la velocidad cuando el follaje se volvía demasiado espeso como para correr a través de él. Me abrí paso entre ellos, abriéndome paso entre dos árboles antes de que el suelo desapareciera bajo mis pies.

Solté un pequeño grito mientras caía por la colina. Me tapé la cara con el brazo y dejé que mi cuerpo se debilitara mientras rodaba. Cuando por fin me detuve, miré hacia arriba y vi que un lobo había saltado al barranco tras de mí. Me levanté de un empujón, ignorando el dolor agudo que rebotaba en mi caja torácica. Tenía dos segundos para moverme. Dos segundos para apartarme del camino.

Me obligué a apartar el cuerpo para observar al animal mientras se sacudía en el aire. Aterrizó en un montón justo a mi lado. Me obligué a levantar la cabeza para ver a Joey y Jonah de pie en la parte superior del agujero en el que había caído. Reena y Terrence se unieron poco después. Mi queridísimo camarógrafo estaba bajando el arco a su lado. Joey debió de darse cuenta de que le miraba atónito porque inclinó la barbilla hacia mí con la mirada más petulante posible antes de llamarme.

—¿Quién te tiene, niñita?

A pesar de mis intentos por recuperar el aliento y del dolor en el costado, me eché a reír. Volví a caer entre las hojas mientras ellos bajaban la colina para reunirse conmigo. Cuando me alcanzaron, Joey me tendió la mano con una sonrisa.

—Y dijiste que no necesitaría mi arco.

Tomé su mano con una risa. —Eso ha sido increíble, Joey. Lástima que no lo hayamos grabado.

—Ah, pero lo hicimos—. Dio un golpecito en el cable que aún estaba atado a mi pecho. —Desde tu ángulo y el mío.

—Eva, ¿qué demonios ha pasado? — Jonah se deslizó hasta detenerse a mi lado. —¿Por qué no pediste ayuda?

¿Porque no quería ponerte en más peligro? ¿Porque no podía soportar la idea de que te hicieran daño? ¿Porque con gusto daría mi propia vida por la tuya?

No dije nada de esto en voz alta. En cambio, me quité el polvo de los brazos para no encontrarme con sus ojos.

—No quise gritar porque no quería sobresaltarlos más. Corrí con la esperanza de encontrar un claro más grande para luchar contra ellos.

Jonah suspiró antes de rodear mi cintura con su brazo para ayudarme a salir del barranco. Cuando llegamos a la cima, Joey me envolvió en un abrazo de oso.

—Eva McRayne, ¡no vuelvas a huir así! Me diste un gran susto cuando no pudimos encontrarte.

—Joey—, jadeé contra el agudo dolor que me recorría. —Por favor... para. Me estás matando.

—¿Qué? — Me soltó. —¿Estás bien?

—Sí—. Respiré profundamente, lo que resultó ser una muy mala idea. —Sólo... ay.

—¿Qué pasa? — Reena me miró con el ceño fruncido. —¿Te golpeaste con un palo o algo así?

—Estoy bien. Estaré bien.

—Evie...— Joey lo intentó esta vez pero sus palabras se desvanecieron cuando me vio. —De acuerdo. Mira. Vamos a recoger nuestras cosas. Nos lo tomaremos con calma el resto del día. Para que tengas tiempo de curarte.

—Gracias—. Me volví hacia la colina. —Entonces, ¿quién conoce el camino de vuelta al campamento?

—Yo—. Joey sacó su teléfono con la mano libre. —Aplicación de rastreo. No me di cuenta de que sería tan útil tenerla.

—Guíame, Grizzly—. Le hice un gesto para que se pusiera delante de mí. —Mi cama en Los Ángeles me está llamando. Cuanto antes termine esto, antes podré volver a ella.

———

Para cuando volvimos a nuestras cosas, estaba sudando por el esfuerzo de intentar respirar. Me ardía el costado. Me dolían los pulmones. ¿Y lo peor de todo?

Jonah y Reena no dejaban de lanzarme miradas de

preocupación antes de mirarse entre ellos. En su mayor parte, los ignoré hasta que Jonah trató de volver a atar mi bolsa alrededor de mi pecho. No pude contener mi gemido cuando apretó el cierre de plástico.

—Bien. Eso es—. Desabrochó el cierre y tiró de la bolsa para liberarla de mi espalda. —Fuera el abrigo, Superestrella.

—Jonah...

—No me digas «Jonah»—. Cruzó los brazos sobre el pecho. —Puedes curarte, pero tenemos que asumir que no lo harás.

—Lo haré. Lo prometo.

—Quitado—. Entrecerró sus ojos de color avellana hacia mí. —Y empieza a hablar. ¿Qué te duele?

—Mi costado—. Hice una mueca de dolor mientras me desabrochaba el abrigo. —Siento como si tuviera agujas pinchando mi piel.

—¿Otra quemadura? — Reena, esta vez. Tomó mi abrigo cuando se lo entregué. —O tal vez te torciste algo cuando te caíste por el barranco.

—Chicos, ¿podéis darnos un minuto? — Jonah miró al grupo. —Esto no llevará mucho tiempo.

Observé cómo los demás se alejaban de nosotros. Me pregunté por qué Jonah había asumido esta tarea. Después de todo, Reena había sido la que había atendido mis heridas en la finca. Pero no quise cuestionarlo. Al fin y al cabo, me estaba ayudando.

—¿Te duele el costado?

No contesté mientras Jonah me levantaba la camiseta. Le oí silbar antes de que presionara con sus dedos sobre el punto que tanto me dolía. Me mordí el labio para no sollozar mientras volvían las punzadas. Parecía concentrarse en pincharme las costillas, pero no pude evitar fijarme en cómo sus dedos parecían detenerse en el tatuaje del fénix blanco que decoraba mi costado. Mi marca de los dioses. Finalmente, se levantó.

—Te has roto un par de costillas, Evie. Vas a tener que

tomártelo con calma hasta que tus poderes de sibila hagan efecto.

—Jonah, no puedo.

Empecé a bajarme la camiseta, pero él me detuvo. Sacudió la cabeza y le hizo un gesto a Reena para que le trajera el botiquín que había abandonado antes. Se lo pasó antes de que intercambiaran otra conversación silenciosa antes de reunirse con los demás.

—Como estaba diciendo antes de que me interrumpieras—, Jonah cogió el botiquín y sacó un rollo de vendas. —Como sé que no hay manera de que aceptes mi sensata sugerencia, voy a vendarte. ¿Puedes levantar los brazos?

Me costó, pero lo hice. Jonah me puso la camisa por encima de la cabeza y, luego, se apresuró a envolverme con aquellas gruesas vendas. Sentí que mi cara se sonrojaba cada vez que sus dedos rozaban mi piel desnuda. Cuando colocó un broche de plata en su sitio, dio un paso atrás para admirar su trabajo.

—¿Cómo te sientes?

—Mejor—. Admití mientras cogía mi camisa. Me la pasó, y me la puse antes de coger mi abrigo. Estaba realmente agradecida, pero me sentía avergonzada porque tenía que ayudarme. Y porque mi corazón latía a mil por hora por unos cuantos golpes en mi piel.

Tenía que controlarme. Sonreí un poco a Jonah cuando me apartó las manos para abrocharme el abrigo.

—Gracias, arándano—. Me las arreglé. —Realmente eres el mejor, ¿sabes?

Me miró con esos ojos color avellana y no pude respirar. Tal vez las vendas estaban demasiado apretadas, después de todo.

—Ni lo menciones—. Me ayudó a ponerme la bolsa de nuevo y, luego, aflojó las correas para que se ajustaran a mis vendas. —Si llega a ser demasiado, me lo haces saber. ¿Lo prometes?

—Lo prometo—.

Jonah me dio un apretón de manos en el hombro antes de que nos reuniéramos con los demás. Le devolvió a Reena el botiquín de primeros auxilios, y ella lo colocó en su mochila.

—¿Qué es lo siguiente?

—Vamos a cruzar el arroyo. Hoy no iremos tan lejos como habíamos planeado. Sobre todo porque nunca he montado una tienda de campaña antes. Voy a necesitar algo de tiempo para averiguar cómo hacerlo.

—¿Nunca has montado una tienda de campaña?

—No. No salgo a menos que sea absolutamente necesario. Mucho menos duermo fuera.

—Bueno, crecí en un rancho de ganado. Joey revisó su cámara antes de que todos empezáramos a caminar. —Prácticamente vivía en el bosque durante el verano. Y si no hacía demasiado frío, también me quedaba allí en invierno.

—Entonces, ¿por qué ser un camarógrafo? ¿Por qué no quedarse en el rancho? — Reena arrugó la nariz mientras se metía en el arroyo. —No lo entiendo.

—Porque me aburría—. Joey alzó la voz por encima del sonido del agua mientras la vadeábamos. —La vida no cambia en Wyoming, Re. Los mismos caballos. La misma nieve. Los mismos bosques día tras día. Quería viajar y se me daba muy bien disparar a las cosas. Sólo sustituí mi pistola por una cámara.

—Entonces se cumplió tu deseo—. Terrence se sacudió el agua de las botas cuando llegamos al otro lado. —¿Pero por qué *Mensajes de la tumba*?

—Porque filmar a las parejas que se pelean entre sí en los realities me produjo la misma sensación que Wyoming—. Joey se encogió de hombros cuando se puso a mi lado. —Me aburría muchísimo. Siempre era lo mismo. Discutían por dinero. El sexo. Mierdas estúpidas que no significaban nada.

—¿Acabas de maldecir? — Sonreí. —No creí que nadie dijera palabrotas en Wyoming.

—Culpa de California—. Igualó mi sonrisa. —Así que sí. Cuando Connor me propuso hacer el proyecto de Elliot, aproveché la oportunidad. ¿Pensé que mi carrera despegaría? No. Pensé que duraríamos unos pocos episodios y luego nos desvaneceríamos cuando la influencia de Joseph desapareciera.

—¿Qué te hizo cambiar de opinión? — Jonah se acercó al otro lado de mí. —¿Sobre el programa?

—Evie—. Se encogió de hombros cuando le sonreí. —Es cierto. Nunca había conocido a nadie tan feroz como tú, Eva. Tan decidida. Cuando dices que algo va a suceder, sucede. Cuando filmamos el primer episodio en Kansas y vi cómo reaccionaste ante el fantasma allí, supe que había encontrado oro.

—El espectáculo ha resultado ser bastante espectacular—. Admití. —Al principio no quería hacerlo. Pero Elliot me convenció.

—¿El dinero?

Asentí con la cabeza. —Sí. Pero es una locura. A pesar de todo lo que hemos pasado y todo lo que he aprendido, siento que estoy justo donde tengo que estar.

—Porque te gusta mucho patear culos—. Joey se rio cuando le saqué la lengua. —¿En serio? Creo que Connor debería haberte dado el puesto de productor desde el principio. Esto va a ser el comienzo de un nuevo *Mensajes de la tumba*. Lo haremos mejor. Más oscuro.

—¿Más peligroso? — Me reí antes de volver a ponerme serio. —No creo que podamos hacerlo más peligroso de lo que ya es

Después, nos sumimos en un cómodo silencio. Por mi parte, intentaba ver la belleza del bosque. Intentaba encontrar una cualidad redentora en este horrible lugar. Su horrible historia. Pero no podía. Era demasiado oscuro. Demasiado salvaje. Y no bromeaba con lo de que era peligroso. No puedo decir cuántas veces estuve a punto de torcerme un tobillo al pisar las raíces que intentaban hacernos tropezar. De hecho, estaba en proceso de evitar una cuando Terrence rompió el silencio a nuestro alrededor.

—Um, Evie. Tenemos compañía.

Levanté la cabeza para ver a una joven de pie en el camino frente a nosotros. Estaba sucia. Vestida con trapos blancos cubiertos de una mezcla de sangre y suciedad. Me detuve cuando me acerqué lo suficiente para ver que era asiática. La mitad inferior de su cara estaba cubierta con una máscara quirúrgica.

—Me alegra ver que no soy la única que parece completamente fuera de lugar aquí—. bromeé. —¿Quién eres tú?

La chica nos miró fijamente durante un buen minuto antes de inclinar la cabeza hacia un lado. Cuando finalmente habló, me sorprendió. Podía entenderla, aunque no hablaba en inglés. Era japonés.

—¿Crees que soy bonita?

—¿Qué? — Miré a Reena, cuya boca formaba una línea dura. —No entiendo...

—¿Crees que soy bonita? — Los ojos de la chica brillaron mientras daba un paso adelante. Una cuchilla larga y delgada apareció en su mano antes de detenerse. —¿Lo crees?

—A riesgo de ser atravesado, ¿sí? — dijo Joey. Giré la cabeza para mirarle, pero mi mente iba a toda velocidad. Intentaba utilizar los conocimientos de Prometeo para reconocer la amenaza que teníamos delante. Por fin, encontré la información que buscaba.

—Joey—, siseé. —Hagas lo que hagas, no respondas a sus preguntas.

—¿Por qué? — Me miró antes de volverse hacia nuestra nueva incorporación. —¡Oh, Dios!

La chica se había quitado la mascarilla quirúrgica para revelar una espantosa herida donde debería haber estado su boca. Me tragué las náuseas que me produjo la visión cuando ella volvió a hablar. —¿Sigues pensando que soy guapa?

—¿Y yo qué? — Me desenganché la mochila y la dejé caer en el camino. —¿Crees que soy bonita?

No le quité los ojos de encima mientras Jonah hacía lo mismo. Sacó sus armas mientras Reena y Terrence le seguían. Fabuloso.

La chica pareció confundida durante un minuto. Hizo rebotar el cuchillo contra su pierna y volvió a hacer su estúpida pregunta. Esta vez, Joey empezó a hablar, pero yo le corté al tiempo que hacía fuerza con mi espada en la mano.

—Se llama Kuchiake-onna. Un espíritu del folclore japonés—. Le expliqué. —No puedes responder a sus preguntas, Joey. Si dices «sí» dos veces, entonces te dará la misma deformidad que ella tiene. Si dices «no», te partirá por la mitad. Pero ella es impotente si respondes a sus preguntas con otra pregunta.

Mi amigo cerró la boca. Entonces me volví hacia el espíritu que nos bloqueaba el camino.

—¿Qué te ha pasado?

—¿Todavía piensas que soy bonita? — Siseó. Vi cómo sus ojos brillaban de blanco. —Contéstame.

—¿Sabes quién soy? — Sonreí. —¿No sabes que no respondo a nada que no quiera?

La chica gritó de frustración ante mis preguntas. Se lanzó hacia delante para golpear su hombro contra mi pecho. Gruñí al volver a sentir las punzadas en las costillas, pero ignoré el dolor. Bajé la empuñadura de mi espada a la parte superior de su pelo enmarañado y la aparté de mí.

Jonah golpeó su bastón contra la parte superior de su cabeza. El espíritu soltó un grito impío mientras desviaba su atención hacia Jonah. Éste volvió a golpear mientras Reena se quitaba los pies de encima. Terrence la agarró mientras yo me ponía en pie. A pesar de mi herida, no le di la oportunidad de atacarme por segunda vez. Hice girar la espada en un círculo a mi lado antes de clavársela en la nuca. La chica soltó un último grito antes de desaparecer en una niebla blanca.

—Sois los mejores—. Miré a los Undécimos. —En serio. Eso ha sido increíble.

Después de un momento, Joey volvió a mi lado. Me agarró por el hombro antes de respirar profundamente.

—Vale. Estoy seguro de que hay una explicación para eso.

—El bosque de los olvidados—. Dejé que mi espada desapareciera antes de tomar mi equipo. —¿Recuerdas lo que dijo Zeus? Monstruos y espíritus de todo el mundo fueron traídos para evitar que los humanos vagaran por estos bosques.

—¿Cómo sabías lo que era? — Reena me alcanzó mientras reanudaba nuestra caminata. —No te ofendas, Evie, pero no te tomé por una experta en mitología japonesa.

—Historia. Historia japonesa—. La corregí, pero mi sonrisa flaqueó cuando me di cuenta de que acababa de decir la frase más parecida a Cyrus posible. Me lo había sacado de la cabeza a él y a su pequeña escapada en casa de Aiko. Tenía que volver a hacerlo. Sacudí la cabeza para ahuyentar los pensamientos. —Y no lo soy. Pero Prometeo es un experto en Hoia-Baciu. Conoce cada monstruo, cada ser, cada camino aquí. Así que, por extensión, yo también.

—Entonces, ¿por qué necesitamos el ridículo mapa de servilletas de Arc?

—Porque no quiero tirar de los recuerdos de Prometeo más de lo necesario—. Me estremecí. —Son demasiado, Re. Incluso para mí.

Incliné la cabeza para mirar a Joey. —Pero tengo una pregunta para ti. ¿Cómo sabías lo que estaba diciendo? No sabía que sabías hablar japonés.

—Hay muchas cosas sobre mí que no conoces. Todavía—. Me dedicó una sonrisa lasciva hasta que le di un puñetazo en el brazo. —¡Ay! Estoy bromeando. Estoy bromeando. Anime.

—¿Qué?

—Solía ver anime cuando era niño—. Se rio. —Aprendí algunas palabras con los años.

—¿Por qué no me sorprende? — Puse los ojos en blanco. —Chicas semidesnudas siendo salvadas de los grandes ogros. Es justo lo que buscas.

—Oye, eso no es justo—. Joey se agarró a las correas de su mochila. —Lo veía por las historias. Algunas eran muy buenas, Evie. Puedo recomendarte algunas buenas si quieres ver de qué estoy hablando.

—Sí, ya veremos—. Pasé mi brazo por el suyo. —Incluso podríamos hacer una noche si prometes mostrarme que las chicas patean el trasero.

—¿Ahora quién está hablando mal? — Me sonrió. —Trato hecho. Pero me vas a invitar a cenar. Es lo menos que puedes hacer por mi experiencia.

—Siempre te invito a cenar—. Puse los ojos en blanco antes de mirar a mi alrededor. —¿Soy yo, o está más oscuro que antes?

—Está oscureciendo—. Jonah miró su reloj. —Mi reloj dice que son más de las cuatro. Busquemos un buen lugar para dejar todo para la noche.

—Me parece un buen plan—. Me encogí de hombros. —Todavía me duele el costado. Y me sorprende que Joey no se haya comido ya la mitad del bosque.

—¿Puedo hacerlo? — La cara de Joey se iluminó. —Pensé que los rumanos no lo verían con buenos ojos, pero...

—Sólo vete—. Le di un pequeño empujón. —Encuentra un lugar, Grizzly. Estoy lista para dar por terminado el día.

———

Cuando el grupo hubo cenado y yo me tomé mi batido, estaba más que preparada para dar por terminada la noche. Abracé a Joey, le di las gracias por vigésima vez por haberme montado la tienda de campaña y me metí dentro con un suspiro de felicidad. Era cierto que no habíamos llegado tan lejos como esperábamos el primer día. Pero estábamos aquí. Estábamos en el bosque.

Estábamos vivos.

Lo consideré un progreso. Me senté en mi saco de dormir durante un momento mientras relataba los acontecimientos del día. Narciso. La prensa. Hoia-Bacu. Los lobos y la chica espíritu. Pero al final, sacudí la cabeza. No tenía sentido intentar volver a las cosas que habían pasado. No había lecciones que aprender. Nada que hubiera hecho de forma diferente. Me quité las botas y bajé la cremallera de mi mochila mientras mis pensamientos sobre el pasado se trasladaban a mis preocupaciones para el día siguiente. *Si Apolo quiere, llegaremos al claro*, pensé. Utilizaría los conocimientos de Prometeo para reforzar las barreras. Filmaría otro episodio premiado.

Me acosté con un suspiro mientras intentaba dormir un poco. Los chicos habían dejado el fuego encendido en un intento de mantener a raya a la fauna local. Pero yo no tenía miedo de la fauna. Me preocupaban más los monstruos destinados a mantener a la gente como nosotros fuera de Hoia-Baciu. Hice que mi espada se manifestara y la coloqué en el suelo a mi lado. Al fin y al cabo, ya la había utilizado una vez en este pequeño viaje. ¿Quién sabía si iba a necesitarla de nuevo cuando terminara la noche?

Me sobresalté cuando sentí que una mano me agarraba el hombro. Me incorporé y casi me choqué con Cyrus. Tenía un aspecto malvado en las sombras.

—Jesús, Cy. Casi me da un ataque al corazón.

—Tenemos que hablar, Eva.

—No, no tenemos que hablar—. Lo sacudí. —Has dejado muy clara nuestra posición. Verte con esa mujer acaba de confirmarlo.

Cyrus apretó los dientes. Pude ver cómo se le tensaba la mandíbula.

—Se supone que no debo estar aquí. Estoy quitando tiempo de una misión muy importante...

—Entonces vete. No estés aquí—. Le respondí con un siseo. —Tienes las manos ocupadas, y yo estoy bien.

—Has olvidado tu lugar, Eva—, gruñó. —Persiguiendo a Rowe en vano. Mostrando tu trasero contra una mujer que no te hizo ningún daño. Insultaste mi honor...

—¡Su señoría! — Bajé la voz antes de que alguien más me oyera. —Has demostrado a todo el mundo lo honorable que eres de verdad...

Jadeé cuando Cyrus me dio un fuerte puñetazo en las costillas rotas. Me doblé y traté de no vomitar mientras él me miraba fijamente.

—Te mereces algo peor por la humillación que me has infligido—, me agarró la barbilla y me obligó a mirarle. —Tu castigo puede esperar, pero no me obligues a abandonar mi puesto de nuevo

Cyrus se desvaneció cuando empecé a toser. Me rodeé el torso con el brazo y busqué mi agua en la oscuridad.

Dioses, pero maldita sea, eso duele. Finalmente encontré la botella y le di un sorbo. No sabía qué era peor. El dolor en el costado o el recordatorio de que Cyrus no tenía reparos en golpearme.

Sentí que se me llenaban los ojos de lágrimas, pero las enjugué. No era nada. Estaba atrapado en su ira. Había intentado llamar mi atención, eso era todo.

Sabía que debería haberme quedado donde estaba, pero no quería estar sola. Abrí la cremallera de la tienda y vi que Jonah tenía una linterna encendida en la suya. Respiré con dolor y me moví por nuestro improvisado campamento. No tenía derecho a molestarlo. Lo sabía.

Pero si Cyrus me había enseñado algo, era que yo era una criatura egoísta. Me agaché con cierto esfuerzo y susurré a la puerta con cremallera.

—¿Jonah? ¿Estás despierto?

Unos instantes más tarde, Jonah bajó la cremallera y me lanzó una mirada de sorpresa.

—¿Superestrella? ¿Qué pasa?

¿Qué podría decir? ¿Que mi novio había aparecido de la nada y me había golpeado en las costillas rotas? ¿Que necesitaba estar cerca de él y de su luz ahora más que nunca?

Al final, solté un suspiro estremecido.

—Las costillas me están matando. ¿Te importaría echarles un vistazo por mí? Si no, no pasa nada.

—Entra—, dijo Jonah. —Te revisaré.

Exhalé otro tembloroso suspiro de alivio mientras me arrastraba hasta su tienda. Jonah se sentó de nuevo sobre sus rodillas mientras me estudiaba.

—No puedo ver mucho con esta luz, pero sí puedo ver cómo se están desarrollando.

Asentí con la cabeza mientras me ponía la camiseta por encima. Cerré los ojos mientras Jonah se inclinaba más hacia mí.

—¿Estás seguro de que no te molesto? No te quitaré el sueño, lo juro. Sé que estás agotado.

—Nunca eres una molestia, Eva—, se burló Jonah. —No sé a qué estás acostumbrada, pero eres bienvenida aquí.

Asentí mientras Jonah me quitaba la camisa. Me hizo un gesto para que levantara los brazos y se puso a trabajar para desenredar las vendas. Cuando me las quitó, cogió la linterna y la acercó a mi piel.

—El hematoma ha empeorado—, frunció el ceño mientras pasaba los dedos por los bordes. —Como si hubieras tenido otro impacto aquí. ¿Te has golpeado algo en la caminata de hoy?

Sacudí la cabeza, incapaz de hablar. Sus dedos se sentían increíbles contra mi piel.

—Vas a tener que tomártelo con calma, ya que no te estás curando, Superestrella.

—No sé cómo es posible.

—Aquí, déjame envolverte de nuevo.

—No hay necesidad de eso—. La voz de Cyrus llenó la tienda y cerré los ojos con un pequeño gemido. —Eva. Hablemos.

Dioses, maldita sea. Pensé que se había ido.

Me encontré con la mirada ardiente de Cyrus cuando se apartó de la apertura de la tienda y supe que tenía que seguirle.

—¿Qué demonios está haciendo aquí?

—Cyrus está molesto conmigo—. Me bajé la camisa hasta el final. —Siento haberte molestado.

Jonah se echó hacia atrás con un suspiro mientras yo me arrastraba fuera de la tienda para ver a Cyrus dirigiéndose a la línea de árboles. Tomé aire y lo seguí. Cuando estuvimos fuera del alcance de los oídos del campamento, se abalanzó sobre mí.

—¿Te dejo y corres directamente al maldito Rowe?

—¡Me has dado un puñetazo! — Le fruncí el ceño. —¡He ido a que Jonah me revise las costillas ya que me has dado justo donde estaban rotas!

—¿Sólo para comprobar tus heridas? — Cyrus se rio, pero el sonido no fue agradable. —Seguro que sí.

—¿Estás celoso? — Entorné los ojos hacia él. —¿Por qué? Tú mismo has dicho que nadie me quería. Que te molesta mi existencia. Entonces, si Jonah no me quiere, ¿por qué eres todo fuego y azufre ahora mismo?

Cyrus me miró, atónito. —No estoy celoso. No me intimida en absoluto Rowe. Me preocupa más que hagas el maldito ridículo con el protegido de un guía protector al que respeto de todo corazón.

Bien. Eso sí que dolió. Debí haber hecho una mueca de dolor porque Cyrus asintió con la cabeza antes de acortar la distancia entre nosotros.

—Eres mi reponsabilidad. Mis grilletes. No permitiré que arruines la red y las relaciones que he construido porque has decidido actuar como una maldita colegiala enamorada—.

Cyrus me examinó. —¿No tienes vergüenza? ¿Eres realmente tan puta como tu madre?

Si el primer comentario me dolió, éste me atravesó. Quería ser todo lo contrario a mi madre en todos los aspectos de la palabra. Me rodeé con los brazos y estudié la tierra bajo mis pies.

—Pero no eres una puta, ¿verdad? — Cyrus chasqueó la lengua contra la parte superior de su boca. —Porque no hay nadie dispuesto a llevarte a su cama. Una sola mirada y les da asco. Sólo después del photoshop y el maquillaje eres mínimamente atractiva.

—Cyrus, para...

—No. No me estás escuchando. No atiendes a razones. Así que me veo obligado a ser duro contigo. Me veo obligado a mostrarte la realidad de tu situación. Una vez que te quites estas ideas locas de la cabeza, entonces podrás avanzar.

—¿Qué ideas locas?

—Amor. Tú, pequeña—, se burló de mí. —Tu madre no te quería. Elliott, Joey... ninguno de ellos te quería. Yo tampoco. Pero me pondré la máscara que me obligan a llevar para ahorrarte la vergüenza pública.

Estaba entumecida cuando terminó. Debería haber arremetido contra la mujer con la que le había encontrado. ¿Pero qué importaba? Cyrus me estaba haciendo un favor. Estaba haciendo que pareciera que yo era adorable. Como si yo fuera feliz. Debería haberle dado las gracias en lugar de abrir la boca como lo estaba haciendo.

Me aclaré la garganta mientras deseaba que el ardor de mi corazón disminuyera. Sus palabras me habían quemado como un ácido y me habían carcomido.

—No volverás a entrar en la tienda de Jonah. No lo permitiré.

No dije nada. ¿Qué podía decir a eso? Cyrus sabía la razón de mi silencio y asintió.

—¿Entiendes, Eva?

—Sí—, me aclaré la garganta mientras levantaba la vista. —Sí. Lo entiendo.

—¡Amigo! — Una voz inesperada salió de la nada. Terrence. —¿Cómo puedes decirle esas cosas a Eva? ¿Acaso Apolo no acaba de arremeter contra ti por hacer exactamente la misma mierda?

Cyrus parecía realmente sorprendido de haber sido escuchado. —Esto no te concierne, Terrence...

—¡Me preocupa cuando veo a un tipo destrozando a una mujer como si fuera su maldita hija! — Terrence estaba de pie junto a un árbol. Aparté la mirada de él mientras se acercaba a nosotros. —¿Cómo te sentirías si eso se volviera contra ti?

—Puedes decir lo que quieras, Terrence—. Cyrus no estaba molesto. En todo caso, parecía divertido. —De hecho, me alegro de que estés aquí. Díme. ¿Te acostarías con Eva si tuvieras la oportunidad?

—No, tío...

—Acabas de demostrar mi punto de vista. Gracias, Terrence—. Cyrus se volvió hacia mí. Le oí aclararse la garganta, así que lo miré. —Como decía, no dejes que te pille en la tienda de Rowe otra vez. Y por los dioses, no te quites la camisa.

Se desvaneció en las sombras y me quedé mirando el lugar hasta estar seguro de que se había ido. Terrence rompió el pesado silencio.

—Eva, estoy tan...

—Está bien—. Solté un suspiro y le ofrecí a Terrence una sonrisa temblorosa. Era lo mejor que podía conseguir en ese momento. —Está bien. Te lo prometo.

No sabía cuánto había escuchado, y no quería saberlo. Me sentía humillada y débil. ¿Y lo más importante? Las palabras de Cyrus me dolían. Y aunque Terrence no me atraía lo más mínimo, su respuesta sólo había demostrado el punto de vista de Cyrus.

—Estoy bien—. Apreté los brazos a mi alrededor. —Te lo prometo. Pero... me gustaría estar sola. Durante un rato.

—¿Estás segura?

—Sí. El campamento está más allá de los árboles. Volveré en una hora.

—Si estás segura...

—Lo estoy. Gracias, Terrence, por tu ayuda. Lo digo en serio.

Asintió con la cabeza y se dirigió al campamento. Esperé cinco y luego diez minutos antes de sentarme en el suelo, enterrar la cara entre las manos y desear que mi corazón dejara de romperse.

VEINTISIETE

JONAH ROWE

JONAH SE PREGUNTABA cuándo volvería Eva. Había acudido a él en busca de ayuda. Debía de estar sufriendo mucho para pedirle ayuda. Iba a hacerlo antes de que Cyrus estuviera a punto de entrar en su tienda.

¿Qué demonios estaba haciendo Cyrus aquí? Jonah estaba seguro de que no volverían a ver a ese gilipollas hasta que terminara este lío. ¿No estaba en alguna misión? ¿Una que no involucrara a la mujer que supuestamente amaba?

Jonah se puso en marcha cuando oyó gritar a Terrence. Salió de la tienda justo a tiempo para ver a Terrence regresar al campamento completamente furioso.

—¿Qué demonios ha pasado aquí? — Preguntó.

Terrence se lo contó todo. Jonah sintió la más pura rabia imaginable en cuestión de segundos. Una cosa era la energía de la polla pequeña. Pero ponerse así era otra.

—¿Tuvo la audacia de tergiversar tus palabras para probar su punto? — Jonah gruñó. —Voy a ir tras ella.

—Tío, Eva dijo que quería estar sola.

—No voy a dejar que una mujer que ha tenido pensamientos suicidas esté sola, Terrence.

—Pero ella es inmortal—, dijo Terrence.

"Y en el mes que la conocemos, ¿qué valor ha tenido eso? — Jonah respondió con un disparo. —Me voy.

—Jonah, espera. Espera un momento—. Terrence le cogió por los hombros. —Necesito que pienses. Sólo un minuto.

—¿Sobre qué?

—Sobre Eva. J, ha sido humillada. No sólo con Cyrus tergiversando mis palabras, sino con el hecho de haber sido testigo de cómo la destrozaba así.

—Terrence, no necesita estar sola.

—Dale tiempo, J. Si entras a saco, se va a sentir aún más humillada porque sabrá que te lo he dicho.

—Pero...

—Pero ahora sabemos que lo que Apolo le hizo a Cyrus no fue suficiente. Si Eva no está de vuelta en una hora, entonces vete. Puedes decir que estabas preocupado porque se fue por mucho tiempo. ¿Trato?

Jonah lo pensó y suspiró. —Trato hecho. Será mejor que se alegre de que Reena no haya oído eso.

—No lo habría hecho—, murmuró Terrence. —Trajo esos malditos auriculares con bloqueo de ruido.

—¿Ahogan los gritos?

—Jonah, esas malditas cosas ahogarían un bombardeo aéreo.

Jonah volvió a su tienda y apagó el teléfono. Se sentó en la penumbra con los ojos fijos en su reloj. Eva tenía una hora para volver al campamento. Mientras esperaba, pensó en sus interacciones anteriores. Cómo Eva era todo fuego hasta que salió con su sujetador deportivo aquel día. En ese instante, vio algo que no creía posible. Algo que se confirmó cuando ella le dijo cómo se veía a sí misma.

La fuerza de Eva y su capacidad de lucha eran una fachada para una mujer muy rota, muy dañada. Después de lo que Terrence había compartido con él, entendía mejor el porqué. ¿Y qué había dicho ella? ¿Que era más fácil creer lo malo para que no le doliera tanto cuando lo escuchara?

Maldita sea. Simplemente, maldición.

Exactamente una hora después, Jonah vio movimiento en la hoguera. Salió justo cuando Eva se sentó junto al fuego. Echó chispas mientras miraba fijamente hacia él.

—Hola—, Jonah se sentó en el parche de hierba junto a ella. —¿Cómo te sientes?

—Estoy bien. Pensé que ya estaríais dormidos.

Jonah miró a Terrence cuando se unió a ellos y decidió no forzar la situación. Simplemente miró a Eva. —¿Hierba?

—Claro.

Jonah se sentó a su lado y le pasó una botella de agua. Sacó su estuche y sacó un porro. Lo encendió, le dio una calada y se lo pasó a Eva.

—Gracias—. Lo cogió e inhaló. Cuando soltó el humo, suspiró. —Eso dio en el clavo, arándano. Gracias.

—De nada, dijo Jonah, midiendo su tono. —Te cubrimos la espalda. Ya sea con un arma o con hierba.

—Excepto Reena—, bromeó Terrence. —Se ha desmayado. Ella te cubrirá la espalda mañana.

Eva le pasó la hierba a Terrence mientras le miraba de reojo. —Se lo has dicho a Jonah, ¿verdad?

—Sí—, Terrence se encogió de hombros mientras tomaba su dosis. Expulsó el humo antes de terminar. —No te estaba delatando ni nada por el estilo.

—Está bien—. Se frotó la frente con los dedos. —De verdad. Y yo estoy bien. Son sólo palabras.

—No, no lo son—. Debido a la hierba, Jonah no fue tan contundente como podría haberlo sido. Sin embargo, fue inflexible. —Esas fueron unas cosas horribles para decirle a alguien que supuestamente te importa. Es casi como si quisiera la depresión a su alrededor para poder prosperar. Maldito imbécil.

Eva no dijo nada durante un rato mientras se pasaban el porro entre ellos. Finalmente, respondió.

—No hay nada que pueda decir que no suene como si lo estuviera defendiendo.

—¿Puedo preguntar con qué frecuencia te habla así?

—Depende—. Eva se encogió de hombros. —Depende de su estado de ánimo o de si tiene un mal día o de si siente que necesito que me pongan a raya.

—¿Puedo preguntar qué empezó todo esto esta noche?

—Um—, Eva se llevó las rodillas al pecho y, luego, las abrazó contra ellas. —Está convencido de que lo estoy avergonzando y de que voy a arruinar sus conexiones con el mundo etéreo.

Jonah frunció el ceño. —Eva, si hay algo que pueda dañar su conexión con nosotros, es él. Ningún héroe es tan abusivo como él. Decir que estás arruinando las cosas para él se acerca a la manipulación psicológica. Esa mierda no debe tolerarse.

—Me sorprende que haya venido hasta aquí, donde podría arriesgarse a ser descubierto—. Terrence le pasó a Jonah el último trozo del porro. —Estaba cabreado porque estabas con Jonah, ¿no? ¿Por qué dejas que te hable así?

Eva dio un largo suspiro y se quedó mirando el fuego. Jonah ya sabía la respuesta a esta pregunta. Terrence no.

—Es lo único que existe que puede matarme directamente, ¿sabes? Es un seguro en el arreglo de sibila en caso de que me posean. Así que tiendo a andar con cuidado.

—Eva, déjame decirte esto ahora. Si tienes que andar con pies de plomo con alguien porque tienes miedo de que te haga daño, esa es una persona que tal vez necesites fuera de tu vida—. Jonah respondió cuando Terrence no lo hizo... —Eso es una base de preocupación, no de confianza. Y no es saludable.

Eva apoyó su frente contra sus rodillas después de oír eso. Dejó claro que había terminado con esta conversación.

—No deberías estar sola esta noche—. Jonah la estudió. —Ven a quedarte conmigo en mi...

—No—, Eva se levantó de golpe y le miró con los ojos muy

abiertos. —Jonah, no puedo. Dijo abiertamente que no lo permitiría y no voy a ponerte en medio de mi lío.

—Eva, escucha—. Jonah no se dejó intimidar. —Uno, todos estamos aquí para cuidarnos unos a otros. Dos, no es que te esté poniendo pegas; sólo quiero hacerte compañía porque está claro que no estás en un buen momento. Tres, a nadie aquí le importa un bledo lo que Cyrus permita.

—Agradezco tus palabras, Jonah. Os aprecio a todos vosotros y vuestra preocupación. Pero simplemente... no puedo.

Jonah asintió lentamente. —De acuerdo, entonces. ¿Las estipulaciones eran que no podías estar en la tienda conmigo?

—Sí.

—Entonces dormiremos fuera. Déjame coger los sacos de dormir.

—Jonah, no hay manera de que puedas dormir una noche completa así. La idea es muy dulce, pero no puedo pedirte que lo hagas.

—No me lo has pedido—, dijo Jonah. —Me ofrezco como voluntario.

—Quiero decir...

—¿Eva? Para. Deja de preocuparte. Todo saldrá bien.

Jonah se acercó a la tienda y sacó los dos sacos de dormir. Los colocó lo más cerca posible del fuego. Cuando terminó, dio una palmada en el saco de Eva mientras Terrence les daba las buenas noches.

—Vamos a dormir. Tenemos un largo día mañana.

—De acuerdo—. Eva negó con la cabeza. —Pero si empieza a llover, deberías volver a la tienda. ¿Lo prometes?

—Trato hecho—, dijo Jonah. —Ahora, duerme un poco. Ten por seguro que no necesitas el permiso de nadie para hacerlo.

Eva se estiró y se puso de lado. Jonah la observó desde su propio saco de dormir en busca de algún signo de coacción, pero no había ninguno. Tampoco había parecido alterada cuando volvió con ellos.

¿Cuánto tiempo llevaba Cyrus diciéndole esa mierda? Probablemente años.

—Deja de pensar, arándano—. Ella habló por encima de su hombro. —Puedo oír los engranajes de tu mente girando desde aquí.

Jonah sintió que su cara se calentaba, pero por suerte, estaba oscuro. —No hay tales engranajes girando, Superestrella. Tu chico está demasiado drogado.

Ella se rio un poco y, luego, se puso de espaldas para mirarlo.

—No pensé que pudieras drogarte. No pareces drogado en absoluto.

—Estoy bastante colocado—, dijo Jonah. —Sólo soy bueno para mantenerlo. Un día, tú también lo estarás.

—No me siento diferente. Sólo relajada. ¿Así es para ti?

—Sí—, respondió Jonah. —Toda la mierda de la vida se desvanece suavemente. Puedo equilibrar mis emociones si lo deseo, pero prefiero no ir por ese camino. Es jodidamente tedioso, además de que no tengo derecho a eludir mis emociones sólo porque tengo el poder de hacerlo. Pero la hierba permite una relajación que ni siquiera el juego o la escritura pueden proporcionarme.

Examinó su rostro en la hoguera. La mayoría de la gente parecía malvada en las sombras proyectadas por las llamas, pero Eva no. En todo caso, la luz suavizaba sus rasgos. Como si ni siquiera la oscuridad pudiera ocultar su belleza.

Jodidamente hermosa. Esa era una descripción mucho mejor de la mujer que se extendía a su lado.

—Deberías dormir, Jonah—, dijo finalmente. —Estés drogado o no, vamos a salir con la primera luz.

—Muy bien. Buenas noches, Superestrella.

—Buenas noches.

Jonah se quedó de lado para observarla mientras su

respiración se estabilizaba. Sabía que todavía le dolía. Podía verlo con cada respiración que daba. Pero no había nada que pudiera hacer para ayudarla. No con Cyrus, no con sus heridas. Le molestaba, pero no le correspondía meterse donde no le habían invitado. Finalmente, cuando el fuego se redujo a brasas y sus pensamientos se volvieron borrosos por el cansancio, se quedó dormido.

VEINTIOCHO

EVA MCRAYNE

NO ESTABA de muy buen humor mientras seguíamos caminando por el bosque. Aunque Jonah había dormido a mi lado, yo no había dormido bien. Y aunque la cafetera del camping fue un gesto dulce por parte de Joey, la bebida resultante no era un Starbucks. Era tan mala que tiré mi tercera taza después del primer sorbo. Una acción que nunca habría hecho en casa. Así que cuando Joey empezó a silbar nuestro tema musical, tuve que cerrar los ojos para pedirle paciencia. Sabía que él no era la fuente de mi agravio.

Decidí entonces entablar una conversación. Me centré en Reena, que estaba justo delante de mí.

—¿Cuál es tu historia de origen? ¿El trío dinámico?

—¿Qué? — Reena me miró por encima del hombro. —¿Qué quieres decir?

—Tu historia—, esquivé una rama antes de chocar con ella. —¿Cómo os conocisteis los tres?

Reena se permitió una sonrisa. —Jonathan trajo a Jonah a la finca. Era el fin de semana del Día del Trabajo. Terrence le dio a Jonah un desayuno rico en calorías antes de que se pusiera con mi zumo de verduras. Me presenté, Trip, bueno...

él era Trip. Jonah dijo que su aura era azul, y se me cayó el maldito cuchillo en el fregadero.

—Tenía que darle un incentivo para que se quedara—, bromeó Terrence. —De lo contrario, habría corrido hacia las colinas y no habría vuelto jamás.

—¿Era realmente una opción? — Miré a Jonah. —No puedo imaginarte en otro lugar.

—Bueno, ese día fue una mierda—, recordó Jonah. —Una chica con la que había tenido algunas citas dijo que yo no era su tipo, mi jefe alargó la jornada laboral una hora más y el mundo se volvió azul. Así que si había personas que podían ayudarme a distraerme de toda la locura, me apuntaba.

—Y mira qué bien te ha salido—, se rio Reena cuando se metió en un charco de barro. —Has luchado contra malos etéreos, dioses griegos, Creyton. Ahora, estás en los bosques más embrujados del mundo.

—¿Qué es un Creyton? — Pregunté. —¿Es como una criatura etérea? ¿Como las sombras?

Jonah y sus amigos se miraron. Jonah finalmente rompió el silencio. —Creyton es el segador de espíritus más peligroso que ha existido. Volvió locos a pueblos enteros, pervirtiendo la esencia para mantenerse joven durante décadas.

—Eso y que es un asesino a sangre fría—, añadió Reena.

Ahora, fuimos Joey y yo quienes nos miramos. A pesar de los horrores a los que habíamos sobrevivido, no se me ocurría nada que igualara el sonido de este Creyton.

—Así que un segador de espíritus, ¿qué es eso exactamente? — Pregunté. —¿Son comunes? ¿Hay algún rasgo que tener en cuenta?

—Son los del Undécimo porciento que han abrazado el lado oscuro de la etérea, respondió Jonah. —Supongo que son tan comunes como los demás. Hay Undécimos malos como hay gente normal mala.

—Han abrazado el lado oscuro, por lo que su etéreo brillo es un poco más oscuro—, dijo Terrence. —Algunos son ridículos, otros son Creyton. Sus niveles de peligro cubren un amplio rango.

—Así que no es que hayan nacido así—. Joey asintió. —Es una elección.

—Pero ¿cuáles serían los beneficios de pasarse al lado oscuro? — Fruncí el ceño. —No lo entiendo.

—Supongo que a la gente le gusta el acoso y el poder—, respondió Terrence. —Dirán algo así como que hay que tener más poder.

—Ya lo veo—. Asentí con la cabeza. —Eso es algo que he visto en los círculos olímpicos. Algunos están dispuestos a hacer cualquier cosa con tal de hacerse con el poder. Supongo que también es lo mismo en vuestro mundo.

—Una pregunta seria—, Joey se puso al lado de Terrence. —Ahora que sabemos de los seres etéreos, ¿qué tan grande es la amenaza que representan para gente como nosotros?

—Más o menos el mismo nivel de amenaza que tenían antes, hermano—, respondió Jonah. —Los humanos etéreos siguen siendo humanos, por lo tanto, siguen siendo vulnerables. ¿Sabes?

—Estoy segura de que el Olimpo ha tenido experiencias con los Undécimos en el pasado—, dijo Reena. —Pregúntale a Apolo. No podemos ser nuevos en el Olimpo.

—Estoy seguro de que los Undécimos no son nuevos—. Miré el dosel de hojas que había encima mientras empezaba a llover. —¿Has visto lo compenetrados que estaban Jonathan y Apolo cuando vino a la finca?

—Sí—, dijo Jonah. —Me pregunto hasta dónde se remontan para ser honesto.

—¿Apolo nunca te mencionó a los Undécimos?— Terrence habló detrás de mí. —¿De verdad?

—Apenas estoy comenzando a relacionarme con Apolo—, tiré de la capucha de mi poncho para colocarla sobre mi cabello. —Cyrus ha sido un intermediario para nosotros hasta que me gradué en la Academia. Entonces, empezó a ponerse en contacto conmigo directamente.

—Bien—, murmuró Jonah, molesto por lo de Cyrus. —Me alegro de que puedas establecer tu propio camino sin la opinión de Cyrus.

—Bueno, hasta cierto punto—, me moví la mochila sobre los hombros. —Su función ya no es vigilarme, sino guiarme. Así que estoy un poco atada a él.

—Una guía sensacional te está proporcionando—. observó Terrence.

Me encogí de hombros. —¿Qué puedo hacer, Terrence? No puedo encadenarlo físicamente a mí. Y para ser sincera, no me gustaría hacerlo. Me gusta estar sola.

—¿Se puede disolver el vínculo? — Preguntó Jonah. —¿Puede... no sé... Atalanta ser tu guardián? Espera, ¿Atalanta es realmente real?

Me reí de la cara que puso al hacer esa pregunta.

—Sí, es real. Originalmente era una guerrera amazona y, luego, los guardianes la reclutaron.

—¿Una amazona?

—Sí. El Olimpo es bastante diverso. Tenemos gente y seres de todas las razas y nacionalidades. La mayoría de los hijos de Zeus no son caucásicos.

—Muy bien, genial—, dijo Jonah. —¿Puede Atalanta ser tu guardiana? Estoy a favor del poder femenino.

—No sé—, arrugué la nariz ante la lluvia que goteaba. —Nunca pensé en preguntar si podía tener un nuevo guardián.

—En defensa de Evie, Cyrus era genial hasta que sus padres fueron asesinados.

—¡Joey!

—¿Qué? Es verdad.

—Entonces, ¿qué pasó, Evie? — Reena entrecerró los ojos hacia mí. —Sé sincera. Me doy cuenta cuando mientes.

—¿Por qué iba a mentir?

—¿Por qué das evasivas?

Maldita sea. Me tomé un minuto para subir a una roca antes de hablar.

—Vale. Bien. Todos sabéis que conocí a Cyrus cuando me convertí en la sibila. Comenzamos nuestra relación personal no mucho después de que filmara el episodio de *Bachelor's Grove*. Él nunca fue uno de los que se afanan en lo personal. Y lo entendí. Era un soldado, después de todo. Eso parecía ir con el territorio. Pero...

Tragué saliva. No era fácil hablar de la siguiente parte. Nunca se lo había contado a nadie. Incluso a Joey.

—Pero—, continué. —El día antes del funeral de McRayne, necesitaba una distracción. Intenté seducirlo, y me dijo sin tapujos que había malinterpretado nuestro acuerdo. No entraré en detalles. Digamos que di el paso y todo se ha jodido desde entonces.

Jonah la miró. —Parece que ha sido él quien ha puesto las cosas difíciles. ¿Por qué estaría tan irritado?

—No me acerqué lo suficiente como para averiguarlo—. Tomé aire. —Pero fue entonces cuando se puso raro, Joey. Y por qué se puso raro.

—También es cuando empezó a desaparecer mucho—. Joey señaló innecesariamente. —Cuando estabas en el hospital, después de que Elliot te empujara por la ventana, rara vez estaba allí. Luego, te dejó en la Academia y se fue.

—Gracias, Joey.

—Sólo estoy exponiendo los hechos—, me miró. —¿Y ahora nos enteramos de lo duro que ha sido contigo?

—¿Desde cuándo eres tú el de las verdades incómodas, amigo? — preguntó Terrence. —Hace una semana y media, eras el tipo divertido. ¿Ahora estás desenterrando los malos recuerdos de Eva?

—No estoy tratando de empezar nada, Terrence. De verdad—. Joey agarró las correas de su bolsa con ambas manos. —Pero es justo que estemos todos en un terreno común, ¿no?

—¿Cómo es el terreno común de Cyrus? — Reena quería saber. —¿Qué tiene él que ver con esta tarea?

—Bueno, se presentó anoche, ¿no? — Joey se encogió de hombros cuando lo fulminé con la mirada. —¿Qué? Le oí hablar contigo en tu tienda. Parecía enfadado.

—Dale un premio al hombre del año si quieres—, dijo Jonah, no queriendo que Eva reviviera esas palabras que le rompían el alma. —La cuestión es que no es un héroe. Joey, no tengo nada más que amor y respeto por ti, pero estamos diciendo las cosas como las vemos. Si tienes algún otro respaldo elogioso de Cyrus, guárdatelo para ti, sin ofender.

—No se ha tomado ninguna—. Su rostro se iluminó con una brillante sonrisa. —Pero si lo que dices es cierto, eso significa que yo también soy un héroe.

—¿No has derribado a un lobo en el aire? — Le di un ligero puñetazo en el brazo mientras me burlaba de él. —Eso definitivamente no es algo que haría un héroe. Nunca.

Me sentí aliviada por la oportunidad de aligerar el ambiente. Enganché mi mano en el pliegue del codo de Jonah cuando nos encontramos con un camino de hierba pisoteada lo suficientemente ancho como para que pudiéramos caminar uno al lado del otro.

—Cuéntanos más historias del mundo etéreo—. Miré a los demás. —¿Cómo es luchar contra un segador de espíritus?

Jonah lo pensó. —Es como el más loco subidón de adrenalina. Di lo que quieras sobre Mike Tyson, pero tenía razón. Todo el mundo tiene un plan hasta que es golpeado. Puedes tener la mayor y mejor estrategia, pero al final, es tu instinto, tu nervio y tu agudeza de ingenio.

—Y esa necesidad primaria de sobrevivir—, añadió Reena. —Sabemos que, si caemos, se acabó. No hay red de seguridad.

—Por no mencionar que la mayoría de ellas son unas zorras traicioneras—. Terrence me sonrió mientras me tomaba del otro brazo. Entre él y Jonah, me sentía un poco como

Dorothy en el *Mago de Oz*. Tienes que enredarte con uno al menos una vez, Evie. Verás lo fácil que se pliegan.

—No creo que sea una buena idea—, dije mis pensamientos en voz alta. —Quiero decir, lo haría si tuviera que hacerlo. Pero ¿cómo se puede luchar contra la etérea sin ser ella misma etérea?

—¿Importan las habilidades? — dijo Reena. —Todo el mundo aporta su experiencia. Quien quede en pie al final es el ganador. No importa su procedencia.

—Hmm, eso es un excelente...

Me detuve tan rápido, que casi arrastré a Jonah y a Terrence conmigo.

—¿Qué demonios, Superestrella?

—Shhh—. Incliné la cabeza en la dirección en la que escuché el sonido. —Me pareció oír algo.

Vislumbré una figura de pie entre los árboles. O, al menos, eso me pareció. Cuando me quité la mochila, los árboles se desplazaron de forma que mi vista quedó oculta.

—Joey, quédate aquí.

—Oh, no. No lo creo—. Se encogió de hombros para dejar su equipo junto al mío. Oí los golpes de otras tres bolsas al caer al suelo. —¿Qué has visto?

—Sombras—. Me pellizqué el puente de la nariz entre dos dedos. —Quizás he estado demasiado tiempo en el bosque. Estoy empezando a ver fantasmas donde no los hay.

—Tal vez. O tal vez...

Las palabras de Jonah se convirtieron en un grito cuando una enredadera le rodeó el tobillo y le arrancó de los pies. Empezó a arañar su pierna mientras yo sacaba mi espada para liberarlo.

—¡Jonah! ¿Estás...?

Me corté cuando oí a Reena soltar un breve grito. Observé con horror cómo una serie de flechas salían de los árboles. Terrence fue el siguiente en caer, y luego Joey.

—¡Mierda! — Me volví hacia Jonah. —¡Tenemos que meterlos en el follaje! ¡Eso los cubrirá!

Agarré el brazo de Joey y lo empujé hacia un lado segundos antes de que otra flecha le atravesara el hombro.

—Dios—. Siseó mientras agarraba la flecha. —Maldita sea. Eso duele.

—Vamos.

Me agaché cuando una segunda flecha siguió a la primera. Esta vez, nuestro atacante falló. Conseguí que Joey se pusiera en pie, me pasó su brazo bueno por los hombros y le obligué a moverse lo más rápido posible. Jonah ya tenía a Reena y a Terrence. Lo dejé caer contra un árbol en la maleza mientras veía por primera vez al cazador que nos perseguía.

«Cazador» no era la palabra adecuada. «Criatura loca de un cuento de hadas» era una descripción mucho mejor. El ser que salió al camino era alto. Mucho más alto que todo lo que había visto antes. Sus rasgos parecían estar tallados en madera. ¿Su barba? Una mezcla retorcida de lianas y hierba. Parpadeé dos veces para asegurarme de que veía realmente las pezuñas que le servían de pies y los cuernos que le salían de la cabeza.

Jonah se abalanzó sobre mí segundos antes de gruñir. Lo atrapé contra mí y traté de no gritar mientras se desplomaba contra mí. Vi la flecha clavada en su espalda y me resultó mucho más difícil contener el grito.

Bajé a Jonah al lecho de agujas de pino y le susurré a Joey.

—Joey, pase lo que pase, no hagas ni un solo ruido. ¿Entendido? — Apreté mis labios contra su oído para susurrar lo más bajo posible. —Quédate quieto.

Joey estaba pálido. Jadeando antes de que sus ojos se pusieran en blanco. Mi amigo se había desmayado por el dolor de la herida o por el shock. Apreté los dientes mientras me levantaba. Atravesé la maleza y reboté mi espada en la mano mientras observaba a la bestia.

—Leshy—. Dije su nombre. —Menudo señor del bosque eres. Metiéndote con los que quieren salvar tus tierras.

La criatura volvió sus vibrantes ojos verdes hacia mí con una carcajada. Su arco se transformó en un garrote de madera que parecía más grande que yo. Intenté averiguar más información sobre esta cosa a través de los conocimientos de Prometeo. Lamentablemente, todo lo que obtuve fue su nombre. Así que esperé. Lo rodeé. Quería ver su ataque para saber cuál sería mi mejor curso de acción.

No tuve que esperar mucho tiempo. La cosa balanceó su garrote hacia arriba y se abalanzó contra mí. Di un salto hacia atrás al ver cómo se estrellaba en el lugar exacto en el que yo estaba.

—Oh, diablos, no—. Me quejé. —¡Baja eso antes de que hieras a alguien!

La cosa se abalanzó contra mí dos veces más. Cada vez, usé su velocidad contra él. Cuando falló por tercera vez, la cosa echó la cabeza hacia atrás y gritó. Me quedé helada al reconocer la voz que utilizó.

Joey.

Mi vacilación me costó. La criatura extendió un enorme brazo y me dio un revés en la cara. Me derrumbé en una pila mientras empezaba a reírse. Me quedé tan quieta como pude cuando me rodeó la cintura con su mano. Mantuve los ojos cerrados cuando el hombre me levantó para verme mejor. Le oí reírse mientras aflojaba su agarre lo suficiente como para que pudiera moverme.

Grité mientras levantaba mi espada. Se la clavé hasta la empuñadura entre los ojos. El monstruo me miró fijamente durante lo que me pareció una eternidad antes de empezar a caer hacia atrás. Me fui con él, desplazando mi cuerpo hasta que tuve un pie en su pecho y el otro en el suelo. Liberé mi espada, susurrando mis disculpas a la hermosa arma mientras le limpiaba los restos de suciedad marrón.

—Chicos—, respiré mientras me volvía hacia el follaje donde mis amigos estaban heridos. —Ya voy.

Salí como un tiro hacia el bosque donde los había dejado.

Pero, cuando llegué al lugar donde los había dejado, ya no estaban.

—¡Joey! — Grité. —¡Jonah! ¡Terrence! ¡Reena! ¡Traed vuestros culos aquí!

Comprobé los árboles de alrededor. No había ni rastro de mis compañeros caídos en ninguna parte. Sin embargo, obligué a que se calmara mi pánico. No podría encontrarlos, no podría salvarlos, si los perdía. Cuando conseguí volver al camino que habíamos tomado, sentí que las lágrimas me quemaban los ojos al ver sus bolsas. Me negaba a creer que habían desaparecido.

Empecé a levantar mi mochila, pero mi mano seguía cubierta de la suciedad que había limpiado de mi espada. Dejé caer el maldito cacharro y lo pateé con frustración mientras me repetía lo mismo una y otra vez.

Estarían bien. Todos estarían bien.

Pero no lo estaba. Cada uno de los miembros de mi grupo había sido disparado. Todos estaban heridos. Me necesitaban.

Estaba orgulloso de mí misma. Las lágrimas que tanto quería derramar no cayeron. Desenganché la preciosa cámara de Joey. El estúpido arco del que me había burlado. Una linterna. El botiquín y la cantimplora que necesitarían cuando los encontrara. Volví a mi mochila, tiré todos los objetos que Joey había metido en ella y metí los pocos que había recogido de las bolsas que quedaban. Cuando la levanté, el peso estaba más equilibrado. Más ligero.

De acuerdo, la estúpida cosa estaba casi vacía, pero aun así.

Endurecí los hombros, apreté la espada y me puse en marcha. Encontraría a mis amigos. Encontraría el círculo. Y reforzaría esta maldita barrera, aunque fuera lo último que hiciera.

———

Me vi obligada a parar justo antes del anochecer. No porque no pudiera ver, claro. Sino porque me temblaban mucho las piernas y no paraba de tropezar con las malditas raíces que bordeaban mi camino. Me agaché junto a un pequeño lago para echarme agua en la cara. No había esperanza de quitarme la mugre, pero tenía que intentarlo.

—Bonita velada, ¿eh, representante?

Levanté la cabeza, con la mano en la empuñadura de mi espada, cuando una anciana apareció a mi lado. Sentó un montón de ropa ensangrentada en el agua y empezó a tararear para sí misma mientras se dedicaba a lavarla.

—¿Quién... qué... eres?

—Bean Nighe—. Me dedicó una sonrisa que dejaba al descubierto un enorme diente que colgaba de sus encías. —Una bruja. Un presagio. Soy un hada de los escoceses. Destinada a tender un puente entre este mundo y el siguiente.

—De acuerdo—. Me aparté de ella. —Entonces, ¿qué quieres de mí? Porque si me dices que tienes una manzana para darme, no voy a caer en eso.

—¿Por qué?, para darte un mensaje, por supuesto. ¿De qué me servirían las manzanas—?Se rio. —Tienes los recuerdos de otro. Muchos otros. Sin embargo, no los utilizas. ¿Por qué?

—¿Porque no soy entrometida? — Resoplé. —Eso no era un mensaje. Era una pregunta.

—De hecho, lo fue—. Ella asintió. —Es justo que pueda hacer averiguaciones a mi edad. Me he ganado el privilegio.

—Bien. No me gusta recordar los horrores por los que pasó Prometeo. O las guerras por las que pasó Atenea. O la angustia que experimentó Hera. ¿Eso responde a tu pregunta?

—Sí. Y no—. La anciana reanudó su lavado hasta que el agua se volvió roja. —De un mensajero de los muertos a otro, mis palabras son sólo estas. La sangre es el lazo que une las puertas del Tártaro.

—Lo siento, ¿qué? — Arrugué la nariz hacia ella. —No lo entiendo.

—Lo harás, querida—. Me dio un largo y prolongado suspiro. —La ignorancia es una bendición para los jóvenes.

—Sí. Porque eso tiene todo el sentido del mundo—. Puse los ojos en blanco mientras me levantaba. —¿Has terminado conmigo? Tengo que irme.

—El círculo está por ahí—. Extendió un dedo largo y dentado hacia mi derecha. —Saca los recuerdos antes de llegar allí, niña. Que no te cojan desprevenida.

—Sí. Ya lo veremos—. Recogí mi espada y me puse de pie. —Gracias, sin embargo. Aprecio la advertencia.

Crucé el río de la única manera posible. Deslizándome por las rocas desgastadas sobre la corriente en la que temía caer. Una cosa era ser inmortal. ¿Pero ser inmortal y quedar atrapada bajo la corriente de un río? Estar a punto de morir sólo para volver era un círculo vicioso en el que no quería quedar atrapada.

—Felicidades, Evie. Acabas de darte una nueva pesadilla por la que despertarte gritando.

Murmuré para mis adentros mientras saltaba desde la última roca hasta la orilla. Aterricé de lado, pero en lugar de levantarme del barro, me quedé tumbada. No me malinterpretes. No estaba llorando la pérdida de mis amigos porque me negaba a creer que se habían ido. No me revolcaba en la autocompasión por estar sola en estos miserables bosques. O incluso deprimida porque el padre que acababa de descubrir era uno de los doce dioses responsables de ponerme aquí en primer lugar.

La verdad era mucho más simple de lo que podrías imaginar. Estaba agotada. Me dolían todos los huesos del cuerpo. Me dolían la cabeza y la mandíbula por el golpe que había recibido del Leshy. Mis costillas aún estaban sensibles por mi caída a un barranco y el puñetazo de Cyrus, que pudo haberlas roto aún más. En ese mismo momento, habría dado mi alma por una ducha y mi propia cama.

—Un deseo, querida niña. Debes pedir un deseo.

Me quedé helada cuando oí al hombre detrás de mí. Sabía que tenía que incorporarme. Tenía que coger mi arma. Pero no pude moverme. En lugar de eso, miré fijamente hacia adelante mientras un par de botas de hombre aparecían frente a mí. Empezó a acariciar mi pelo mientras hablaba.

—Tu alma pide ser liberada. Puedo sentirlo.

—Vale. Me estás asustando—. Me las arreglé para verle por primera vez. El hombre era pálido. El tono de su piel parecía brillar a la luz de la luna. Sus ojos tenían el mismo tono de rosa que un conejo. —No tengo ningún deseo que pedir.

—Todo el mundo tiene un deseo—. Sonrió lo suficiente como para exponer los colmillos a ambos lados de su boca. —Permite que este Strigoi te lo conceda, niña. ¿Cuál será? ¿Belleza? ¿La fama? ¿La ilusión conocida como amor?

Strigoi. Busqué en mi mente información sobre el hombre que estaba arrodillado ante mí. Rumanía. Considerado el abuelo de los vampiros. Tiene la habilidad de incapacitar a sus víctimas robándoles su capacidad de movimiento. Los convertía en presas fáciles.

Dios, cada vez sonaba más como a una guía de videojuegos. Solté un pequeño suspiro antes de responder.

—A pesar de mi aspecto actual, me han dicho que soy atractiva—. Elaboré las palabras que Jonah me había dicho en Los Ángeles. ¿Y el amor? No lo necesito. Ahora vete.

El hombre me apartó el pelo de la garganta. Su rostro se torció en una expresión de pura euforia mientras acariciaba mi piel. Luché contra el encantamiento que había lanzado sobre mí, pero no bromeaba cuando decía que no podía moverme. Lo único que podía hacer era hablar, e incluso eso era difícil.

Grité cuando sus dientes se hundieron en mi cuello. Sentí como si mi garganta se hubiera cerrado sobre sí misma. Intenté moverme. Intenté arañar a la criatura que se aferraba a mí. Resulta que no tuve que hacerlo. El horrible hombre se liberó de un tirón y empezó a jadear.

—¿Quién... qué... eres?

Su rostro se había oscurecido por la sangre que me había sacado. Sus ojos rosados se habían vuelto rojos. Pero cuando empezó a limpiarse mi sangre de la boca, vi las ampollas que se formaban en su boca. Se puso en pie mientras se doblaba con un grito de dolor.

Sentí que el encanto que tenía sobre mí se rompía cuando empezó a salir humo de sus fosas nasales. Su boca. El monstruo lanzó un último grito mientras caía en picado. Observé cómo su mano caía sin fuerzas con confusión.

—Sí, bueno. Eso te pasa por coger lo que no es tuyo—. Apreté mi mano contra el lado de mi cuello que había mordido y enganché mi espada mientras me levantaba. —Maldito vampiro.

Mantuve la mirada en el cadáver hasta que volví al camino que me había señalado la anciana. No pude evitar preguntarme si mi exposición a los Stigoi iba a convertirme en vampiro. Pero me deshice de ese pensamiento. Los vampiros eran la menor de mis preocupaciones en este momento. ¿Que yo me convirtiera en uno? Era lo que menos me preocupaba.

En cambio, me concentré en encontrar el camino entre los árboles. En mantener la linterna fija. En no saltar al oír cada ruido que me saludaba a través de los árboles. Si podía enfrentarme a los mayores monstruos que ofrecía este bosque, podría sobrevivir a la caminata final hacia el círculo.

Que me aspen si no lo hago.

VEINTINUEVE
EVA MCRAYNE

SABÍA que estaba cerca del claro cuando me sacudió la sensación de malestar más fuerte que jamás había experimentado. Fue tan fuerte que me detuve para apoyarme en un árbol hasta que se me pasaron las náuseas. Gracias a Prometeo, supe lo que estaba pasando. Aquellos susceptibles a las torturas que ofrecía el Tártaro enfermaban cuando estaban cerca de él. Por eso los bosques estaban llenos de monstruos de otras culturas. Los de la cultura griega habrían estado demasiado enfermos para hacer algo bueno contra los turistas entrometidos o los transeúntes curiosos.

Cerré los ojos mientras me tragaba otra ronda de náuseas. Tenía que superar esto. Estaba demasiado cerca como para dejar que esto me detuviera. Así que me alejé del árbol y tropecé con los arbustos espinosos hasta que pude ver el círculo que había estado buscando desde que entramos en Hoia-Baciu. Estaba completamente libre de vegetación. No había árboles en el centro. Ninguna piedra lo salpicaba. No era más que un trozo de hierba lisa.

Me incliné hacia delante al ver un movimiento justo a mi izquierda. En las afueras del círculo, cuatro formas parecían estar atadas a los árboles. Cuando las nubes se desplazaron y la luz de la luna quedó al descubierto, vi a Jonah y a Reena. Estaba segura de que los otros dos serían Joey y Terrence.

Volví a abrirme paso entre los arbustos espinosos. No podía explicar mi repentina necesidad de ser sigilosa, pero algo me decía que no debía exponerme todavía. Cuando llegué a la parte trasera del árbol que contenía a mis compañeros, me di cuenta de quién tenía que esconderme.

Narciso salió de la línea de madera que había frente a nosotros. Observé cómo pasaba la palma de la mano por una extraña talla en la corteza. Comenzó a cantar mientras giraba en un lento círculo con los brazos por encima de la cabeza.

—Pronto, mis queridos. Pronto. Serán libres para derribar a los olímpicos de su trono. Devolverán a mi amado a su lugar en los cielos.

¿Amado? Rodé los ojos hacia el cielo. Qué bien. El semidiós no sólo era vanidoso. También era un romántico.

Esperé a que cayera de rodillas en el centro del círculo antes de quitarme la mochila. Sabía lo que estaba a punto de ocurrir. Y no necesitaba que el peso extra me retrasara. Apreté mi cuerpo contra el árbol hasta que me incliné para susurrar contra el oído de Reena.

—Re, soy yo. No te muevas. Sólo escucha.

Reena se sacudió contra sus ataduras. Mantuvo la cabeza baja en la posición en la que la había visto por primera vez e hizo lo que le pedí.

Se mantuvo en silencio.

—Estáis muy golpeados. Pero te necesito. Voy a liberarte. Entonces, vas a agarrar a Joey, liberar a Jonah y a Terrence. Usa los *Astralimes* y sácalos a todos de aquí. ¿Entendido?

Apretó el puño sobre mi muñeca para demostrarme que lo entendía. Mantuve mis ojos en Narciso mientras deslizaba mi espada por debajo de la cuerda y tiraba. La maldita atadura se rompió. Vi que Reena se agarraba antes de coger a Joey en brazos. No tuve la oportunidad de mirar a mi amigo. La guardiana lo rodeó con sus brazos y los dos desaparecieron en la nada.

Me acerqué a Jonah a continuación. Estaba fuera de combate. La flecha aún sobresalía de su espalda. Le susurré mis disculpas al oído mientras se la sacaba de un tirón. No se movió hasta que presioné mi mano contra la herida. Concentré mi habilidad de curar en ella y le recé a Apolo para que lo salvara.

Reena me dio un golpecito en el brazo en cuanto volvió. Una vez liberados Jonah y Terrence, esperé en las sombras mientras Reena se los llevaba a casa hasta que volví a estar sola.

Bien. Eso haría esto mucho, mucho más fácil.

—¡Narciso! — grité cuando salí de la maleza. —¡Qué agradable sorpresa! Deberías haber viajado con nosotros. Ha sido un viaje infernal.

La cabeza del semidiós se levantó para observarme mientras entraba en el claro. Se puso en pie e incluso desde aquí pude ver la furia en su expresión.

—¡No me llames así! ¡Te lo dije, mi nombre es Arc!

—Sí, aunque no creo que te quede bien—. Clavé mi espada en el suelo para apoyarme en ella. "¿Imbécil? Sí. ¿Arc? No del todo.

—Cómo...

—¿Lo logré? — Me encogí de hombros. —Ni idea. Aunque tengo que admitirlo. Lo de los Strigoi fue un buen detalle. Me hizo sentir como en casa en el país de los vampiros. Pero eso no importa. Lo que quiero saber es cuánto tiempo tú y Prometeo habéis estado planeando este pequeño plan tuyo.

—No—. Él se quebró. —No puedes detenernos. Llegas demasiado tarde.

—Tenemos tiempo para aclarar algunas cosas—. Incliné la cabeza hacia un lado. —Si recuerdo bien a Prometeo, vosotros dos empezasteis vuestra pequeña aventura en el Tártaro, ¿verdad? Compañeros de armas hasta el final. ¿Qué te prometió para venir aquí? ¿Poder? No. Eso no tiene sentido.

Me golpeé el dedo contra la barbilla. —Ah. Ahí está. Venganza contra el consejo. Deseaste que Zeus y los demás sufrieran como te hicieron a ti. Eso es triste, Narciso. Esperaría una mejor razón de tu parte. Algo más creativo.

—No tienes ni idea de por lo que he pasado—. Gritó. —Las torturas que duraron día tras día. ¡Los malditos dioses sufrirán como me han hecho sufrir a mí! Cada gramo de su sangre se derramará, sibila. Al igual que la tuya.

—Sí. Lo he oído antes. Inténtalo de nuevo. Ve por más «tu alma será arrancada de tu cuerpo» en lugar de «te veré muerta». Hace mejor televisión.

El semidiós rugió mientras se volvía hacia el árbol con la talla. Vi cómo sacaba un cuchillo de su cinturón y lo clavaba en el centro del símbolo. Liberé mi espada de un tirón mientras el suelo a mi alrededor empezaba a retumbar. Habría sido un espectáculo increíble si no me hubiera encontrado en el centro de este.

Y no sabía lo que había hecho. Caí hacia atrás cuando el suelo comenzó a abrirse bajo mis pies. Me puse de pie y vi una serie de criaturas que salían a la superficie. Algunas habían sido humanas alguna vez. Otras eran evidentes creaciones de una mente retorcida. Me habría detenido a contemplarlas si una mujer no me hubiera atacado en ese preciso momento.

—Llegó la hora de jugar.

Me lancé contra la multitud. Los primeros cayeron con bastante facilidad. Pero no pasó mucho tiempo antes de que me superaran en número. Maldije mientras me abalanzaba. Me obligué a concentrarme en los recuerdos de Prometeo mientras golpeaba con la empuñadura de mi espada a un monstruo tras otro. Tenía que llegar a Narciso. Tenía que llegar a esa talla.

Tenía que incendiar el mundo.

Me abrí paso hasta el borde del claro y me agaché cuando una cosa con aspecto de toro me lanzó sus cuernos. Busqué a tientas el arco de Joey y la única flecha que le quedaba. Grité cuando las criaturas empezaron a abrumarme. Rasgando mi piel con sus garras. Sus dientes. Me las arreglé para colocar el arco en mi hombro mientras agarraba mi espada una vez más. Corté la hoja hacia arriba y me obligué a dar una patada para tener espacio para moverme. No tardé mucho. Los seres tan decididos a destruirme eran débiles. Desgastados por su exposición al Tártaro.

Me abrí paso entre la multitud hasta tener la talla a la vista. Oí cómo mi espada caía al suelo mientras tomaba el arco.

La sangre es el lazo que une las puertas del Tártaro.

Las palabras de la anciana acudieron a mi mente mientras hojeaba los recuerdos de Prometeo. Sentí que la sangre empezaba a hervir cuando me abrí la mano con la afilada punta de la flecha y la cubrí con el espeso líquido rojo. No tardaron en aflorar las habilidades que le había robado al titán. Chasqueé los dedos sobre la flecha y apreté los dientes mientras estallaban las llamas.

Los seres que me arañaban y los demás parecían estar a un millón de kilómetros de distancia mientras me echaba el arco al hombro. Miré fijamente la flecha y tiré de la cuerda hacia atrás mientras seguía el consejo que Zeus me había dado una semana antes.

Dale la vuelta a las cartas.

El conocimiento de Atenea fluyó a través de mí. Mantenía mi brazo firme a pesar de la lucha que se desarrollaba a mi alrededor. Solté el arco con una rápida oración a la diosa. Ella debió oírme. La flecha en llamas se estrelló contra el cuchillo que Narciso había clavado en la madera.

Me quedé con la boca abierta antes de que el mundo empezara a retumbar de nuevo. Las criaturas comenzaron a gritar mientras el suelo se abría para succionarlas de nuevo hacia abajo. Pero yo no tenía miedo de caer en el Tártaro. Tiré el arco de Joey y salí corriendo como una bala mientras los árboles a mi alrededor entraban en erupción. Sus ramas se alinearon con las llamas. La madera crepitaba mientras ardía. Estaba tan concentrada en llegar al otro lado del claro, que me olvidé de la única persona a la que debería haber vigilado todo el tiempo.

Me caí de golpe al suelo cuando una flecha me atravesó la pierna. Rodé sobre mi espalda justo a tiempo para ver cómo Narciso se lanzaba sobre mí. Me atravesó la garganta con su arma mientras gritaba.

—¡No! ¡Tú... lo has arruinado todo! ¡Maldita sea!

Luché por respirar mientras levantaba mi espada para bloquear su siguiente golpe. Rodeé su cintura con mi pierna y le obligué a caer. Cuando lo derribé, le golpeé la nariz con la palma de la mano. Bajé la empuñadura para terminar el trabajo y oí cómo se rompía su mandíbula a pesar del fuego que nos rodeaba.

El semidiós intentó liberarse. Clavó sus dedos en mis muslos. Intentó agarrar mi garganta. Pero yo estaba demasiado cabreada para darme cuenta del dolor que me había causado. Me levanté lo suficiente como para dar dos vueltas a mi espada mientras el fuego que nos rodeaba se arqueaba en lo alto.

—Lo triste es que no eres tan atractivo—. Suspiré. —Adiós, Narciso.

Le atravesé la garganta con mi espada con facilidad. Su expresión fue de puro shock antes de desvanecerse.

Caí de rodillas cuando el suelo dejó de temblar. Empecé a reírme mientras el bosque ardía a mi alrededor. Lo había conseguido. Había restaurado la barrera. Había salvado a mis amigos de los horrores de Hoia-Baciu. Me tumbé de lado mientras la necesidad de dormir me amenazaba. Pronto me reuniría con ellos. Lograría salir de este maldito bosque.

Estaba segura de ello.

—¡Eva, maldita sea!

Sentí que Jonah me levantaba de la hierba. Me di la vuelta y abrí los ojos lo suficiente como para ver el miedo en sus ojos.

—¿Qué pasa, arándano? — Arrastré las palabras. —Aquí no hay monstruos. Resulta que sólo eran árboles.

—Te tengo, Superestrella. Te tengo.

Estaba temblando mientras me apretaba contra su pecho. Podía oírle prometer que me llevaría a casa mientras mi cuerpo cedía al agotamiento, y el fuego que nos rodeaba se desvanecía en la nada.

TREINTA

JONAH ROWE

Eva seguía durmiendo tres días después de que Jonah la llevara a la enfermería de la finca. A pesar de que Reena y Jonathan se ensañaron con él para comprobar sus propias heridas, estaba bien. Si no hubiera sido por el dolor en medio de la espalda, nunca habría creído que le habían disparado una flecha.

Bueno, eso y las imágenes de las cámaras corporales. Joey había tomado prestado el portátil de Terrence y había conectado las imágenes. Jonah había visto cómo le arrebataban el follaje después de que le dispararan. Vio cómo la maldita prima donna olímpica lo había atado a un árbol.

Eso fue suficiente para cabrearlo. Luego, vieron las imágenes de Eva. Sus encuentros con un espíritu escocés y con el tipo vampiro fueron estremecedores, pero fue la pelea final la que hizo que Jonah apretara los dientes de frustración.

No debería haber estado sola, pero lo estaba. No debería haber tenido que ser tan condenadamente fuerte, pero lo fue. Tan fuerte como para salvarlos cuando ellos no podían hacer nada.

—¿Jonah?

Se giró para ver a Jonathan y a Apolo de pie en la puerta

de su habitación. Habría bajado a la enfermería, pero no quería que las cosas se asumieran como lo había hecho Reena cuando estaban en Los Ángeles.

Ten cuidado, le había dicho ella. *Mantén la distancia.*

Así lo hizo, aunque de vez en cuando se pasaba por la habitación de Eva para ver cómo estaba.

—¿Sí? — Jonah cruzó la habitación. —¿Está Eva…?

—No. Todavía no está despierta—, subrayó Apolo la última palabra. —Pero pronto. He venido a decirle que hemos descubierto el veneno que usó contra ti el Lechy.

—¿Y qué es?

—Una combinación de belladona y dulcamara. Sólo había rastros, pero lo suficiente para noquear a un elefante. Es un milagro que estuvieras despierto antes de regresar a recuperar a Eva.

Jonah no tenía respuesta para eso. Recordó cómo se despertó en la finca mientras Reena intentaba llevarlo a la enfermería. Recordó que inmediatamente utilizó los *Astralimes* para llegar a la ubicación exacta de Eva. Cómo supo dónde encontrarla, no lo sabía. Pero no iba a cuestionarlo.

Apolo asintió en respuesta a su silencio. —En cualquier caso, te debo una gran gratitud. Eva es muy valiosa para nosotros.

—Jonathan, Apolo—, Reena apareció en la puerta. —Eva está despierta.

Jonah los siguió y se deslizó en la habitación mientras Eva se incorporaba. Se frotó los ojos con el dorso de la mano antes de parpadear para enfocarlos. Cuando los vio, su cara se convirtió en una enorme sonrisa.

—Gracias al Olimpo—, exhaló aliviada. —Estáis todos bien.

—No nos importa—, dijo Jonah, sonriendo para disimular la mayor parte de su alivio. —Lo bueno es que tú estás bien.

Eva miró a su alrededor, todavía medio aturdida por el sueño. —Medio esperaba ver a Cyrus aquí.

—No—, dijo Apolo. —No es útil para ti en este momento. Volverá a ti cuando haya aprendido su lugar.

—¿Qué estás haciendo con él? — preguntó Jonah sin vergüenza. —A las mentes inquisitivas les encantaría saberlo.

—No te preocupes, hijo—. Apolo le dedicó a Jonah una sonrisa socarrona y un poco espeluznante. —No te preocupes.

Una parte de Jonah se preguntaba si Cyrus había vuelto al bosque. A la parte más grande de él no le importaba.

—¿Cuál es el daño? — Eva estudió al grupo. —¿Cómo está tu espalda, Jonah?"

—Bien—. Y lo dijo en serio. —¿Cómo te sientes?

—Como si pudiera dormir durante una semana—. Eva admitió antes de mirar a Apolo. —¿Así que se acabó? ¿De verdad?

—En efecto. La barrera ha sido restaurada. Narciso ha sido devuelto a las cadenas a las que pertenece.

—Creo que la mayor tortura que se le puede hacer a ese hombre es quitarle su kit de maquillaje.

El comentario de Jonah se ganó unas cuantas risas. Eva se rodeó las rodillas con los brazos mientras Apolo volvía a hablar.

—Eva, he hecho arreglos para que te quedes en la finca durante los próximos días. Eso te dará el tiempo que necesitas para recuperarte.

Y, además, Cyrus no es bienvenido en mis terrenos hasta que aprenda modales—, dijo Jonathan. —No toleraré ese trato. No tendrás guardianes. Apolo sabe que estás en buenas manos.

—¿Estás seguro, Jonathan? — Eva miró entre Apolo y el guía protector. —Me ganaré el sustento, lo juro. No sé cocinar, pero sé limpiar. Más o menos.

—No—, sonrió Jonathan. —Puedes entrenar cuando puedas. Pero considera esto como unas vacaciones. No hay necesidad de que hagas nada.

—Gracias—. Ella sonrió. —¿Significa eso que recupero mi antigua habitación?

—Así es—, rioJonathan. —De verdad.

———

Jonah llevaba toda la tarde deseando llegar a casa tras su turno en la biblioteca. Le encantaba el trabajo, le encantaba la gente, pero era el segundo día de Eva en la finca. Como Reena y Terrence tenían planes, y Joey se había visto obligado a llevar las imágenes de Rumanía a California, Jonah sabía que Eva se había pasado el día sola.

Entró en la sala de barro que había junto a la cocina y se quedó helado cuando escuchó música procedente del salón formal que sólo utilizaban en Navidad. Una música que no provenía de una radio, sino del piano de cola que llevaba allí casi tanto tiempo como la propia casa.

Jonah se movió en silencio por las habitaciones hasta llegar a la puerta. Eva estaba de espaldas a él mientras tocaba.

Jonah pisó un punto del suelo que crujía, y Eva y miró a su alrededor. Sacudió la cabeza ante su expresión.

—Sí—, dijo ella. —Todavía puedo tocar.

—¿Quién lo sabe? — preguntó Jonah, todavía desconcertado.

—Nadie, hoy en día—, respondió Eva. —Es la primera vez que toco en casi ocho años.

Se desplazó en el banco y palmeó el lugar a su lado. Cuando Jonah se sentó, ella continuó.

—¿Tienes alguna petición? — Preguntó burlonamente. —Esta es una actuación única en la vida, al fin y al cabo.

Jonah lo pensó mientras escuchaba la música. —¿Puedes tocar la Ruta 66?

—¿Nat King Cole? — Eva sonrió. —No hay problema, arándano.

La petición de Jonah cobró vida en el salón formal de la

finca. Jonah cerró los ojos para escuchar la música. Cuando terminó, Eva chasqueó los dedos y comenzó de nuevo. Otra melodía. ¿Chopin, tal vez?

—He mencionado antes que soy una pianista de formación clásica—. Habló mientras recorría con sus dedos de forma experta las teclas. —No es algo de lo que me guste hablar y no lo haré ahora. Pero he afinado esta vieja chica por si alguien quiere tocarla. Sólo estaba... probándola.

—¿Ocho años, dijiste? — Jonah estaba descaradamente impresionado. —Pero lo haces como si nada. ¿Puedes al menos decirme cuándo empezaste?

—Tomé mi primera clase de piano cuando cumplí tres años—. Eva volvió los ojos a las teclas, pero Jonah tuvo la sensación de que no las estaba viendo realmente. —Toqué a diario desde ese momento hasta los quince años.

¿Alguna vez tocaste en recitales?

Eva no respondió al principio. Finalmente, asintió cuando la música cambió a una melodía más sombría. Parecía más pesada.

—Por supuesto. Por aquel entonces me etiquetaron como una niña prodigio. Tocaba en salas de conciertos, en casas particulares, en cualquier lugar que mi madre quisiera, en realidad. ¿Si salía en los periódicos? Genial.

—¿Saliste en las noticias?

—Bastante más de lo que me gustaría, pero no me encontrarás bajo Eva en esos archivos. Acorté mi nombre cuando llegué a Georgia.

—¿Cuál es tu nombre legal?

Eva apretó los labios, pero luego sonrió. —Hoy no te toca, arándano. Sin embargo, aceptaré con gusto otro pedido.

—¿Por qué no eliges tú?

—Muy bien.

Eva se detuvo durante un minuto antes de comenzar de nuevo. Esta vez, la música empezó lenta pero se hizo más rápida. Más profunda. Jonah asimiló los crescendos, los valles. Después de unos minutos, se aclaró la garganta.

—¿Cómo se llama esa pieza?

—¿Cómo quieres llamarla? — Ella le dedicó una suave sonrisa. —Porque no tiene título. Se me va ocurriendo sobre la marcha.

—¿En serio? — Jonah levantó las cejas. —¿Qué tal una... Sinfonía de oro? ¿Así?

Eva sonrió. —Me gusta. ¿Qué tal esta como sinfonía del azul?

Aumentó la velocidad de la misma pieza. No fue tan dramático, un poco más serio, pero Jonah se rio cuando ella lo llevó a su fin.

—No está mal, ¿eh?

Se rio mientras buscaba la tapa de la llave. Jonah le lanzó una mirada de sorpresa.

—¿Te detienes?

—No tengo que hacerlo—. Se detuvo y se volvió hacia él. —Pero seguramente tienes otros planes para el día, arándano. Escucharme rememorar el pasado no está en esa lista de cosas por hacer.

Jonah se encogió de hombros. —Suelo darme un atracón de Netflix después del trabajo. Te aburrirías como una ostra, ¿eh?

—Ni siquiera un poco—, bajó la tapa y la aseguró. —Te lo dije, realmente no veo la televisión.

—Eso me resulta muy extraño porque estás en la televisión. Pensaría que eres una experta.

—Sí, bueno—, sonrió. —Ya soy parte del mejor programa de televisión. ¿Qué más hay?

Eva se rio de su expresión antes de continuar.

—Te diré algo—, se puso a su lado. —Elige el programa y tendrás mi máxima atención.

—¿No te aburrirás?

—No mientras esté contigo, arándano.

Jonah la observó mientras se dirigían a la sala de estar. Cuando Eva se acomodó en el sofá, él cogió el mando a distancia y se sentó a su lado.

—Hablando de programas de televisión, ¿has pensado más en mi oferta?

—Lo he hecho—, sonrió Jonah al mirarla, —y me encantaría.

—¿De verdad? — Eva se giró para mirarle. —¿Lo harías?

—¿Investigador desde mi propia casa para *Mensajes de la tumba*? — Jonah se rio. —Una oportunidad demasiado perfecta como para dejarla pasar. Sí, me apunto.

Eva sonrió tanto que toda su cara se iluminó. —Prepararé tu contrato y podrás empezar en cuanto esté firmado. Luego, arreglaremos los detalles.

—¿Qué tipo de detalles? — Jonah la estudió. —Tengo curiosidad.

—Bueno, no estarás a las órdenes de Connor como yo, así que tienes que conocer a tu jefe. David Thompson. Es exmiembro de la CIA, así que tiene contactos para ayudarte si lo necesitas. Y otras cosas, como tus asignaciones y tu sueldo.

—¿Cuál es el sueldo inicial de esto?

—Ciento veinte mil al año. Más primas si tu trabajo es la base de uno de nuestros premios.

Jonah se quedó boquiabierto. —¿En serio? Yo no conseguí ni la mitad de eso con mi trabajo de contable, ¡y eso que tenía un maldito máster!.

—Sí. Te dije que se paga bien—, se encogió de hombros. —Y lo harás muy bien.

—¿Cómo se abrió este puesto? — Jonah la miró. —No estás creando uno para mí, ¿verdad?

—No—, se rio. —Ni siquiera yo tengo ese tipo de poder. Uno de los investigadores va a dejar Theia. Se va a perseguir sus sueños de ser actor en Nueva York. Así que el puesto está abierto, y tú serías perfecto para el trabajo.

—¿Estoy más cualificado que la lista que tienes en marcha? — Jonah entrecerró los ojos. —Sé que ya tenéis una.

—Sí—. Eva volvió a encogerse de hombros cuando él entrecerró los ojos hacia ella. —Vale, ayuda que te apoye. Pero le he hablado a David de tu trayectoria. Cree que encajarás muy bien.

Eso era todo lo que Jonah necesitaba oír. —Impresionante. Me apunto. Entonces, ¿cuándo comienza exactamente la transición? ¿Cuándo se va el tipo actual?

—Ya se ha ido, así que puedes instalarte hoy si quieres—. Ella sonrió. "¿Por qué no me adelanto y llamo a David?

—¿Ahora mismo?

—¿Por qué no? Sólo son las dos en la costa oeste.

Eva tomó su teléfono en la mano y se desplazó por sus contactos. Pulsó el icono para conectar la llamada. Dos timbres después, la voz de un hombre ronco sonó en el altavoz.

—Evie, cariño, estamos trabajando en ello. Europa es un dolor de cabeza.

—Europa siempre es un dolor de cabeza—, se rio. —En realidad llamaba para darte una buena noticia.

—¿Sí? ¿Tu chico decide si quiere jugar con nosotros o no?

—Sí y lo hace, así que no vayas a darle esa vieja charla de matón del gobierno a él. Él está aquí. Jonah, David. David, Jonah.

—Hola, David—, dijo Jonah cordialmente. —Es un honor conocerle, señor.

—Eva. Es educado.

—¿Sí? ¿Y?

—Así que no sé cómo responder a alguien siendo educado. Trabajo en Los Ángeles.

Eva se rio, y Jonah enarcó una ceja.

—¿Qué tal si empiezas a redactar su contrato? — Ella respondió. —Cuanto antes, mejor.

—¿Evie ya te dio los detalles?

—Lo hizo—, respondió Jonah mientras cogía un bloc de la

mesa auxiliar y un bolígrafo. —¿Qué expectativas necesito de usted, señor?

—Te enviaré una lista de los lugares que estamos mirando. Elige los que quieras hacer—. David hizo una pausa. —Luego, buscarás todas las leyendas, todas las historias sobre el lugar. La investigación entra en juego porque tratarás de encontrar relatos fácticos que respalden o desaprueben la historia. Por ejemplo, la casa tuvo un triple asesinato. Buscarías relatos de periódicos, informes policiales. ¿Lo entiendes? Muy bien. ¿No lo tienes? Documenta eso. Eva necesita los planos de la casa, también.

—¿Planos de la casa?

—Sí. Va a estos lugares en la oscuridad. Ayuda a saber dónde están las escaleras.

Jonah asintió mientras anotaba los detalles. Parecía que se llevaría bien con este tipo. Siempre funcionaba mejor en situaciones en las que las expectativas eran claras y, luego, se le dejaba a su aire. —La investigación es lo mío, tío. Creo que lo tengo, no hay problema.

—Genial. Te enviaré el contrato hoy mismo. Evie, te lo enviaré a ti.

—¿Por qué no se lo envías a Charles? Jonah y yo podemos estar en su oficina en treinta minutos.

—Tú y tus abogados.

—No voy a dejar que Theia joda a mi amigo, D. Envíalo. Bueno, encárgate del resto.

—Más tarde. Enviaré la lista de ubicaciones con ella, Jonah. Encantado de tenerte.

Eva colgó el teléfono con un movimiento de alegría. —¡Tenemos que ir a prepararnos!

Jonah se levantó burlonamente. —Maldita sea, Eva. Haciendo que me duche y me afeite.

—Me gusta tu barba, así que quédate con ella—. Ella sonrió. —Pero te vendría bien un cambio de ropa.

—¿Sabes a dónde vamos?

—Sí. A ver a mi abogado, Charles Stephens. Dejará todo para echarle un vistazo a tu contrato.

—¿En serio?

—Sí—. Volvió a chillar como si fuera ella quien recibiera esta oferta de trabajo en lugar de él. —¡Estoy tan emocionada por ti!

—¡Yo también estoy emocionado! — exclamó Jonah. —¡Las cosas nunca se han hecho tan rápido!

—Bienvenido a mi mundo—. Eva se rio. "¡Ahora, date prisa para que podamos ponerte a trabajar!

———

Dos horas más tarde, Jonah y Eva estaban metidos en un salón privado de uno de los restaurantes más exclusivos de Los Ángeles. Era tan exclusivo que no había ningún cartel. No había publicidad. Y tenías que ser reconocible al instante en el momento en que te acercabas a la seguridad de la puerta.

—Jesús, Evie—, Jonah se inclinó sobre la mesa cuando ella se sentó. —¿Cómo supiste de este lugar?

—¿La caza? — Se encogió de hombros mientras aceptaba el agua del camarero. —Es una de mis propiedades de inversión.

Jonah la miró fijamente. —Tú... ¿cómo anuncias este lugar?

—De boca en boca—, sonrió. —Todos los que son alguien quieren ser invitados a entrar. Los que son invitados presumen de poder entrar por las puertas. Es un lugar para ser visto, pero también para tener intimidad sin que los turistas se abalancen sobre ti. Pensé que, ya que celebramos tu nuevo trabajo, lo haríamos bien.

—Bonito—, respiró Jonah. —Tendremos que traer a la tripulación de Roma aquí.

—Sí, seguro que algún día lo haremos—, señaló Eva al encargado que estaba junto a la puerta. —¿Puede traer una ensalada de pollo para mí y el bistec de ternera para mi invitado?

El hombre asintió una vez y salió de la habitación. Eva se volvió hacia Jonah cuando se cerró la puerta.

—¿Así que estás contento con el contrato? ¿Una veintena más las bonificaciones? Ya has firmado, así que no podemos cambiarlo ahora. Pero es bueno para un año. Siempre podemos negociar más el año que viene.

—Estoy muy contento con el contrato—, dijo Jonah mientras desenvolvía la servilleta de tela de los cubiertos. —Es más dinero del que he ganado en mi vida. Y con lo frugal que soy, me servirá de mucho.

—Bueno, y no tendrás que preocuparte de que esté dándote la lata todo el tiempo. Voy a las reuniones de investigación de vez en cuando, pero no a menudo. Así que no voy a estar dominándote ni nada por el estilo.

—Me pagan por investigar—. Jonah sacudió la cabeza. —Nana se moriría de risa con esto porque no se sorprendería.

—Tiene que estar muy orgullosa de ti—, le dijo Eva con una pequeña sonrisa. Levantó su copa. —Por ti y por tu nueva carrera, Jonah. Espero que te sirva de mucho.

—Estoy muy agradecido y emocionado—, dijo Jonah. —Eres la mejor del mundo, Superestrella.

—Eh, estoy bien—, bajó su vaso cuando él no levantó el suyo. —De todos modos, este es un nuevo comienzo para ti. Felicidades.

—Y tengo que agradecértelo a ti—, Jonah golpeó su vaso contra el lado del suyo. —Por ti, Superestrella.

—Por nosotros—. Eva le dedicó una pequeña sonrisa ante su gesto. —Que tengamos muchas más aventuras juntos.

FIN DEL LIBRO 1

Querido lector,

Esperamos que hayas disfrutado leyendo *Dioses y Fantasmas*. Tómese un momento para dejar una reseña, incluso si es breve. Tu opinión es importante para nosotros.

Atentamente,

Cynthia D Witherspoon, T.H. Morris y el equipo de Next Chapter

También te puede gustar:

La hija del Olimpo por Cynthia D. Witherspoon

SOBRE LOS AUTORES

T.H. Morris ha estado escribiendo de algún modo, forma o manera desde que era lo suficientemente fuerte como para sostener una pluma o un lápiz, y nació y creció en Colerain, Carolina del Norte. Desde hace doce años vive en Greensboro, Carolina del Norte. Es un ávido lector, principalmente de los géneros de ciencia ficción y fantasía porque disfruta sumergiéndose en los mundos creados. Comenzó a escribir *El 11º por ciento* en 2011. Reside en Colorado con su esposa, Candace.

Cynthia D. Witherspoon es una galardonada escritora de gótico sureño, romance paranormal y fantasía urbana. Actualmente, reside en Carolina del Sur, pero pasó tres años en Fayetteville, Arkansas. Siempre fue una ávida lectora y comenzó a escribir relatos cortos en la universidad. Se licenció en historia en el Converse College y obtuvo un máster en ciencias forenses en el Centro de Ciencias de la Salud de la Universidad Estatal de Oklahoma.

Dioses y Fantasmas
ISBN: 978-4-82410-590-5

Publicado por
Next Chapter
1-60-20 Minami-Otsuka
170-0005 Toshima-Ku, Tokyo
+818035793528

14 septiembre 2021